MW01711703

26|books

Weitere Bände der Café Hannah Reihe:
1 – Alles auf Anfang
2 – Überraschungen
3 – Rettet das Café!
4 - Vertraut anders

Charakterskizzen: Karin Schliehe

Covergestaltung unter Verwendung eines Fotos von © zukamilov, stock.adobe.com. Illustration Tasse: Karl-Heinz-Gutmann (charlygutmann/Pixabay). Foto Ann E. Hacker: Thomas Endl

Erste Auflage, Auenwald 2022

ISBN 978-3-945932-70-4

© 26|books

Christine Spindler, Bert-Brecht-Weg 13, 71549 Auenwald

Alle Rechte vorbehalten

ANN E. HACKER

Café Hannah

Wir müssen reden

Teil 5

FÜR TANJA, FAN DER ERSTEN STUNDE

Vorwort

„Café Hannah“ ist eine Serie über Menschen in München (und anderswo) mit dem Café und dessen Betreiberin Hannah als Mittelpunkt. Die einzelnen Teile sind keine Romane im klassischen Sinne, sondern bestehen aus je zehn Episoden. In jedem Kapitel wird die Geschichte einer Person erzählt; dabei tauchen auch Figuren aus anderen Episoden auf, manche mehr, manche weniger – oder gar nicht. Aber früher oder später kommen auch sie wieder zu Wort.

Es empfiehlt sich, die Bücher in der richtigen Reihenfolge zu lesen, da sie aufeinander aufbauen. Als kleine Auffrischung folgt auf den nächsten Seiten eine kurze Zusammenfassung der Teile 1 bis 4.

Ich wünsche viel Spaß mit Hannah, ihrem Café und ihren Freunden, Bekannten und der Familie. Über eine Rückmeldung an ann@cafe-hannah.de würde ich mich sehr freuen. Ich antworte garantiert.

Ann E. Hacker, April 2022

1. HANNAH JENSEN (55)

Hannah Jensen, ehemalige Bankerin, erfüllt sich einen Traum und eröffnet 2015 in München ein Café. Es wird schnell ein großer Erfolg und dank Hannahs warmherziger Art zum Mittelpunkt der Blumengasse. Privat läuft es nicht ganz so gut für sie: Dass ihr Ex Klaus heiratet, ärgert sie; dass sie plötzlich ein paar Verehrer hat, nervt. Schließlich lässt sie sich auf eine Beziehung mit Andy ein, aber so richtig bei der Sache ist sie nicht, auch weil ihr Ex-Mann Johann wieder in ihrem Leben auftaucht.

2. KASSANDRA »KASSIE« KLEIBER (39)

Kassie Kleiber betreibt in der Blumengasse ein Nagelstudio. 2016 kam ihr Sohn Jannis beim Attentat am Olympia-Einkaufszentrum am Ende mit einem großen Schrecken davon. Sie selbst hat immer noch Angst, Jannis könnte etwas passieren, aber sie versucht, keine Glucke zu sein. Mit ihrem Ex-Mann Bruno versteht sie sich gut.

3. EDELTRAUT »EDI« MAYERHOFER (65)

Edi Mayerhofer wird nach fast 30 Jahren Ehe von ihrem Mann verlassen und findet bei Hannah eine neue Aufgabe: Sie kocht und backt und trägt damit maßgeblich zum Erfolg des Cafés bei. Aus Edeltraut wird Edi, mit Xaver findet sie ihr persönliches Glück.

4. ILSE-MARIE »ILLY« ROHSTETTER (65)

Illy Rohstetter ist Gold- und Silberschmiedin, hat viele Jahre auf Ibiza gelebt und dort selbstgemachten Schmuck verkauft. Einer spontanen Eingebung folgend, mietet sie in der Blumengasse einen kleinen Laden an, bringt sich damit finanziell aber in Teufels Küche. Dank Vermittlung von Hannah kann sie zunächst bei Hubertus von Waldleben wohnen, dem Vater ihrer Schwiegertochter.

5. JONATHAN »JJ« JENSEN (35)

Als seine Mutter Hannah Anfang der 2000er Jahre von New York City zurück nach Europa geht, bleibt er als 15-Jähriger zurück – unter der Obhut der Nachbarin und Freundin Marilyn. 2017 kehrt auch er den USA den Rücken und zieht nach Berlin, wo er als Lehrer in einer Sprachenschule arbeitet. Als er dort die Syrerin Safaa kennenlernt, kommt es zu einer spontanen Verlobung.

6. SVENJA WAHLS (32)

Svenja Wahls ist erfolgreiche Anwältin, spezialisiert auf Eheverträge und Scheidungen. In ihrem Privatleben vollzieht sich, was sie im Beruflichen Tag für Tag erlebt: Magnus betrügt sie, Frank ist ein Langweiler, Ben ist ... das weiß sie selbst nicht so genau. Dann erfährt sie, dass ihre Mutter eine Affäre hatte, deren Ergebnis sie ist, und dass ihr biologischer Vater ihr womöglich eine Krankheit vererbt hat.

7. BENJAMIN »BEN« HÄUSGEN (36)

Ben Häusgen ist reich und doch gibt es etwas in seinem Leben, das er sich für alles Geld der Welt nicht kaufen kann: Svenjas Liebe. Ihretwegen zieht er nach München, aber sie sieht nur den guten Kumpel in ihm. Auf dem Weg nach Italien ist seine Chance endlich gekommen und er packt sie beim Schopf.

8. SUSANNE »SUE GARDENER« GANTNER-SIMON (45)

Susanne Gantner-Simon war in jungen Jahren eine erfolgreiche Malerin, dann heiratete sie und bekam zwei Kinder. Ihr Mann Rainer lässt sie mehr und mehr im Stich, bis sie schließlich ausbricht und zu ihrem Bruder Robert flüchtet. Der hat für sie eine Ausstellung im Café Hannah organisiert, unterstützt von Hubertus von Waldhausen.

9. ALEXANDRA »ALEX« STEINER (35)

Alex Steiner ist vor ihrer extrem eifersüchtigen Freundin Raffaela nach München geflüchtet, wo sie im Café Hannah als Bedienung arbeitet. Als Raffaela sie stalkt, findet sie in Hannah und Edi Unterstützung und Freundschaft.

10. ANDRZEJ »ANDY« NOVAK (48)

Andy Novak, Ire polnischer Abstammung, hat sich 2015 schockverliebt in Hannah. Ihretwegen zieht er nach München, wo er bei Ben unterkommt. Geduldig wirbt er um Hannah, hat endlich Erfolg, nur um ständig um seine Beziehung zu ihr bangen zu müssen. Als Hannah sich mehr um ihren todkranken Ex-Mann kümmert als um ihn, hat er die Nase voll.

Hannah Jensen

Ist Schweigen Gold?

Hannah stand am Fenster und starrte auf die Blumengasse, wo feiernde und johlende Menschen die letzten Sekunden bis Mitternacht herunterzählten. Aus dem Haus gegenüber drang aus den weit geöffneten Fenstern im zweiten Stock Tanzmusik, die sich mit lautem Gelächter und schrägem Gesang vermischte.

Hannah hatte ihren Fernseher eingeschaltet, die Laustärke aber so weit heruntergedimmt, dass sie gerade noch hören konnte, wie die Moderatoren die Menschen vor dem Brandenburger Tor zum Zählen aufforderten.

Noch zwei Minuten, dann war 2019 Geschichte. Ob mit 2020 nun ein neues Jahrzehnt begann oder nicht, war ihr herzlich egal. Hauptsache, das alte Jahr endete.

Es war ihr persönliches annus horribilis gewesen. Der Krebstod ihres Exmannes, die permanenten Streitereien mit

Andy, die dazu führten, dass er sich für einige Wochen nach Irland zurückzog, um »mir über meine Zukunft klar zu werden«, wie er es ausgedrückt hatte. Seine Zukunft war auch ihre Zukunft. Entschied er sich gegen sie, war sie allein. Der Gedanke machte ihr zum ersten Mal im Leben Angst.

»Happy New Year« riefen die Menschen auf der Straße und im Fernseher.

»Willkommen 2020«, sagte Hannah, hob ihr Sektglas, stieß es leicht gegen das Fenster und trank einen Schluck.

Draußen hatte jemand begonnen, ganze Batterien von Silvesterraketen abzufeuern. Sie vermutete, dass Bassam den Gästen seines Restaurants *Litani* etwas bieten wollte. Natürlich hätte sie mitfeiern können, aber sie hatte ausnahmslos alle Einladungen abgelehnt. Sie wollte diese Nacht einen klaren Schnitt machen und endgültig mit dem alten Jahr abschließen.

Es hatte sie selbst überrascht, wie sehr sie Johanns Tod getroffen hatte. In den letzten Wochen vor seinem Ableben waren sie sich nähergekommen; dreißig Jahre Trennung waren auf ein Minimum geschrumpft. Was natürlich Blödsinn war. Sie hatte sich in all den Jahren weiterentwickelt, war in die USA gegangen, hatte studiert und Karriere gemacht. Sie hatte JJ großgezogen, Freunde gefunden und neue Liebhaber.

Hannah gönnte sich eine Minute Gedenken an Josh, den geliebten Mann aus New Yorker Tagen, während draußen der Lärm immer lauter und die Sicht immer schlechter wurde.

Im letzten Mai hatte sie sich in einem kleinen Ritual endgültig von Josh verabschiedet, um in ihrem Herzen endlich Platz für Andy zu haben. Andy, die treue Seele, dessen Herz an seiner Liebe zu ihr zu zerbrechen drohte.

Lange hatte sie ihn nicht ernstgenommen, seine Anwesenheit und selbstverständliche Unterstützung als gegeben hingenommen.

Selbst schuld, wenn er denkt, er liebt mich! Der kurze Vorfall im Café, als er mit seiner schrecklichen Schwester und Jill aufgetaucht war, hatte ihr endlich die Augen geöffnet.

Die schöne, elegante Jill und der immer etwas zu salopp wirkende Andy – rein äußerlich passten sie nicht zusammen. Aber sie hatte sofort die Verbindung zwischen den beiden gesehen. Warum hatte Jill diesen Mann vor dem Altar stehen lassen?

Und im Hintergrund die kleine, dicke Schwester, der das Polnische auch nach mehr als dreißig Jahren in Irland aus jeder Pore troff. Nie würde Hannah ihren triumphierenden Blick vergessen.

»Sieh her, du Café-Betreiberin«, schien sie zu sagen. »Das ist mein Werk. Ich bringe die beiden wieder zusammen. Sieh es ein: Du hast verloren.«

Hannah war bereit gewesen, klein beizugeben, aber dann war Johann gestorben, und der einzige Mensch, den sie ertragen konnte, war Andy. Er war gekommen; nicht sofort, aber am nächsten Tag. Er hatte sie durch die Vorbereitung der Beerdigung begleitet und ihr am Tag selbst beigestanden, obwohl er Johann gehasst haben musste. Aber nein, Andy hatte Johann nicht gehasst. Andy liebte die Menschen.

Hannah war überrascht gewesen, wie viele Menschen zur Trauerfeier gekommen waren. Nachbarn, Mitglieder seines Teams und diverser Vereine waren zu Freunden geworden und hatten es sich nicht nehmen lassen, Abschied zu nehmen.

Natürlich kannte niemand besser als sie Johanns einnehmendes Wesen. Aber während ihrer Aufenthalte in Lübeck hatte sie den Eindruck erhalten, er sei ein richtiger Eigenbrötler geworden. Welch ein Trugschluss!

Wo ist dein Gespür für die Menschen geblieben?, fragte sie sich spöttisch.

Da es ihr nicht zugestanden hatte, im Mittelpunkt der Trauergäste zu stehen, hatte sie JJ als Johanns Sohn vorgeschoben. Während des anschließenden Leichenschmauses hatte sie immer damit gerechnet, dass eine der anwesenden Frauen zu ihr käme und sagte: »Ich war übrigens seine Freundin.«

Aber niemand war gekommen.

JJ war der Haupterbe, was in Hannahs Augen nur logisch war. Ihr Sohn hingegen fühlte sich damit überfordert.

»Was soll ich mit einem Haus in einem Vorort von Lübeck?«

Safaa hatte schließlich den entscheidenden Anstoß gegeben. Nach mehreren rassistischen Vorfällen in Berlin sehnte sie sich nach einem Ort der Ruhe. Hannah wagte zu bezweifeln, dass es in Lübeck anders wäre, aber sie hielt sich aus der ganzen Sache heraus, überzeugte JJ nur, das Erbe anzunehmen.

»Du kannst das Haus vermieten, wenn ihr nicht selbst darin wohnen wollt.«

Die beiden hatten seither viele Wochenenden in Lübeck verbracht, Unterlagen gesichtet und ausgemistet. Ein Hinweis auf eine Beziehung hatte sich nicht gefunden.

Der Krach draußen nahm endlich ab, die Leute wandten sich den Häusern zu und verschwanden lachend darin.

Hannah trank den restlichen Sekt, zog die Vorhänge zu und brachte das Glas in die Küche. Das Silvestermenü, das Edi ihr trotz aller gegenteiligen Beteuerungen vorbeigebracht hatte, stand unberührt im Kühlschrank.

»Es ist eine Schande«, sagte Hannah, aber sie konnte sich nicht dazu aufraffen, etwas davon zu essen. »Morgen ist auch noch ein Tag«, murmelte sie. »Oder vielmehr heute.«

Sie ging zurück ins Wohnzimmer, zappte sich durch die Kanäle, blieb bei den unvermeidlichen Hits der Achtziger hängen, wippte ein paar Takte mit, schaltete den Fernseher dann entschlossen aus.

Ihr Wecker zeigte 0:48 Uhr, als sie ins Bett stieg. Es war noch nicht mal ein Uhr am Neujahrstag und Hannah Jensen lag im Bett!

Niemand würde ihr das glauben!

Sie löschte das Licht und drehte sich auf die linke Seite, um die leere Betthälfte nicht sehen zu müssen. Kurz vor dem Einschlafen fiel ihr ein, dass sie das geplante Ritual nicht vollzogen hatte.

»Das Jahr fängt ja gut an«, brummte sie.

Am nächsten Morgen hörte Hannah den Anrufbeantworter ab. Sie hatte jedem mitgeteilt, dass sie nicht erreichbar sein würde, aber viele hatten es nicht glauben wollen. Entsprechend überrascht klangen ihre Nachrichten.

»Hallo Hannah, hier sind Ben und Svenja. Ähm ja, wir hoffen, du bist gut herübergerutscht. Happy new year! Wir sehen uns.«

»Hello, my friend.« Hannahs Herz machte dummerweise einen kleinen Hopser, als sie die Stimme vernahm. Brigid rief aus Irland an und entgegen aller Vernunft hoffte sie, durch die Freundin etwas über Andy zu erfahren. Natürlich wusste sie, dass die beiden kaum Kontakt hatten, wenn überhaupt. Aber das Herz ließ sich nun mal nicht von rationalem Denken beeinflussen.

Auch Brigid wünschte ihr einen guten Start in das neue Jahr, aber es schwang deutlich Sorge mit in ihrer Stimme.

Es folgten Nachrichten von Edi und Xaver, Marlene und Florian und – zu Hannahs großer Überraschung – von Hubertus von Waldhausen und Illy.

Sie und Edi spekulierten schon länger darüber, ob der Maler und die Schmuckdesignerin ein Paar waren. Hubertus von Waldhausen war deutlich aufgeblüht, seit Illy bei ihm eingezogen war. Und auch in Illys Leben schien es endlich wieder aufwärtszugehen.

»Kann mir egal sein«, brummte Hannah und löschte die Nachricht.

Auf ihrer Handy-Mailbox war nur eine Nachricht von JJ: »Hi Mom. Ich hoffe, es geht dir gut. – Hm, du hast dein Handy tatsächlich ausgeschaltet. Auch okay. Ich wünsche dir ein gutes neues Jahr.« Flüstern im Hintergrund. »Und natürlich wünscht dir auch Safaa alles Liebe und Gute.«

Hannah lächelte. Es würde mindestens eine Hochzeit im neuen Jahr geben, vielleicht ja sogar zwei. Denn obwohl Svenja und Ben immer noch sehr vorsichtig miteinander umgingen, sah ein Blinder, dass die beiden füreinander bestimmt waren.

Dass ihr Sohn sich mit Safaa verlobt hatte, ohne sie wirklich zu kennen, war ein Schock gewesen. Er war nicht der Typ für spontane Entscheidungen, das lag eher in ihrem Naturell. Und auch wenn sie sich hinterher dafür hasste, war ihr als erstes der Gedanke durch den Kopf geschossen, dass eine raffinierte Frau ihren unbedarften Sohn ausnutzte.

Inzwischen hatte sie Safaa kennengelernt. Sie war bezaubernd, im wahrsten Sinn des Wortes. Und genau das bereitete Hannah Sorgen. Was, wenn der Zauber verflog? Wenn der Alltag sie einholte?

Aber galt das nicht für alle Paare?

Hannah löschte die Nachricht ihres Sohnes und entdeckte vier neue WhatsApp-Nachrichten. Die erste Nachricht war ein Video von JJ, das ihn und Safaa in den Straßen von Berlin zeigte. Im Hintergrund war laute Musik zu hören.

Hannah schaute auch noch die anderen Nachrichten an. Alex, ihre Bedienung, und Kassie, die das Nagelstudio in der Blumengasse betrieb, hatten ihr das gleiche animierte Video geschickt. Bassam hatte zunächst das Silvesterbuffet aufgenommen und anschließend grinsend in die Kamera gewunken.

Hannah tippte jeweils ein »Danke!« in die Antwortzeile und schickte es los. Danach warf sie das Handy achtlos auf den Küchentisch und stellte die Kaffeemaschine an.

Sie wollte nicht darüber nachdenken, dass Andy sich nicht gemeldet hatte, aber ihre Gedanken kreisten unaufhörlich genau darum.

»Verdammt noch mal«, schimpfte sie mit sich selbst und stellte die Kaffeetasse mit so viel Schwung auf den Tisch, dass die heiße Flüssigkeit überschwappte und ihre Finger verbrannte. Fluchend hielt sie die Hand unter kaltes, fließendes Wasser. Sie bemerkte die Tränen erst, als sie ins Waschbecken tropften.

Hannah trocknete ihre Hände und besah den Schaden. Es war nur eine leichte Rötung zu sehen, sie hatte Glück gehabt.

Mit einem Küchentuch wischte sie die Tränen aus dem Gesicht und schnäuzte sich.

»So kann es nicht weitergehen«, sagte sie laut.

Das vergessene Ritual fiel ihr ein. Eigentlich hatte sie sich noch vor Mitternacht bewusst von Johann verabschieden wollen, um den Weg für Andy freizumachen.

Hannah goss Kaffee nach, trug die Tasse vorsichtig ins Wohnzimmer und setzte sich auf das Sofa. Es lag alles bereit auf dem Tisch. Sie nahm Johanns Foto in die Hand.

Was, wenn Andy gar nichts mehr von dir wissen will?, schoss ihr durch den Kopf.

»Egal«, sagte sie energisch. »Ich mache es nicht für Andy, ich mache es für mich.«

Sie schaute das Foto an. JJ hatte es auf einem ihrer letzten Ausflüge mit dem Handy geschossen und ihr einen Abzug geschickt. Johanns Erkrankung war deutlich zu sehen, aber er wirkte ruhig und gelassen. So, wie er ihr ein Leben lang vorgekommen war.

»Ich weiß fast nichts über dich«, begann sie und musste sich mehrmals räuspern. »Von den vielen Jahren, die ich nun schon hier bin, habe ich die geringste Zeit mit dir verbracht. Dennoch warst du immer einer der wichtigsten Menschen in meinem Leben. Auch, weil du JJs Vater bist.« Hannah stockte. Sie hatte noch so vieles sagen wollen, aber sie konnte sich nicht überwinden, die Worte laut auszusprechen. Stattdessen sagte sie: »Johann, ich muss ..., ich will dich jetzt gehenlassen. Danke für alles, was du für mich getan hast.« Sie schaute noch einmal intensiv auf das Foto und zerriss es dann in winzige Einzelteile. Diese warf sie in die bereitgestellte Schüssel, verbrannte sie und löschte das Feuer mit dem Glas Wasser, das ebenfalls bereitstand.

Hannah erhob sich, ging zum Fenster, öffnete es und sog gierig die kühle Luft ein, die hereinströmte.

Sie fühlte sich erleichtert.

Bevor sie das Fenster schloss, warf sie einen Blick auf die

Blumengasse. Keine Menschenseele war zu sehen, denn natürlich schliefen alle noch. Die Straße war auffallend sauber. Bassam hatte seinen Raketenmüll offensichtlich selbst beseitigt, nur vereinzelt lagen Papierfetzen von explodierten Böllern herum.

»Sehr schön«, murmelte Hannah und schloss das Fenster.

Unschlüssig blickte sie im Zimmer umher. Das Café war zum ersten Mal über den Jahreswechsel geschlossen und würde erst am siebten Januar wieder öffnen. Die Buchhaltung und sonstige lästige Aufgaben hatte sie bereits in den letzten Tagen erledigt. Vor ihr lagen sechs freie Tage, ein Luxus, den sie sich seit Eröffnung des Cafés immer gewünscht hatte. Und nun wusste sie nichts mit sich anzufangen.

»Das ist lächerlich«, sagte Hannah. Sie nahm das Geschirr vom Tisch und trug es in die Küche, wo sie die nasse Asche im Spülbecken entsorgte und Schüssel, Glas und Kaffeetasse in die Maschine stellte.

Sechs freie Tage – das schrie geradezu nach einem Kurztrip. Aber wohin? Nach Berlin zu JJ und Safaa? Nein, sie würden sich kontrolliert vorkommen. Nach Dublin zu Brigid? Nein. So gerne sie nach Irland geflogen wäre, würde sie dort nur permanent an Andy erinnert. Sie brauchte aber Erholung.

Ihre Freundin Marilyn in New York fiel ihr ein. Die würde ihr im Nullkommanichts den Kopf geraderücken. Hannah lächelte. Ja, es wäre wunderbar, Marilyn nach all den Jahren wiederzusehen. Aber sie war zu alt, um mal eben für ein paar Tage in die USA zu fliegen. Der Jetlag würde sie umbringen. Von der Umweltsünde ganz zu schweigen.

»Und jetzt?«

Während sie das Bett machte, fiel ihr ein, dass Svenja schon häufiger von diesem entzückenden Hotel in Südtirol geschwärmt hatte.

Ein Blick auf die Uhr zeigte ihr, dass es zu früh war, um ihre Nichte anzurufen. Am Neujahrstag sollte man niemanden vor dem Mittagessen belästigen.

Hannah ging in ihr Arbeitszimmer, setzte sich an den Schreibtisch und startete den Laptop. Es wäre doch gelacht, wenn sie nicht selbst etwas finden würde.

Zwei Stunden später hatte sie ein Zimmer in einem Luxushotel in Murnau gebucht. Dort bot man ihr nicht nur einen Blick über das Murnauer Moos und auf die Alpen, sondern vor allem gute Küche und diverse Wellness-Möglichkeiten. Genau das, was sie jetzt brauchte. Man würde sie sogar vom Bahnhof abholen.

Hannah packte eine Reisetasche, vergewisserte sich, dass alle Elektrogeräte ausgestellt waren, und verließ die Wohnung. Auch im Café checkte sie noch einmal alles gründlich, obwohl sie das bereits vor der Schließung in der letzten Woche getan hatte.

Langsam ging sie durch die immer noch menschenleere Blumengasse zur U-Bahn. Einen Moment lang befürchtete sie, die geliebte Straße zum letzten Mal betreten zu haben, aber sie schalt sich eine alte Närrin und verdrängte die trüben Gedanken.

Auf einer der Bänke auf dem Bahnsteig saß ein nicht ganz nüchternes junges Punker-Pärchen und schmuste. Eine alte Dame ein paar Meter weiter beobachtete sie mit unverhohlener Abscheu. Hannah war besorgt, sie könne sie ansprechen, aber die Frau nickte ihr nur mit verkniffenem Mund zu.

Dennoch lief Hannah bis ans andere Ende des Bahnsteigs und wartete dort auf die U-Bahn.

Am Bahnhof kämpfte sie mit den Tücken des Ticketautomaten und war dankbar für die Hilfe eines jungen Mannes, der ihr nach weniger als einer Minute ihre Karte in die Hand drückte.

Der Zug fuhr stündlich, sie hatte noch gut zwanzig Minuten Zeit bis zur Abfahrt. Hannah ging in den Zeitschriftenladen und kaufte zwei Krimis und mehrere Zeitschriften, um sich über den neuesten Klatsch und Tratsch zu informieren. Beinahe hätte sie die Abfahrt dann doch verpasst, da ihr nicht klar war, dass sie zum Holzkirchner Bahnhof musste. Aber es ging alles gut, zwei

Minuten, nachdem sie in die Regionalbahn gestiegen war, fuhr der Zug los.

Hannah fuhr selten mit der Bahn und versuchte, sich während der Fahrt durch die Stadt zu orientieren, was ihr jedoch nicht gelang. Seit fast fünf Jahren lebte sie nun wieder in München, aber sie kannte kaum mehr als die Innenstadt und das Viertel rund um das Café. Selbst Pasing, wo sie in den späten Achtzigern gelebt hatte, war nicht mehr wiederzuerkennen.

Du solltest weniger arbeiten!

Die Menschen in ihrem Umfeld, die diesen Satz noch nicht zu ihr gesagt hatten, konnte sie locker an einer Hand abzählen.

Ich fahre ja in den Urlaub, dachte sie trotzig, aber sie wusste, dass es mit sechs Tagen im Jahr nicht getan war.

Inzwischen hatten sie die Stadt verlassen. Wo meterhohe oder zumindest zentimeterhohe Schneemassen liegen sollten, zeigte sich eine grün-braune Hügellandschaft. Kein Wunder, dass es so viele Touristen nach Bayern zog: Es war eine wirklich schöne Gegend.

Hannah lehnte sich zurück, streckte die Beine aus und versuchte, sich zu entspannen. Vor ihr lagen Tage, die nur ihr gehörten. Sie sollte die Zeit so gut wie möglich nutzen.

»Gut sieht du aus«, begrüßte Edi sie am siebten Januar, als sie pünktlich um acht Uhr im Café erschien.

»Danke, das Kompliment kann ich zurückgeben«, erwiderte Hannah und umarmte ihre Angestellte. Dann schob sie sie auf Armeslänge von sich und musterte sie von oben bis unten. »Doch, die Auszeit mit Xaver hat dir gut getan.«

Edi wurde tatsächlich ein bisschen rot und kicherte wie ein Teenager.

»Ich freue mich so für dich, Edi«, sagte Hannah.

»Und was ist mit dir?«, wollte Edi wissen.

»Alles gut«, wich Hannah aus. »Ich habe wunderbare Tage

hinter mir. Falls ihr euch mal richtig schönen Luxus leisten wollte, habe ich einen Tipp für euch. Ein Traumhotel mit Blick auf die Alpen, mit einem Wellnessbereich zum Dahinschmelzen und wunderbarem Essen.« Sie klopfte auf ihren Bauch. »Ich schätze, ich habe mindestens zwei Kilo zugenommen.«

Da die ersten Gäste eintrafen, hatten sie keine weitere Gelegenheit, sich auszutauschen.

»Ich bin so froh, dass ihr wieder aufhabt«, sagte Gerd, einer der treuesten Stammkunden. »Dank euch habe ich inzwischen Kaffeekochen verlernt.«

Hannah lachte. »Denkst du etwa, ich kann es? Das macht alles dieses Wunderding.« Sie deutete auf den Kaffeeautomaten hinter der Theke. »Alles, was du können musst, ist den richtigen Knopf drücken.«

»Na ja, ein bisschen mehr gehört schon dazu«, widersprach Gerd und gab ihr einen Kuss auf die Wange. »Gut siehst du übrigens aus.«

Hannah bedankte sich, begrüßte auch die anderen Gäste und ging in die Küche, um die von Edi vorbereiteten Sandwiches und Kuchen in die Kühltheke zu stellen.

Um zehn Uhr kam Alex, und da es gerade etwas ruhiger war, beschloss Hannah, ihren Mitarbeiterinnen die Ideen und Pläne für die nächsten Monate mitzuteilen.

»Ich denke, dass das Café zwischen den Jahren geschlossen war, hat uns nicht geschadet«, begann sie. »Im Gegenteil: Man schätzt uns jetzt wieder ein bisschen mehr.«

Edi nickte. »Fast alle Gäste, die ich bedient habe, sagten mir, wie sehr sie uns vermisst haben.«

»So soll es sein.« Hannah lachte zufrieden. »Damit das auch weiterhin so bleibt, habe ich mir Gedanken gemacht, was wir über den aktuellen Service hinaus anbieten könnten. Es soll natürlich nicht zu viel werden, wir sind schließlich keine Event Location, wie das heutzutage heißt. Andererseits müssen wir attraktiv bleiben.« Sie tätschelte Edis Arm. »Deine Kuchen sind ein Traum und ganz sicher die Hauptattraktion, dennoch müssen wir weiterdenken.«

»Ja, ja«, sagte Edi. Ihr Gesicht drückte jedoch sehr deutlich Zweifel aus.

»Keine Bange, ich will euch nicht überfordern«, versicherte Hannah ihr. »Wir fangen ganz moderat an.«

»Aha«, war Edis trockener Kommentar.

»Warte doch erstmal ab, was ich vorschlage. Ohne eure Zustimmung mache ich nichts, versprochen.«

»Nun red schon«, knurrte Edi und sprang im selben Moment auf, weil ein junges Pärchen das Café betrat und auf den großen, bequemen Kissen im Schaufenster Platz nahm.

»Jede Veränderung macht ihr Angst«, sagte Alex.

»Ich weiß«. Hannah seufzte. »Dabei hat sie sich in den letzten Jahren selbst so sehr verändert. Aber vielleicht ist genau das der Grund. Es wird ihr womöglich zu viel.«

»Sie wird es akzeptieren, da bin ich mir sicher.«

Hannah warf Alex einen dankbaren Blick zu. »Wir hatten noch gar keine Gelegenheit zum Reden. Wie war deine Auszeit?«

Alex grinste verschmitzt. »Schön«, sagte sie. »Ich glaube, ich habe mich verliebt.«

»Aber das ist ja wunderbar!«, rief Hannah erfreut.

»Was ist wunderbar?«, wollte Edi wissen, die sich wieder neben sie setzte.

»Ich habe mich verliebt«, erklärte Alex. »Denke ich zumindest.«

»Wie schön. Dann sind wir ja alle wieder glücklich«, sagte Edi. »Oder?« Herausfordernd schaute sie zu Hannah.

»Ja, natürlich, das sind wir«, bestätigte diese. Sie würde einen Teufel tun und den beiden sagen, dass sie seit Wochen nichts von Andy gehört hatte. »Okay«, begann sie erneut. »Ich habe mir Folgendes vorgestellt: Illy soll einmal im Monat, vielleicht auch vierzehntägig, einen Schmucknachmittag abhalten. Ich denke, wir sind uns einig, dass wir sie unterstützen müssen.«

Edi und Alex nickten unisono.

»Gut. Die Gestaltung würde ich weitestgehend ihr überlassen, aber sie kann zum Beispiel zeigen, wie man echten Schmuck richtig reinigt und aufbewahrt, oder sie gibt Kurse, wobei dafür womöglich das Equipment fehlt. Ich werde das mit ihr besprechen. Dann dachte ich an Lesungen. Ihr kennt Brigid. Sie hat mir erzählt, dass es für Autoren immer schwieriger wird, Lesungsorte zu finden. Sie selbst hat keine Probleme, denn sie liest vor allem in Schulen. Mit Literatur für Erwachsene scheint es allerdings weniger gut zu laufen. Viele Buchhandlungen konzentrieren sich auf Bestsellerautoren, weil die das Haus füllen und den Buchverkauf garantieren. Cafés wie unseres verlangen offensichtlich Geld, weil sie während einer Lesung nichts einnehmen. Offen gestanden, finde ich das einen ausgemachten Blödsinn. Wenn wir es richtig machen, essen und trinken die Gäste etwas und zahlen womöglich sogar Eintritt.« Hannah lächelte. »Ich sehe mich da aber auch ein bisschen als Mäzenin. Das Café läuft gut – warum soll ich nicht etwas davon an notleidende Künstler abgeben?«

»Da kannst du gleich mit unserem Haus- und Hofkünstler anfangen«, spottete Edi.

Hannah lachte. »Der braucht nur einen Tritt in den Hintern, aber kein Geld. Vor allem sollte er sich mal wieder um seine eigene Malerei kümmern, anstatt junge Frauen zu fördern.«

»Höre ich da eine gewisse Eifersucht heraus?«, fragte Edi.

»Was?« Hannah schaute sie empört an. »Nein, natürlich nicht. Ich finde nur, er hat genug Zeit und vermutlich auch Geld in Susanne investiert.«

»Er hat eben von dir gelernt und ist jetzt auch ein Kümmerer«, erwiderte Edi.

»Ha!« Hannah war irritiert. Seit wann war Edi so kritisch ihr gegenüber? Andererseits war sie immer eine der ersten gewesen, die sie ermahnt hatte, sich nicht nur um andere, sondern auch um sich selbst zu kümmern. Vielleicht war sie einfach immer noch etwas empfindsam.

»Lasst mich noch rasch meine letzte Idee erzählen, bevor der Mittagsstress losgeht. Ich habe in der Zeitung einen Artikel über die äthiopische Kaffeezeremonie gelesen und daraufhin im Internet recherchiert. Das ist eine äußerst spannende Sache und könnte nicht nur Interessierte anziehen, sondern auch gleich für einen kulturellen Austausch sorgen.« Erwartungsvoll schaute sie in die Gesichter der beiden Frauen. Edis Miene drückte immer noch mehr Zweifel als Begeisterung aus, aber Alex schien Feuer und Flamme zu sein.

»Klingt gut«, sagte sie. »Wie du schon sagtest: Es darf nicht zu viel werden, aber ich kann mir das als Highlight für zwischendurch sehr gut vorstellen.«

»Schön.« Hannah erhob sich, da neue Gäste kamen. »Ich erstelle einen Plan, über den wir dann noch mal reden. Einverstanden?«

Alex nickte sofort, Edi erst nach einigen Sekunden.

Hannah legte ihre Hand auf Edis Arm und sagte leise: »Vertrau mir.« Ohne eine Antwort abzuwarten, wandte sie sich den Gästen zu.

Nach einem ausgesprochen hektischen Nachmittag schloss Hannah das Café kurz nach einundzwanzig Uhr ab, stieg langsam die Treppe in den ersten Stock hoch und betrat ihre Wohnung. Dankbar nahm sie zur Kenntnis, dass sie zwar müde, aber nicht mehr so ausgelaugt und erschöpft war wie im alten Jahr. Die Tage in Murnau hatten ihr wirklich gutgetan. Wenn jetzt noch geklärt wäre, ob und wie es mit Andy weitergehen würde ...

Sie griff nach dem Telefon, hielt es minutenlang in der Hand, legte es wieder weg. Er würde sich melden, wenn er so weit war. Hoffte sie.

Hannah ging zur Bar, schenkte sich einen Whiskey ein, schaltete den Fernseher ein und nahm auf dem Sofa Platz. Auf der Suche nach einem Film, bei dem sie entspannen könnte, blieb sie bei einer englischsprachigen Nachrichtensendung hängen. Die Sprecherin sagte etwas von gehäuft auftretenden Erkrankungen in einer chinesischen Provinz und dass man von einem neuartigen Virus ausgehe. Es folgten Bilder eines Marktes, auf dem neben Gemüse, Fisch und Fleisch auch exotische Tiere angeboten wurden. Eine männliche Stimme berichtete, dass der Markt seit sechs Tagen geschlossen sei, da man den Ursprung des Virus hier vermutete.

»Wie kann man denn Fledermäuse essen?«, murmelte Hannah und zappte weiter, bis sie einen Spielfilm fand. Nach zehn Minuten ertrug sie das Gesülze nicht mehr und schaltete aus.

Sie hätte gerne mit jemandem gesprochen, fürchtete aber, sie würde nur über das ungeklärte Verhältnis mit Andy reden.

So viel zum Thema ›ich bin gut erholt‹, dachte sie, trank den letzten Schluck Whiskey und setzte sich an den Schreibtisch, um eine to-do-Liste zu erstellen. Sie musste mit Illy reden wegen der Schmucknachmittage und mit Hubertus wegen neuer Bilder. Vielleicht war das für ihn Ansporn genug, sich wieder der eigenen Kunst zu widmen.

Einen Moment lang fragte Hannah sich, ob er und Susanne womöglich ein Verhältnis hatten und das der Grund war, warum Hubertus nichts mehr zustande brachte.

»Und wenn schon«, murmelte sie. »Es geht mich nichts an.«

Dennoch – vorstellen konnte sie es sich nicht. Und wollte es nicht. Obwohl es nun nicht gerade überraschend wäre, wenn ein Mittsiebziger eine jüngere Freundin hätte. Susanne war wie alt? Vermutlich Anfang, Mitte vierzig. Das wären gerade mal dreißig Jahre Unterschied.

Hannah schalt sich eine dumme Ziege. Sie hatte am wenigsten Recht, sich über den Altersunterschied eines Paares zu mokieren. Fast alle ihre Liebhaber waren jünger gewesen als sie. Okay, nicht gerade dreißig Jahre, aber vielleicht kam das noch, wenn sie so alt war wie der Maler.

Sie musste über ihre eigenen Gedankengänge lachen. Sie schaffte es nicht einmal, den aktuellen Liebhaber zu halten. Wie sollte das erst in zwanzig Jahren werden, wenn sie faltig und grau war?

»Schluss jetzt«, entschied sie und schaltete den Computer ein, um nach Anbietern der äthiopischen Kaffeezeremonie zu suchen. Sie schrieb drei Anfragen und suchte außerdem nach aktuellen Autoren, die sie einladen könnte. Um halb eins spürte sie schmerzhaft ihren verspannten Nacken und sehnte sich nach einer Massage, wie sie sie im Murnauer Hotel genossen hatte.

Sie notierte den letzten Namen auf einer Liste, schaltete den PC aus und machte sich bettfertig. Nach zwei Seiten Lektüre war sie eingeschlafen.

Zwei Tage später kam Ben zum Frühstücken ins Café. Hannah begrüßte ihn mit einer Umarmung und setzte sich kurz zu ihm.

»Wir haben uns lange nicht gesehen«, sagte sie. »Wie geht es dir?«

Sie fand, er sah müde aus. Ob ihn die Beziehung mit Svenja belastete? Im Prinzip war er in der gleichen Situation wie sie: Auch er wusste nicht, wie es weitergehen würde.

»Es geht mir gut«, antwortete er, aber sein Lächeln wirkte bemüht. »Svenja lässt dich herzlich grüßen. Sie wohnt derzeit bei mir.«

»Oh. Ist das gut oder schlecht?«, wollte Hannah wissen.

»Es ist gut«, sagte Ben. »Wirklich«, versicherte er, da er ihr die Zweifel ansah. »Wir reden viel, aber natürlich nicht nur.« Er lachte verschmitzt.

»Das ist schön. Ich freue mich für euch.« Hannah hielt beide Hände hoch, Zeige- und Mittelfinger über Kreuz. »Fingers crossed«, sagte sie.

»Was ist mit dir und Andy?«, fragte Ben. »Habt ihr euch endlich ausgesprochen?«

Hannah spürte plötzlich überdeutlich ihren Herzschlag. Sollte das heißen, dass ...

Ben schien ihren Gesichtsausdruck richtig zu deuten. »Sag nicht, er hat noch nicht angerufen!«

»Seit wann ist er wieder da?«, wollte sie wissen und musste sich zweimal räuspern, weil ihre Stimme versagte.

»Verdammt, ich hätte meine Klappe halten sollen«, sagte Ben. »Er ist schon vor den Feiertagen zurückgekommen.«

Hannah schluckte. Andy war seit über drei Wochen in München und hatte sich nicht gemeldet? Das bedeutete nichts Gutes.

»Hat er etwas gesagt?«, fragte sie leise. »Ich meine, über mich, über uns?«

Ben schüttelte den Kopf. »Tut mir leid. Ich habe kaum ein Wort mit ihm gewechselt. Wie du weißt, waren Svenja und ich über die Feiertage in Hamburg, wir kamen erst an Neujahr zurück. Andy kam gerade an, als wir die Koffer ins Auto packten. Es war nur ›Hallo, wieder da? Wie geht's‹, ›Ja, bin wieder da, es geht gut, danke.‹« Er dachte kurz nach. »Im neuen Jahr habe ich ihn noch gar nicht gesehen, nur mal gehört.«

»Aber er war allein«, hakte Hannah nach. Ihre Stimme war heiser, der Hals trocken, ihr Herz klopfte wie wild. Gleichzeitig hatte sie das Gefühl, in Tränen ausbrechen zu müssen.

»Ich habe zumindest niemanden gesehen oder gehört«, bestätigte Ben. »Aber – wie gesagt – wir waren kaum da.«

»Wie war es in Hamburg? Hat sich die Familie ordentlich benommen?«, wechselte Hannah das Thema.

Ben lachte. »Sie waren nett, soweit ihnen das möglich ist. Svenja hat mich eindringlich gewarnt, ich habe also nicht allzu viel erwartet. Nur ihre Mutter war ganz anders, als ich sie in Erinnerung hatte. Ich habe sie zwar vorher nur ein paarmal bei irgendwelchen Geschäftsessen gesehen und wenig mit ihr geredet; dennoch kam sie mir immer sehr kühl vor, eine typische Wahls eben. Diesmal war sie freundlich und nett.«

»Ich hätte eher gedacht, dass Rasmus der freundlichere von beiden wäre, angesichts des Kapitals, das man mit dir in Verbindung bringt«, sagte Hannah.

Ben nickte. »Offen gestanden, habe ich das auch erwartet. Du weißt, dass er mir letztes Jahr einen Sitz im Aufsichtsrat anbieten wollte?«

Hannah schüttelte verblüfft den Kopf.

»Ich habe abgelehnt. Ich hatte immer die Hoffnung, dass es mit mir und Svenja etwas werden könnte. Und es war noch nie gut, Privates und Geschäftliches zu vermengen. Und so wäre es dann ja auch gekommen ...« Er schwieg ein paar Sekunden, schüttelte den Kopf, fuhr fort: »Egal. Er hat mich wie einen Gast behandelt, den man zwangsläufig akzeptieren muss, weil er wichtig ist.« Er zog eine Grimasse. »Ich vermute, er hätte nichts dagegen, wenn ich sein Schwiegersohn werden würde, aber lieben wird er mich nie.«

»Das muss er auch nicht. Es reicht, wenn Svenja es tut«, erwiderte Hannah trocken.

»Tut sie es?«, fragte Ben.

Hannah erschrak über den Blick, den er ihr zuwarf. »Was ist denn los?«, fragte sie.

»Es läuft gut. Momentan zumindest. Aber sie kann sich nicht entscheiden. Mal sind wir ein Paar, mal sind wir nur locker zusammen. Ich weiß nicht, was ich davon halten soll. Und ich weiß nicht, wie lange ich das ertrage.«

Hannah verkniff sich eine Bemerkung. Ben sprach aus, was Andy mit ihr durchmachte.

»Es tut mir leid«, sagte sie leise und ergriff Bens Hand. »Ich fürchte, Svenja hat einiges von meinen Genen geerbt, sie ist genauso kompliziert wie ich. Ich weiß, wir machen es euch gerade nicht leicht ...«

Ben schaute sie direkt an. »Was ist so schwer daran zu sagen: Okay, wir sind jetzt zusammen, lass uns die Zeit genießen?«

Hannah wusste keine Antwort darauf. »Es tut mir leid«, wiederholte sie. »Für dich. Und für Andy.« Sie haderte mit sich, fügte dann doch hinzu: »Kannst du ihm sagen, dass er mich anrufen soll?«

»Ich sag's ihm. Aber ihr müsst genauso dringend miteinander

reden wie Svenja und ich. Es muss alles auf den Tisch, auch wenn es weh tut.«

»Als wenn ich das nicht wüsste«, gab Hannah zurück. »Aber wissen und tun sind zwei Paar Stiefel.«

Ben beugte sich vor und gab ihr einen Kuss auf die Wange. »Hannah, du bist zu klug, um dir mit solchen Ausreden dein Liebesglück zu verbauen. Rede mit ihm.« Er zog sein Handy aus der Tasche. »Jetzt.«

»Ich habe mein eigenes Handy«, sagte Hannah und lachte. Es klang gezwungen.

Ben blieb ernst. »Das ist mir klar. Aber dir werden wieder tausend andere Dinge dazwischenkommen. Ruf ihn jetzt an.« Auffordernd hielt er ihr das Telefon vor die Nase.

Hannah seufzte, nahm es, gab es ihm aber wieder zurück mit den Worten: »Freischalten musst du es aber schon.«

Ben gab den Code ein, suchte Andys Nummer, drückte auf das grüne Hörersymbol und gab ihr das Handy zurück.

Hannah presste es ans Ohr, damit Ben nicht sah, wie sehr ihre Hand zitterte. Insgeheim hoffte sie, Andy möge nicht abnehmen, aber da meldete er sich schon mit einem fröhlichen: »What's up, Ben?«

»Ich bin es«, sagte Hannah so leise, dass sie fürchtete, er könne es überhört haben, weil er nichts sagte.

»Bist du noch dran?«, fragte sie und spürte, wie sich ihre Augen mit Tränen füllten. Na toll, gleich würde sie mitten in ihrem Café zu heulen beginnen!

»Ja, ich bin noch dran. Ich habe nicht damit gerechnet, dass du mit Bens Handy anrufst.«

»Er hat mich dazu gezwungen«, sagte sie und versuchte, es witzig klingen zu lassen. Sie wusste nicht, ob es ihr gelang. Aber Andy schien sie verstanden zu haben, denn er erwiderte: »Ja, so ist Ben.«

Hannah atmete tief durch und sagte: »Wir sollten reden. Kannst du heute Abend zu mir kommen?«

Sie hörte, wie Andy mit Paper raschelte. »Es tut mir leid,

heute Abend geht es nicht, ich treffe mich mit Aneta und Maik. Morgen Abend wäre möglich.«

»Ja, gut, dann morgen Abend. Neunzehn Uhr bei mir?«

»Lass uns was essen gehen«, machte Andy den Gegenvorschlag. »Ich hole dich um sieben ab. In Ordnung?«

»Ja, natürlich, das ist auch gut«, sagte Hannah. »Bis morgen Abend.«

»Okay, bye.«

»Bye«, sagte Hannah, obwohl Andy längst aufgelegt hatte. Sie gab Ben das Handy zurück.

»Na siehst du, war gar nicht so schwer, oder?«, meinte er und lächelte sie an.

»Nein, war es nicht«, bestätigte Hannah und bemühte sich um ein Lächeln.

Diesmal war es Ben, der ihre Hand ergriff und drückte. »Du wirst sehen, es wird alles gut.« Plötzlich lachte er.

»Was ist?«

»Ich klinge schon wie du.« Er schaute sie gespielt-misstrauisch an. »Das ist nicht ansteckend, oder?«

Hannah musste wider Willen lachen. Sie gab ihm einen leichten Klaps auf den Arm und nannte ihn einen frechen Jungen.

»Aber du lachst wieder«, sagte er zufrieden und lehnte sich zurück.

»Ja, jetzt noch«, erwiderte sie.

Am Abend versuchte Hannah, sich mit allem Möglichen zu beschäftigen, um nicht an Andy denken zu müssen. Dennoch geisterte er permanent in ihrem Kopf herum.

Als nicht einmal die Buchhaltung sie ablenken konnte, griff sie entschieden zum Telefon und wählte Marilyns Nummer. Die Freundin in Queens würde ihr den Kopf wieder zurechtrücken. Leider war nur der Anrufbeantworter dran.

»Ruf mich bitte an, wenn du das hörst«, sagte Hannah und legte auf.

Brigid? Hannah haderte mit sich, suchte die Nummer der Freundin, konnte sich aber nicht dazu durchringen, sie zu wählen.

Sie scrollte weiter und landete bei Marlene, von der sie auch schon seit Wochen nichts mehr gehört hatte. Trotz der Unterstützung durch Andys Firma war Marlenes Mutter eine große Belastung. Ein Grund mehr, sie nicht mit den eigenen Problemen zu belasten. Und schon gar nicht wollte sie der Freundin Andy madig machen.

Seufzend legte Hannah das Handy weg und wandte sich ihren Mails zu. Erfreut sah sie, dass einer der Anbieter der äthiopischen Kaffeezeremonie geantwortet hatte. Sie schrieb zurück und schlug ein paar Gesprächstermine im Café vor.

Sie stand gerade in der Küche und machte sich einen Schlummertrunk, bestehend aus heißem Kakao mit einem kräftigen Schuss Rum, als ihr Handy klingelte.

»Sorry, I was just around the corner", sagte Marilyn statt einer Begrüßung.

Hannah lachte. »Wie kannst du nicht zu Hause sein, wenn ich anrufe?«, foppte sie die Freundin und freute sich, dass trotz tausender Kilometer Distanz immer eine Stimmung herrschte, als seien sie am Tag zuvor noch zusammengesessen. Dabei war es Jahre her, dass sie sich gesehen hatten.

»Ruf mich das nächste Mal vorher an, dann bin ich da«, gab Marilyn zurück. »Was ist los?«

»Du willst jetzt nicht sagen, dass ich nur anrufe, wenn ich Probleme habe«, erwiderte Hannah spöttisch, wusste aber, dass es in den letzten Wochen immer so gewesen war.

»Nein, natürlich nicht«, wiegelte Marilyn ab, um im selben Moment zu sagen. »Obwohl …« Es war klar, dass es witzig gemeint war, aber Hannah wusste, die Freundin machte sich auch Sorgen um sie.

»Es hat sich nichts geändert«, erklärte sie. »Das heißt, wir haben morgen Abend eine Aussprache.«

»Das ist gut«, sagte Marilyn. »Und es wurde auch Zeit.«

Hannah hörte sie durch die Wohnung laufen, Schränke öffnen und schließen und irgendwo – vermutlich in der Küche – einen Wasserhahn aufdrehen.

»Ich störe dich«, stellte sie fest.

»Du störst nie«, antwortet Marilyn in einem Ton, der keine Widerrede duldete. »Ich habe mir nur schnell ein Glas Wasser eingelassen. Warte bitte eine Sekunde ...« Schluckgeräusche waren deutlich vernehmbar. »Ah, jetzt geht's mir besser«, sagte sie und stellte das Glas – eher eine Tasse – auf dem Tisch ab.

Hannah dachte an die vielen Stunden, die sie in Marilyns Küche verbracht hatte; die meisten waren glücklich gewesen und sie hatten viel gelacht. Aber es hatte auch schreckliche gegeben, vor allem, wenn etwas mit einem der Kinder war – was bei insgesamt sieben eigentlich immer der Fall war. Und nach Joshs Tod.

»Ich sollte mal wieder nach New York kommen«, sagte sie.

»Das wäre wunderbar. Wir haben uns so lange nicht gesehen.«

Hannah bestätigte das. »Ich war gerade ein paar Tage im Alpenvorland und habe Gefallen an einer kurzen Auszeit gefunden«, sagte sie. »Ich sollte das häufiger machen. Ich könnte zum Beispiel im März oder April zu dir fliegen.« Während sie es aussprach, fand sie ihre Idee großartig. Sie machte sich auf einem Schmierzettel eine Notiz: Check flights to NYC.

»Es wäre wirklich schön«, sagte Marilyn erneut. »Seit Sam nicht mehr hier wohnt, ist die Wohnung leer.«

»Ich dachte, er kommt jedes Wochenende zu dir? Schon allein der Wäsche wegen.«

Marilyn lachte. »Das war einmal. Stell dir vor, mein Nesthäkchen hat seit kurzem eine Freundin. Na ja, so kurz ist es auch nicht mehr. Das geht wohl schon seit letztem Sommer so. Mir soll es nur recht sein. Er war schon ein sehr großer Stubenhocker.«

»Das freut mich für Sam. Wie geht es den anderen Kids?«

»Nichts Neues seit unserem letzten Telefonat. Vivs Scheidungsverfahren läuft, die Anwälte haben sich wohl endlich geeinigt. Ah, und Sarah hat vor den Feiertagen angerufen. Ich hatte den Eindruck, Jason sollte nichts davon wissen.«

»Kommt da eine zweite Scheidung auf euch zu?«, fragte Hannah. Marilyns mittlere Tochter hatte bisher trotz massiver Probleme an ihrer Ehe festgehalten und fast alle Kontakte zur Familie abgebrochen. Sogar die Verbindung zu JJ, der seit Kindertagen ihr engster Freund und Vertrauter gewesen war, hatte sie gekappt.

Marilyn stieß einen tiefen Seufzer aus. »Ich weiß es nicht. Einerseits hoffe ich, dass sie sich endlich von diesem Gefühlskrüppel trennt; andererseits sehe ich bei Viv, welche neuen Probleme das mit sich bringt. Im Endeffekt muss sie es selbst entscheiden.«

»Ich wünschte, ich wäre so klug wie du«, sagte Hannah.

»Kümmerst du dich immer noch um alle und jeden?«

»Ich denke, es ist etwas besser geworden, aber es ist noch ein weiter Weg, bis ich nicht bei jedem Problem, das irgendwo auftaucht, denke: Oh, was kann ich da machen?«

»Du weißt ja: Selbsterkenntnis etc.«, spottete Marilyn liebevoll.

»Ja, ja.«

»Und morgen?«

Hannah verdrehte die Augen. Marilyn war nicht umsonst neben Brigid ihre beste Freundin. Sie kannte all ihre Schwachpunkte und legte gezielt den Finger auf Stellen, die schmerzten. Sie war versucht, sich dumm zu stellen, aber das würde ihr Marilyn nicht abkaufen.

»Ich mache mir zum einen Gedanken, warum er laut Ben seit Mitte Dezember wieder in München ist, mich aber kein einziges

Mal angerufen hat«, begann sie. »Ich befürchte, er hat in Irland wieder mit seiner alten Liebe angebandelt.«

»Wäre er dann seit Wochen in München statt in Dublin?«, warf Marilyn ein.

»Immerhin hat er hier ein eigenes Geschäft aufgebaut«, gab Hannah zu bedenken.

»Okay, weiter?«

»Ich habe ihn zu mir eingeladen«, fuhr Hannah fort. »Er will lieber essen gehen.«

»Finde ich, ehrlich gesagt, vernünftig«, sagte Marilyn. »Bei dir in der Wohnung ist es viel zu intim, außerdem mit Erinnerungen belastet, guten und schlechten. Ihr braucht neutralen Boden.«

»Oh.« Hannah war verblüfft. So hatte sie das noch gar nicht gesehen.

Die Freundin schien zu wissen, was in ihr vorging. »Hannah, mach dich nicht verrückt. Du denkst zu viel. Lass es auf dich zukommen; ich bin sicher, du triffst am Ende die richtige Entscheidung.«

Sie redeten noch ein paar Minuten über gemeinsame Bekannte und Marilyns Kinder. Sie erwähnte auch, dass JJ ein Foto von sich und Safaa geschickt hatte.

»Sie bilden ein reizendes Paar«, sagte sie.

»Ja, das tun sie«, bekräftigte Hannah. »Dennoch weiß ich nicht, ob sie auf Dauer miteinander glücklich werden.«

Marilyn gluckste. »Du weißt ja ...«

»... es ist ihre eigene Entscheidung«, ergänzte Hannah.

Erst nachdem sie aufgelegt hatten, fiel ihr ein, dass sie sich nicht nach Quentin erkundigt hatte. Er war nach dem Tod von Marilyns letztem Mann Barney ein treuer Freund und später auch Liebhaber geworden.

So viel zum Thema, ich kümmere mich um alle, dachte Hannah.

Am nächsten Tag war sie so nervös, dass sie zwei Mal beinahe mit Edi zusammengestoßen wäre, hätte die das nicht mit einem eleganten Hüftschwung vermieden.

»Was ist denn heute bloß los mit dir?«, schimpfte sie,

nachdem sie die beiden Torten sicher in der Kühltheke verstaut hatte.

»Weiß nicht«, murmelte Hannah. »Das muss am Wetter liegen.«

Edi schaute sie schief an, sagte aber nichts.

Zum Glück war es wie üblich ein hektischer Freitag; erst als es nach vier Uhr ruhiger wurde, setzte das Denken wieder ein. Eine Stunde später, nach zwei falsch gelieferten Bestellungen, gab Hannah nach.

»Ich fühle mich nicht wohl«, sagte sie zu Edi. Das war nicht ganz die Wahrheit, aber auch nicht komplett gelogen. »Kannst du heute zusperren? Die Kasse mache ich morgen, das eilt nicht.«

Wieder warf Edi ihr einen fragenden Blick zu, nickte aber nur und sagte: »Leg dich ein bisschen hin.«

»Ja, das sollte ich wohl tun«, erwiderte Hannah. »Danke.«

»Aber immer doch«, sagte Edi, und diesmal schwang so etwas wie Mitleid mit.

»Danke.« Hannah drückte kurz ihre Hand und verließ das Café durch den Nebenausgang, der direkt ins Treppenhaus führte.

In ihrer Wohnung im ersten Stock beherzigte sie Edis Rat und streckte sich auf dem Sofa aus, hielt es aber keine fünf Minuten aus. Rastlos tigerte sie durch die Zimmer, wobei sie das Schlafzimmer mied. Es erinnerte zu sehr an gemeinsame Nächte mit Andy.

»Das ist doch kindisch!«, schimpfte sie mit sich selbst. »Du schläfst jede Nacht darin, wieso solltest du jetzt nicht reingehen?«

Entschieden öffnete sie die Tür und blieb auf der Schwelle stehen. Sie hatte damals beim Einzug mit Absicht das größere Zimmer zum Schlafen gewählt, obwohl zu dem Zeitpunkt kein Partner in Sicht gewesen war. Klaus war Geschichte, für Neues war sie nicht bereit gewesen.

Auch das Bett hatte sie nach diesen Kriterien gekauft: Man

konnte gut allein darin schlafen, ohne sich verloren vorzukommen; man hatte aber auch zu zweit Platz.

Sie starrte auf das Porträt, das Waldhausen unerlaubterweise von ihr gemalt und das Ben, neben all den anderen Bildern von ihr, vor dem geifernden Galeristen gerettet hatte.

Meist vermied sie den Blick auf sich selbst, aber heute schaute sie sich das Bild genauer an. Sie musste einmal mehr zugeben, dass Hubertus ein ausgezeichneter Beobachter war. Er hatte sie verdammt gut getroffen und neben dem freundlichen Blick eine gewisse Ironie in ihren Augen verewigt.

Die Bild-Hannah sah sie unverwandt an, mit leichtem Spott im Blick. Was wollte sie ihr mitteilen? Vielleicht:

»Stell dich nicht so an! Wie viele Männer hast du schon geschasst und dir keine Gedanken darüber gemacht, ob du ihnen Schmerz zufügst oder nicht.«

Oder aber: »Das hast du nun davon! Mit einem Mann wie Andy spielt man nicht. Du wusstest, dass er ernste Absichten hat; du hast alles kaputt gemacht.«

Oder doch eher: »Noch ist nichts verloren! Du musst um ihn kämpfen. Selbst wenn er wieder mit Jill zusammen ist, kannst du ihn immer noch zurückerobern.«

Hannah beschloss, dass ihr die letzte Variante am besten gefiel.

»Du hast recht«, teilte sie ihrem Konterfei mit. »Ich sollte um ihn kämpfen. Keine Spielchen mehr, obwohl das sowieso nie meine Absicht war. Ich will ihn und dafür muss ich Kompromisse schließen.«

Kaum hatte sie die Worte ausgesprochen, wusste sie, dass es die Wahrheit war: Sie wollte Andy mit jeder Faser ihres Körpers, vor allem aber ihres Herzens.

Hoffnungsfroh und schwungvoll ging sie ins Bad und nahm eine erfrischende Dusche. Danach stand sie dreißig Minuten vor dem Kleiderschrank und haderte mit allem, was sich darin befand. Schließlich schalt sie sich eine Närrin, immerhin hatte Andy sie in beinahe jeder Art Kleidung gesehen. Sie wählte einen grauen Hosenanzug, in dem sie sich sehr wohl fühlte, dazu ein dunkelblaues Shirt, das nicht zu edel wirkte. Sie hoffte sehr, er würde sie nicht in ein irisches Pub entführen. Ein vernünftiges Gespräch wäre da kaum möglich. Aber vielleicht wollte er gar nicht richtig reden, sondern ihr nur klarmachen, dass es aus war?

Hannah warf einen Blick auf ihr Porträt, das gerade sehr mahnend dreinblickte.

»Ja, ich weiß. Kämpfen ist die Devise.«

Sie legte nur wenig Make-up auf und wählte als Schmuck ein dezentes Perlenset, das sie sich vor Weihnachten von Illy hatte anfertigen lassen.

»Ich komme langsam in das Alter, wo man Perlen tragen kann«, hatte sie lachend gesagt. Illy hatte sofort widersprochen: »Perlen kann man immer tragen. Es kommt auf die Machart an.«

Tatsächlich wirkte das Set so frisch und jugendlich, dass Hannah bereute, nicht schon früher Perlen getragen zu haben. Aber früher hatte es eben auch keine Illy gegeben, die den Schmuck seinen Trägerinnen anpasste.

Hannah hatte noch knapp zwanzig Minuten Zeit, bis Andy sie abholen würde. Ihre Nervosität stieg, die Gedanken ließen sich nicht abschalten. Sie lief zur Bar, schenkte sich einen großzügigen Whiskey ein, hielt das Glas sekundenlang vor dem Gesicht, atmete den Duft ein, ging dann in die Küche und leerte das Glas in die Spüle.

»Schade drum«, sagte sie, war aber froh, nichts davon getrunken zu haben. Sie wollte und sollte diesen Abend nüchtern verbringen. Zumindest den Anfang.

Andy klingelte Punkt sieben. Hannah atmete tief durch, fuhr sich durch die Haare, befeuchtete ihre Lippen, drückte auf den Türöffner, hörte die Haustür sich öffnen und ins Schloss fallen und Andys Schritte auf der Treppe. Wie immer nahm er zwei Stufen auf einmal und stand kurze Zeit später vor ihr, mit einem kleinen Blumenstrauß in der Hand.

Aber das war es nicht, was Hannah komplett verwirrte.

»Wo ist ..., du hast ...«, stotterte sie und deutete auf seinen Kopf.

Er grinste sein jungenhaftes Grinsen. »Ich brauchte eine Veränderung.« Er fuhr sich durch die kurzen Haare. »Das war das Naheliegendste.« Er hielt ihr das Sträußchen hin. »Für dich.«

»Danke.« Hannah nahm es und legte es achtlos auf das Sideboard, das neben der Tür stand.

Mit Wohlwollen sah sie, dass Andy statt der üblichen Jeans eine Stoffhose trug, ein einfarbiges Hemd und ein passendes Sakko. Ob Ben ihn beraten hatte? So oder so schien ihm das Gespräch mit ihr wichtig zu sein. Das machte ihr Hoffnung.

Irritiert darüber, dass er ihr offensichtlich keinen Kuss geben wollte, drehte sie sich um und nahm die Blumen. »Ich sollte sie besser ins Wasser stellen.« Sie ging in die Küche, füllte ein großes Glas mit Wasser und stellte den Strauß hinein.

Insgeheim hatte sie gehofft, Andy würde ihr folgen, sich hinter sie stellen, sie in die Arme nehmen und ihr ins Ohr flüstern: »Keine Angst, es ist alles gut.«

Er wartete vor der Tür. Verdammt, er sah so attraktiv aus mit den kurzen Haaren!

»Ist das dauerhaft?«, fragte Hannah, weil ihr nichts anderes einfiel. Sie zeigte auf seinen Kopf.

Er zuckte mit den Schultern. »Ich warte mal ab. Es ist auf jeden Fall sehr praktisch.«

Hannah schlüpfte in ihren Mantel und griff nach Tasche und Wohnungsschlüssel.

»Danke für die Blumen«, sagte sie, während sie zusperrte.

»Gerne«, erwiderte er. »Gut siehst du aus.«

Du auch, dachte Hannah.

Vor dem Haus stand der Wagen, den Andy vor ein paar Jahren für den neu gegründeten Sozialdienst gekauft hatte. Er war umlackiert und mit dem Logo versehen worden und machte trotz seines Alters einen professionellen Eindruck.

Andy machte jedoch keine Anstalten, zu dem Auto zu gehen, sondern wandte sich zur Blutenburgstraße.

»Fahren wir nicht?«

»Nein. Wusstest du, dass du ganz in der Nähe einen hervorragenden Italiener hast?«

»Nein«, sagte Hannah. Sie lachte leise. »Ich weiß, ich komme viel zu selten raus.«

»Das ändert sich ja gerade.« Er lächelte sie an.

Hannah fragte sich, warum Andy so gute Laune hatte. Es war nur dadurch zu erklären, dass er eine Entscheidung getroffen hatte und mit sich im Reinen war. Hieß das, dass sie mit dieser Entscheidung nichts mehr zu tun hatte? Sie schluckte.

Sie liefen an der Dauerbaustelle der Telekom vorbei.

»Dort oben im Turm brüten jedes Jahr irgendwelche Falken«, sagte Hannah, um die Stille zu unterbrechen.

»Cool«, erwiderte Andy, aber es machte nicht den Eindruck, als interessiere es ihn.

Zwei Minuten später erreichten sie das Restaurant Nuovo Mondo. Hannah erinnerte sich, ein paar Mal daran vorbeigelaufen zu sein. Es war ihr immer warm und gemütlich vorgekommen, aber bisher hatte sie nie die Zeit gefunden hineinzugehen.

Andy schien Stammgast zu sein, denn er wurde vom Besitzer – später erfuhr Hannah, dass er Rosario hieß – erfreut und mit Handschlag begrüßt.

»Das ist Hannah«, stellte Andy sie vor. »Sie betreibt das Café in der Blumengasse.«

»Si, si«, sagte Rosario. »Leider hatte ich noch keine Zeit.«

»Geht mir ebenso«, erwiderte Hannah.

Der Italiener führte sie nach links zu zwei Tischen auf einer kleinen Empore. Hannah sah, dass die restlichen Tische in diesem Bereich, im Gegensatz zum Rest des Restaurants, nicht gedeckt waren. Hatte Andy das halbe Lokal gemietet?

Eine Bedienung brachte Speisekarten und fragte nach ihren Getränkewünschen.

»Wein?«, fragte Andy.

Obwohl Hannah den Abend mit klarem Kopf hatte

verbringen wollen, nickte sie. Sie würde eben viel Wasser dazu trinken.

Die Getränke wurden gebracht, Andy ließ Hannah den Wein probieren, sie bestellten das Essen.

»Du hast nicht angerufen«, sagte Hannah, als sie wieder allein waren.

»Es tut mir leid«, antwortete Andy. »Und das meine ich ehrlich. Ich war so mit dem neuen Projekt beschäftigt, dass ich alles um mich herum vergessen habe.«

»Welches neue Projekt?«

»Wir haben für unseren Sozialdienst eine neue Möglichkeit aufgetan. Ich erzähle dir das ein anderes Mail. Ich denke, heute Abend sollten wir uns nur auf uns konzentrieren.« Er schaute sie fragend an.

Hannah nickte. Dass er uns gesagt hatte, war ein gutes Zeichen. Oder?

Rosario brachte das Essen, wünschte Buon Appetito und zog sich rasch zurück. Eine Weile aßen sie schweigsam, stießen mit den Weingläsern an, begannen dann, von harmlosen Erlebnissen in Irland beziehungsweise Murnau zu erzählen.

Nach dem Essen nahm Hannah all ihren Mut zusammen und sagte: »Ich weiß, ich habe Mist gebaut. Ich war nicht fair zu dir, habe dir das Gefühl gegeben, dich, nein, uns nicht ernst zu nehmen. Es tut mir leid, wenn ich dir weh getan habe.«

Andy schwieg so lange, dass Hannah fürchtete, er würde ihr nicht verzeihen. Als er endlich zu reden begann, wurden ihre Befürchtungen wahr: »Es stimmt, du hast mir sehr weh getan«, sagte er. »Ich habe mich manchmal wie ein dummer Junge behandelt gefühlt, der es nicht wert ist, dass man sich mit ihm abgibt. Ich habe mich immer gefragt, warum du mit mir zusammen warst, wo du doch so offensichtlich keine Beziehung wolltest. Und natürlich habe ich damit gehadert, dass ich immer für dich da war, du aber selten für mich.«

Hannah wollte etwas sagen, aber er hob die Hand, um sie daran zu hindern. »Glaub mir, es fällt mir nicht leicht, all das zu sagen. Ich denke, niemand kann das. Aber es muss sein. Ich habe in Irland erkannt, dass es vor allem mein Fehler war. Ich habe zu viel von dir erwartet. Ich habe zwar immer gesagt, ich liebe dich, ohne Bedingung und ohne Einschränkung, aber im Grunde meines Herzens habe ich gehofft, du würdest dich meiner Liebe ›würdig‹ erweisen«, er schrieb mit je zwei Fingern Anführungszeichen in die Luft, »und mir etwas davon zurückgeben. Ich habe lange darüber nachgedacht und mit vielen Freunden gesprochen. Schließlich bin ich zu der Erkenntnis gelangt, dass es falsch war, etwas von dir zu erwarten.« Er schwieg, trank einen großen Schluck Rotwein, wischte sich über die Augen.

»Darf ich?«, fragte Hannah leise.

Er nickte nur, sah sie aber nicht an.

»Ich hatte auch viel Zeit zum Nachdenken«, begann sie. »Nicht ganz so viel wie du, aber es hat gereicht, um mir über einiges klarzuwerden. Ich bin mir jetzt sicher, dass ich dich in meinem Leben haben möchte. Es wird keine Spielchen oder ähnliches mehr geben, das verspreche ich. Vermutlich werde ich manchmal noch in alte Muster verfallen, so schnell kann man sich in meinem Alter nicht ändern.« Sie lachte kurz und schwieg, als Andy keine Miene verzog.

»Ich will an mir arbeiten«, begann Hannah erneut. »Und ich will an unserer Beziehung arbeiten.« Sie atmete tief ein und sprach die entscheidende Frage aus: »Gibt es unsere Beziehung noch?«

Jetzt brauchte auch sie einen großen Schluck Rotwein. Warum, verdammt noch mal, sagte er nichts?

Andy räusperte sich. »Ich will es dir nicht verheimlichen, denn irgendwann wirst du es erfahren, und wenn meine blöde Schwester es dir unter die Nase reibt.«

Hannah hielt die Luft an. Sie ahnte, was kommen würde.

»Ich habe mit Jill geschlafen«, sagte Andy. »Es war ein Fehler, das wussten wir beide sofort, nachdem es geschehen war. Andererseits war es gut, denn jetzt weiß ich, dass die Sache mit Jill endgültig vorbei ist. Sie hat mir auch gesagt, dass ich uns«, er ließ seine Hand zwischen sich und ihr hin- und herpendeln, »eine zweite Chance geben soll.« Er schaute ihr direkt in die Augen. Hannah schauderte vor dem Ernst, der darin lag. So hatte sie ihn noch nie gesehen. »Eigentlich wollte ich nichts mehr mit dir zu tun haben. Und vermutlich war das auch der Grund, weshalb ich keine Zeit zum Telefonieren gefunden habe. Ich habe mich in Arbeit vergraben, um nicht nachdenken zu müssen.« Er machte eine Pause, schob dann leise nach: »Um nicht an dich denken zu müssen.«

Hannah schluckte und schluckte und schluckte, um das Rauschen in ihren Ohren zu verbannen. Sie fürchtete, ohnmächtig zu werden, und trank ihr Wasserglas auf einen Zug aus. Andy schenkte ihr nach.

Muss ich Jill jetzt ernsthaft dankbar sein?, dachte sie

»Ich weiß, es tut weh«, sagte er leise. »Und es tut mir leid. Aber es muss alles raus, wenn wir eine Perspektive haben wollen.«

Hannah trank auch das zweite Glas Wasser leer, bevor sie sich in der Lage fühlte zu antworten. Sie räusperte sich mehrmals.

»Und wie geht es jetzt weiter? Geht es weiter?«

Wieder schwieg Andy zu lange für Hannahs Wohlempfinden. »Nun sag doch was«, stieß sie heftiger hervor als beabsichtigt. »Tut, tut mir leid. Ich fühle mich gerade schrecklich.«

Andy ergriff ihre Hand. »Mir tut es leid. Ich will dir nicht wehtun. Aber ich weiß, offen gestanden, nicht, wie es weitergehen könnte.«

Hannah genoss den Kontakt, spürte einmal mehr, wie sehr sie den Mann ihr gegenüber vermisste, wie sehr sie ihn – ja, verdammt noch mal, liebte. Die Erkenntnis traf sie wie ein Blitz.

»Und wenn wir noch mal von vorne anfangen?«, schlug sie mit rauer Stimme vor. »Natürlich kennen wir uns, aber wir wissen eigentlich viel zu wenig voneinander«, fügte sie hinzu. »Lass uns treffen, wie zwei Menschen, die sich gerade kennengelernt haben und sich sympathisch finden. Wir gehen essen oder auf einen Drink, reden miteinander. Die Wohnungen sind tabu, ebenso Sex.« Sie musste wider Willen lächeln, als Andy sie überrascht anschaute. »Zumindest vorerst«, sagte sie. »Was meinst du?«

Andy nickte. »Klingt vernünftig.« Er lachte, wurde aber schnell wieder ernst. »Klingt zu vernünftig für uns beide, würde ich sagen, aber wenn wir uns anstrengen, könnte es funktionieren.«

Hannah zog ihre Hand zurück. »Ich fürchte, ich habe bisher nie echte Beziehungsarbeit geleistet«, gestand sie. »Vermutlich habe ich mir deshalb immer jüngere Männer ausgesucht, weil ich dachte, ich könnte sie nach meinem Willen erziehen. Wenn es nicht funktioniert hat, bin ich davongelaufen.« Nachdenklich spielte sie mit ihrem Weinglas. »Es war eigentlich nur bei Josh anders. Es kann aber sein, dass er starb, bevor es Probleme hätte geben können.«

Andy holte ihre Hand zurück und nahm sie in seine beiden Hände. »Sei mal nicht zu streng mit dir. Es gehören immer zwei dazu.« Zu ihrer großen Überraschung führte er ihre Hand zum Mund und küsste sie. »Lass es uns so machen, wie du vorgeschlagen hast. Ich finde es eine gute Idee, wenn wir uns besser kennenlernen. Der Rest wird sich zeigen.«

Sie stießen darauf an und plauderten noch ein wenig über Nichtiges. Aber Hannah hatte das Gefühl, es wirkte zu gewollt, deshalb schlug sie vor, zu zahlen und zu gehen.

Andy wollte es sich nicht nehmen lassen, sie einzuladen. Rosario spendierte zum Abschluss einen Grappa, mit dem sie noch einmal auf ihren Neuanfang anstießen.

Dass Andy auf dem Rückweg ihre Hand nahm, machte Hannah glücklich. Schweigend liefen sie zur Blumengasse zurück. Vor der Haustür standen sie unsicher wie zwei Teenager nach dem ersten Rendezvous.

Hannah schloss die Tür auf und sagte: »Ich geh dann mal rauf.«

»Ja«, antwortete Andy. »Schlaf gut.« Er zögerte, beugte sich dann vor und hauchte ihr einen Kuss auf die Wange.

»Du auch.« Hannah wandte sich schnell ab, damit er die aufsteigenden Tränen nicht sah. Bevor die Tür ins Schloss fiel, hörte sie ihn noch sagen: »Ich ruf dich an.«

»Mach das«, flüsterte sie und ließ sich weinend auf der Treppe nieder. Wie kam es, dass ein Neuanfang so weh tat?

Die ersten beiden Treffen verliefen eher steif, denn sie hatten Angst, etwas Falsches zu sagen. Für den dritten Termin schlug Andy ein Irish Pub vor. Tatsächlich konnten sie zum ersten Mal seit Monaten ungezwungen miteinander reden und herumblödeln und sogar lachen.

Andy erzählte Hannah von seinen ersten Jahren in Irland.

»Schuld war natürlich meine Schwester. Sie ist acht Jahre älter als ich und ging als erste nach Irland. Das war in den Neunzigern, als es noch schwierig war, immerhin gehörte Polen da noch nicht zur EU. Jeder in der Familie war entsetzt, als sie bereits ein Jahr später schrieb, sie würde einen gewissen Shaun O'Reilly heiraten. Unsere Mutter dachte, sie erwarte ein Kind, meine Tanten vermuteten eher eine Zweckehe.« Er lächelte. »Man kann Milena wirklich vieles nachsagen, aber sie liebt ihren Mann von ganzem Herzen.«

»Wann bist du gegangen?«, fragte Hannah.

»Das war 1998. Ich war gerade arbeitslos geworden, da schrieb Milena, sie würden eine helfende Hand auf der Farm brauchen.« Er grinste. »Es war natürlich nur ein Vorwand, um mich ins Land zu bringen. Offiziell war ich Hilfsarbeiter auf Shauns Farm, inoffiziell half ich im nahen Krankenhaus aus. Sie waren wohl beeindruckt von mir, denn sie boten mir an, mich zum Physiotherapeuten weiterzubilden. Nach dem Abschluss blieb ich noch ein Jahr, dann ging ich nach Dublin. Das war 2004, als Polen in die EU eintrat und wir ganz offiziell und ohne

Probleme arbeiten durften. Ich fand schnell eine Stelle in einer Praxis, verstand mich aber nicht mit der Chefin, die mir ständig vorschreiben wollte, wie ich mit den Patienten umzugehen habe. Da kam das Angebot der Reha-Klinik, wo ich bis zu meinem Wegzug nach München blieb.«

»Wir waren zur selben Zeit in Dublin«, sagte Hannah. »Vielleicht sind wir uns da schon mal über den Weg gelaufen.« Sie lachte, um klarzustellen, dass sie es nicht ernst meinte.

Andy schüttelte den Kopf. »Daran könnte ich mich garantiert erinnern«, sagte er. »Dich vergisst man nicht so schnell.«

Sie schaute ihn spöttisch an. »Ich bin mir nicht sicher, ob ich das als Kompliment auffassen soll.«

Andy lachte. »Du kannst es auffassen, wie du möchtest.« Er zeigte auf ihr Weinglas. »Nehmen wir noch eine Runde?«

Hannah zögerte. Es war weit nach zehn Uhr und vor ihr lag ein anstrengender Tag. Andererseits lief es gerade so gut. Sie nickte. »Aber diesmal geht das auf mich.« Sie sprang auf, nahm die beiden leeren Gläser und ging zum Tresen, um neue Getränke zu holen.

Während sie darauf wartete, schaute sie sich verstohlen nach Andy um. Er saß entspannt am Tisch und knabberte ab und zu eine Nuss. Seine Haare waren etwas gewachsen, aber sie fand ihn mit der neuen Frisur immer noch wahnsinnig attraktiv. Am liebsten wäre sie mit ihm nach Hause gefahren und hätte ihn verführt. Immerhin war es das berühmte dritte Date. In Amerika wurde erwartet, dass danach etwas passierte.

Nichts überstürzen, mahnte Hannah sich selbst. *Lass es auf dich zukommen.*

Die passive Rolle war ungewohnt für sie. Bisher hatte sie nie ein Hehl daraus gemacht, wenn ihr ein Mann gefiel. Wenn es dann nur für eine Nacht andauerte, war es eben so. Dass sie sich mit Absicht zurückhielt, war bisher noch nicht vorgekommen. Es behagte ihr nicht, denn es zwang sie in eine Rolle, die sie seit ihrer Hochzeit mit Johann nicht haben wollte: die der unselbstständigen Frau.

Andererseits war ihr mehr als bewusst, dass sie Andy mit überstürzten Geständnissen womöglich vertreiben würde. Sie würde sich also an ihre Abmachung halten und abwarten. Sie hoffte, er würde sich nicht allzu viel Zeit lassen.

Doch Andy schien es nicht eilig zu haben. Die Wochen vergingen, in denen sie sich manchmal zwei Mal, manchmal auch gar nicht sahen. Ende Januar gab Hannah die Hoffnung fast schon auf.

»Er ist galant, ein echter Gentleman«, jammerte sie Marilyn vor, mit der sie mehrmals wöchentlich telefonierte. »Immerhin küssen wir uns inzwischen. Aber mehr ist da nicht.«

»Kann es sein, dass du sexsüchtig bist?« Marilyn lachte ihr herzliches, dunkles Lachen.

»Du bist gemein!«, rief Hannah. »Ich dachte, du bist meine Freundin! – Es geht nicht um Sex. Es geht einfach um körperliche Nähe. Ganz ehrlich – ich frage mich inzwischen ernsthaft, ob er mich womöglich nicht mehr attraktiv findet.«

»Quatsch«, widersprach die Freundin mit solcher Inbrunst, dass Hannah schmunzeln musste. »Er lässt sich eben Zeit.« Sie kicherte. »Das erhöht die Vorfreude.«

»Na toll«, brummte Hannah. »Bei mir erhöht es nur den Frust.«

»Seit wann bist du so ungeduldig?«, wollte Marilyn wissen, um sich die Antwort gleich selbst zu geben: »Ach, ich vergaß, wir reden von meiner guten Freundin Hannah. Sie ist die personifizierte Ungeduld.«

Sie lachten.

»Hannah, tu mir und vor allem dir einen Gefallen«, sagte Marilyn, jetzt wieder ernst. »Mach irgendetwas, was dich von der ganzen Sache ablenkt. Lerne malen oder stricken oder mach Yoga. Aber tu was, damit du nicht ständig darüber nachdenkst.«

»Malen, Stricken, Yoga?« Hannah gab ihrer Stimme einen leicht hysterischen Klang, obwohl sie wusste, dass die Freundin recht hatte. Selbst an stressigen Tagen im Café kreisten ihre Gedanken um das letzte oder das nächste Treffen mit Andy. Es ließ sie unachtsam werden und letztendlich wieder krank.

»Du weißt, was ich meine«, sagte Marilyn und klang nun wie eine strenge Mutter, die die Geduld mit dem ungezogenen Kind verloren hatte.

»Ja, natürlich.« Hannah seufzte ergeben. »Ich schaue gleich mal, welche Angebote es gibt. Danke«, fügte sie hinzu. »Ich bin froh, dass du meine Freundin bist.«

»Ich auch«, gluckste Marilyn. »Pass auf dich auf, ja?«

»Natürlich.«

Wie versprochen durchforstete Hannah nach dem Gespräch das Internet auf der Suche nach einer Beschäftigung, die sie von Andy ablenken könnte. Es gab alles Mögliche in der näheren Umgebung, Neuhausen schien das Yoga-Mekka Münchens zu sein. Aber allein die Vorstellung, sie müsste ruhig auf einer Matte sitzen und Ommm sagen, schreckte Hannah ab.

»Ich werde schon etwas finden«, murmelte sie, fuhr den Computer runter, genehmigte sich einen großen Whiskey und machte es sich vor dem Fernseher gemütlich. Die Nachrichten hatten gerade begonnen.

»In Deutschland ist erstmals eine Infektion mit dem neuartigen Coronavirus bestätigt worden. Ein Mann aus dem Landkreis Starnberg in Bayern habe sich infiziert, teilte ein Sprecher des Gesundheitsministeriums in München am späten Montagabend mit. Das Virus kann eine Lungenkrankheit auslösen, an der im Hauptverbreitungsland China bereits viele Menschen gestorben sind – die meisten davon waren ältere Patienten mit schweren Vorerkrankungen. Der Patient in Bayern befindet sich in einem guten Zustand, wie es in der Mitteilung hieß. Er werde medizinisch überwacht und sei isoliert.«

»Na super«, kommentierte Hannah. »Ich bin älter. Habe ich Vorerkrankungen?« Sie überlegte kurz und kam zu dem Schluss, dass es höchste Zeit war, sich in München einen Hausarzt zu suchen. Edis Hausarzt, Dr. Platow, war inzwischen im Ruhestand; er wäre ganz nach ihrem Geschmack gewesen.

Hannah machte sich eine gedankliche Notiz, Edi nach ihrem neuen Arzt zu fragen. Und vielleicht war die Idee mit dem Yoga doch nicht so abwegig.

Um sich wie versprochen abzulenken, machte sie sich an die weitere Umsetzung der Pläne fürs Café. Die nächste Möglichkeit, sich die äthiopische Kaffeezeremonie anzusehen, war erst Mitte März, aber mit Illy konnte sie sofort reden.

Sie hatten sich immer mal wieder im Treppenhaus getroffen, aber selten Zeit gehabt, mehr als ein paar Worte zu wechseln. Seit Hannah der Schmuckdesignerin erlaubt hatte, im Café einen kleinen Schaukasten aufzuhängen, lief das Geschäft besser.

»Es ist noch Luft nach oben«, hatte sie im Dezember gesagt, aber offensichtlich wirkte die Werbung.

»Ich geh mal zu Illy«, rief Hannah Edi und Alex zu. Es war ein ruhiger Montagvormittag, sie konnte die beiden getrost eine Stunde allein lassen.

Sie ließ es sich nicht nehmen, auf dem Weg zum Schmuckladen bei Petér vorbeizuschauen.

»Alles gut bei dir?«, rief sie ihm zu. Er färbte gerade einer ihr unbekannten Frau die Haare.

»Alles gut, Hannah. Und bei dirr?«

»Alles bestens«, schwindelte Hannah und hielt den Daumen hoch.

Christine hatte sich nach dem stressigen Vorweihnachtstrubel eine Woche Urlaub gegönnt, ihr Blumenladen war geschlossen. Dafür ging es im Nagelstudio nebenan rund.

Hannah schaute auf ihre Hände und beschloss, sich eine Maniküre zu gönnen. Sie betrat das kleine Geschäft und blieb erstaunt stehen.

»Wow, hier hat sich ja einiges getan«, sagte sie.

»Hallo Hannah.« Kassie, die gerade eine Lieferung auspackte

und in das Regal hinter der Theke räumte, lachte. »Ja, es war Zeit für eine Veränderung.«

Statt einer Arbeitsfläche, die bisher zentral im Raum gestanden hatte, gab es jetzt zwei Tische. Der neue war etwas kürzer als der alte.

»Teilst du dich auf oder wie muss ich das verstehen?«, fragte Hannah und deutete auf die beiden Tische.

»Nein«, erwiderte Kassie. »Ich habe seit Anfang des Jahres eine Angestellte, Zoi. Sie arbeitet derzeit Teilzeit, deshalb bekommt sie die kleinere Fläche. Auf Dauer will sie voll arbeiten, wir müssen dafür aber erst noch eine Lösung finden.«

»Wie schön, dass es so gut läuft«, freute sich Hannah.

»Ja und nein«, sagte Kassie. »Es wurde mir in den letzten Monaten zu viel, deshalb habe ich mich nach Unterstützung umgeschaut. Das Fantastische ist, dass Zoi ebenfalls Griechin ist. Sie war nicht nur die Beste, sie ist auch die Netteste. Wir verstehen uns super, und so macht das Arbeiten gleich wieder viel mehr Spaß.«

»Wie schön. Ja, zu zweit ist es lustiger als immer nur allein. Hast du einen Termin für mich?« Hannah hielt ihre Hände in die Höhe. »Ich bin überfällig.«

»Natürlich, lass mich schauen«, sagte Kassie und griff nach ihrem Terminkalender. »Hast du etwas dagegen, dass Zoi es macht?«

Hannah schüttelte den Kopf. »Ich vertraue dir. Wenn du sagst, sie ist gut, dann habe ich damit kein Problem.«

»Schön.« Kassie freute sich sichtlich. »Hast du heute am späten Nachmittag Zeit? Sechzehn Uhr oder auch eine halbe Stunde später?«

Sie einigten sich auf halb fünf und Hannah verabschiedete sich und ging einen Laden weiter. Bevor sie ihn betrat, bewunderte sie die Schmuckstücke, die im Schaufenster lagen. Illy war wirklich eine außergewöhnliche Künstlerin. JJ und Safaa waren mehr als angetan gewesen über die beiden Anhänger, die sie ihnen zur Verlobung geschenkt hatte.

»Ich komme gleich«, rief Illy von hinten, als Hannah eintrat und das Glöckchen über der Tür sie ankündigte.

»Lass dir Zeit«, rief Hannah zurück. »Ich schau mich ein wenig um.«

Illy spitzte um die Ecke. »Ah, Hannah, wie schön, dass du mal vorbeischaust. Gib mir eine Minute.« Sie zog eine Grimasse. »Na ja, vermutlich eher zwei oder drei. Dieser verdammte Rubin will sich einfach nicht fügen.«

»Kein Problem.« Hannah hatte in der Vitrine ein Tablett mit Ringen entdeckt. Einer war schöner als der andere. »Die hier muss ich unbedingt probieren«, sagte sie.

Illy schaute wieder ums Eck. »Ah, meine neuen Ringe. Das heißt, eigentlich sind sie nicht neu, solche habe ich schon auf Ibiza hergestellt.« Sie zog sich erneut zurück. Kurze Zeit später hörte Hannah sie etwas auf Spanisch sagen.

Als sie auftauchte, meinte Hannah: »Das klang nicht erfreut.«

Illy verdrehte die Augen. »Es gibt Tage, da geht einfach nichts. Heute scheint so ein Tag zu sein. Ich gebe dem Rubin – und mir – ein paar Minuten. Vielleicht geht's hinterher besser.«

»War das Spanisch?«

Illy lachte verlegen. »Ja. Auf Ibiza habe ich immer auf Deutsch geflucht, damit mich die Leute nicht verstehen. Na ja, die deutschen Touristen hätten es natürlich verstanden, aber ich habe meistens abends gearbeitet. Hier schimpfe ich auf Spanisch.«

»Gute Idee.«

Illy schloss die Vitrine auf und entnahm das Tablett mit den Ringen. »Wenn sie zu eng sind, kann ich sie weiten«, sagte sie.

Hannah griff nach einem etwas breiteren mit schönen Ornamenten. Er passte wie für sie gemacht. Sie streckte die Hand von sich und betrachtete das Schmuckstück. »Schön. Der ist gekauft.«

»Ich mach dir einen Sonderpreis.«

»Nein, Illy, du machst mir keinen Sonderpreis.« Hannah

schüttelte tadelnd den Kopf. »Ich bezahle das, was andere Kunden auch zahlen würden.« Herausfordernd schaute sie die Silberschmiedin an.

Illy seufzte, lächelte aber auch. »Du bist stur, weißt du das?«

Hannah lachte. »Ja, das sagt man mir allgemein nach. Also, wie viel?«

»Einhundertvierzig«, erwiderte Illy.

»Gut«, sagte Hannah. »Ich bringe dir das Geld später vorbei. Ich hatte nicht geplant, etwas zu kaufen«, fuhr sie fort. »Eigentlich wollte ich mit dir über eine Idee reden.« Als Illy sie irritiert anschaute, erklärte sie: »Ich möchte das Café noch mehr zu einem Treffpunkt machen. Ich dachte mir, du könntest einmal im Monat einen Schmucknachmittag abhalten. Den Leuten zum Beispiel zeigen, wie man Schmuck richtig aufbewahrt, ihn richtig pflegt und so weiter.« Sie schaute Illy fragend an. »Was meinst du?«

»Das müsste ich mir mal durch den Kopf gehen lassen«, antwortete Illy nach einer Weile. »Klingt zumindest interessant. Bis wann willst du es wissen?«

»Es eilt nicht. Ich bin immer noch in der Planungsphase. Wir können uns gerne ein paar Mal zusammensetzen, auch mit Edi und Alex, und es besprechen. Lieber fangen wir etwas später damit an, aber es hat Hand und Fuß.«

Illy nickte. »Lass es uns so machen.«

»Schön, ich freue mich.« Hannah streifte den Ring ab und wollte ihn zurücklegen.

»Nun mach aber halblang«, protestierte Illy. »Lass ihn dran, das Geld bringst du mir später.« Sie lächelte. »Ich weiß ja, wo ich dich finde.«

»Danke«, sagte Hannah und wandte sich zum Gehen. An der Tür hatte sie eine Eingebung und drehte sich noch einmal um. »Kannst du einen zweiten machen? Für einen Mann?«, wollte sie wissen. »Wie lange würde das dauern?«

Illy dachte nach. »Ich habe noch zwei Aufträge, aber danach

könnte ich anfangen. Sagen wir, bis Ende Februar? Vermutlich habe ich ihn früher fertig, aber nur für den Fall ...«

»Einverstanden. Ich gebe dir für beide Ringe dreihundert Euro. Ist das in Ordnung?«

»Mehr als das«, erwiderte Illy dankbar.

»Gut. Ich bringe dir später das Geld.« Hannah hielt noch einmal die Hand mit dem Ring von sich. »Ich freue mich«, sagte sie und verließ den Laden.

Sie wusste selbst nicht, was sie da eben geritten hatte. Sie wollte Andy keinen Heiratsantrag machen, wozu also der zweite Ring?

»Kommt Zeit, kommt Rat«, brummte sie. Vielleicht hatte sie gerade viel Geld in den Sand gesetzt, aber bei Illy war es wenigstens gut angelegt.

Hannah hatte außer Marilyn nur JJ und Svenja gesagt, dass Andy und sie es noch einmal probieren und es dabei langsam angehen lassen würden. Sie wollte Gerüchten vorbeugen, hatte aber nicht damit gerechnet, dass alle Anteil nehmen wollten. Auch Brigid wusste Bescheid, aber sie war gerade auf Lesereise in England und Wales unterwegs und kaum erreichbar.

Als Svenja bei einem ihrer derzeit seltenen Besuche vorsichtig nachfragte, platzte Hannah der Kragen.

»Ich melde mich schon, wenn es etwas zu berichten gibt!«, schnauzte sie ihre Nichte an.

Die fuhr erschrocken zurück. »Sorry, ich wollte nicht neugierig sein.«

Hannah tat es sofort leid und das sagte sie Svenja auch. »Meine Nerven liegen wohl etwas blank«, sagte sie.

»Das kann ich gut verstehen. Mir ging es in den letzten Wochen mit Frank genauso. Natürlich ist es bei euch nicht das Ende, sondern ein zweiter Anlauf«, beeilte sie sich zu sagen.

»Aber gefühlsmäßig dürften sich die Phasen ähnlich sein. Es ist diese Ungewissheit, die einen fertig macht.«

»Wem sagst du das«, murmelte Hannah. »Ich wage nicht an all die Männer zu denken, die so etwas meinetwegen durchmachen mussten.«

Svenja lachte. »Ach, mach dir um die Typen mal keine allzu großen Gedanken«, rief sie. »Die stecken so was in der Regel locker weg.«

»In der Regel«, sagte Hannah mahnend und schaute ihre Nichte aufmerksam an. Die verstand den Hinweis sofort.

»Ja, ja, ich weiß, es gibt Ausnahmen. Und unsere beiden Männer gehören offensichtlich dazu.«

»Du sagst ›unsere‹. Du siehst Ben also als ›deinen‹ Mann?«

Svenja schüttelte ratlos den Kopf. »Derzeit ja, aber ich weiß nicht, ob es auf Dauer sein wird. Es ist besser als mit Frank, aber es ist dennoch ein ständiger Eiertanz.«

Kommt mir bekannt vor, dachte Hannah. Laut sagte sie: »Ben erwähnte etwas davon, dass ihr viel miteinander redet.«

»Ja, das tun wir. Manchmal wird mir das fast zu viel.« Svenja schaute sie fragend an. »Muss ich wirklich mein ganzes Leben vor ihm ausbreiten? Bei mir hat sich in den letzten Monaten so viel geändert. Ich weiß doch selbst gerade nicht, wo es lang gehen soll. Erst der Schock mit der Krankheit, die zum Glück doch keine ist. Dann ein neuer Vater, eine vollkommen veränderte Mutter, ein ›alter‹ Vater, der mit der Situation überfordert ist, obwohl er die Wahrheit seit vielen Jahren kennt. Zwei Brüder, die mich anschauen, als wäre ich ein Monster. Einzig Gwen benimmt sich wie immer.« Svenja zog eine Grimasse. »Manchmal scheint sie die einzig Normale in der Familie zu sein.«

»Das ist ein Leichtes für sie«, warf Hannah ein. »Sie hat nicht unsere Gene.«

Svenja lachte. »Ich habe sie auch nur halb. Warum können bei mir nicht die meines biologischen Vaters dominanter sein?«

»Wie versteht ihr euch?«, ging Hannah dankbar auf das neue Thema ein.

»Eigentlich gut«, erwiderte Svenja. »Ich werde im März wieder zu ihm fahren, vorher klappt es leider nicht. Wir telefonieren immer mal wieder, aber das ist schwierig, weil wir uns einfach noch nicht so gut kennen.«

»Ich finde es gut, dass du eine Beziehung zu ihm aufbaust. Du hättest ihn auch ignorieren können.«

»Ehrlich gesagt, war das auch mein erster Gedanke, als wir uns gegenüberstanden«, sagte Svenja. »Er war ein völlig Fremder für mich. Wäre Ben nicht dabei gewesen, wäre ich wohl umgekehrt, ohne ein Wort mit ihm zu wechseln. Aber dann geschah etwas in mir, ich kann bis heute nicht sagen, was es war. Wir haben nur ein paar Begrüßungsfloskeln ausgetauscht, aber ich fühlte plötzlich eine Verbundenheit mit ihm.« Sie schaute ernst auf. »Und sag jetzt nicht so einen blöden Spruch wie ›Blut ist eben dicker als Wasser‹. Das musste ich mir bereits zig Millionenmal anhören.«

Hannah lachte. »So etwas würde ich niemals sagen. Hallo, ich bin's, das schwarze Schaf der Familie Wahls.« Sie stockte, tat, als dächte sie nach und sagte schließlich: »Vielleicht bin ich ja auch ein ›Nebenprodukt‹.«

»Was?« Svenja starrte sie entsetzt an. »Du willst doch nicht ernsthaft behaupten, dass Oma ...« Sie schüttelte entschieden den Kopf. »Nein, das kann ich mir beim besten Willen nicht vorstellen.«

»Hättest du es bei deiner Mutter gekonnt?«, fragte Hannah leise. »Ich meine, bevor du es erfahren hast?«

»Nein«, gab ihre Nichte zu. »Niemals.«

»Eben. Es ist alles möglich.«

»Aber Oma? Sie war Zeit ihres Lebens immer so – devot.« Svenjas Zweifel waren deutlich hörbar.

»Denk dran, sie war auch mal jung«, warf Hannah ein. »Unsere Köchin hat mich häufig Kuckuckskind genannt. Als Kind wusste ich natürlich nichts damit anzufangen, aber später dachte ich viel darüber nach. Auch wenn ich mich von Rasmus und Meike sehr unterscheide, konnte ich mir nie vorstellen, dass meine Mutter fremdgegangen wäre. Sie kam mir immer so prüde vor. Aber vielleicht war das nur die Rolle, die sie später eingenommen hat. So, wie deine Mutter die Rolle der treusorgenden Ehefrau gespielt hat. Mit Knud verheiratet gewesen zu sein, war garantiert kein Zuckerschlecken.«

Svenja gab ein Geräusch von sich, das eine Mischung aus Lachen und Grunzen darstellte. »Mit Paps auch nicht«, sagte sie. »Mama sagt, sie reden miteinander.« Sie warf Hannah einen schiefen Blick zu. »Ist es nicht seltsam? Plötzlich reden alle miteinander.«

»Ich finde es eher gut«, antwortete Hannah. »Meistens reden wir zu wenig miteinander und dann entstehen Missverständnisse, die zu Verletzungen führen und schließlich zur Trennung. Oder zu einem Leben nebeneinanderher, wenn man zur älteren Generation gehört. Da ist mehr reden sicherlich die bessere Variante.«

»Man kann auch alles kaputtreden«, maulte Svenja wie ein beleidigtes Kind.

»Dann sag es, wenn es dir zu viel wird.« Hannah beugte sich vor und gab ihrer Nicht einen sanften Klaps auf das Knie. »Wenn er reden will und du nicht, verführe ihn.« Sie grinste schelmisch. »Oder habt ihr etwa auch Sexverbot?«

»Was?« Svenja war entrüstet. »Nein, so ein Blödsinn.« Dann erst schien ihr der Inhalt der Aussage aufzugehen. »Ihr habt ...?« Sie wedelte mit der linken Hand in der Luft herum.

»Sexverbot, ja«, bestätigte Hannah. »Vorübergehend«, betonte sie.

»Was wie lange bedeutet?«

Hannah seufzte tief. »Ich habe keine Ahnung. Manchmal möchte ich gleich im Restaurant über ihn herfallen. Okay, ich würde ihn in die Toilette abschleppen, auch wenn das reichlich unromantisch ist.« Sie lachte. »Wir haben nicht darüber geredet.«

»So viel zum Thema ›Wir reden miteinander‹«, bemerkte Svenja trocken.

»Niemand hat gesagt, dass Beziehungen einfach sind«, sagte Hannah. »Das muss ich tatsächlich auf meine alten Tage noch lernen.«

Als ob Andy ihr Gespräch mit Svenja abgehört hätte, fragte er im Anschluss an ihr nächstes Treffen, ob es okay wäre, wenn er noch mit zu ihr käme.

»Aber natürlich«, sagte sie. »Es würde mich freuen.«

»Erwarte nicht zu viel«, warnte er.

»Ich erwarte gar nichts«, sagte Hannah nicht ganz wahrheitsgemäß. Denn natürlich hoffte sie, sie würden im Bett landen.

Zunächst saßen sie sich im Wohnzimmer züchtig gegenüber, jeder ein großes Glas Whiskey vor sich, und redeten über Alltägliches. Die Lebensgeschichten waren weitestgehend erzählt, die Anekdoten aus dem Café oder vom Sozialdienst wiederholten sich nach einer Weile.

Manchmal befürchtete Hannah, dass sie sich irgendwann nichts mehr zu sagen hätten. Sie hoffte, es lag daran, dass sie sich nur abends trafen. Früher hatten sie Wochenend-Ausflüge unternommen, waren ins Kino oder in eine Ausstellung gegangen. Diese Unternehmungen hatten immer genügend Gesprächsstoff geliefert.

Worüber reden Edi und Xaver?, fragte sie sich. Na ja, gerade hatten sie mehr als genug Stoff. Nach Halims Auszug hatten sie Edis Wohnung renoviert; in Kürze würde Xaver zu Edi ziehen, da musste zwangsläufig viel besprochen werden.

Hannah beobachtete Andy, der gerade gedankenverloren seinen Whiskey schwenkte.

»One penny for your thoughts", sagte sie lachend.

Ertappt schaute er hoch. »Entschuldige. Ich bin ein lausiger Gesprächspartner.«

»Nein, ich habe kein Problem damit, mit dir zu schweigen«, wehrte Hannah ab. »Ich werde nur das Gefühl nicht los, dass du dich nicht wohl in deiner Haut fühlst.«

»Nein, nein«, erwiderte Andy. »Ich fühle mich wohl. Ich ...« Er stockte. »Ich gebe zu, dass ich das alles etwas seltsam finde«, fuhr er fort. »Ich hatte es mir anders, ...«, er suchte nach dem richtigen Wort.

»Einfacher?«, schlug Hannah vor.

Er nickte. »Ja, ich hatte es mir einfacher vorgestellt.«

»Ich auch«, gab Hannah zu. »Ich habe Angst, dass wir alles kaputtmachen, anstatt es zu reparieren.« Jetzt war es endlich raus und sie fühlte sich sofort erleichtert. Es lag eben nicht nur am Reden. Man musste auch die richtigen Worte finden. Und durfte bittere Wahrheiten nicht umschiffen. Ihr fiel Svenjas Vergleich ein. »Es ist wie ein Eiertanz, a walk on eggshells«, ergänzte sie für den Fall, dass Andy das deutsche Wort nicht kannte.

Er nickte erneut. »Das beschreibt es sehr gut«, sagte er auf Englisch. Obwohl sein Deutsch inzwischen ausgezeichnet war, wechselte er immer noch ins Englische, wenn es auf Nuancen ankam.

Hannah stand auf, ging zu ihm, nahm sein Glas, stellte es auf den Tisch, ergriff seine Hand und zog ihn hoch. »Vielleicht sollten wir das Reden einfach mal für eine Weile bleiben lassen«, sagte sie und legte ihre Arme um seinen Hals.

Als sie am nächsten Morgen ins Café kam, warf Edi ihr nach dem ersten kurzen einen zweiten langen Blick zu und meinte süffisant: »Da hat wohl jemand eine angenehme Nacht gehabt.«

Hannah lachte gut gelaunt und erwiderte. »Stimmt genau. Und es war verdammt noch mal überfällig.«

Dennoch änderte sich das Verhältnis zu Andy nicht grundlegend. Nach der gemeinsam verbrachten Nacht blieb er zwar immer mal wieder bei ihr, dennoch hatte sie das Gefühl, dass er nie zu hundert Prozent anwesend war. Sprach sie ihn darauf an, entschuldigte er sich und schob es auf die Umwälzungen, die im Sozialdienst auf sie zukämen.

Er hatte ihr erklärt, dass sie sich vermehrt um Fälle kümmern würden, wo Menschen aufgrund von zu langsam arbeitenden Behörden in eine Notlage gerieten. Als Beispiel nannte er eine Frau, deren Mutter an fortschreitender Demenz litt. Sie hatte die Erhöhung der Pflegestufe beantragt, um eine bessere Versorgung der Mutter gewährleisten zu können, aber der Antrag war abgelehnt worden.

»Die Frau ist berufstätig und wohnt außerhalb von München«, hatte er gesagt. »Sie kann nicht jeden Tag zu ihrer Mutter fahren und sich um alles kümmern. Da springen wir ein. Wir helfen ihr bei der Betreuung der Mutter und auch im Kampf gegen die Behörden.«

Hannah fand das eine wichtige und schöne Idee, wusste aber nicht, was das mit ihrer Beziehung zu tun hatte. Das sagte sie auch JJ, als dieser eines Abends anrief.

»Gib ihm Zeit«, riet er ihr.

»Wie lange denn noch?«, grummelte sie, gab ihm aber recht. Ihr Sohn war nicht die geeignete Person, um ihr Liebesleben zu diskutieren. Lieber sprach sie über seines. »Wie geht es Safaa?«

»Gut. Sie kommt mit ihrem Buch voran. Nächste Woche hat sie einen weiteren Vorstellungstermin bei einem Verlag.« JJ stockte, fuhr leiser fort. »Ich hoffe, dass es endlich etwas wird. Sie ist sehr frustriert. Alle sind zunächst begeistert von ihrem Zeichenstil, aber im Endeffekt wollen sie das Buch dann doch nicht machen.«

»Vermutlich ist das Thema zu heikel«, meinte Hannah. »Was macht das Haus?«

JJ seufzte laut und vernehmlich. »Wir waren seit Wochen nicht mehr in Lübeck. Safaa will sich voll und ganz auf das Buch konzentrieren.«

»Du kannst doch alleine hinfahren«, schlug Hannah vor.

»Ich will Safaa nicht ausschließen.«

Hannah wollte etwas erwidern, erinnerte sich daran, dass es nicht ihre Beziehung war, und fragte stattdessen: »Wie verhält sich Chris?«

»Sie macht keine Probleme. Wir haben uns ausgesprochen, uns ein paar Minuten lang angeschrien, seither herrscht Ruhe.«

»Gut. Dann habt ihr wenigstens keinen Zeitdruck.«

»Na ja«, meinte JJ. »Safaa ist mit der Situation alles andere als glücklich.« Er machte eine Pause, sagte dann so leise, dass Hannah es fast nicht verstand: »Sie neigt zu Eifersucht. Sie hat keine Ahnung, dass ich und Chris eine ..., diesen One-Night-Stand hatten. Zumindest hoffe ich, dass Chris es ihr nicht gesagt hat.«

Hannah schmunzelte angesichts JJs typisch amerikanischer Prüderie. Die hatte er definitiv nicht von ihr.

»Mach dir nicht allzu viele Sorgen«, sagte sie. »Es wird alles gut.«

»Sag dir das lieber selbst, Mom«, erwiderte JJ lachend.

»Wie kommt es, dass mein einst so braver Junge plötzlich so vorlaut geworden ist?«, mokierte Hannah sich.

Sie alberten noch ein paar Minuten herum, wünschten sich gegenseitig alles Gute und legten auf, nachdem Hannah JJ das Versprechen abgerungen hatte, bald mal wieder nach München zu kommen.

Sie beschloss, einen gemütlichen Abend mit einem Buch zu verbringen, und ging in die Küche, um sich ein Glas Wein zu holen. Auf dem Rückweg hörte sie schwere Schritte im Treppenhaus. Neugierig schlich sie zur Tür und schaute durch den Spion. Hubertus von Waldhausen stand heftig schnaufend auf dem Treppenabsatz und hielt etwas fest, das wie ein großes Bild aussah.

Hannah stellte das Weinglas auf das Sideboard, nahm ihre Schlüssel vom Haken und öffnete die Tür.

»Oh hallo, wen haben wir denn da?«, tat sie überrascht.

»Hallo«, erwiderte Hubertus.

»Geht's dir gut?«, fragte sie, denn er sah blass aus und hatte dunkle Augenringe.

»Ja, ja, alles bestens«, murrte er. »Ich bin eben nicht mehr der Jüngste.«

Hannah deutete auf den eingepackten Gegenstand, den er neben sich abgestellt hatte. »Ein neues Bild?«

»Hm.«

»Von dir?«

Er bewegte den Kopf so seltsam, dass sie nicht wusste, ob es ein Ja oder ein Nein war. Sie beschloss, es zu ignorieren.

»Ich wollte eh dieser Tage zu dir kommen. Ich brauche neue Bilder für das Café. Die Leute fragen ständig danach.« Sie zögerte kurz, fuhr dann fort: »Sie fragen gezielt nach Bildern von dir.«

Überrascht schaute er hoch. »Quatsch«, brummte er, aber sie sah, dass er sich freute.

»Kein Quatsch, eine Tatsache.« Sie musste ihm ja nicht verraten, dass es nur ein Gast gewesen war. »Hast du was Neues auf Lager?«

»Vielleicht«, wich er aus.

»Gut. Wann kann ich sie mir anschauen?«

Er zog eine Grimasse. »Du gibst nie auf, oder?«

Hannah lachte. »Selten. Das solltest du allmählich wissen.«

Er zog nur die Augenbrauen hoch, nahm das Gemälde in die Hand und begann den weiteren Aufstieg.

»Soll ich dir helfen?«, bot Hannah an, da sie sah, wie schwer er sich tat.

Er schüttelte den Kopf und war im nächsten Moment hinter der Biegung verschwunden. Hannah lauschte seinen Schritten. Im dritten Stock machte er noch einmal eine Pause. Sie wartete, bis sie seine Tür hörte, bevor sie nachdenklich in ihre eigene Wohnung zurückging. Der Maler wohnte seit zig Jahren in dem Haus. Es würde schwer werden, ihn davon zu überzeugen, dass der vierte Stock auf Dauer nichts für ihn war. Sie nahm sich vor, mit seiner Tochter Renate zu sprechen, schüttelte sofort den Kopf.

»Wolltest du dich nicht raushalten aus dem Leben anderer Leute?«, schimpfte sie.

Aber Hubertus war nicht irgendwer, er war im Laufe der Jahre ein guter Freund geworden. Sie nahm sich vor, es auf sich zukommen zu lassen, wie derzeit so vieles in ihrem Leben. Wenn die Gelegenheit kam, würde sie sie packen. Wenn nicht, dann nicht.

Hannah nahm ihr Weinglas und wollte ins Wohnzimmer gehen, als ihr Blick auf einen Flyer fiel, der auf dem Sideboard lag.

Bewegt und entspannt, stand darauf, darunter in größeren Buchstaben *QiGong*. Eine Frau war am Nachmittag ins Café gekommen, hatte ihr einen Packen Prospekte entgegengehalten und gefragt, ob sie diese auslegen dürfe. Hannah hatte genickt und auf das Regal gezeigt, das sie für solche Zwecke aufgestellt hatte.

Als sie am Abend Tische und Stühle für den nächsten Tag zurechtrückte, hatte sie den Vorfall vergessen. Auf einem der Stehtische lag einer der Flyer unter dem Tagesmenü. Sie trug ihn zum Regal und wollte ihn zu den anderen legen, schaute ihn sich vorher näher an.

Die Frau war ihr sehr sympathisch gewesen, vor allem ihre warme dunkle Stimme hatte ihr sofort gefallen.

Bei dieser Stimme könnte ich mich gut entspannen, hatte sie gedacht und den Flyer mit in die Wohnung genommen.

Sie hatte keine Ahnung, was QiGong war. Irgendetwas Chinesisches vermutlich, vielleicht eine dieser Kampfsportarten, die derzeit so modern waren.

QiGong ist aus einer mehrere tausend Jahre alten chinesischen Tradition zur Pflege und Erhaltung des Lebens entstanden.

Einfache Bewegungen und Übungen, die zum Ziel haben, Qi (Lebenskraft) ungehindert durch den Körper fließen zu lassen, so dass der menschliche Organismus im Gleichgewicht und in der Verbindung zwischen Himmel und Erde eingebunden bleibt.

Als Teilgebiet der traditionell chinesischen Medizin, ist Qigong eine ganzheitliche Methode zur Erhaltung und Verbesserung der Lebensqualität anzusehen. Durch beharrliches Üben (Gong) an der Lebenskraft (Qi) kann dies erreicht werden.

Einfache Bewegungen klang gut, beharrliches Üben weniger. Nachdenklich schaute Hannah auf den Prospekt und nippte am Wein. Sie glaubte nicht an Botschaften wie diese, aber was konnte es schaden, es einmal auszuprobieren? Die Kurse fanden in der Nähe vom Rotkreuzplatz statt, es gab die Möglichkeit einer Probestunde.

Hannah beschloss, den Flyer als Wink mit dem Zaunpfahl anzusehen und die Frau mit der wunderbaren Stimme am nächsten Tag anzurufen.

Kassandra »Kassie« Kleiber

Ein neuer Mann

Kassie zog den Reißverschluss der Reisetasche zu und trug sie zur Tür.

»Jannis? Bist du fertig?«, rief sie Richtung Bad.

»Ja, gleich«, kam die Antwort. Tatsächlich tauchte ihr Sohn ein paar Sekunden später auf. Wie immer war seine Frisur perfekt gestylt.

»Gut siehst du aus«, sagte Kassie.

»Danke.« Jannis nahm die Tasche, beugte sich zu ihr hinunter und gab ihr einen Kuss auf die Wange. »Bis Sonntagabend.«

»Ja, viel Spaß.« Kassie hielt die Tür auf und ließ ihn vorbei. »Und sauber bleiben, hörst du?« Sie gab ihrer Stimme einen ironischen Klang.

»Aber immer«, erwiderte Jannis entrüstet und rannte, zwei Stufen auf einmal nehmend, die Treppe hinunter.

Irgendwann würde er stolpern und ... Kassie schloss die Augen. Sie wollte sich das nicht vorstellen. Sie wartete, bis die Haustür ins Schloss fiel, machte erst dann die Wohnungstür zu. Sie wollte keine Glucke sein, aber sie konnte nicht verhindern, dass sie sich Sorgen machte.

Jannis hatte das Attentat am Olympia-Einkaufszentrum definitiv besser verarbeitet als sie, obwohl er mittendrin gesteckt hatte, während sie hilflos zu Hause hatte warten müssen.

Sie hatten psychologische Betreuung erhalten, einzeln und als Familie. Es hatte sie und Bruno wieder näher zusammengebracht, dennoch hatten sie entschieden, weiterhin getrennte Wege zu gehen. Zumindest was ihre Beziehung anging. Wenn es ihren Sohn betraf, hielten sie zusammen – manchmal sehr zum Leidwesen von Jannis, der eine Zeitlang versucht hatte, sie gegeneinander auszuspielen.

Diese Phase war zum Glück vorbei. Jannis würde bald achtzehn werden und damit volljährig. Sie hatten ihm klargemacht, dass er ihr vollstes Vertrauen genoss, solange er sich entsprechend verhielt.

»Ihr habt mich erzogen, also liegt es an euch«, hatte er lachend geantwortet.

Tatsächlich hatte es wenig Anlass zur Sorge gegeben.

Kassie entschied, ihren Sohn fürs Erste aus ihren Gedanken zu verbannen und sich auf ihre eigenen Pläne zu konzentrieren. Sie hatte zwei Tage sturmfreie Bude und würde das ohne schlechtes Gewissen auskosten.

Sie griff zum Telefon, wählte eine Nummer und sagte, als abgehoben wurde: »Du kannst kommen.«

Wie alle Jugendlichen interessierte Jannis sich nicht allzu sehr dafür, was seine Mutter trieb, weshalb sie das Wochenende quasi unter seinen Augen hatte vorbereiten können, ohne dass er stutzig geworden war. Sie war bei Petér gewesen und hatte sich Strähnchen gegönnt, bei Hannah ein viergängiges Menü für zwei bestellt und bei Christine ein paar kleinere dekorative Blumensträuße gekauft.

Hannah, der selten etwas entging, hatte ihr gesagt, wie gut ihr der neue Look stehen würde. Kassie hatte nur gelächelt.

Sie warf einen Blick in den Spiegel, um ihr Aussehen zu überprüfen. Niko würde in zirka dreißig Minuten eintreffen, es war ausreichend Zeit, den Tisch zu decken und noch einmal alles zu kontrollieren. Aber Kassie wusste, dass alles vorbereitet war, sogar das Bett.

Bei dem Gedanken musste sie kichern. Es war nicht das erste Mal, dass sie mit Niko schlafen würde, aber es war das erste Mal bei ihr zu Hause.

Edi hatte es sich nicht nehmen lassen, eine kurze Anleitung zum Menü mitzuliefern. Kassie ging in die Küche, schaltete den Backofen ein, in dem das Hauptgericht stand, schaltete ihn nach kurzer Überlegung wieder aus. Es war nicht sehr wahrscheinlich, dass sie sich zunächst sittsam an den Tisch setzen und etwas essen würden.

»Du bist ein schlimmer Finger«, sagte sie leise und lachte.

Niko klingelte bereits nach zwanzig Minuten, er musste geflogen sein. Er rannte die Treppe herauf und stand kurz darauf schwer schnaufend vor ihr, in der Hand drei langstielige rote Rosen.

»Danke«, sagte sie und küsste ihn zur Begrüßung und zum Dank. Es führte genau zu dem, was sie erwartet und erhofft hatte: zu heißem Sex im Schlafzimmer.

Edis wunderbares Essen genossen sie am nächsten Tag. Sie saßen sich in der Küche gegenüber und erfreuten sich an der Gegenwart des anderen.

»Ob Zoi etwas ahnt?«, wollte Niko wissen.

Kassie schüttelte den Kopf. »Ich denke nicht. Aber ich werde es ihr am Montag sagen. Ich will keine Geheimnisse vor ihr haben.«

»Sie wird nicht begeistert sein.«

»Warum nicht? Du meinst, weil ich ihren kleinen Bruder verführt habe?«

»So in etwa. Sie denkt immer noch, sie muss auf mich aufpassen«, sagte Niko.

»Tja, da hat sie aber ziemlich versagt«, erwiderte Kassie lachend. »Willst du noch Wein?«

Er verneinte. »Was ist mit deiner Familie?«

»Auch denen werde ich es früher oder später sagen müssen.« Kassie stopfte den Korken in die Flasche und trug sie zum Kühlschrank. Sie holte Schalen aus dem Schrank, packte die Reste vom Menü hinein und stellte diese ebenfalls kalt. Dann ging sie zum Tisch zurück. »Vermutlich eher früher als später. Jannis wäre es vermutlich egal, er hat sich damit abgefunden, dass Bruno und ich kein Paar mehr werden. Bei meinem Ex bin ich mir nicht so sicher. Solange ich niemanden habe, kann er sich immer noch Hoffnungen machen.«

Niko reagierte überrascht. »Ich dachte, ihr seid euch einig?«

»Sind wir auch.« Kassie zögerte. War es klug, mit dem Liebhaber über den Exmann zu reden? Andererseits wollte sie von vornherein klare Verhältnisse schaffen. »Wir sind uns einig«, sagte sie bestimmt. »Aber das heißt nicht, dass er sich nicht Hoffnungen machen könnte.« Sie schaute ihn an. »Was ist mit Lydia?«

Niko seufzte. »Sie will es nicht akzeptieren. Gestern sagte sie, dass es sicher nur eine vorübergehende Liebschaft ist und sie mich zurücknehmen würde, wenn es vorbei ist.«

»Wie großzügig von ihr«, spottete Kassie. Sie schluckte, um den Kloß im Hals loszuwerden, fragte dann leise: »Ist es nur vorübergehend?«

Niko griff nach ihrer Hand. »Nein, ist es nicht. Und das weißt du.« Er hob die Schultern. »Natürlich kann ich nicht sagen, es ist für die Ewigkeit, dafür kennen wir uns zu kurz. Aber ich weiß, dass ich mit dir zusammen sein will und nicht mit Lydia. Mit ihr ist es ein für alle Mal vorbei.«

Als Kassie am Montagmorgen beschwingt ihren kleinen Laden betrat, schaute Zoi erstaunt hoch. Sie hatte einen sehr frühen Termin eingeschoben, um einer Kundin für ihre standesamtliche Hochzeit die Nägel zu machen.

»Was ist denn mit dir los?«, fragte sie, als sie allein waren. Aufmerksam musterte sie Kassie und sagte, noch bevor diese antworten konnte: »Du bist verliebt.«

»Ja«, erwiderte Kassie.

Zoi sprang auf und umarmte sie. »Oh, ich freue mich so für dich. Wer ist es? Kenne ich ihn? Ich will alles wissen.«

Kassie löste sanft Zois Arme und schob sie zurück auf den Stuhl.

»Versprich mir, dass du ruhig bleibst«, bat sie.

Zoi runzelte die Stirn. »Okaaaay«, sagte sie und schaute Kassie gespannt an.

Diese atmete tief durch. »Du kennst ihn, sehr gut sogar. Es ist Niko.« Jetzt war es raus.

»NIKO? Mein Niko? Mein kleiner Bruder?« Zois Stimme überschlug sich beinahe.

Kassie wartete ab, ob noch etwas kommen würde, aber ihre Angestellte schaute sie nur mit weit aufgerissenen Augen an.

»Ja, es ist dein Niko, dein ›kleiner‹ Bruder«, bestätigte. »So klein ist er gar nicht«, fügte sie maliziös hinzu.

Zoi gab eine Mischung aus Grunzen und Brummen von sich.

»Ich werde dich nicht um deinen Segen bitten«, stellte Kassie klar. »Wir sind beide alt genug.«

»Er ist viel jünger als du«, warf Zoi ein.

»Na und?«

»Er ist zweiunddreißig und du bist – was, vierzig?«

Kassie musste wider Willen lachen. »Noch nicht. Noch bin ich neununddreißig.«

»Das sind sieben Jahre!«

»Ja und? Was ist schon dabei. Wir mögen uns, wir verstehen uns blendend – übrigens auch im Bett«, fügte sie boshaft lächelnd hinzu. »Wo ist das Problem?«

»Er ist mein Bruder«, jammerte Zoi wesentlich leiser.

»Wolltest du ihn für dich haben?«

»Nein, natürlich nicht.« Zoi war jetzt wütend. »Es ist nur ...« Sie starrte Kassie nachdenklich an. »Es ist unerwartet«, gestand sie plötzlich.

»Da sind wir schon zwei oder vielmehr drei.« Kassie lachte. »Weder Niko noch ich hatten das geplant. Es ist einfach passiert.«

»Wo habt ihr ...«, begann Zoi, schlug sich dann an die Stirn. »Ich Idiot! Die Party.«

Kassie nickte. »Wir haben uns so nett unterhalten, dass wir beschlossen, uns am nächsten Tag auf einen Kaffee zu treffen. Aus dem Kaffee wurden ein ausgedehntes Abendessen und ein weiteres Treffen.« Sie lächelte verträumt. »Ich habe seit Ewigkeiten mit niemandem so lange und so ausführlich geredet. Es gab, es gibt kein Thema, über das wir nicht reden können. Es ist fast ein bisschen magisch.«

Zoi lachte laut, aber es klang eher verstört als erfreut. »Nun hör aber auf. Wir reden von meinem Bruder.«

»Eben. Du siehst ihn nur als kleinen Bruder, ich sehe ihn als Mann.«

»Hm«, machte Zoi. »Da ist was dran. Aber mal ernsthaft: Das kann doch nicht gutgehen, wenn der Mann jünger ist.«

»Wie alt bist du noch mal?«, provozierte Kassie sie. »Du klingst wie meine peloponnesische Urgroßmutter. Wer fragt denn heute noch nach dem Alter?«

Aber Zoi gab sich noch nicht geschlagen. »Was ist mit deinem Mann? Und Nikos Freundin?«

»Mein Mann ist ein Exmann, seine Freundin wird bald ebenfalls eine Ex sein.«

Zoi war verblüfft. »Sie weiß es und hat ihn noch nicht umgebracht?«

Kassie lachte. »Noch lebt er. Ja, Lydia ist leider ein Problem, aber ich hoffe, er kann es bald lösen.«

»Da bin ich aber gespannt.« Zoi war nicht so schnell zu überzeugen. »Dazu bräuchte er erst einmal eine eigene Wohnung, was in München nicht so leicht sein dürfte. Oder wird er bei dir einziehen?«

»Was? Nein, natürlich nicht«, widersprach Kassie. »So weit sind wir noch lange nicht. Außerdem ist da noch Jannis.«

»Der es noch nicht weiß«, stellte Zoi nüchtern fest.

»Bruno weiß es auch noch nicht«, gestand Kassie. »Ich wollte erst mal abwarten, wie es sich entwickelt.«

Die Türglocke ertönte und unterbrach sie.

»Guten Morgen«, begrüßte Kassie die Kundin.

»Warte nicht zu lange«, zischte Zoi ihr zu und verschwand in der kleinen Küche, um Kaffee zu kochen.

Zu Kassies großer Erleichterung nahmen es sowohl ihr Sohn als auch ihr Exmann besser auf als befürchtet.

»Ich freue mich für dich«, sagte Bruno. Es klang nicht ganz echt, aber Kassie beschloss, nicht weiter darauf einzugehen. Sie waren nun mal getrennt, sie hatte alles Recht der Welt, sich einen neuen Partner zu suchen.

Jannis brummte nur etwas Unverständliches und wollte wissen, ob der neue Mann Fußball spielte.

»Offen gestanden, weiß ich das gar nicht«, gab Kassie zu. »Wie du weißt, ist das nicht mein Lieblingsthema, wir haben also noch nicht darüber gesprochen.«

»Dann wird es höchste Eisenbahn«, erwiderte Jannis und damit war das Thema für ihn abgeschlossen.

Nikos Freundin Lydia hingegen war ein großes Problem und führte zum ersten Streit zwischen ihnen.

»Es ist nicht so einfach, Schluss zu machen, wenn man so lange zusammen war«, warf Niko ihr vor.

»Ich war über zehn Jahre mit Bruno verheiratet und habe es dennoch geschafft, mich von ihm zu trennen.«

»Sie hat mich in den letzten Jahren finanziell unterstützt. Ohne sie hätte ich meinen Doktortitel nicht geschafft.«

»Das glaubst du doch wohl selbst nicht.« Kassie war wütend. »Vielleicht ist es ja eher so, dass du dich nicht von ihr trennen willst, weil es bequemer für dich ist. Ich werde dich nämlich nicht durchfüttern.« Es tat ihr sofort leid, aber die Worte waren ausgesprochen.

»Das erwarte ich auch nicht«, sagte Niko sanft. »Ich brauche einfach nur etwas mehr Zeit. Ich muss mein ganzes Leben neu organisieren, das geht nicht von heute auf morgen.«

Kassie fragte Jannis, ob er etwas dagegen habe, wenn Niko ab und zu bei ihnen übernachten würde.

»Solange ihr nicht die ganze Nacht rumstöhnt, ist das okay«, erwiderte er und grinste frech.

Zur Strafe fuhr Kassie ihm durch die frisch gestylten Haare.

»Hey!«

»Geschieht dir recht. Man behandelt seine Mutter anständig.« Kassie verkniff sich nur mit Mühe ein Lachen.

»Solange sie anständig ist, kein Problem«, gab Jannis zurück und zog vorsichtshalber den Kopf weg.

Zum Glück entpuppte Niko sich als Fußballfan und war fortan wohlgelitten in der Wohnung. Er übernachtete immer häufiger bei ihr und blieb nach zwei Wochen ganz da, ohne dass sie es abgesprochen hätten.

Kassie wäre restlos glücklich gewesen, wenn Nikos Ex nicht mit Telefonterror begonnen hätte. Offensichtlich war sie ihm eines Tages heimlich gefolgt und hatte so Kassies Adresse herausgefunden.

Minutenlang keifte sie den Anrufbeantworter voll. »Wie kannst du dich mit so einer abgeben? Bin ich dir nicht mehr gut genug? Eine Nagelstudio-Tussi? Du hattest bei mir so ein schönes Leben und jetzt lässt du dich auf dieses Niveau herab?«

Obwohl Niko sie beschwor, die Nachrichten nicht anzuhören, sondern einfach zu löschen, bekam sie manches mit, denn sie musste immer sichergehen, dass nicht der Anruf einer

Kundin dabei war. Kassie war tief getroffen. Natürlich verdiente sie nicht so viel Geld wie Lydia, die irgendetwas mit Investments machte. Aber sie konnte gut für sich und Jannis sorgen. Möglicherweise war auch ihre Wohnung nicht so chic, aber sie fühlte sich wohl und wollte nicht aus der Blumengasse wegziehen.

Obwohl sie dort bald Gesprächsthema Nummer eins war. Aber nur Hannah hatte wie üblich den Mut, sie direkt darauf anzusprechen.

»Man munkelt, es gibt einen neuen Mann in deinem Leben«, sagte sie, als Kassie sich eines Mittags im Café blicken ließ.

»Ach, munkelt man das.« Kassie schmunzelte.

»Und er soll ...«, Hannah machte eine Pause, als müsse sie nach den richtigen Worten suchen. Aber Kassie wusste, dass sie sich die Sätze längst zurechtgelegt hatte. »Er soll ein richtiges Sahneschnittchen sein.« Hannah blinzelte verschwörerisch.

Kassie lachte. »Da würde er wohl eher zu dir und dem Café passen«, antwortete sie.

»Ich gönne es dir von Herzen.« Hannah war jetzt ernst. »Wenn es eine verdient, dann du.«

»Danke.«

Hannah schaute sich kurz um, ob jemand im Café nach ihr verlangte. Da das nicht der Fall war, nahm sie Platz. »Natürlich will ich alles wissen.«

Kassie gab ihr die Kurzfassung: Party, gutes Gespräch, zweites und drittes Treffen und Kawumm.

»Er ist Zois Bruder«, fügte sie hinzu. »Und er ist Arzt. Noch Assistent, aber bald fertig damit.«

»Wow, da hast du dir aber wirklich ein Schnittchen geangelt«, sagte Hannah in einem Ton, der klarmachte, dass sie es nicht ernst meinte. »Was sagt Jannis dazu? Und Bruno?«

»Jannis war wichtig, dass er Fußball mag, und das tut er. Welch ein Glück.« Kassie wischte sich symbolisch über die Stirn. »Bruno sagt, er freut sich für mich, aber ich glaube, er leidet ein bisschen.«

»Lass ihn leiden, er wird es überstehen«, rief Hannah. »Wie läuft es mit Zoi?«

»Inzwischen wieder gut. Sie war ein paar Wochen sauer auf mich, weil ich mir ihren ›kleinen‹ Bruder geschnappt habe.«

»Ach ja, die großen Schwestern.« Hannah seufzte. »Davon kann ich auch ein Lied singen. Lass dir von ihr dein Glück nicht mies machen.«

»Keine Bange, ich setze mich durch«, sagte Kassie. Sie wollte ihren Geldbeutel aus der Tasche holen, aber Hannah hielt sie davon ab.

»Das geht auf mich. Du weißt, ich liebe Klatschgeschichten.« Sie lachte.

Kassie bedankte sich und ging zurück ins Nagelstudio, wo Zoi gerade eine Kundin verabschiedete.

»Hast du's schon gehört?«, fragte sie.

»Kommt darauf an was«, erwiderte Kassie.

»Merkel hält heute Abend eine Ansprache. Wegen dieses blöden Virus.« Zoi klang besorgt.

»Oha, dann scheint es doch ernster zu sein als sie bisher dachten.«

»Immerhin sind schon ein paar Leute gestorben«, sagte Zoi.

»Niko meint, es ist ein neues Virus und es scheint vor allem ältere Menschen zu befallen. Wenn einer die entsprechenden Krankheiten hat, stirbt er womöglich daran.«

Zoi schüttelte sich. »Du hast es gut, du sitzt direkt an der Quelle.«

Kassie lachte. »Erstens kannst du diese Quelle genauso anzapfen, zweitens wird ein Augenarzt nicht so viel damit zu tun bekommen.«

»Ich hoffe es«, seufzte Zoi. »Seinetwegen, aber auch deinetwegen.« Es klang ernstgemeint.

»Danke, nett von dir.« Kassie ging zu ihr und umarmte sie.

»Ach, Gruppenkuscheln?«, sagte Tina, Kassies liebste Stammkundin, als sie in diesem Moment den Laden betrat. »Kann ich mitmachen?«

»Lass mal«, antwortete Kassie lachend. »Der Anfall ist bereits vorüber.«

Tina nahm Platz, Kassie setzte sich gegenüber und begann, die Nägel zu feilen.

»Was gibt es Neues?«, wollte sie wissen. Tina und sie hatten ein paar gemeinsame Bekannte und es war Tradition, den neuesten Klatsch über sie auszutauschen.

»Wusstest du, dass Jenny wieder zurück in München ist?«

»Was? Ich dachte, sie ist in Ägypten.«

Tina schüttelte den Kopf. »Sie war zuletzt in Italien. Frag mich nicht, was sie da gemacht hat.«

»Männer aufgerissen?«, flüsterte Kassie.

Tina kicherte. »Vermutlich. Etwas anderes kann sie ja gar nicht.«

»Und was macht sie hier? Arbeitet sie wieder als Lehrerin?« Kassie widmete sich inzwischen den Nagelhäutchen.

»Kann ich mir nicht vorstellen.«

Sie warfen sich einen Blick zu und lachten laut. Vermutlich dachten sie beide das gleiche.

»Ist ja auch egal«, sagte Kassie schließlich, als sie sich wieder beruhigt hatten. »Solange sie nicht wieder auftaucht.«

»Dich hat sie doch nicht belästigt, oder?«, hakte Tina nach.

»Nein, aber was ich so von einigen Kundinnen mitbekommen habe ...« Kassie ließ offen, was es war. Sie wollte nicht an Jenny denken. »Hast du schon gehört? Die Merkel hält heute Abend eine Ansprache. Wegen Corona«, wechselte sie das Thema.

»Ja, schlimme Sache. Einen meiner Nachbarn hat es offensichtlich erwischt. Ich habe es nur am Rande mitgekriegt, aber eine andere Nachbarin hat erzählt, dass es wie in einem amerikanischen Katastrophenfilm gewirkt habe. Männer in Schutzanzügen seien gekommen und hätten ihn geholt; jetzt ist er in Schwabing in Quarantäne.«

»Du lieber Himmel, das klingt schrecklich.«

»Ich weiß nicht«, sagte Tina. »Ich bin mir nicht sicher, ob das nicht alles nur aufgebauscht wird.«

Kassie runzelte die Stirn. »Warum sollten sie?«

Tina zuckte die Schultern. »Es kommt mir alles so unwirklich vor.«

»Das ist es auf jeden Fall«, bestätigte Kassie. »Das mit dem amerikanischen Film ist gar nicht so abwegig. – Welche Farbe willst du heute?«

Tina wählte ein sattes Violett und erzählte von einer weiteren Bekannten, die sich vor einigen Wochen selbstständig gemacht hatte. »Sie will ein eigenes Modelabel gründen, natürlich in kleinem Maße. Um sich in der ersten Zeit über Wasser zu halten, macht sie auch Änderungen. Falls du also was hast, sag Bescheid.«

»Okay, mache ich. Zum Glück halte ich mein derzeitiges Gewicht.« Kassie klopfte zur Bestätigung auf ihren Bauch.

»Und was tut sich bei dir so?«, wollte Tina nun wissen.

»Nichts Besonderes«, antwortete Kassie. Tina war zwar mehr als eine gute Kundin, dennoch wollte sie ihr nicht jedes private Detail auf die Nase binden.

Gegen fünfzehn Uhr klingelte ihr Handy, es war eine ihr unbekannte Nummer.

»Ah, Kassie, gut, dass du noch da bist«, schallte es ihr entgegen. »Hier ist Lucie. Ich weiß, ich war schon länger nicht mehr bei dir, wir wohnen ja nicht mehr in München. Ich habe ...«

Während sie mit einem Ohr der Tirade zuhörte, versuchte Kassie verzweifelt, sich an eine Lucie zu erinnern, aber sie fand kein passendes Gesicht in ihrem Gedächtnis.

»... heute noch?«

»Ah, das tut mir leid, aber wir sind komplett ausgebucht«, sagte sie. Auf eine solche Labertante konnte sie gerne verzichten.

Der Ton im Telefonhörer wurde mindestens eine Oktave höhergeschraubt. »Oh nein! Du warst meine letzte Hoffnung!« Es folgten Schlagworte wie »wichtiger Termin«, »dringend« und

»perfektes Styling«. Schließlich: »Ich zahle dir den doppelten Preis.«

Kassie seufzte innerlich. Falls es wirklich ein so wichtiger Termin war, würde diese Lucie sie vielleicht weiterempfehlen. Und Mund-zu-Mund-Propaganda war unbezahlbar. Was waren dagegen sechzig Minuten mit einer nervigen Kundin, die sie vermutlich nie wiedersehen würde?

»Gib mir fünf Minuten«, sagte sie ins Telefon. »Ich muss das kurz besprechen.« Sie schaltete auf stumm, wartete zwei Minuten, holte das Gespräch wieder zurück und sagte: »Okay, ich könnte dich um halb sechs noch reinschieben. Würde das passen?«

Zum Dank erhielt sie lautes, zustimmendes Kreischen.

»Bis später«, sagte Kassie und legte auf.

»Was war das denn?«, wollte Zoi wissen. »Klang verdächtig nach Heulboje.«

Kassie grinste. »Sie zahlt den doppelten Preis, dafür muss man auch mal was aushalten können.«

»Ich kann sie übernehmen«, bot Zoi an. »Ich schalte einfach auf Durchzug.«

»Nein, ist schon okay«, lehnte Kassie dankbar ab. »Ich verbuche es unter Marketing.«

Lucie war überpünktlich und brachte einen Schwall teures Parfüm mit.

»Da bin ich«, rief sie zu allem Überfluss. Sie trug einen Pelzmantel – Kassie war sich nicht sicher, ob er echt war –, den sie sehr sorgfältig über einen Bügel und dann an die Garderobe hängte. Alle Anwesenden sollten ausreichend Zeit haben, ihn zu bewundern. Am Arm hing eine Tasche, die locker für den Wochenendeinkauf einer Großfamilie gereicht hätte. Ihr entnahm sie ein Handy, das mit blitzenden Steinen besetzt war. Strass oder Edelsteine?

»Ich bin gleich fertig«, sagte Kassie, woraufhin Lucie sich mit einem lauten Seufzer auf das Sofa fallen ließ und sich mit ihrem Handy beschäftigte. Das Gesicht kam Kassie vage bekannt vor, aber sie konnte sich beim besten Willen nicht erinnern, wann sie die Frau zuletzt gesehen hatte.

Sabrina, mit der sie noch beschäftigt war, zog eine Augenbraue hoch. Kassie musste an sich halten, um nicht laut zu lachen. Wie immer zum Abschluss cremte sie Sabrinas Hände ein und nahm sich diesmal besonders viel Zeit. So hatte sie Gelegenheit, Lucie zu betrachten.

Sie war schwer zu schätzen. Kassie tippte auf Anfang fünfzig, auch wenn ihre Aufmachung sie eher in die Vierziger platzieren sollte. Ihre langen Haare waren blondiert; der dunkle Ansatz war kaum zu sehen, aber Kassies geschultem Auge entgingen auch solche Kleinigkeiten nicht. Das Gesicht war gut, aber einen Tick zu sehr geschminkt, vermutlich, um die Falten zu kaschieren. In den Ohren baumelten riesige Kreolen, die Finger zierten zahlreiche, teuer aussehende Ringe, die von den ersten Altersflecken ablenken sollten. Sie trug eine knallenge Hose mit Leopardenmuster, darüber einen Oversize-Pullover, der – vermutlich gewollt – über die linke Schulter rutschte und dadurch einen schmalen, roten BH-Träger freigab. Immerhin, das Dekolleté war immer noch vorzeigbar. Um den Hals trug Lucie mehrere Goldketten, die sich ineinander verwickelt hatten. Unter den zahlreichen Anhängern entdeckte sie eine Kartusche mit ägyptischen Hieroglyphen und ein mit Edelsteinen besetztes Kreuz.

Alles an ihr schrie: Seht her, ich habe Geld. Kassie vermutete eher einen neureichen Ehemann als alten Geldadel hinter all dem aufwändigen Glanz.

Sie verabschiedete Sabrina und bat Lucie, Platz zu nehmen. Sie stakste zum Tisch, da ihre Füße in schwarzen, hochhackigen Pumps steckten, in denen Kassie freiwillig keine drei Schritte gelaufen wäre.

Lucie streckte ihr eine perfekt manikürte Hand entgegen. »Ich brauche etwas Knalliges.«

Kassie zeigte auf die Döschen mit den verfügbaren Farben und begann, Lucies rechte Hand zu behandeln.

»Und wie geht es dir?«, fragte sie höflich.

Lucie hatte sich für ein schreiendes Pink entschieden und legte los: »Ach, hör mir bloß auf. Mein Mann hat sich eine Erkältung eingefangen, und du weißt ja, wie die Männer so sind. Er jammert den ganzen Tag und denkt, er stirbt demnächst. Wir waren bis vorgestern in Ischgl, aber er fühlte sich so schlecht, dass wir vorzeitig abreisen mussten. Dabei wollten wir noch so viele Freunde treffen ...«

Kassie befolgte Zois Rat und schaltete auf Durchzug. Zwischendurch ließ sie ein »Ach was?« oder einfach nur ein »Hm« vom Stapel, was Lucie genügte, um mit ihrer Tirade fortzufahren.

Nach vierzig Minuten war die letzte Schicht aufgetragen und getrocknet. Wie vereinbart, zahlte Lucie den doppelten Betrag, obwohl Kassie ihr den normalen Preis anbot, und legte noch ein großzügiges Trinkgeld oben drauf. Sie hielt die Linke von sich und bewunderte ihre Fingernägel. »Einfach nur perfekt«, zwitscherte sie. »Ich wusste, auf dich ist Verlass.«

»Das freut mich«, sagte Kassie und meinte es so. »Empfiehl mich ruhig weiter.« Sie reichte ihr einen Stapel Visitenkarten.

»Das mache ich, darauf kannst du dich verlassen.« Sie schlüpfte in ihren Mantel, warf Handy, Geldbeutel und Visitenkarten achtlos in die Tasche und verließ mit einem geflötetem »Tschühüß« den Laden.

Kassie stieß einen tiefen Seufzer der Erleichterung aus. Das war geschafft. Ihr dröhnte der Kopf.

Es folgte nur noch eine Kundin zur Pediküre, die zur eher schweigsamen Sorte gehörte. Kassie war es nur recht, denn so konnte sie sich auf den Job konzentrieren und war um sechs fertig.

Zoi saß ebenfalls mit ihrer letzten Kundin für diesen Tag im Laden. Normalerweise machte Kassie den Abschluss am Abend, aber sie hatte an diesem Tag keine Lust dazu.

»Ich geh schon mal rauf«, sagte sie zu Zoi. »Sperrst du ab? Ich rechne morgen ab.«

»Na klar. Schönen Abend, bis morgen.«

Kassie verließ den Laden, betrat das Haus nebenan, holte die Post aus dem Briefkasten und stieg nach oben in ihre Wohnung. Weder Niko noch Jannis waren zu Hause.

Seufzend schlüpfte Kassie aus den Schuhen, holte sich einen Apfel und ein Glas Wasser aus der Küche und setzte sich vor den Fernseher. Sie wollte ein paar Minuten abschalten, bevor die Männer kamen und die übliche Hektik verbreiteten.

Egal, welches Programm sie wählte, alles drehte sich um die bevorstehende Ansprache der Bundeskanzlerin. Während die Öffentlich-Rechtlichen sich weitestgehend bedeckt hielten mit Spekulationen, zeigten ein paar Privatsender immer wieder Bilder von dem chinesischen Markt, an dem angeblich alles seinen Anfang genommen hatte. Dazu listete eine Stimme aus dem Off die Gefahren auf, die in den letzten Jahren von China aus in die übrige Welt gelangt waren. Dann wurden Hochhäuser aus Wuhan gezeigt. Menschen standen an den Fenstern und winkten. Die Stimme sagte, dass sich Zigtausende in Quarantäne befänden und die Regierung hart durchgreifen würde, wenn sich jemand nicht daran hielt.

Kassie schaltete ab und deckte den Tisch. China, das war so weit weg. Wieso machte man hier in Deutschland so ein Aufhebens darum?

Jannis kam kurz vor sieben, Niko ein paar Minuten später. Kassie fragte sie nach ihren Erlebnissen während des Tages; bei beiden war die bevorstehende Ansprache in aller Munde gewesen.

Um acht Uhr versammelten sie sich im Wohnzimmer, Kassie und Niko auf dem Sofa, Jannis zu ihren Füßen auf dem Boden. Corona war auch das Topthema der Tagesschau, erste Auszüge der Merkel-Rede wurden gezeigt:

»Es ist ernst. Seit der Deutschen Einheit, nein, seit dem Zweiten Weltkrieg gab es keine Herausforderung an unser Land mehr, bei der es so sehr auf unser gemeinsames solidarisches Handeln ankommt. Der Umgang mit der Coronavirus-Epidemie ist eine historische Aufgabe und sie ist nur gemeinsam zu bewältigen."

»Das ist doch Blödsinn«, rief Jannis. »Am Montag ruft der Söder den Katastrophenfall aus, heute erzählt die Kanzlerin was von größter Herausforderung seit dem Krieg. Pff, die wollen uns doch nur Angst machen.«

»Nein, das ist kein Blödsinn«, widersprach Niko. »Wir bekommen in der Klinik immer mehr Fälle mit Verdacht auf Covid 19.«

»Cov was?«, fragte Jannis.

»Covid 19. Das ist die offizielle Bezeichnung. Musst du dir nicht merken.« Niko lachte. »Offiziell heißt es SARS-Cov-2, aber das würde jetzt zu weit führen.« Er wurde ernst. »Ich will euch keine Angst machen, aber ihr solltet euch vor dem Virus in Acht nehmen.«

»Und was sollen wir tun?«, wollte Kassie wissen.

»Das, war ihr sowieso regelmäßig tun solltet: Hände waschen. Und Abstand halten zu Leuten, die krank wirken, also zum Beispiel Husten oder Schnupfen haben. Wir wissen noch viel zu wenig über diese Krankheit, aber diese beiden Maßnahmen schaden nie.« Er hatte bisher eher zu Jannis gesprochen, wandte sich jetzt Kassie zu. »Und du solltest mit Mundschutz arbeiten. Solltest du sowieso, wegen des Feinstaubs, den das Feilen der Nägel verursacht.«

Kassie verdrehte die Augen. »Ja, ich weiß. Aber das ist so lästig. Ich habe das Gefühl, ich bekomme keine Luft, wenn ich so eine Maske trage. Ganz davon abgesehen, dass ich dann nicht richtig reden kann.«

»Sie kann dann nicht mehr über andere Leute herziehen«, feixte Jannis und zog vorsichtshalber den Kopf weg.

Aber Kassie gab ihm nur einen sanften Stoß gegen den Arm. »Das gehört nun mal dazu. Ein Nagelstudio ohne Tratsch wäre wie ein Fahrrad ohne Räder.«

Sie lachten. Kassie nahm die Fernbedienung und schaltete den Fernseher aus.

»Jetzt mal ehrlich: Das betrifft uns doch nicht, oder?« Sie schaute Niko fragend an.

Der zuckte mit den Schultern. »Ich kann es dir nicht sagen. Ich weiß nur, was ich im Krankenhaus erfahre. Ich habe zum Glück nichts damit zu tun, ich höre es vor allem über den Flurfunk und in der Kantine. Und das reicht mir, offen gestanden. Tut mir einfach den Gefallen und wascht euch die Hände häufiger als sonst und haltet euch von kranken Menschen fern. Wie gesagt: Schaden kann das nie.«

»Okay«, sagte Kassie. »Aber eine Maske setze ich nicht auf. Auf keinen Fall.«

Niko seufzte. »Es wäre wirklich besser, nicht nur wegen des neuen Virus. Aber du bist alt genug, um das selbst zu entscheiden.«

»Genau«, bestätigte Kassie.

Doch Nikos eindringliche Warnung verfehlte nicht ihre Wirkung. Als dann auch noch der bayerische Ministerpräsident am nächsten Tag an die Vernunft der Bevölkerung appellierte und eine Ausgangssperre androhte, bekam Kassie es mit der Angst zu tun. Gerade weil im Studio so viel gequasselt und auch gelacht wurde, war die Gefahr einer Ansteckung vielleicht wirklich größer als in einem normalen Büro.

Nach einer eher schweigsamen Kundin suchte sie die Kataloge ihrer Lieferanten heraus und bestellte einige Packungen Mund-Nasen-Schutz. Zoi, die erst am Nachmittag ihren ersten Termin hatte, fand das übertrieben. Aber als Kassie Nikos Aussagen wiederholte, wurde sie nachdenklich.

»Na gut, wenn er meint, dann tragen wir halt diese blöden Dinger.«

Der Nachmittag verlief ohne weitere Zwischenfälle und Kassie freute sich auf einen ruhigen Abend. Niko hatte Bereitschaft und Jannis würde mit ein paar Freunden »um die Häuser ziehen«, wie er das nannte.

Nach dem Abendessen schenkte sie sich ein Glas Wein ein und griff nach einem Roman, den ihr eine Kundin wärmstens empfohlen hatte. Aber sie konnte sich nur schlecht auf den Inhalt konzentrieren; zu viel ging ihr durch den Kopf.

Dass Niko jetzt praktisch bei ihr wohnte, war einerseits schön, andererseits machte es ihr Angst. Er betonte zwar immer wieder, dass er sich eine eigene Wohnung suchen würde, aber wie sollte er auf die Schnelle etwas Bezahlbares finden? Inzwischen konnte man sich nicht einmal mehr das Münchner Umland leisten.

Davon abgesehen fragte sie sich, wie es mit ihrer Beziehung weitergehen würde, wenn der erste Liebesrausch verflogen war. Zoi hatte nicht ganz unrecht: Sieben Jahre waren ein relativ großer Unterschied in ihrer Altersklasse.

Wie wohl Hannah darüber dachte? Kassie wusste um die vielen Gerüchte zu deren Liebesleben. Sie schaute auf die Uhr; es war gerade mal neun. Kurz entschlossen nahm sie ihr Handy und wählte Hannahs Nummer. Wenn diese keine Zeit oder Lust hatte, mit ihr zu reden, würde sie es ihr sagen.

»Hallo?«

»Hallo Hannah, hier ist Kassie. Ich habe ein kleines Problem, über das ich gerne mit dir reden würde, wenn du Zeit hast.«

»Oh«, machte Hannah. »Worum geht's?«

»Offen gestanden, um meinen Freund. Oder vielmehr unsere Beziehung«, sagte Kassie.

Hannah zögerte so lange, dass Kassie sicher war, sie würde ablehnen. Aber dann hörte sie: »Natürlich, wir können gerne reden. Magst du zu mir kommen? Ich habe allerdings eine leichte Erkältung, nichts Schlimmes. Hoffe ich«, fügte sie hinzu.

Kassie entfuhr ein Seufzer der Erleichterung. »Das ist kein Problem, ich komme gerne zu dir. Ich bin in fünf Minuten da.«

Sie beendete das Gespräch, sprang auf, wechselte von der Jogginghose in die Jeans und schlüpfte in Sneaker und Mantel.

Erst vor Hannahs Haustür fiel ihr ein, dass sie vergessen hatte, eine Kleinigkeit mitzubringen.

Dann kriegt sie halt eine kostenlose Behandlung, dachte sie und klingelte.

»Komm rein«, sagte Hannah, hielt die Tür auf und trat zurück. »Ich halte lieber etwas Abstand.« Sie führte sie ins Wohnzimmer, das kuschlig warm war. Leise Musik spielte im Hintergrund, auf dem Couchtisch standen eine Glaskanne mit Tee auf einem Stövchen und zwei Tassen sowie eine Box mit Papiertaschentüchern. Ein Hauch von Zimt lag in der Luft.

Hannah deutete auf das Sofa. »Du kannst auch den Sessel haben«, meinte sie. »Magst du eine Tasse Tee?«

»Gerne.«

Während Kassie auf dem Sofa Platz nahm, schenkte Hannah ein. Der Zimtgeruch wurde intensiver. Kassie streifte die Schuhe ab und zog die Beine unter den Körper. Bei Hannah war es leicht, sich wohlzufühlen.

Hannah goss auch ihre Tasse voll, setzte sich in den Sessel und schaute sie erwartungsvoll an.

Kassie wusste zunächst nicht, wie sie beginnen sollte, sagte schließlich: »Wie ich schon am Telefon erwähnte, geht es um meinen Freund. Niko.« Sie wartete auf eine Reaktion, aber Hannah saß nur freundlich lächelnd da, nippte an ihrem Tee und hörte ihr aufmerksam zu. »Wir verstehen uns super«, fuhr Kassie fort. »Ich habe Bruno wirklich geliebt, aber mit Niko – das ist irgendwie anders. Mit ihm kann ich über Dinge reden, die ich mit Bruno nie hätte besprechen können. Es ist manchmal direkt unheimlich.« Ihr wurde bewusst, dass das nicht gerade nach einem Problem klang, ganz im Gegenteil.

Aber Hannah wäre nicht Hannah gewesen, hätte sie nicht gewusst, wo der Hase im Pfeffer lag.

»Wie viele Jahre Unterschied sind es?«, fragte sie leise.

»Sieben.«

»Das ist nichts.«

Kassie zögerte, sprach dann doch die Gerüchte an. »Ich gebe

nichts drauf«, schob sie schief grinsend nach. »Aber es ist ja nicht zu übersehen, dass dein Freund jünger ist.«

»Autsch«, sagte Hannah und lachte. »Und ich dachte immer, ich sehe mindestens zehn Jahre jünger aus. Andy ist tatsächlich auch sieben Jahre jünger als ich. Wir sind also in derselben Situation.« Sie schaute Kassie ernst an. »Was genau ist das Problem?«

»Ich weiß es nicht. Ich weiß nur, dass es mich ständig beschäftigt«, gestand Kassie.

»Ich verstehe das nur zu gut. Ich hatte fast immer jüngere Männer, keine Ahnung warum. Vielleicht, weil ich so früh geheiratet und ein Kind bekommen habe. Vermutlich hatte ich das Gefühl, etwas nachholen zu müssen. Und natürlich gibt es einem auch ein Gefühl der Überlegenheit.« Sie lächelte.

Kassie schüttelte den Kopf. »Das ist bei mir nicht so. Ich muss weder etwas nachholen noch fühle ich mich Niko gegenüber überlegen. Wie könnte ich auch? Ich habe ein Nagelstudio, er ist Arzt!«

»Nun stell mal dein Licht nicht so unter den Scheffel«, mahnte Hannah. »Du führst einen eigenen Laden und das ziemlich erfolgreich. Das muss dir erstmal jemand nachmachen.«

Kassie lächelte sie dankbar an. Da sie Zeit gewinnen wollte, nahm sie die Tasse und trank einen Schluck. Der Tee war warm und duftete nach Kräutern und Zimt.

»Es war ein Weihnachtsgeschenk«, sagte Hannah. »Ich wollte ihn nicht wegwerfen, obwohl er schon arg an Advent und Weihnachten erinnert.«

»Ich finde, er riecht nach Gemütlichkeit«, erwiderte Kassie.

Schweigend saßen sie da und nippten an ihren Tassen.

»Ich fürchte, es ist wegen der Leute«, sagte Kassie schließlich. »Und das nicht meinetwegen, sondern wegen Jannis.«

Wider Erwarten lachte Hannah nicht. »Es ehrt dich, dass du an deinen Sohn denkst, aber ich bin sicher, er macht sich über euren Altersunterschied die wenigsten Gedanken.«

»Da könntest du recht haben. Ihm war einzig und allein

wichtig, ob Niko Interesse an Fußball hat.« Sie stieß einen theatralisch-schweren Seufzer aus. »Zum Glück hat er.«

»Na siehst du, dann ist doch alles paletti.«

»Findest du wirklich?«, fragte Kassie, um dann über sich selbst den Kopf zu schütteln. »Klar findest du das, deshalb bin ich ja da.«

»Wie gesagt, ich verstehe es«, antwortete Hannah. »Es ist nicht leicht, vor allem, wenn man gemeinsam ausgeht, und die Leute schauen und fangen womöglich sogar zum Tuscheln an. Eine Beziehung ging dabei sogar in die Brüche, weil der Mann das nicht ausgehalten hat.« Sie lachte. »Es war nicht weiter tragisch, ich hätte ihm vermutlich ein paar Tage später sowieso den Laufpass gegeben. Was ich damit sagen will: Es kann zur Belastung für die Beziehung werden. Deshalb möchte ich dir raten, mit Niko darüber zu reden. So, wie du es beschreibst, klingt es nach einer perfekten Partnerschaft. Es wäre doch schade, wenn es an etwas so Banalem wie dem Altersunterschied scheitern würde.«

»Das wäre wirklich blöd«, stimmte Kassie zu. »Ich werde mit Niko reden, gleich am Wochenende.«

»Schön.

»Da das geklärt ist, können wir zum gemütlichen Teil übergehen.« Hannah stand auf, ging zu ihrer Schrankwand, öffnete eine Tür, hinter der sich eine Bar befand, und entnahm ihr zwei Gläser und eine Flasche. »Ich hoffe, du magst Whiskey«, sagte sie, als sie zum Sofa zurückkehrte. »Es ist ein dreißig Jahre alter aus Irland.« Sie schenkte ein, schob ein Glas zu Kassie, nahm das andere und hielt es hoch. »Auf die Männer. Vor allem die jüngeren.«

Kassie prostete ihr zu, roch misstrauisch an der dunkelbraunen Flüssigkeit und nahm einen vorsichtigen Schluck. Der Whiskey brannte leicht auf der Zunge, schmeckte aber nicht so schlimm wie befürchtet.

»Manche Menschen behaupten, man müsse eine Zigarre

dazu rauchen, weil man damit den Geschmack übertönt. Das ist natürlich ein Sakrileg.« Hannah schüttelte entrüstet den Kopf.

Weit nach Mitternacht machte Kassie sich auf den Weg zurück in ihre Wohnung. Es war nicht bei dem einen Whiskey geblieben, was vor allem der gemütlichen Stimmung geschuldet war. Sie kicherte, weil sie drei Anläufe brauchte, um den Schlüssel ins Schloss zu stecken, aber schließlich lag sie im Bett und fuhr – entgegen ihrer Befürchtung – nicht Karussell.

Als Kassie am nächsten Morgen ein leichtes Kratzen im Hals verspürte, schob sie es auf den übermäßigen Whiskey-Genuss. Sie kochte sich einen starken Kaffee und trank ihn abwechselnd mit einer aufgelösten Aspirin. Daraufhin revoltierte ihr Magen.

Schwer schnaufend saß Kassie auf dem Badezimmerboden und fühlte sich beschissen.

»Wer trinken kann, kann auch arbeiten!« Die Stimme ihres Vaters ertönte in ihrem Kopf.

»Ja, ja«, murrte sie, erhob sich mühsam, wusch sich das Gesicht und spülte den Mund aus.

Die Übelkeit verging so rasch, wie sie gekommen war, doch der Brummschädel blieb. Kassie kämpfte mit sich, griff letztendlich doch zum Telefon und rief Zoi an.

»Kannst du früher kommen?«, sagte sie, als ihre Angestellte sich meldete, und schilderte in knappen Worten ihren Zustand. »Ich denke, ab Mittag bin ich wieder einsatzbereit.«

Zoi versprach, so schnell wie möglich zu kommen. Kassie dankte ihr und rief ihre erste Kundin an, um sie über den Wechsel zu informieren. Da ihr kalt war, füllte sie Jannis' alte Kinderwärmflasche mit heißem Wasser, holte sich eine Decke und legte sich im Wohnzimmer auf die Couch. Um sich abzulenken, schaltete sie den Fernseher ein.

Es gab nur ein Thema: Corona. Ab Mitternacht würden in Bayern Ausgangsbeschränkungen in Kraft treten. Echte und selbsternannte Experten schwadronierten vor der Kamera über deren Sinn und Unsinn.

Kassie zappte sich durch die Kanäle, aber der seltsamen Krankheit war nicht zu entkommen.

»Typische Symptome sind Husten, Schnupfen, Halsschmerzen und hohes Fieber«, erklärte eine weitere Expertin in einer Morgenshow auf einem privaten Kanal. »Wichtig ist eine frühzeitige Quarantäne.« Die Frau schaute sehr ernst in die Kamera. »Wir wissen zu wenig darüber, nur, dass sie auch tödlich enden kann.«

Kassie schaltete ab. Panik ergriff sie. Hatte sie Corona? Würde sie sterben?

»Quatsch«, ermutigte sie sich selbst. »Du hast gestern Abend zu viel getrunken und dir vielleicht bei Hannah eine Erkältung geholt.« Doch sie konnte nicht verhindern, dass sich ihre Gedanken stetig um das eine Thema drehten. Schließlich rief sie Niko an.

»Mir geht es nicht gut«, sagte sie und schilderte ihren Zustand.

»Ist Jannis zu Hause?«

»Nein, er hat mir gestern geschrieben, dass er bis Sonntag bei einem Freund schläft.«

»Gut«, sagte Niko. »Du solltest so wenig Kontakt wie möglich haben.«

»Ich muss arbeiten«, erwiderte Kassie entrüstet. »Zoi kann nicht alle Kundinnen übernehmen.«

»Dann musst du die Termine absagen. Kassie, ich will nicht den Teufel an die Wand malen und vermutlich hast du tatsächlich nur eine Erkältung, aber vorsichtshalber solltest du in den nächsten Tagen keinen Kontakt haben.« Nikos ernster Ton erschreckte sie.

»Aber ich muss einkaufen. Und ich will dich sehen.«

»Ich kaufe für dich ein und ich komme zu dir«, versprach Niko.

»Sagtest du nicht gerade, ich solle keinen Kontakt haben?«

Niko lachte. »Ja, zu normalen Menschen. Ich bin Arzt, ich weiß, was zu tun ist.«

»Okay.« Kassie versuchte ebenfalls zu lachen, was in einem Hustenanfall mündete.

»Ich habe bis halb drei Dienst. Wenn ich raus bin, rufe ich dich an und notiere mir, was ich einkaufen soll, danach komme ich und pflege dich.«

»Danke«, hauchte Kassie und legte auf. Danach rief sie Zoi an und bat sie, all ihre Termine für diesen Tag abzusagen. »Sag ihnen, ich melde mich, wenn ich wieder fit bin.«

Die nächsten Stunden verbrachte Kassie abwechselnd mit unruhigem Schlaf mit wirren Träumen und Fernsehzapperei. Zoi rief zwei Mal an, um sich nach ihrem Zustand zu erkundigen, und Kassie behauptete jedes Mal, es ginge ihr gar nicht so schlecht, obwohl sie wusste, dass sie inzwischen Fieber hatte.

Niko meldete sich tatsächlich erst am Nachmittag. »Sorry, hier ist die Hölle los«, sagte er. »Kleine Planänderung: Ich komme erst zu dir, danach gehe ich einkaufen.«

Kassie war mit allem einverstanden; sie fühlte sich sowieso nicht mehr in der Lage, eine Entscheidung zu treffen.

Niko kam mit einem großen Blumenstrauß, in dem eine kleine Plüschmaus saß und ihr auf einem Plüschherz *Gute Besserung* wünschte.

»Danke.« Kassie war überwältigt und hätte am liebsten geweint, weil sie sich so schlapp fühlte.

»Hast du schon Fieber gemessen?«, wollte Niko wissen, nachdem er ihre Stirn gefühlt hatte.

Sie schüttelte den Kopf, was ein heftiges Beben in demselben auslöste. Kassie fluchte.

»Hier.« Niko reichte ihr das Fieberthermometer. Erst jetzt sah sie, dass er eine Maske trug, wie man sie von OP-Ärzten kannte. Offensichtlich hatte ihre Mimik reagiert, denn er deutete darauf und sagte: »Es ist eine reine Vorsichtsmaßnahme und hat nichts zu bedeuten.«

Folgsam steckte Kassie das Thermometer ins Ohr und wartete auf das Piepsen. Niko nahm es ihr ab und sagte: »Achtunddreißigneun. Seit wann hast du Fieber?«

»Noch nicht so lang«, gab Kassie zu. Dass Niko nur mit einem »Hm« reagierte, verwirrte sie. »Was bedeutet das?«, wollte sie wissen.

»Ehrlich gesagt, ich weiß es nicht«, gestand er. »Was solche Krankheiten angeht, habe ich nur Grundkenntnisse.« Er überlegte kurz, sagte dann: »Ich bringe dir auf jeden Fall was von der Apotheke mit.«

Gemeinsam erstellten sie die Einkaufsliste. »Ich schlage vor, dass wir uns Essen liefern lassen«, sagte Niko. »Zum Kochen werden wir keine Lust haben.« Er beugte sich herunter. »Ich bin so schnell wie möglich zurück«, flüsterte er.

Kassie nickte und wickelte sich in die Decke ein. Warum nur war ihr so kalt? Die Heizung lief auf Volltouren, dennoch hatte sie das Gefühl, in einem Eisschrank zu sitzen.

Sie schloss die Augen und hörte die Wohnungstür klacken. War Niko gekommen oder gegangen? Sie wusste es nicht und es war ihr auch egal. Alles verschwand hinter einem Nebel. Irgendwann spürte sie eine wunderbar kühle Hand an ihrer Stirn und hörte Niko etwas von steigendem Fieber sagen. Bevor sie das lästige Insekt in ihrem Ohr wegscheuchen konnte, war es schon wieder verschwunden.

»Neunundreißigsieben«, sagte Niko. Sie hatte keine Ahnung, was das bedeutete. In den etwas wacheren Minuten zwang Niko sie dazu, etwas zu trinken. Sofort danach driftete sie wieder weg.

»Kassie?«

Wer schüttelte sie denn so heftig?

»Kassie, hörst du mich?«

Unwillig brummte sie und öffnete die Augen. Neben Niko standen eine Frau und ein Mann, ganz in Weiß gekleidet. Beide trugen Masken im Gesicht.

»Kassie? Die beiden sind vom Rettungsdienst. Sie bringen dich ins Krankenhaus.«

Wieder brummte sie. Ihr tat alles weh und sie würde sich hüten, sich auch nur einen Millimeter zu bewegen.

»Kassie?«

»Wassn?« Oh, das war jetzt doch etwas zu böse gewesen. Und das zu Niko! Aber er schien nicht beleidigt zu sein, denn er nahm ihre Hand.

»Kassie?«, sagte er leise und es klang sehr zärtlich. »Dein Fieber ist nochmal gestiegen, du hast jetzt schon vierzig Grad. Ich lasse dich vorsichtshalber ins Krankenhaus bringen. Die können dich besser versorgen als ich hier. In Ordnung?«

»Wenn du meinst.« Hatte sie es gesagt oder nur gedacht? Offensichtlich gesagt, denn die beiden Sanitäter richteten sie vorsichtig auf und legten sie auf eine Trage.

Obwohl sie sich alle Mühe gaben, litt Kassie Höllenqualen auf dem Weg nach unten. Aber endlich steckte die Trage in der Halterung im Rettungswagen und sie hatte wieder ihre Ruhe.

Der Mann setzte sich neben sie, legte ihr ein breites Band um den linken Oberarm und pumpte Luft hinein.

»Hundertsechzig zu fünfundneunzig«, sagte er.

Während Kassie noch versuchte herauszufinden, was die Zahlen bedeuten könnten, hörte sie Niko fragen: »Wohin fahrt ihr?«

»Schwabing.«

»Danke. Ich fahre euch hinterher.« Der Wagen schaukelte, jemand ergriff ihre Hand. »Kassie? Ich fahre hinter dem Rettungswagen her, ja? Wir sehen uns im Krankenhaus. Bis gleich.« Wieder gab er ihr einen Kuss auf den Kopf.

Sie öffnete mühsam die Augen und griff nach seiner Hand.

»Niko?«

»Ja?«

Hatte er Tränen in den Augen? Ach Quatsch, er war ein Mann. Männer heulten nicht.

»Lass mich nicht allein.«

»Niemals.«

»Gut.«

Das Letzte, was sie sah, war sein liebevoller Blick. Das Letzte, was sie hörte, war das Zuschlagen der Türen. Als der Wagen sich in Bewegung setzte, schlief Kassie tief und fest.

Edeltraut »Edi« Mayerhofer

Irgendwie geht es weiter

Als Edi erwachte, fiel ihr Blick wie fast jeden Morgen auf den noch schlafenden Xaver. Sie lächelte glücklich. Dass ihr auf ihre alten Tage noch so etwas Gutes widerfahren würde, hätte sie nie geglaubt.

Seit vier Wochen wohnte dieser wunderbare Mann nun bei ihr und alle Bedenken, die sie beide diesbezüglich gehabt hatten, waren längst verflogen. Natürlich war ihr bewusst, dass es irgendwann Streit wegen einer Kleinigkeit geben würde, aber sie war sich sicher, dass sie das regeln könnten, wenn es so weit war.

Als das Zusammenziehen zum ernsthaften Thema geworden war, hatte Xaver angeboten, seine Wohnung in den ersten Monaten zu behalten. Aber Edi hatte abgelehnt und gesagt: »Wenn schon, denn schon.«

Schon das gemeinsame Renovieren hatte ihr so viel Spaß

bereitet, dass ihre Vorfreude auf die gemeinsame Zeit mit dem neuen Mann an ihrer Seite stetig wuchs. Dass nach vielen Jahren der unfreiwilligen Enthaltsamkeit endlich auch in ihrem Schlafzimmer wieder etwas los war, war ein höchst willkommener Nebeneffekt.

Edi drückte einen leichten Kuss auf Xavers Hand, die zwischen ihren Kissen lag, und stand vorsichtig auf, um ihn nicht zu stören. Sie schlüpfte in ihren Morgenmantel, ging in die Küche und warf die Kaffeemaschine an. Während diese herrlichen Kaffeeduft verbreitete, öffnete Edi die Fenster zum Lüften.

Der Himmel war wolkenverhangen und es schien zu nieseln, denn die Häuser gegenüber lagen hinter einem leichten Grauschleier.

Fröstelnd zog Edi den Morgenrock enger um sich. Ausgerechnet an ihrem freien Tag musste es regnen. Egal. Sie würden es sich einfach nach dem Einkaufen zu Hause gemütlich machen.

Edi holte die Zeitung aus dem Treppenhaus, schloss die Fenster und ging in die Küche, wo die Stille ihr sagte, dass der Kaffee fertig war. Sie goss sich eine Tasse Kaffee ein, setzte sich an den Küchentisch und begann zu lesen.

Die Schlagzeile traf sie wie ein Schock.

WEITREICHENDE AUSGANGSBESCHRÄNKUNGEN IN GANZ BAYERN

Wie hatte sie das vergessen können? Hannah hatte am Tag zuvor mit ihr und Alex zusammengesessen und das weitere Vorgehen besprochen. Das Café würde geschlossen bleiben, Hannah würde für sie beide Kurzarbeit beantragen.

Es hatte ihr Angst gemacht, aber Xaver hatte sie beruhigt. Kurzarbeit war besser als Jobverlust. Und da sie jetzt die Miete teilten, würde das Loch in ihrer Kasse nicht so groß werden. Und natürlich würde er sie immer unterstützen, nicht nur finanziell.

Da hatte sie nun endlich, nach so vielen Jahren, einen Job

gefunden, noch dazu einen, der sie vollkommen erfüllte, und dann sowas!

Aber wie sagte Hannah immer? »Man muss das Beste daraus machen, schon gar, wenn man es nicht ändern kann.«

Gut. Würde sie eben das Beste aus der Situation machen und sich zusammen mit Xaver auf ihr gemeinsames Zuhause beschränken.

Edi wurde bewusst, dass es eine echte Belastungsprobe für ihre Beziehung wäre. Wenn sie diese Phase überstanden, hatten sie große Chance, miteinander alt zu werden.

Wir sind doch schon alt, dachte sie und kicherte. Eigentlich war die Vorstellung, in den nächsten Wochen sehr viel Zeit mit Xaver verbringen zu können, gar nicht so übel. Ein bisschen war es wie ein langer Urlaub. Spaziergänge waren laut Zeitung erlaubt, den Rest könnten sie in ihrer schönen Wohnung mit Lesen und Reden verbringen. Und verstaubten nicht im Schrank unter dem Fernseher einige DVDs, die sie irgendwann gekauft, aber nie angeschaut hatte?

Edi fasste neuen Mut. Sie würden das hinkriegen. Sie stand auf, holte eine zweite Tasse aus dem Schrank, schenkte beide Tassen voll und trug sie ins Schlafzimmer.

Xaver lag zusammengerollt wie ein Embryo auf seiner Seite des Betts. Sie stellte die Tassen auf seinen Nachttisch und setzte sich vorsichtig auf die Bettkante. Er bewegte sich unruhig, was Edi zum Anlass nahm, ihn sachte am Ohr zu zupfen. Xaver wedelte schlaftrunken mit der Hand, aber sie ließ nicht locker.

»Guten Morgen, Schlafmütze«, sagte sie zärtlich, als er endlich die Augen öffnete, und gab ihm einen Kuss. »Kaffee ist fertig.«

»Guten Morgen«, erwiderte er und richtete sich auf. Dankbar nahm er die Tasse entgegen. »Wie lange bist du schon auf?«

»Nicht lang, eine halbe Stunde vielleicht.«

»Gut.« Er nahm einen Schluck, nickte anerkennend wie jeden Morgen, und sagte dann: »Und, was machen wir an deinem freien Tag? Hast du schon Pläne?«

Edi stand auf, zog den Vorhang zurück und deutete nach draußen. »Schietwetter«, sagte sie. »Da bleiben wir besser drin. Wie auch die nächsten Tage.«

Xaver schaute sie verständnislos an, dann schien auch ihm die aktuelle Situation wieder einzufallen.

»Ach du Sch...«, begann er. »Entschuldigung. Das hatte ich total vergessen.«

»Ich auch. Dann habe ich in die Zeitung geschaut«, antwortete Edi. »Aber ich dachte mir, dass wir das gut nutzen könnten.«

»Ja, natürlich, das machen wir.« Er ergriff ihre Hand und drückte sie. »Wir schaffen das.«

»Du klingst wie die Merkel«, spottete sie.

»Ist mir egal.« Er lachte. »Ich meine es so, wie ich es gesagt habe.«

In Edi erwachte die praktische Seite. »Wir sollten heute vielleicht etwas mehr als sonst einkaufen. Man weiß nie, was kommt.«

»Ja, lass uns das machen.« Er schlug die Bettdecke zurück. »Und jetzt muss ich mal dringend für kleine Liebhaber.« Er grinste schelmisch.

»Nur gegen Maut«, widersprach Edi und stellte sich ihm in den Weg. Sie bekam die verlangte Gebühr in Form eines Kusses und ließ ihn durch.

Dass sie sich manchmal wie Teenager aufführten, hatte sie anfangs peinlich gefunden. Inzwischen genoss sie die Albernheiten. Sie machten das Leben ein kleines Stückchen lustiger und damit leichter.

Eine Stunde später saßen sie beim Frühstück. Xaver hatte es sich nicht nehmen lassen, Semmeln und Brezen beim Bäcker zu holen; Edi hatte in der Zwischenzeit den Tisch hübsch gedeckt.

Sie saßen in der warmen und gemütlichen Küche und lasen sich gegenseitig aus der Zeitung vor. Sogar hier ergänzten sie sich perfekt: Während Edi grundsätzlich von hinten zu lesen begann, griff Xaver immer zuerst zu den Nachrichten. Meist trafen sie sich irgendwo in der Mitte; wenn nicht, übersprangen sie eben einen Teil.

Xaver las gerade eine längere Passage zum Thema Lockdown vor, als Edis Handy vibrierte. Irritiert schaute sie auf das Display.

»Was will Hannah denn von mir?«, wunderte sie sich.

»Geh einfach nicht ran«, riet Xaver. »Es ist dein freier Tag. Und außerdem ist sowieso alles zu.«

»Vielleicht geht es genau darum«, sagte Edi und schob den hüpfenden Punkt auf dem Display nach oben, um das Gespräch anzunehmen.

»Ich habe heute frei«, sagte sie.

»Ich weiß«, erwiderte Hannah. »Es tut mir leid, dass ich dich stören muss. Aber ich dachte, du möchtest es wissen. Kassie liegt im Krankenhaus.«

»Was?« Edi war ehrlich geschockt. Sie kannte die Frau vom Nagelstudio nur von ihren raren Besuchen im Café. Den Gutschein für Mani- und Pediküre, den Hannah ihr im Jahr zuvor geschenkt hatte, hatte sie bisher nicht eingelöst. »Was ist passiert?«

»Es besteht Verdacht auf Corona«, sagte Hannah.

Edi schluckte.

»Es könnte auch eine echte Grippe sein«, fuhr Hannah fort. »Sie liegt in Schwabing und ist isoliert, bis sie wissen, was genau es ist. Es scheint ihr nicht gut zu gehen.«

»Woher weißt du das alles?«, fragte Edi.

»Kassie hat seit einigen Wochen eine Mitarbeiterin und ist mit deren Bruder liiert. Er ist Arzt und hat als Einziger Zugang zu ihr. Zoi, seine Schwester, hat Christine informiert, die wiederum mich angerufen hat. Sie wollte etwas organisieren, um Kassie zu zeigen, dass wir an sie denken. Aber solange sie in Quarantäne ist, darf sie nichts bekommen.«

»Puh«, machte Edi.

»Ja«, erwiderte Hannah. »Bis zu Christines Anruf war dieses

blöde Corona weit weg, wie in einem Film. Man nimmt es zur Kenntnis, aber das war's dann auch. Jetzt ist es wirklich da.«

Edi wusste nichts darauf zu erwidern. Nach einer kurzen Pause fragte sie: »Und man kann gar nichts tun? Ich meine, für Kassie?«

»Nein«, bestätigte Hannah. »Beten. Wenn man daran glaubt.«

»Halte mich auf dem Laufenden, ja?«, bat Edi.

»Natürlich. Und mache dir bitte keine Sorgen wegen der Schließung. Ich lasse dich nicht hängen.«

Edi spürte, wie ihr Tränen in die Augen stiegen. »Ich weiß«, sagte sie leise. »Ich muss Schluss machen, Xaver ruft. Ich wünsche dir trotz allem einen schönen Tag.«

»Dir auch, Edi, dir auch«, sagte Hannah und beendete das Gespräch.

Nachdenklich und auch immer noch schockiert legte Edi das Handy zur Seite. Xaver schaute sie neugierig an.

»Das klang nach schlechten Nachrichten«, sagte er und griff nach ihrer Hand. Edi erzählte ihm, was Hannah gesagt hatte.

»Vielleicht ist es wirklich nur eine Influenza«, versuchte er sie zu trösten.

»Ich hoffe es sehr«, sagte Edi düster. Ihre gute Laune war dahin. Nun musste sie sich nicht nur mit der vorübergehenden Schließung des Cafés und dem daraus resultierenden Nichtstun beschäftigen, sondern auch noch mit dieser scheußlichen Krankheit, die seit Wochen die Nachrichten dominierten.

»Mach dir nicht zu viele Gedanken. Du kannst es nicht beeinflussen«, riet Xaver ihr.

»Ich weiß. Aber plötzlich ist es so nah«, wiederholte sie Hannahs Gedanken.

»Wir müssen einfach vorsichtig sein«, erwiderte Xaver. »Immerhin gehören wir beide zur Risikogruppe.« Er schaute sie ernst, aber auch liebevoll an. »Ich möchte dich keinesfalls verlieren, jetzt, wo ich dich gerade gefunden habe.«

Edi schluchzte und wischte eine Träne weg, die über ihre

Wange kullerte. Xaver stand auf, kam zu ihr und nahm sie in den Arm.

»Wir kriegen das hin. Gemeinsam schaffen wir alles«, flüsterte er.

Edi glaubte ihm, auch wenn sie in ihrem Innern wusste, dass es verdammt hart werden würde.

Hart wurde vor allem, dass sich plötzlich alle Tage glichen. Obwohl sie beschlossen hatten, keinen Schlendrian einkehren zu lassen, um den Tagen eine Struktur zu geben, schlich sich nach und nach doch eine gewisse Nachlässigkeit ein.

Wozu um sieben Uhr aufstehen, wenn man nicht um acht Uhr im Café sein musste? Wozu um neun einkaufen gehen, wenn man es genauso gut um elf Uhr machen konnte? Wozu Punkt zwölf zu Mittag essen, wenn man doch gerade erst vom Frühstückstisch aufgestanden war?

In der zweiten Woche des Lockdowns war Edi ein Nervenbündel. Sie fragte sich ernsthaft, wie sie all die Jahre mit Georg ausgehalten hatte. Hatte sie wirklich den ganzen Tag geputzt und gekocht?

Als sie Xaver eines Morgens wegen einer Nichtigkeit anschnauzte, sagte sie, nachdem sie sich entschuldigt hatte: »Ich muss etwas tun oder ich werde wahnsinnig«.

»Aber was?«, wollte er wissen.

»Ich könnte versuchen, Masken zu nähen. Die scheinen Mangelware zu sein.« Sie seufzte. »Das Problem ist, dass ich nicht nähen kann.«

»Es gibt sicher Anleitungen im Internet.«

»Aber ich habe keine Nähmaschine«, gab Edi zu bedenken.

»Dann macht das eher wenig Sinn«, stellte Xaver trocken fest. »Ich hätte heute Lust auf libanesisches Essen. Schade, dass das *Litani* zu hat.«

»Ja, sehr schade«, erwiderte Edi, mit den Gedanken immer

noch bei der Überlegung, ob sie nicht doch Masken nähen könnte. Dann wurde ihr plötzlich bewusst, was Xaver gesagt hatte. »Was?«, fragte sie, als hätte sie sich verhört.

»Ich sagte, ich würde heute Abend gern Libanesisch essen. Aber leider geht das nicht.«

Edi sprang auf und gab Xaver einen dicken Kuss. »Du bist ein Genie!«, rief sie.

»Das war mir klar«, sagte er breit grinsend. »Warum genau?«

»Du hast mir gerade die perfekte Idee geliefert.«

»Aha.«

Edi musste lachen angesichts seiner ratlosen Miene. »Lieferservice«, sagte sie. »Bassam könnte das Essen liefern. Und was Bassam kann, kann auch das Café.« Sie sah sich suchend um. »Wo ist mein Handy? Ich muss sofort Hannah anrufen.« Sie fand das Telefon, wählte die Nummer und wartete ungeduldig darauf, dass sich ihre Chefin meldete. Als sie es tat, rief sie: »Wir machen einen Lieferservice.«

Hannah reagierte zunächst genauso irritiert wie Xaver, aber Edi hatte bereits einen groben Plan: »In der Zeitung steht, dass man Essen abholen oder liefern lassen darf. Viele Menschen arbeiten von zu Hause aus und müssen gleichzeitig ihre Kinder betreuen. Sie haben keine Zeit zum Kochen. Wir liefern ihnen das Essen.«

»Okay«, erwiderte Hannah zögernd. »Gib mir ein paar Minuten, um das durchzudenken. Ich melde mich gleich wieder.« Sie legte auf.

Edi tigerte ungeduldig in der Wohnung herum und beschwor das Handy, endlich zu klingeln. Je mehr sie darüber nachdachte, desto brillanter erschien ihr ihre Idee. Sie erstellte gerade Menüs, die man ohne Qualitätsverlust aufwärmen konnte, als Hannah endlich anrief.

»Lass hören«, sagte sie ohne Umschweife.

Edi atmete tief durch. »Ich gebe zu, es ist noch unausgegoren. Wir dürfen normal kochen und backen, wir dürfen nur keine Gäste im Café bewirten, richtig?«

»Richtig.«

»Wenn die Gäste nicht zu uns kommen dürfen, kommen wir halt zu den Gästen. Wir bieten einen Lieferdienst an.«

»Das hört sich gut an«, sagte Hannah. »Aber das muss gut durchdacht werden. Wir brauchen Gefäße, in denen das Essen geliefert wird. Am besten umweltfreundlich und nachhaltig. Und wer liefert? Wie wird bezahlt?«

Edi wurde bewusst, dass sie all das nicht bedacht hatte. Genau deshalb war Hannah die Chefin und sie die Angestellte.

»Oh weh«, jammerte sie. »Es klingt viel zu kompliziert.«

»Stimmt. Das ist aber kein Grund, den Kopf in den Sand zu stecken. Lass mich ein paar Telefonate führen.«

Es dauerte einige Stunden, in denen Edi Listen erstellte mit Speisen und den benötigten Zutaten. Xaver recherchierte im Internet nach den genauen Bedingungen.

Bei Hannahs nächstem Anruf bat sie sie, sich in einer halben Stunde im *Litani* einzufinden.

»Und bring ruhig Xaver mit«, sagte ihre Chefin. »Es geht ums große Ganze.«

Als sie und Xaver eintrafen, saßen Hannah, Bassam und Mehmet vom Dönerstand mit ausreichend Abstand an einem großen Tisch. Bassams Frau Petra kam kurz nach ihnen ins Lokal. In der Hand hielt sie eine Tüte, deren Inhalt sie auf den Tisch kippte.

»Ich habe Masken besorgt«, erklärte Petra. »Sie sagen, dass sie helfen. Bedient euch.«

Während Hannah sich sofort eine griff und aufsetzte, zögerten Bassam und Mehmet. Edi nahm in gebührendem Abstand Platz und angelte zwei Masken für sich und Xaver. Erst als dieser sie ohne Umschweife aufsetzte, nahmen auch die beiden anderen Männer eine und stülpten sie über Mund und Nase.

»Das ist ungewohnt, aber wir werden uns vermutlich daran gewöhnen müssen«, sagte Hannah.

»Ich habe das Gefühl zu ersticken«, klagte Bassam.

»Das ist nur Einbildung«, rügte seine Frau ihn. »Sei froh, dass ich keine medizinischen Masken bekommen habe. Die sollen sehr dicht anliegen.«

Bassam verdrehte die Augen und zupfte an seiner Maske herum.

»In Asien laufen viele Menschen damit herum«, ließ Xaver sich vernehmen.

»Und wie kommunizieren wir jetzt?« Bassam war nicht so leicht zu überzeugen.

Hannah lachte und deutet auf ihre Augen. »Schau mich an, dann siehst du's. Man muss halt ein bisschen übertreiben.«

»Sollen wir anfangen?«, warf Edi ein, der das Hin und Her auf die Nerven ging. Männer waren manchmal einfach unmöglich!

»Gute Idee«, stimmte Hannah zu. »Ihr wisst, warum wir hier sind. Edi hatte die Idee, einen Lieferservice aufzubauen.« Sie lächelte ihr zu und streckte den rechten Daumen hoch. »Ich finde es genial, allerdings steckt sehr viel Arbeit dahinter. Ich denke, das schaffen wir nur gemeinsam. Wenn jeder für sich selbst wurstelt, machen wir uns nur gegenseitig Konkurrenz, was niemandem etwas bringt.« Sie zog einen Zettel hervor. »Ich habe mir ein paar Punkte notiert, die wir vorab klären müssen. Punkt eins: Wo kochen wir?«

»Ich stelle gerne meine Küche zur Verfügung«, sagte Bassam. »Sie ist größer als deine. Und wenn Halim, Edi, Mehmet und ich uns abwechseln, können wir locker Mittag und Abend abdecken.«

»Das klingt gut«, meinte Hannah. »Wäre das in Ordnung?«, wandte sie sich an Edi.

»Natürlich. Bassams Küche ist hervorragend eingerichtet. Da lässt es sich wunderbar arbeiten.« Edi merkte, wie negativ das in Hannahs Ohren klingen musste, und fügte hinzu: »Das soll nicht heißen, dass unsere Küche nicht gut ist.«

Hannah lächelte. »Habe ich auch nicht so aufgefasst. Punkt zwei: Wer liefert? Ich habe mir die Bedingungen der Lieferdienste angeschaut und finde sie eine Frechheit. Wenn möglich, sollten wir das selbst in die Hand nehmen. Ich habe allerdings weder ein Fahrrad noch ein Auto.«

»Ich habe ein Auto«, ließ sich Mehmet vernehmen.

»Wollt ihr nur liefern oder können die Leute auch abholen? Das wäre ebenfalls möglich«, warf Xaver ein. »Ihr müsst nur sicherstellen, dass genügend Abstand eingehalten wird.«

»Das lässt sich mit Sicherheit einrichten«, sagte Bassam. »Es muss sowieso immer jemand da sein, der das Essen ausgeben kann.«

»Das kann ich übernehmen«, sagte Petra.

»Christine hat einen Lieferwagen«, bemerkte Edi. »Vielleicht können wir den ausleihen?«

»Oder sie liefert für uns aus?«, überlegte Hannah laut. »Hat Petér nicht auch ein Auto?«

»Zu viele sollten wir nicht ins Boot holen, sonst bleibt für den einzelnen nichts übrig«, gab Bassam zu bedenken.

Hannah seufzte. »Es wird sowieso kaum etwas übrigbleiben. Wir brauchen spezielle Verpackungen, die jetzt garantiert das Doppelte kosten. Außerdem Warmhalteboxen und Dinge, an die ich noch gar nicht gedacht habe.«

»Wie sollen die Leute davon erfahren?«, fragte Petra. »Wir können nicht nur von der Blumengasse leben.«

»Gute Frage«, stellte Hannah schulterzuckend fest.

»Ich könnte euch eine Homepage basteln«, bot Xaver an. »Dann können die Leute vorbestellen und eine Uhrzeit angeben. So könnt ihr besser planen.«

»Kannst du sowas?«, wollte Hannah wissen. »Oh Entschuldigung«, schob sie nach und wurde zu Edis Überraschung ein bisschen rot. »Jetzt habe ich Sie einfach geduzt.«

Xaver lachte. »Das passt schon. Ich bin der Xaver.«

»Freut mich«, sagte Hannah, die anderen nickten.

Edi war stolz auf ihren Freund, der sich so mühelos einordnete.

»Ich gebe zu, dass ich bisher nur aus Spaß an der Freude programmiert habe«, gestand Xaver freimütig. »Aber es gibt nichts, was man nicht lernen könnte. Und wenn ihr euren Plan in die Tat umsetzt, was ich fantastisch fände, habe ich viel zu viel Zeit, weil Edi viel zu wenig zu Hause ist.« Er streichelte ihr zärtlich über den Arm.

»Schön«, erwiderte Hannah. »Was haben wir übersehen?«

»Das fällt uns sicher auf, wenn wir zur Tat schreiten«, sagte Bassam. »Ich schlage vor, dass Edi und ich eine erste Menü-Liste erstellen. Wir sollten es so einfach wie möglich halten. In Zeiten wie diesen brauchen wir keine komplizierten Gerichte.«

»Ich kann das Einkaufen übernehmen«, bot Mehmet an. »Kann ich einen Dönergrill bei dir aufstellen?«, wandte er sich an Bassam.

Der wiegte den Kopf hin und her, aber bevor er antworten konnte, sagte seine Frau: »Du kannst ihn hier hinten aufstellen.« Sie deutete auf einen Tisch neben der Küche. »Im Restaurant wird sich außer uns niemand aufhalten, daher sollte das kein Problem sein.«

Hannah klatschte erfreut in die Hände. »Ich freue mich, dass wir uns so schnell einig sind.«

Edi meldete sich. »Ich habe eine Bitte. Ich halte nicht viel von beten oder so, aber ich würde gerne eine Gedenkminute für Kassie einlegen.«

»Gute Idee«, murmelten die anderen.

Sie senkten alle die Köpfe und dachten an die Kranke.

»Çabuk iyileş«, sagte Mehmet nach zirka einer Minute. »Möge sie gesund werden.«

»Na dann, auf ins Gefecht«, rief Hannah. »Wäre doch gelacht, wenn uns dieses blöde Virus unterkriegen würde.«

Xaver verabschiedete sich mit einem Kuss. »Wir sehen uns später«, sagte er. »Ich freue mich.«

Edi genierte sich ein bisschen, sah aber, dass niemand es seltsam zu finden schien. In dieser Beziehung musste sie noch dazulernen.

Gemeinsam mit Hannah verließ er das Restaurant.

Bassam hatte inzwischen Papier und Stifte geholt. »Lasst uns gleich anfangen.«

Edi wollte einwenden, dass sie besser auch Halim mit einbeziehen sollten, denn schließlich sollte er beim Kochen helfen. Da öffnete sich die Tür und der junge Syrer kam herein.

»Hallo«, rief er zur Begrüßung und winkte in die Runde. »Schneller ging nicht«, sagte er entschuldigend.

»Kein Problem, das Wichtigste kommt sowieso jetzt erst«, erklärte Bassam und umriss kurz, was sie besprochen hatten.

»Oh Edi, wir kochen wieder zusammen«, war Halims Reaktion. »Ich habe sehr vermisst.«

»Ich auch, Halim. Ich auch.«

Als Edi zwei Stunden später nach Hause kam, war sie erschöpft, aber auch glücklich. Endlich gab es wieder etwas zu tun!

Sie hatten sich auf vier Vorspeisen geeinigt, als Variation oder einzeln, drei Hauptgerichte – Fleisch, Fisch und vegetarisch – sowie auf einen täglich wechselnden Nachtisch. Alle Gerichte konnten von jedem gekocht werden, zusätzlich würde Mehmet Döner anbieten.

Die Diskussion über die Preise hatte etwas länger gedauert, aber schließlich kamen sie auch da zu einer Einigung. Bassam hatte sich letztendlich durchgesetzt. »Auch wenn die Speisekarte kleiner ist als sonst, bieten wir die übliche Qualität. Ich finde, das muss sich im Preis widerspiegeln.«

Edi schlüpfte aus Mantel und Schuhen. Es war verdächtig ruhig in der Wohnung.

»Xaver, bist du da?«

»Hier«, kam die Antwort aus Halims ehemaligen Zimmer, das inzwischen für alle mögliche Tätigkeiten genutzt wurde: Während Edi Wäsche bügelte und dabei fernsah oder Hörbüchern lauschte, saß Xaver manchmal vor dem PC und spielte

Computerspiele. Anfangs hatte er sie davon begeistern wollen, aber Edi konnte nichts mit den virtuellen Welten anfangen.

Sie ging zunächst ins Bad, um sich wie empfohlen dreißig Sekunden lang gründlich die Hände zu waschen, ging anschließend zu Xaver, stellte sich hinter ihn und legte ihm die Hände auf die Schultern.

Lieferservice aus der Blumengasse

stand in großen Buchstaben auf dem Bildschirm. Darunter hatte er mehrere leere Kästchen angeordnet.

»Was kommt da rein?«, wollte Edi wissen, zog einen Stuhl heran und setzte sich neben ihn.

»Ich mache Fotos von allen Läden, die mitmachen«, antwortete Xaver. »Es muss ja nicht nur Essen sein.«

»Was könnte man denn noch liefern?«, wunderte sich Edi.

»Zum Beispiel Blumen.«

»Oh.« Daran hatte sie gar nicht gedacht. »Das ist eine tolle Idee«, sagte sie und gab ihm einen Kuss. »Wenn man so viel Zeit zu Hause verbringen muss, möchte man es auch schön haben.«

»Hast du schon das Menü für mich?«, fragte er.

»Bassam hat es aufgeschrieben, aber ich kann dir die Gerichte nennen. Bei den Preisen müssen wir aber noch mal nachfragen.«

»Das eilt nicht. Ich möchte einfach ein paar Varianten ausprobieren.«

Edi nannte ihm die Gerichte und die Preise dazu, Xaver notierte sich alles auf einem Block.

»Ich lasse dich mal arbeiten und koche uns was Leckeres. Das haben wir uns verdient.« Sie stellte den Stuhl zurück und ging in die Küche, nur um festzustellen, dass sie kaum etwas im Kühlschrank hatten.

»Ich geh zum Supermarkt«, rief sie Xaver zu und verließ die Wohnung zum zweiten Mal.

An den folgenden Tagen gab es nur ein Thema: der Lieferservice und seine Umsetzung in die Realität.

Hannah hatte ein paar Stammkunden angerufen und gefragt, was sie davon hielten. Alle waren restlos begeistert. Allerdings musste sie versprechen, dass es mindestens einen Kuchen und den wunderbaren Kaffee gab.

»Kuchen sollte kein Problem sein«, sagte sie zu Edi. »Aber wie sollen wir das mit dem Kaffee bewerkstelligen?«

»Auch da wird uns etwas einfallen«, versuchte Edi sie zu beruhigen. »Kann man diese Monstermaschinen nicht ausleihen?«

Petér, der seinen Friseursalon ebenfalls schließen musste, hatte sich bereit erklärt, Essen auszuliefern. Christine vom Blumenladen hatte sich bereits selbst Gedanken zu einem Lieferservice gemacht, war aber sehr angetan von der Idee einer gemeinsamen Homepage.

»Ich liebe es, wie wir hier in der Blumengasse zusammenhalten«, sagte sie.

Alle waren damit beschäftigt, den Plan in die Tat umzusetzen. Es fühlte sich fast normal an, wenn man mal davon absah, dass sie bei Treffen viel Abstand einhielten, Masken trugen und ihre Hände ganz rissig wurden vom häufigen Desinfizieren.

Und auch die Nachrichten brachten immer wieder die Wirklichkeit zurück. Der britische Premier wurde mit einer Corona-Erkrankung ins Krankenhaus eingeliefert und lag einige Tage sogar auf der Intensivstation.

Am Karsamstag saßen sie alle im *Litani* zusammen und stießen auf den Launch der Homepage an. Am Dienstag würde es losgehen. Sie wünschten sich schöne Feiertage und trennten sich.

Das Osterwochenende war ungewöhnlich warm, die Menschen strömten in Scharen ins Freie. Auch Edi und Xaver wollten bei dem Traumwetter nicht zu Hause herumsitzen und fuhren mit der Straßenbahn zum Schloss Nymphenburg, um dort spazieren zu gehen. Hier war es gut möglich, einen großen Bogen um die anderen Menschen zu machen.

Für den Abend hatte Edi sich ein schönes Menü ausgedacht. Zu einer Lammkeule würde es Bohnen mit ein bisschen Speck und Kartoffeln geben, dazu einen guten spanischen Rotwein. Sie war gerade dabei zu prüfen, ob die Keule nicht zu weich wurde, als das Telefon klingelte.

»Kannst du bitte hingehen?«, bat sie Xaver.

Sie hörte, wie er sich meldete, offensichtlich dem Anrufer lauschte, dann »Vielen Dank, ich sage es ihr« sagte und auflegte.

»Wer war es denn?«, wollte sie wissen, als er in die Küche kam.

»Christine mit guten Neuigkeiten.«

»Die können wir immer gebrauchen«, sagte Edi. »Was ist es?«

»Kassie geht es wieder besser, sie durfte heute Morgen die Intensivstation verlassen. Es war tatsächlich Corona.«

»Oh wie schön!« Sie legte die Gabel, mit der sie das Fleisch geprüft hatte, weg und umarmte Xaver. »Ich freue mich so.«

»Ja, es ist eine gute Nachricht«, bestätigte Xaver.

Während des Essens sprachen sie über Kassie.

»Es ist seltsam«, sagte Edi. »Ich kenne sie kaum, dennoch geht es mir nahe, was mit ihr passiert ist. Und es ist nicht wegen dieser blöden Krankheit.«

»Sie ist eben ein Teil der Blumengasse«, erwiderte Xaver. »Das ist, wie wenn eine ferne Tante schwer erkranken würde. Man kennt sie kaum, aber sie gehört halt zur Familie.«

Edi drückte dankbar seine Hand. Dass die Menschen in der Blumengasse wie eine große Familie waren, sah man gerade an ihrem gemeinsamen Engagement für den Lieferservice. Sie hatten sich schnell darauf geeinigt, dass alle Einnahmen in einen großen Topf kämen, den sie gerecht auf alle Beteiligten aufteilen würden.

Das ungewöhnlich warme Wetter trieb die Menschen hinaus, aber die meisten hielten ausreichend Abstand. Man sah auch auffallend viele Leute mit Masken. Ein Mann trug sogar eine Atemschutzmaske, wie man sie aus Kriegsfilmen kannte.

»Das ist schon etwas übertrieben, oder?«, fragte Edi.

»Solange er sich sicher damit fühlt, finde ich es in Ordnung«, erwiderte Xaver.

Kassies Erkrankung beherrschte die Gespräche in der Blumengasse.

»Müssen wir uns Sorgen machen?«, wollte Edi wissen, als sie am Ostermontagabend mit Hannah telefonierte. Obwohl sie jeden Tag die Zeitung las, fühlte sie sich nicht ausreichend informiert über dieses Corona. Xaver suchte oft zusätzlich im Internet nach Informationen, aber man wusste einfach noch viel zu wenig darüber.

»Nein, ich denke nicht, dass wir uns Sorgen machen müssen«, erwiderte Hannah. »Wir sollten alles berücksichtigen, was die Wissenschaftler vorschlagen, aber darüber hinaus kann uns eigentlich nichts passieren.«

»Das hat Kassie sicher auch gedacht«, sagte Edi sarkastisch.

Hannah seufzte. »Da hast du auch wieder recht.«

»Weiß man denn, wo sie sich angesteckt hat?«

»Christine hat von Zoi erfahren, dass es wohl eine Kundin gewesen ist. Sie war in Ischgl zum Skifahren und erzählte bei ihrem Besuch bei Kassie, dass ihr Mann eine schwere Erkältung habe. Es war aber eben keine Grippe, sondern offensichtlich dieses fiese Virus.« Hannah schwieg einen Moment, fuhr dann leiser fort: »Ich habe mir Vorwürfe gemacht, als ich davon erfuhr. Kassie war am Abend zuvor bei mir, obwohl ich eine leichte Erkältung hatte. Ein paar Tage lange war ich in heller Panik, dass ich sie angesteckt haben könnte.«

»Oder sie dich«, warf Edi ein.

»Das auch. Aber ich habe nicht gewagt, mir das vorzustellen«, gestand Hannah. »Andy meinte, ich solle mich testen lassen, aber ich war einfach zu feige. Ich hatte zu niemandem Kontakt und mir ging es auch nicht so schlecht. Ich war nicht mal beim Arzt. A propos Arzt: hast du eigentlich einen neuen Hausarzt?«

»Nein«, sagte Edi. »Ich sollte mir schleunigst einen suchen. Wer weiß, was noch alles auf uns zukommt. Ich frage mal Xaver, er müsste einen haben.«

»Mach das. Und gib mir dann Bescheid, ob du ihn empfehlen kannst. Genieß den letzten freien Tag, morgen geht's wieder los mit dem Stress.«

»Welch ein Glück«, sagte Edi und verabschiedete sich.

Am Dienstagmorgen stand Edi voller Tatendrang auf, machte sich fertig und verließ die Wohnung mit dem guten Gefühl, endlich wieder aktiv sein zu dürfen. Sie würde morgens einen Kuchen backen und alles für das Mittagessen vorbereiten, um elf Uhr würden Halim und Bassam dazustoßen und kochen, während sie Petra bei der Essensausgabe helfen und zusammen mit Hannah die Lieferungen koordinieren würde.

Für den ersten Tag backte sie einen Marmorkuchen. Den beherrschte sie aus dem Effeff und er war allseits beliebt. Während sich in der Küche der süße Duft ausbreitete, schnippelte Edi Gemüse. Sie hatte zunächst das Radio eingeschaltet, es aber nach den ständigen Corona-Meldungen wieder ausgemacht. Diesen Tag wollte sie sich nicht durch schlechte Nachrichten vermiesen lassen.

Um halb zehn brachte Petra ihr eine Tasse Kaffee, zu dem sie ein Stück ihres Kuchens aß. »Ich muss schließlich prüfen, ob er was taugt«, sagte sie schelmisch.

»Als ob das nötig wäre«, erwiderte Petra und schaute so sehnsüchtig, dass Edi ihr ebenfalls ein Stück abschnitt.

»Mal schauen, ob bis heute Nachmittag noch etwas übrig ist«, sagte Edi lachend.

Die ersten Tage verliefen holprig.

»Wir müssen besser werden«, stellte Hannah fest, als sie am

Freitag spät abends im *Litani* zusammensaßen, um die Erfahrungen und Probleme der ersten Tage zu besprechen. »Derzeit machen wir ein fettes Minus«, fuhr Hannah fort. »Aber lasst uns zunächst mal die größten Probleme lösen. Eine gute Nachricht kann ich beisteuern: Ab Montag haben wir mehr Warmhalteboxen, das heißt, ihr beide«, sie wandte sich an Christine und Petér, die diesmal ebenfalls mit von der Partie waren, »könnt längere Touren fahren. Das sollte alles etwas effektiver machen.«

»Die längeren Touren sind nicht das Problem«, sagte Christine. »Manche Leute warten über eine Stunde auf ihr Essen. Ich finde, das geht gar nicht. Es hat sich allerdings kaum jemand beschwert«, fügte sie hinzu. »Die Leute wissen, dass derzeit alles etwas komplizierter ist.«

Petér bestätigte das.

»Wie läuft es mit den Abholern?«, wollte Hannah von Petra wissen.

»Im Prinzip gut. Die Ausgabe durch das Fenster klappt sehr gut. Allerdings meckern viele Leute, weil sich so viel Müll anhäuft. Sehr umweltfreundlich sind die Verpackungen nicht.«

»Ich weiß.« Hannah seufzte. »Nachhaltiges Material war auf die Schnelle nicht zu bekommen. Ich bin dran.«

»Warum bitten wir die Leute nicht, eigenes Geschirr mitzubringen?«, warf Edi ein.

»Nein, das können wir nicht bringen«, widersprach Bassam.

»Warum nicht? Als Anreiz erhalten die, die selbst Behälter mitbringen, einen Euro Nachlass.« Hannah dachte kurz darüber nach, nickte und fuhr fort: »Doch, das könnte funktionieren. Wir sparen Kosten und die Leute sparen Geld und Verpackung. Und wir schonen die Umwelt. Tolle Idee, Edi.«

Edi lächelte verlegen. »Xaver hätte gern gewusst, ob er an der Homepage etwas ändern soll«, wechselte sie das Thema. »Es kommen zwar kaum Bestellungen darüber, die meisten rufen an. Ich frage mich, wie wir das ändern können.«

»Hat nicht der Maler erfolgreich eine Plakataktion durchgeführt, als es um das Café und den Salon ging?«, fragte Christine.

»Hubertus?«

Hannah schien die Aktion verdrängt zu haben.

»Er hat damals auf eigene Kosten Flyer und Plakate gedruckt und verteilt beziehungsweise aufgehängt«, erinnerte Edi ihre Chefin. »Wir sollten ihn auf jeden Fall fragen.«

»Das kannst du gleich übernehmen«, schlug Hannah grinsend vor.

»Ich habe kein Problem damit«, gab Edi zurück.

»Wir brauchen jemanden zum Spülen«, ließ Bassam sich vernehmen. »Es nimmt uns zu viel Zeit für das Kochen weg.«

»Ich kann schon machen«, sagte Halim.

»Nein, Halim.« Bassam schüttelte den Kopf. »Du sollst dich aufs Kochen konzentrieren.«

»Da finden wir sicher jemanden«, sagte Hannah. »Es gibt derzeit so viele Leute, die keinen Job haben. Ich kümmere mich darum.«

Sie besprachen noch ein paar kleinere Probleme, kamen am Ende zu dem Schluss, dass sie auf dem richtigen Weg waren. Das Ziel für die nächste Woche war eine effektivere Lieferung.

Edi wartete vor dem *Litani*, bis sich alle verabschiedet hatten.

»Machst du dir Sorgen?«, fragte sie Hannah, die als letzte herauskam.

Hannah zögerte. »Ja und nein«, erwiderte sie schließlich. »Um das Café mache ich mir keine Sorgen. Zumindest noch nicht. Es hängt viel davon ab, wie lange dieser blöde Lockdown dauert.«

»Worum dann?«, hakte Edi nach, obwohl sie es sich denken konnte. Und tatsächlich:

»Meine Beziehung läuft nicht wirklich rund.« Hannah scharrte mit dem Fuß auf dem Boden herum. »Es war bisher schon kompliziert, jetzt kommt die ständige Angst dazu, er könnte sich infizieren. Und dann jemand anderen anstecken.« Hannah schaute hoch. Edi war überrascht, dass sie Tränen in den Augen hatte. »Ich kann mit niemandem darüber reden. Am allerwenigsten mit ihm.«

»Du kannst jederzeit mit mir, mit uns reden«, sagte Edi und griff nach Hannahs Hand. »Du kannst Xaver und mir vertrauen.«

Hannah lächelte gequält. »Ich weiß das doch. Aber ich will euer junges Glück nicht stören.«

»Junges Glück, ha! Und das in unserem Alter.« Edi grinste. »Ich weiß, was du damit meinst«, sagte sie schnell, bevor Hannah etwas sagen konnte. »Im Gegensatz zu deiner läuft meine Beziehung gut, sehr gut sogar. Ich gebe zu, ich hatte Angst. Wochenlang mit einem Mann in einer Wohnung, den ich kaum kenne. Aber es läuft alles ganz wunderbar. Und deshalb wäre es absolut kein Problem, wenn du dich uns anvertrauen würdest.«

»Danke, Edi. Ich weiß das Angebot sehr zu schätzen.« Hannah drückte ihre Hand und ließ sie los. »Vielleicht komme ich darauf zurück. Ich will zuerst noch einmal versuchen, mit Andy zu reden.«

»Mach das«, riet Edi ihr.

Hannah schaute sie spöttisch an. »Wann haben wir Rollen getauscht?«, fragte sie. »War ich nicht diejenige, die gute Ratschläge verteilt hat?«

»Warst du. Aber manchmal muss man auch einen Ratschlag annehmen. Oder Hilfe.«

»Okay, okay, ich hab's kapiert.« Hannah lachte. »Jetzt geh zu deinem Wundermann und genieß den Rest des Abends. Gute Nacht.«

»Gute Nacht, Hannah.«

Einen Moment lang waren sie versucht, sich wie in alten Zeiten zu umarmen, dann fiel ihnen ein, dass es Abstand zu halten galt.

»Verflixtes Virus«, schimpfte Hannah und hauchte ihr einen Luftkuss zu. Edi tat es ihr gleich, wandte sich ab und ging nach Hause.

Am Sonntag blieb das *Litani* zu, was Edi dazu nutzte, zu Hubertus von Waldhausen zu gehen und ihn um Hilfe zu bitten.

Seit Illy bei ihm wohnte, sah sie ihn nur noch selten, weil die Goldschmiedin sich darum kümmerte, dass er regelmäßig und ausreichend aß und trank. Während Edi die Treppen hinaufstieg, fragte sie sich, ob die beiden ein Paar waren.

»Und wenn, was geht's mich an?«, murmelte sie und verschnaufte im dritten Stock. Seit sie für Hannah arbeitete, fühlte sie sich trotz ihrer Fünfundsechzig fitter als früher. Dennoch spürte sie mehr und mehr diverse Zipperlein. Eines davon war Atemlosigkeit bei größerer Belastung. Xaver beschwor sie seit Wochen, endlich zum Arzt zu gehen, aber sie schob es immer wieder vor sich her, aus Furcht, es könnte eine schwerwiegende Erkrankung sein. Und jetzt kam auch noch die Angst vor diesem heimtückischen Virus hinzu.

Seufzend stieg sie auch die letzte Treppe hoch und fragte sich, wie der Maler das jeden Tag bewältigte. Sehr viel fitter als sie schien er nicht zu sein.

Unter dem Klingelschild stand

Hubertus von Waldhausen
Ilse-Marie Rohstetter

Das war doch wieder typisch! Von Waldhausen musste deutlich machen, wer der Herr im Hause war!

Missbilligend klingelte sie und setzte ihre Maske auf. Da sie sich telefonisch angekündigt hatte, musste sie nicht lange warten. Illy öffnete die Tür.

»Hallo Edi, kommen Sie herein.«

»Hallo Illy. Würde es Ihnen etwas ausmachen, eine Maske aufzusetzen?« Edi blieb vor der Tür stehen. Sie hatte mit Xaver darüber diskutiert, ob sie diesen Wunsch äußern dürfte.

»Du darfst nicht nur, du musst«, hatte er gesagt. »Wir gehören alle zur Risikogruppe. Und auch wenn die Masken vielleicht nur ein bisschen helfen, ist es immer noch besser als ganz ohne Schutz.«

Illy griff neben die Tür und holte einen Schal hervor. »Ist das in Ordnung? Ich vertrage die Gummis nicht.« Sie hielt ihre Hände hinter die Ohren.

»Natürlich, das ist auch gut«, erwiderte Edi und betrat die Wohnung.

Illy nahm ihr den Mantel ab und hängte ihn an die Garderobe.

»Hubert? Edi ist da«, rief sie laut und führte Edi in den rechten Teil der Wohnung. Sie war bisher nur einmal in der Wohnung des Künstlers gewesen und erinnerte sich dunkel, dass dieser Teil von ihm bewohnt wurde, während der andere damals seiner Tochter gehörte. Und heute vermutlich Illy.

»Bitte warten Sie einen Moment«, bat Illy. »Er ist etwas eigenwillig, was Masken angeht.«

Nicht nur, was Masken betrifft, dachte Edi und versuchte, etwas von dem kurzen Gespräch zu verstehen. Da Illy die Tür geschlossen hatte, hörte sie nur Gemurmel. Schließlich wurde die Tür geöffnet, Illy erschien und winkte sie hinein. Hubertus saß auf seinem angestammten Platz auf dem Sofa. Auch er hatte ein Tuch um den unteren Teil des Kopfes gewickelt.

»Man kann es auch übertreiben«, murrte er.

»Sie können sich ja im Krankenhaus Gedanken darüber machen, wie sinnvoll Schutz ist«, gab Edi spitz zurück.

»Nett wie eh und je«, brummte er, aber Edi sah, dass er sich darüber freute, sie zu sehen.

»Nehmen Sie doch bitte Platz«, sagte Illy, ganz höfliche Hausfrau. »Möchten Sie etwas trinken?«

»Danke, aber das ist nicht nötig. Ich will Sie nicht lange aufhalten.« Edi setzte sich auf den Rand des Sessels, der am weitesten vom Sofa entfernt stand. »Ich komme mit einer Bitte. Na ja, es ist eher ein Hilferuf.« Sie schaute von Hubertus zu Illy und zurück. »Ich weiß nicht, ob Sie von unserem Lieferservice wissen. Wir haben letzte Woche damit angefangen. Es läuft schon recht gut, aber es könnte viel besser laufen. Wenn die Leute davon wüssten.« Sie schaute Hubertus an. »Da kommen Sie ins Spiel. Sie haben mit Ihren Flyern und Plakaten entscheidend dazu beigetragen, dass das Café überlebt hat. Wir haben uns gefragt, ob Sie das gleiche für den Lieferservice tun würden.«

Sie erläuterte, dass es eine Homepage gab, über die man bestellen konnte, dass diese Homepage aber kaum jemand kannte.

»Ich kann mich noch gut an die Reaktionen auf Ihr Plakat erinnern«, sagte sie. »Sie waren durchweg positiv. Die Frage ist also: Könnten Sie für uns Plakate und Flyer machen, diese aufhängen beziehungsweise verteilen?« Als Hubertus keine Reaktion zeigte, fügte sie hinzu: »Die ganze Blumengasse hält zusammen; es wäre schön, wenn Sie auch mit von der Partie wären.«

»Das ist eine sehr schöne Idee«, sagte Illy. »Findest du nicht?« Sie schaute Hubertus eindringlich an.

»Hm«, machte der.

»Wir kommen natürlich für die Kosten auf«, beeilte Edi sich zu sagen und beschloss, es aus der eigenen Tasche zu bezahlen.

»Darum geht es nicht«, ließ der Künstler sich endlich vernehmen. »Ich bin blockiert. Diese ganze verdammte Krise macht mich krank.« Er tippte sich an die Stirn. »Alles leer da oben. Seit Wochen habe ich nichts gemalt.«

»Das tut mir leid zu hören«, antwortete Edi und meinte es so. Sie wusste, wie viel ihm das Malen bedeutete. Sie erhob sich. »Es war nur eine Idee, ich werde einfach Xaver fragen. Er hat die Homepage erstellt und kann sicher auch die Flyer machen.« Sie wandte sich an Hubertus: »Ich hoffe, Sie können die Krise schnell überwinden. Es wäre sehr schade, wenn Sie nicht mehr malen könnten. Sie wissen, ich habe wenig Ahnung von Kunst, aber ich weiß, was Ihre Bilder wert sind. Sie müssen also etwas taugen.« Sie grinste schelmisch und hoffte, er würde es hinter der Maske erkennen. Zu Illy gewandt, sagte sie: »Vielen Dank. Ich finde allein hinaus.«

Dennoch folgte Illy ihr. »Nehmen Sie es ihm bitte nicht krumm. Er hat wirklich eine Schaffenskrise. Ich habe schon alles versucht, aber er hängt nur auf seinem Sofa herum und brummt vor sich hin.«

Schaffenskrise? Er sollte sich weniger um junge Malerinnen und mehr um sich selbst kümmern, dachte Edi. Laut sagte sie: »Machen Sie sich keine Sorgen. Ich kenne ihn nun schon einige Jahre. Er kommt auch wieder raus aus dem Tief. Es sind eben schwierige Zeiten.«

»Danke.« Illy klang den Tränen nah. »Ich übernehme das mit den Plakaten und den Flyern. Ich bräuchte aber tatsächlich das Geld dafür.«

»Natürlich, das garantiere ich Ihnen. Auch für Ihre Arbeitszeit.«

Illy schüttelte den Kopf. »Die stelle ich gerne zur Verfügung. Mein Laden ist ebenfalls zu und das bisschen Material, das ich noch habe, möchte ich für bessere Zeiten aufheben. Ich habe also nichts zu tun.« Sie deutete hinter sich und lächelte. »Außer diesen Brummbären zu betreuen.«

Edi musste wider Willen lachen. »So habe ich ihn auch immer genannt, wenn er mal wieder besonders charmant war.«

»Falls ich sonst noch etwas tun kann, um zu helfen? Ich finde die Idee mit dem Lieferservice großartig.«

Edi bedankte sich. »Es ist fast ein Blumengassen-Projekt. Wir suchen noch jemanden zum Spülen, falls Sie da jemanden wissen ...«

»Das kann ich machen«, sagte Illy.

»Was? Nein, Sie sind dafür nicht die Richtige«, wehrte Edi ab.

»Warum nicht? Haben Sie Angst um die Teller?«

»Aber nein! Es sind kaum Teller, es kommt derzeit alles in Verpackungen. Wir haben beschlossen, die Leute zu bitten, selbst Geschirr mitzubringen, um den Verpackungsmüll nicht noch größer werden zu lassen.«

»Gute Idee! Was muss dann gespült werden?«

»Töpfe und Pfannen. Die passen zum größten Teil nicht in

die Spülmaschine und müssen deshalb mit der Hand gespült werden. Das ist ein Knochenjob.«

»Ich mache es, ich kann arbeiten.«

»Das bezweifle ich nicht.« Edi schaute Illy zweifelnd an. »Aber es ist wirklich ein doofer Job. Es riecht und ist schmierig und ...«

»Ich mache es«, beharrte Illy darauf.

»Okay.« Edi hob die Hände. »Ich lehne mich jetzt mal aus dem Fenster und sage, Sie bekommen denselben Anteil wie wir alle. Aber zuerst gestalten Sie die Plakate und die Flyer, in Ordnung?«

Illy lachte. »In Ordnung. Ich denke, ich kann Hubertus dazu bringen, mir zu helfen. Ich muss mich nur ein bisschen ungeschickt anstellen.«

Edi schmunzelte. »Ich sehe, Sie haben ihn im Griff. Melden Sie sich morgen im Laufe des Vormittags im *Litani*, dann besprechen wir alles.«

Sie lächelten sich ein letztes Mal zu, dann begann Edi den Abstieg. Vor Hannahs Tür blieb sie stehen und überlegte, ob sie klingeln solle, ließ es aber. Sie wollte den einzigen Ruhetag, den sie hatten, nicht stören. Hannah arbeitet sowieso schon wieder viel zu viel.

Zuhause berichtete sie von ihrem Besuch.

»Du weißt, dass ich das hätte machen können«, sagte Xaver.

»Natürlich weiß ich das. Aber es sollen möglichst viele mithelfen, damit es wirklich die ganze – na ja, fast die ganze – Blumengasse betrifft.«

»Du magst diese Straße, oder?« Xaver zog sie zu sich und hielt sie eng umschlungen.

»Ja, ich liebe die Blumengasse. Immerhin habe ich dort dich getroffen.«

Ilse-Marie »Illy« Rohstetter

Alte Herzen, junge Liebe

Ilse-Marie Rohstetter, genannt Illy, schlüpfte in Mantel und Schuhe und rief: »Ich bin dann mal weg.«

Aus Huberts Wohnzimmer kam als Antwort nur ein Brummen. Illy verdrehte die Augen. Irgendwann musste sie diesem Mann einen kräftigen Tritt in den Hintern geben.

Sie prüfte, ob sie ihre Schlüssel dabei hatte, und verließ die Wohnung. Bei Leupolds im zweiten Stock war wie üblich Kindergeschrei zu hören. Sandra Leupold schien eine Geburtenmaschine zu sein. Kaum waren die Babys aus dem Gröbsten raus, war sie schon wieder schwanger. Das Schild an der Tür gegenüber hing immer noch schief. Hubert hatte sich schon vor Wochen bei ihr darüber beschwert, dass es niemanden zu stören schien. Sie hatte ihm geantwortet, dass es momentan wahrlich wichtigere Probleme gab.

Als sie die erste Etage erreichte, wurde die Tür der linken Wohnung geöffnet und Hannah trat heraus. Als sie Illy sah, begann sie zu strahlen.

»Guten Morgen«, rief sie gut gelaunt. »Oder vielmehr guten Mittag. Gehst du auch zum Dienst?« Sie lachte.

Illy fragte sich, wie ein Mensch in Zeiten wie diesen immer gute Laune haben konnte. »Ja«, sagte sie. »Ich weiß, ich bin zu früh, aber vielleicht kann ich bei den Vorbereitungen helfen.«

Hannah tätschelte ihren Arm. »Wir können jede Hand gebrauchen.«

Illy folgte Hannah die Treppe hinunter. Vor der Tür, die ins Café führte, blieb Hannah stehen. »Ich muss noch ein paar Sachen holen, geh du schon mal vor, ich komme gleich.«

Illy nickte und lief die paar Schritte ans Ende der Blumengasse, zum *Litani*. Laute arabische Musik schallte ihr entgegen, als sie die Tür zum Lokal öffnete. Eine männliche Stimme sang lauthals mit. Illy musste grinsen. So sehr sie das Spülen hasste, so schön war es, ein Teil dieser verrückten Truppe zu sein.

»Hallo Illy«, wurde sie von Petra begrüßt.

»Hallo Petra.« Sie deutete mit dem Kopf Richtung Küche. »Bassam oder Halim?«

»Halim. Bassam würde es niemals wagen, so laut und falsch zu singen.«

Sie lachten.

»Ich bin früh dran«, sagte Illy entschuldigend. »Kann ich bei irgendetwas helfen?«

Petra schaute sich suchend um, meinte dann: »Frag mal die Jungs. Irgendwas zum Schnippeln gibt es immer.«

Illy nickte, hängte ihren Mantel an einen Garderobenhaken und ging in die Küche. Während Bassam an der Anrichte stand und die Behälter für das Essen to go vorbereitete, tänzelte Halim an einem der Arbeitsplätze hin und her, sang aus vollem Hals und schnitt dabei in einer atemberaubenden Geschwindigkeit Gemüse.

Bassam entdeckte Illy zuerst und nickte ihr grinsend zu.

Illy hielt sich die Hände an die Ohren, woraufhin er das Radio, das in einer Ecke vor sich hinplärrte, leiser drehte. Halim schaute hoch und winkte Illy mit dem Messer in der Hand zu.

»Kann ich euch helfen?«, fragte sie erneut. »Zum Spülen bin ich zu früh.«

Halim schob ihr ein Brett, ein Messer und ungeputztes Gemüse hin. »Das muss geschnitten werden«, erklärte er.

»Okay. Ich bin aber nicht so schnell wie du«, antwortete Illy.

»Kein Problem.« Halim lachte und deutete auf das Radio. »Mach lauter. Ich liebe diesen Song.«

Bassam schüttelte lachend den Kopf, drehte die Lautstärke aber nur etwas höher. Halim begann sofort wieder zu singen.

Illy suchte sich einen Platz und begann, das Gemüse zu putzen und kleinzuschneiden.

Vielleicht sollte ich Hubert auch mal mitbringen, dachte sie. *Die gute Laune hier täte ihm gut.*

Kurze Zeit später tauchte Hannah mit einigen Kochutensilien auf.

»Edi kommt auch gleich«, sagte sie.

Fünf Minuten später waren sie komplett. Die verschiedensten Düfte zogen durch die Küche und ließen das Wasser im Mund zusammenlaufen. Wie üblich kombinierten Edi, Bassam und Halim bayerische und arabische Rezepte, was bisher im Café hervorragend angenommen worden war. Nur beim Lieferservice hakte es noch gewaltig.

Illy war sich sicher, dass es nicht am Essen, sondern an der Bekanntheit lag. Da Hubert den Hintern nicht hochgekriegt hatte, war Edis Freund Xaver eingesprungen und hatte ihr geholfen, Plakate zu entwerfen, die nun in allen Läden in der Blumengasse hingen und Werbung machten. Über die Homepage konnte man bestellen und inzwischen sogar bezahlen. Dennoch lief das Geschäft zäh.

Bassam und Hannah hatten kurzzeitig überlegt, doch mit den gängigen Lieferdiensten zusammenzuarbeiten, aber die nahmen so unverschämt viel Gebühren, dass es sich noch weniger rentiert hätte.

Als Illy vor gut zwei Wochen versprochen hatte, das Spülen zu übernehmen, war ihr nicht bewusst gewesen, auf was sie sich einlassen würde. Edi hatte sie gewarnt, aber sie hatte gedacht, dass es so schlimm schon nicht sein würde.

Tatsache war, es war Knochenarbeit und absolut kein Vergleich zur Arbeit in der häuslichen Küche. Die Töpfe und Pfannen waren wesentlich größer und entsprechend schwerer. Und es musste immer schnell schnell gehen, denn obwohl Hannah Geschirr aus dem Café und Edi von zu Hause mitgebracht hatten, reichte es nie. Illy hatte den Eindruck, die Leute bestellten immer genau das, was gerade nicht gebraten werden konnte, weil die Pfanne dreckig war.

Wenn sie abends nach Hause ging, war sie vollkommen erledigt. Am liebsten hätte sie sich dann sofort im Bett verkrochen, aber sie stank so entsetzlich nach Fett und abgestandenem Spülmittel, dass sie sich mindestens eine halbe Stunde unter die Dusche stellte. Sie fragte sich, wie lange Hubert das mitmachen würde. Immerhin waren es sein Strom und sein Wasser.

Sie brauchte das Geld. Natürlich wusste sie, dass Hannah ihren Lohn vorschoss, aber sie wusste auch, dass die Cafébetreiberin immer noch mehr auf der hohen Kante liegen hatte als sie selbst. Das Café war in den knapp fünf Jahren seit seiner Eröffnung eine wahre Goldgrube gewesen. Hannah hatte mehr als einmal angedeutet, dass sie zuvor eine nicht unerhebliche Summe als Abfindung erhalten habe.

»Ich kann es mir leisten, also hör auf zu fragen«, hatte sie gesagt.

Illy war es nicht recht, aber sie hatte keine andere Wahl, wollte sie nicht ihren Laden verlieren.

Es gab Meldungen, dass der Staat Unternehmen finanziell unterstützen wolle, aber Illy mochte nicht glauben, dass eine Schmuckdesignerin dazugehörte. Da ging es doch eher um die wichtigen Firmen wie BMW oder Siemens. Auch Hannah schien skeptisch zu sein. Und sie hatte als ehemalige Bankerin den besseren Durchblick in solchen Dingen.

Erst am Tag zuvor hatte Illy sich gefragt, ob sie jetzt auf Ibiza nicht besser aufgehoben wäre als in München. Inseln schienen generell besser gegen das Virus gewappnet zu sein, allerdings lag fast der komplette Tourismus darnieder, weil niemand mehr zu reisen wagte.

Vor ein paar Tagen hatte sie mit Jorge telefoniert. Er hatte ihr von dem strikten Lockdown erzählt.

»Bei uns ist es natürlich nicht so schlimm, keiner überprüft das. Aber in der Stadt ist es gespenstisch leer. Wir fahren nur hin, wenn es gar nicht anders geht.«

Endlich war der letzte Topf gespült und für den nächsten Einsatz bereit.

»Ich spendiere eine Flasche Wein«, verkündete Bassam. »Es lief gut heute.«

Hannah rief Christine und Petér an, die die bestellten Essen ausfuhren, um sie zum Umtrunk einzuladen. Christine lehnte ab, aber Petér versprach zu kommen.

Illy setzte sich im Gastraum an einen der kleineren Tische und schloss für einen Moment die Augen. Sie lauschte auf das Stimmengewirr um sie herum und fühlte sich seltsam zufrieden.

Es war richtig gewesen, ihrem Bauchgefühl zu folgen und den Laden anzumieten. Es würde immer gute und weniger gute Zeiten geben, das war auch auf Ibiza so gewesen. Hier wie dort gab es Freunde, die sich gegenseitig unterstützten – was also war an München besser?

Illy wusste es nicht und war auch viel zu müde, um sich Gedanken darüber zu machen.

»Illy?« Jemand stieß sachte an ihren Arm. Sie öffnete die Augen und sah Hannah vor sich stehen. »Hier, dein Glas.«

»Ich bin wohl kurz eingenickt«, sagte Illy entschuldigend.

»Du hast den härtesten Job von uns allen«, erwiderte Hannah ernst.

Auf dem Tisch vor ihr stand ein Teller mit gemischten Vorspeisen.

»Bassam dachte, wir könnten alle eine Stärkung gebrauchen«, meinte Hannah.

Illy nahm das Glas und stellte es neben den Teller. Petér war inzwischen aufgetaucht und saß am benachbarten Tisch. Die anderen hatten sich im Raum verteilt.

»Gemütlich ist was anderes«, sagte Bassam, »aber wir machen das Beste daraus.« Er hob sein Glas. »Auf uns und die Blumengasse.«

Die anderen nahmen ebenfalls ihre Gläser zur Hand und wiederholten den Trinkspruch.

Illy nippte nur am Wein, sie war ausgehungert und wollte zunächst etwas essen. Wie immer waren die Vorspeisen köstlich.

»Sind noch welche übrig?«, fragte sie Bassam. »Ich würde gerne was mitnehmen.«

Halim sprang sofort auf, holte eine Dose und füllte sie mit den bayerisch-arabischen Köstlichkeiten. »Bitte schön.« Er hielt ihr die Schachtel hin.

»Danke.« Illy erhob sich. »Seid mir bitte nicht böse, aber ich ziehe mich zurück. Ich bin müde.«

Die anderen dankten ihr für die Unterstützung und wünschten ihr einen schönen Abend.

Illy nahm die Dose und verließ das *Litani*. Draußen wehte ein lauer Wind, für die Jahreszeit war es viel zu warm. Für die Menschen war es aber gut, es zog sie förmlich an die frische Luft.

Illy nahm erleichtert die Maske vom Gesicht. Obwohl man sich allmählich daran gewöhnte, war es ohne immer noch besser. Langsam schlenderte sie Richtung Café, dankbar für die Bewegung. Als ihr zwei junge Frauen mit großen Shoppingtüten entgegenkamen, erinnerte sie sich daran, dass ab diesem Tag Läden wieder öffnen durften. Offensichtlich gab es Leute, die es nicht hatten erwarten können, wieder einkaufen zu gehen.

Illy beschloss, eine Runde um den Block zu drehen. Das

dunkle Café war immer noch ein ungewohnter Anblick. Normalerweise würde da jetzt das pure Leben toben. Als sie die Sitzkissen im rechten Schaufenster sah, dachte sie zum wiederholten Male, wer um Himmels willen sich den Fußgängern draußen so präsentieren wollte. Aber sie wusste, dass dieser Platz sehr begehrt war, vor allem bei jungen Leuten. Sie ging langsam weiter, blieb plötzlich stehen, als ihre eine Idee durch den Kopf schoss. Sie blickte ein paar Mal vom Café zu ihrem Laden am anderen Ende der Straße, ging ein paar Schritte zurück, schaute auf die Kissen, dachte nach.

Die Idee war verrückt, aber es waren eben auch verrückte Zeiten, da musste man sich etwas Außergewöhnliches einfallen lassen.

»Na, noch nicht im Bett?«

Illy wandte sich um und schaute Hannah entgegen.

»Ich hatte gerade eine Idee«, sagte sie. »Ich bin mir nur nicht sicher, ob sie nicht vollkommen gaga ist.«

»Lass hören«, forderte Hannah sie auf.

»Ich ...«, begann Illy, schaute wieder zu ihrem Laden. »Ich dachte, ich könnte meinen Arbeitsplatz ans Schaufenster verlegen. So können die Leute sehen, wie ich arbeite.« Sie schüttelte den Kopf, als finde sie den Einfall bescheuert.

»Das ist brillant!«, rief Hannah. »Natürlich! Wieso bin ich nicht darauf gekommen?«

Illy musste unwillkürlich lachen. »Na hör mal, du bist nicht die einzig Kreative hier.«

Hannah stimmte in ihr Lachen ein. »Stimmt. Ich bin vermutlich die am wenigsten Kreative in der Straße. Aber im Ernst. Das ist eine tolle Idee. Mach das unbedingt. Ich helfe dir beim Umräumen, falls das nötig sein sollte.«

»Ich brauche auf jeden Fall einen größeren Arbeitsbereich«, sagte Illy. »Ich schaue mir das morgen an und melde mich bei dir.«

»Mach das.« Hannah gähnte ungeniert. »Ich bin müde, ich

geh nach oben.« Sie zeigte auf die Dose in Illys Hand. »Für unseren Haus- und Hofkünstler?«

Illy nickte. »Ich dachte, es könnte ihn etwas aus seiner Lethargie reißen.«

»Wir müssen uns etwas einfallen lassen«, bestätigte Hannah. »Ich hatte nur so viel anderes um die Ohren.«

»Du bist nicht für uns alle verantwortlich«, mahnte Illy.

»Stimmt, da war was.« Hannah lachte. »Melde dich morgen wegen dieser Idee. Sie ist wirklich brillant, glaube mir. Und vielleicht können wir ihn«, sie zeigte nach oben, »irgendwie mit einbinden. Gute Nacht.«

»Gute Nacht«, erwiderte Illy, aber Hannah war bereits im Haus verschwunden.

Illy brauchte ein paar Tage, bis sie sich an den neuen Arbeitsplatz gewöhnte. Jedes Mal, wenn draußen jemand vorbeiging, schreckte sie hoch. Aber sie merkte schnell, dass die Menschen nicht auf sie achteten. Niemand dachte daran, dass im Schaufenster jemand sitzen und arbeiten könnte. Morgens hetzten die Leute zu U-Bahn, abends kehrten sie müde zurück, bepackt mit Einkäufen. Da war keine Energie übrig, um in Schaufenster zu schauen.

Sie hatte als ersten Arbeitstag bewusst den Montag gewählt, da das *Litani* geschlossen hatte. So konnte sie den ganzen Tag nutzen, um den Platz noch besser einzurichten.

Die halbe Straße hatte ihr dabei geholfen, und sogar Hubert hatte sich dazu aufgerafft, die Wohnung zu verlassen.

Zum Glück konnte sie das breite Fensterbrett, das sie bisher für Dekoration genutzt hatte, schnell in einen relativ komfortablen Arbeitsplatz verwandeln. Xaver hatte ihr die Lampen montiert, damit sie auch am Morgen oder Abend noch arbeiten konnte.

Illy richtete das Licht, um die Feinheiten der Brosche, die sie gerade bearbeitete, besser erkennen zu können.

Dank Empfehlung von Hannah und Edi hatte sie ein paar Schmuckstücke zur Überarbeitung erhalten. Es war nicht kassefüllend, aber es war ein Anfang.

Zunächst hatte sie gedacht, sie wäre zu kaputt von der Spülerei, aber wenn sie sich erst einmal dazu aufgerafft hatte, in den Laden zu gehen, vergaß sie nach ein paar Minuten das Ziehen im Rücken und ging ganz in der Arbeit mit den Edelmetallen auf.

Sie war so in ihre Arbeit vertieft, dass sie hochschreckte, als die Glocke ertönte.

»Ich bin's nur«, sagte Hannah lachend. Sie trug eine sonnengelbe Stoffmaske. »Sorry.«

Illy streckte sich. »Was heißt hier nur? Du bist ein stets willkommener Gast.«

Hannah lachte. »Ja, eben. Gast. Kundin wäre besser.«

Illy schüttelte den Kopf. »Du hast schon so viel für mich getan.« Sie zögerte, wagte dann doch zu fragen: »Hast du ihm den Ring schon gegeben?«

Ein Schatten wanderte über Hannahs Gesicht und Illy schalt sich eine dumme Pute.

»Nein, es gab immer noch keine Gelegenheit«, sagte Hannah traurig. »Wir arbeiten beide zu viel.«

»Es ist eine schwierige Zeit«, erwiderte Illy. Sie wusste, Hannah brauchte keine guten Ratschläge, dennoch fügte sie hinzu: »Warte nicht zu lang.«

Hannah antwortete mit einem tiefen Seufzer. »Ich weiß, ich weiß. Aber so etwas macht man nicht mal eben zwischen Tür und Angel.« Sie schaute sich um, als suche sie etwas, und räusperte sich ein paar Mal, bis es Illy zu dumm wurde.

»Nun spuck es schon aus. Du hast doch was auf dem Herzen.«

Hannah verzog das Gesicht. »Bin ich so leicht zu durchschauen?« Sie zog einen Hocker heran, den Illy manchmal zum Arbeiten nutzte, und nahm Platz.

»Ich weiß, es geht mich nichts an«, begann sie. »Aber ich mache mir Sorgen um unseren Maler.«

»Wieso geht es dich nichts an?«, fragte Illy verwundert. »Ihr seid befreundet, du kennst ihn viel länger als ich.«

»Na ja, ich dachte, ihr ...« Hannah wand sich sichtlich.

Illy lachte. »Du denkst, wir sind ein Paar«, rief sie.

Hannah schaute sie verwundert an. »Seid ihr nicht?«

Illy hob die Schultern. »Ehrlich gesagt, ich weiß es nicht. Wir leben zusammen wie ein Ehepaar, das sich nichts mehr zu sagen hat. Wir haben immer noch getrennte Schlafzimmer, falls es dich interessiert, und da läuft auch nichts. Aber sonst?«

»Es tut mir leid. Es geht mich tatsächlich nichts an.«

Illy bemerkte, dass Hannah rot geworden war. Wieder lachte sie. »Ich dachte, die Blumengasse ist berühmt – oder gar berüchtigt? – dafür, dass jeder alles weiß.«

»Hm«, machte Hannah. »Ob das immer so gut ist?«

»Es ist gut, wenn man deshalb aufeinander aufpasst«, sagte Illy bestimmt. »Was Hubert angeht, kann ich dich gut verstehen. Ich mache mir ebenfalls Sorgen. Seit Susanne ihr eigenes Atelier hat, ist nichts mehr mit ihm anzufangen. Am Anfang habe ich ihn immer wieder dazu gedrängt, runterzugehen und etwas zu malen, egal was. Hauptsache, er würde wieder anfangen. Er hat es zwei, drei Mal versucht und dann einfach nicht mehr reagiert. Irgendwann habe ich aufgegeben.« Sie dachte an die Auseinandersetzung, die sie erst ein paar Tage zuvor deswegen gehabt hatten. »Ehrlich gesagt, weiß ich selbst nicht, welches Verhältnis wir haben. Wie gesagt, wir sind wie ein altes Ehepaar. Wir essen zusammen – wusstest du, dass er kochen kann?«

Hannah wirkte nicht überrascht. »Ich habe es vermutet. Wie hätte er sonst all die Jahre überleben können? Wobei er in den letzten Jahren das Essen häufiger vergessen hat.«

»Edi hat mir davon berichtet. Ich hatte erwartet, dass er sich was kommen lässt oder Fertiggerichte warm macht. Aber er kann richtig kochen. Nichts Aufwändiges, aber trotzdem gut. Und meistens auch gesund.« Sie lachte. »Das mit der Wäsche habe ich inzwischen übernommen, und auch das Putzen. Da nimmt er es nicht immer so genau.« Sie verzog das Gesicht. »Abends sitzen wir zusammen, hören Musik und lesen oder schauen auch mal in die Glotze. Und dann geht jeder in das eigene Schlafzimmer.« Sie lachte leise. »Ich habe mir schon mal überlegt, was wäre, wenn ich einfach mal zu ihm ginge.«

»Warum machst du es nicht?«, fragte Hannah.

»Ich habe Angst«, gestand Illy. »Angst, dass ich eine Schwelle überschreite, die ich nicht überschreiten sollte, und er mich dann rauswirft. Ich kann nicht wieder im Laden schlafen.«

»Verstehe ich. Habt ihr darüber geredet?«

Illy lachte. »Reden? Mit Ihm? Vergiss es.«

Hannah sprang auf. »Nein, mach das. Ich dachte auch erst, mit ihm könne man nicht reden. Er probiert immer die Masche sturer alter Bock, aber im Grunde seines Herzens ist er ein sensibler Mensch.«

»Ich weiß«, sagte Illy leise. »Wenn man ihn erstmal kennt ...«

Hannah kam auf sie zu, als wolle sie sie umarmen, trat dann einen Schritt zurück. »Ich muss mir das endlich abgewöhnen«, sagte sie frustriert. Sie breitete die Arme aus und deutete die Umarmung nur an, hauchte Küsse nach links und rechts in die Luft.

»Rede mit ihm. Koch was Schönes oder besser, bring was von Bassam mit, dann hast du keinen Stress. Mach eine Flasche Wein auf und dann redet ihr.« Sie beugte sich vor und flüsterte: »Ich weiß, er mag dich.«

Sie winkte noch einmal und rauschte hinaus. Illy schaute ihr verblüfft hinterher. Hannah war ein herzensguter Mensch, aber manchmal fühlte man sich nach einem Gespräch mit ihr wie mit der Dampfwalze überfahren.

Sie versuchte, sich wieder auf die Brosche zu konzentrieren. Aber immer wieder schob sich das Gesicht des Malers vor ihr inneres Auge. Was sie zu Beginn für unmöglich gehalten hatte, war tatsächlich eingetreten: Sie hatte sich verliebt.

Natürlich hatte Hannah recht. Hinter der Brummbär-Fassade steckte ein empfindsamer Mann. Felix hatte ihr nur ein paar Details von Renates Eltern erzählt, aber das reichte ihr, um zu wissen, dass Hubert in seiner Ehe nicht nur Freude erlebt hatte. Und er wäre nicht der erfolgreiche Maler geworden, der er nun mal ungelogen war, hätte er nicht eine besondere Beobachtungsgabe.

Nachdenklich machte Illy sich erneut an die Arbeit, aber ihre Gedanken schweiften immer wieder zu dem Gespräch ab. Sollte sie wirklich die Initiative ergreifen? Was, wenn sie die Zeichen der letzten Tage und Wochen falsch interpretierte? Was, wenn sie nur glaubte, Hubert habe sie küssen wollen, sei aber im letzten Moment wieder zurückgeschreckt?

»Ich bin zu alt für diese Spielchen«, murmelte sie. Seufzend räumte Illy ihre Arbeitsutensilien weg. Sie wusste, es hatte keinen Zweck mehr. Während sie Ordnung schaffte und die wertvollsten Stücke in den kleinen Tresor legte, dachte sie über Hannahs Vorschlag nach. Vielleicht sollte sie es tatsächlich wagen. Sie war sich eigentlich sicher, dass auch Hubert einer Vertiefung ihrer Beziehung nicht abgeneigt wäre. Das Risiko war also überschaubar. Und es musste ja nicht gleich zum Äußersten kommen. Obwohl eine stürmische Nacht auch nicht schlecht wäre.

Illy musste bei dem Gedanken lachen. Zwei Alte und stürmischer Sex? Das klang eher nach Widerspruch.

»Küssen wäre ein Anfang«, murmelte sie, ließ einen letzten prüfenden Blick durch den Laden gleiten, verließ ihn und sperrte ab.

Es war früher Nachmittag, definitiv zu früh für Wein. Aber so hatte sie ausreichend Zeit, den Abend zu planen und alles vorzubereiten. Da das *Litani* geschlossen hatte, würde sie selbst kochen. Eine Paella wäre genau das Richtige. Die konnte man gut vorbereiten und sie nahm es nicht übel, wenn sie ein paar

Minuten länger auf dem Herd stand. Oder gar aufgewärmt werden musste. Illy grinste. Von wegen erstmal nur Küssen!

Da sie nicht genug Geld dabeihatte, lief sie zur Wohnung. Vielleicht könnte sie Hubert dazu überreden mitzukommen.

»Hubert? Bist du da?«, rief sie, als sie die Tür hinter sich schloss. Sie lauschte. Es war still. Vielleicht war er tatsächlich ins Atelier gegangen. Ein kurzer Blick auf das Schlüsselbrett zeigte ihr allerdings, dass dem nicht so war.

»Hubert?«

Achselzuckend ging sie in ihren Wohnbereich, um ihre Tasche und Geld zu holen. Während sie den Inhalt überprüfte, glaubte sie, ein Stöhnen zu hören, doch als sie erneut lauschte, war alles ruhig.

Auf dem Weg in den Flur warf sie einen kurzen Blick in ihr Schlafzimmer und grinste. Vielleicht würde das Bett schon kommende Nacht leer stehen ...

Das Stöhnen ertönte wieder. Angst machte sich in ihr breit.

»Hubert? Wo steckst du?« Sie rannte in die andere Wohnungshälfte, schaute ins Schlafzimmer, ins Bad, schließlich ins Wohnzimmer. Hubert lag zusammengekrümmt vor dem Sofa. Mit einem Satz war sie bei ihm.

»Hubert! Was ist los?«

Er reagierte kaum. Sie ergriff mit der Linken seine Hand, prüfte mit der Rechten seine Stirn. Sie war kalt und nass.

»Hubert? Hörst du mich?«, sagte sie nahe an seinem Ohr.

Er brummte.

»Ich rufe den Rettungsdienst, ich bin sofort wieder da.«

Sie rannte in den Flur zurück, suchte nach ihrer Tasche, erinnerte sich, dass sie sie dabeigehabt hatte, als sie Hubert fand, rannte zurück. Die Tasche lag unter dem Tisch, wo sie sie offensichtlich hingeschleudert hatte. Illy entnahm ihr das Handy, zittere so sehr, dass sie die PIN zwei Mal falsch eingab, schaffte es schließlich beim dritten Mal und wählte die 112.

Sie schilderte dem Mann am anderen Ende der Leitung die

Situation, woraufhin er darum bat, jemanden auf die Straße zu stellen und alle Wege freizuhalten.

Illy versprach es und wählte Hannahs Nummer. Auch ihr schilderte sie die Lage und bat sie, vor dem Haus auf den Notarzt zu warten und ihn in den vierten Stock zu bringen.

»Sag ihm, wir brauchen ihn noch«, erwiderte Hannah nur und legte auf.

Illy saß neben Hubert auf dem Boden, hielt seine Hand und wischte mit ihrem Schal, den sie umgeschlungen hatte, immer wieder über seine Stirn.

»Halt durch, hörst du?«, flüsterte sie immer wieder. »Wir brauchen dich. Ich brauche dich.«

Als sie ein paar Minuten später trampelnde Schritte hörte, rannte sie zur Wohnungstür und öffnete sie. Zwei Männer und eine Frau traten ein. Sie zeigte nach rechts. »Zweite Tür rechts«, sagte sie. Auf dem Rücken der Frau stand *Notarzt*.

Sie wollte die Tür gerade schließen, als Hannahs Kopf auf der Treppe auftauchte.

»So schnell bin ich nicht«, keuchte sie. »Wie schafft ihr das nur, jeden Tag hier rauf?«

»Es hält fit«, sagte Illy. »Dachte ich zumindest. Komm rein.«

»Ich will nicht stören.«

»Nun komm schon. Ich bin gerade etwas kopflos, da kann jemand mit klarem Verstand nicht schaden.«

Sie folgten den Sanitätern und der Notärztin, blieben jedoch in der Tür stehen, da das Zimmer für sechs Leute zu klein war.

Die Ärztin stellte Hubert einige Fragen, die er mal mit einem Brummen beantwortete, mal nicht. Währenddessen legte einer der Sanitäter ein EKG an, während der zweite den Blutdruck maß.

»Brauchen Sie uns im Moment?«, fragte Hannah.

Die Ärztin blickte hoch. »Nein. Sind Sie die Ehefrau?«

Hannah zeigte auf Illy. »Nein, sie ist seine Lebensgefährtin. Wir sind in der Küche, falls Sie etwas benötigen.«

Die Frau nickte nur, hatte sich längst wieder dem Patienten zugewandt. Hannah zog Illy mit sich. »Wir können nichts tun.«

»Ich weiß. Ich habe ein entsetzlich schlechtes Gewissen«, sagte sie.

Hannah schaute sie erstaunt an. »Warum? Was hättest du tun können?«

»Ich ... mir ... ich habe gemerkt, dass etwas nicht stimmt mit ihm. Aber ich dachte, es hängt mit Susanne zusammen. Er war so voller Elan, während er sich um sie kümmerte. Ich dachte, er steckt in einem Loch, nach all der Action.«

Hannah ergriff ihre Hand. »Du bist keine Ärztin und du bist auch nicht seine Aufpasserin. Und wie es aussieht, wird er es überleben. Ich tippe auf Herzinfarkt. Bei meinem Vater war es ähnlich.«

Hannah ließ sie los, ging zum Schrank, holte ein Glas heraus und füllte es mit Leitungswasser. »Hier, trink einen Schluck.«

Illy nahm folgsam das Glas und trank.

»Hallo?« Einer der Sanitäter rief nach ihnen.

Illy sprang auf, stellte das Glas weg und lief hinaus in den Flur.

»Ja?«

»Sie sind seine Frau?«

»Ich ...«

»Ja, ist sie.« Hannah tauchte hinter ihr auf. »Sie ist etwas mitgenommen.«

Der Mann nickte, als erlebe er so etwas ständig. »Wir bringen Ihren Mann ins Krankenhaus, es besteht Verdacht auf einen Herzinfarkt.«

»Wie schlimm ist es?«, fragte Hannah.

»Schwer zu sagen, wir haben hier nur begrenzte Möglichkeiten.« Der Mann wandte sich um, weil sein Kollege ihm etwas zurief, was Illy nicht verstehen konnte. »Ja, mache ich«, rief er zurück und wandte sich wieder ihnen zu. »Wenn Sie mit runterkommen, können wir Ihnen sagen, in welches Krankenhaus wir Ihren Mann bringen.«

»Ich gehe mit«, bot Hannah an. »Sollten wir Kleidung und Waschzeug zusammenpacken?«

Illy fragte sich, wie sie in so einer Situation so klar denken konnte. Sie selbst fühlte sich wie durch den Fleischwolf gedreht und war zu keinem vernünftigen Gedanken fähig.

»Warten Sie mal bis morgen ab«, erwiderte der Sanitäter. »Er wird sicher erst einmal auf der Intensivstation liegen.«

»Alles klar, ich kümmere mich um alles«, sagte Hannah.

Der Mann nickte und folgte seinem Kollegen die Treppe hinunter. Kurze Zeit später tauchten sie mit einer Trage wieder auf.

Illy hörte sie mit der Ärztin und Hubert reden, vernahm ächzende Geräusche und ein Stöhnen, kurze Zeit später tauchten sie wieder auf. Hubert lag auf der Trage, das Gesicht blass und eingefallen, aber er schaute sie an.

»Danke«, sagte er.

Illy ergriff seine Hand und drückte sie.

Die Sanitäter nickten ihr kurz zu und begannen den Abstieg.

»Ich bin gleich wieder da«, sagte Hannah und ging hinter der Ärztin her.

Illy spürte ihre Beine zittern. Welch grausame Wendung dieser Tage genommen hatte. Noch vor zwei Stunden hatte sie geplant, Hubert zu verführen, und jetzt lag er mehr tot als lebendig auf einer Trage.

Sie ging in das Wohnzimmer, wo jede Menge Verpackungsmüll auf dem Boden lag. Systematisch begann sie aufzuräumen. Auf dem Sofa lag Huberts Skizzenblock. Offensichtlich hatte er versucht zu zeichnen, was ein winziger Trost war. Sie legte den Block zur Seite, nahm ihn wieder zur Hand und schaute sich die Skizze genauer an. Er hatte nur ein paar Striche gezeichnet, aber es war bereits ein Kopf erkennbar. Ein Frauenkopf. Das Gesicht schien vertraut. War es Susanne? Hannah? Diese Kringel rund um die Augenpartie – sollte das eine Brille darstellen? Weder die Malerin noch Hannah trugen eine Brille, zumindest nicht ständig. Hannah brauchte vermutlich zum Lesen eine.

Illy schaute hoch und sah ihre Reflexion in der Glasscheibe des Schranks. Ungläubig schaute sie ein paar Mal zwischen Schrank und Skizze hin und her.

Sie?

Bilde dir bloß nichts ein, dachte sie wütend und warf den Block von sich. *Und so toll kann er dich nicht finden, wenn er einen Herzinfarkt erleidet, während er dich malt.*

Sie war froh, als sie Hannahs Stimme hörte. »Illy, wo steckst du?«

»Hier, im Wohnzimmer.«

Hannahs Lockenkopf tauchte auf. Sie schnaufte schwer. »Puh! Ich bin froh, dass ich im ersten Stock wohne. Auf Dauer wird das nicht mehr gehen«, sagte sie.

Illy fuhr ein Schrecken durch die Glieder. »Du meinst …?«

»Ich meine gar nichts«, unterbrach Hannah sie. »Hör nicht auf mich. Sie bringen ihn in den Dritten Orden.«

Illy schüttelte den Kopf. »Das sagt mir nichts. Ich kenne mich mit den Münchner Krankenhäusern nicht aus.«

»Das ist doch eine gute Sache«, bemerkte Hannah und ließ sich auf das Sofa fallen. »Mannomann, meine Kondition war auch schon mal besser.«

Illy wartete ungeduldig, bis Hannah sich erholt hatte. »Soll ich uns Tee oder Kaffee machen?«, fragte sie, sich ihrer Gastgeberpflichten erinnernd.

»Nein, lass mal.« Hannah winkte ab. »Wo waren wir? Ach ja, das Krankenhaus. Wenn ich mich recht erinnere, liegt es gegenüber vom Botanischen Garten. Ich war nur ein einziges Mal dort, und das war während meiner Ausbildung, ist also gefühlt hundert Jahre her.« Sie zog eine Grimasse. »Die ältere Dame, die damals auf JJ aufpasste, hatte sich irgendetwas gebrochen, ich glaube, den Arm oder das Handgelenk. Sie war dort behandelt worden.« Sie schaute Illy an und hielt sich erschrocken die Hand vor den Mund. »Entschuldige bitte, ich schweife ab. Sie haben gesagt, du sollst morgen anrufen. Er kommt erstmal in die Notaufnahme, wo er vermutlich zahlreiche Untersuchungen über sich ergehen lassen muss. Je nachdem, was dabei herauskommt, wird er operiert oder nicht. Das wissen sie aber sicher nicht vor heute spät abends.«

Illy nickte nur. Alles in ihr fühlte sich taub an, als habe sie jegliches Gespür verloren.

»Hey, es wird alles gut, glaube mir«, sagte Hannah, die plötzlich neben ihr stand und sie in den Arm nahm. »Du bist nicht allein.«

»Danke.« Illy musste schlucken, um nicht zu weinen.

Hannah hielt sie am ausgestreckten Arm von sich. »Weißt du was? Du schläfst heute Nacht bei mir. Keine Widerrede«, sagte sie streng, als Illy etwas sagen wollte. »Ich weiß, wie das ist. Man liegt im Bett und wälzt endlose Gedanken. Das hilft aber weder dir noch ihm.« Sie ließ sie los und gab ihr einen kleinen Schubs. »Pack ein paar Sachen ein und komme runter. Wir machen uns einen gemütlichen Abend. Okay?«

Was blieb ihr anders übrig als zuzustimmen? Hannah würde ein Nein nicht akzeptieren. Und vielleicht war es ja tatsächlich gut, wenn sie nicht allein wäre.

»Okay«, sagte sie schließlich und ging in ihr Schlafzimmer, um das Nötigste in eine kleine Tasche zu packen. Als sie ihre Medikamente im Badezimmerschrank sah, rief sie: »Was ist mit seinen Tabletten? Müsste er die nicht dabeihaben?«

»Er bekommt sie im Krankenhaus«, rief Hannah zurück.

Nach wenigen Minuten war Illy fertig. Sie nahm noch ihr Handy und sagte: »Ich wäre so weit.«

»Na dann«, sagte Hannah und lief ihr voran die Treppe hinunter.

Als Illy am nächsten Morgen erwachte, wusste sie nicht, wo sie war. Erschrocken schoss sie hoch, nur um dann erleichtert wieder in die Kissen zurückzusinken. Natürlich, sie war bei Hannah!

Entgegen allen Erwartungen hatte sie gut geschlafen, was vermutlich dem speziellen Schlaftrunk Hannahs geschuldet war. Sie wollte gar nicht wissen, was alles darin enthalten war.

Ihre Armbanduhr zeigte halb acht. Illy streckte sich und lauschte auf Geräusche aus der restlichen Wohnung. War Hannah schon auf? Sie glaubte, leises Geschirrgeklapper zu hören, und schwang die Beine aus dem Bett.

Hannahs Gästezimmer war funktional, aber dennoch gemütlich eingerichtet.

»Daran ist meine Nichte Svenja schuld«, hatte Hannah erklärt. »Sie hat immer mal wieder bei mir gewohnt und sich besser eingerichtet.«

Da Illy ihren Bademantel vergessen hatte, hatte Hannah ihr einen geliehen. Illy nahm ihn vom Fußende des Betts und schlüpfte hinein. Er roch nach Hannahs Parfüm. Sie streckte sich noch einmal und verließ leise das Zimmer. Für den Fall, dass Hannah noch schlief, wollte sie sie nicht wecken.

»Guten Morgen, du Schlafmütze«, schallte es ihr auf dem Weg zum Badezimmer fröhlich aus der Küche entgegen. Es duftete herrlich nach frischen Kaffee.

»Gib mir zwei Minuten«, rief Illy und verschwand im Bad. Als sie kurz darauf in die Küche kam, staunte sie über den schön gedeckten Tisch.

»Ich habe in letzter Zeit wenig Gäste«, sagte Hannah fast entschuldigend. »Ich freue mich so, dass du da bist.«

»Danke.« Illy war gerührt.

»Willst du erst duschen oder gleich eine Tasse Kaffee?«

»Kaffee«, entschied Illy, nahm Platz und zog eine der beiden Tassen zu sich.

»Milch und Zucker sind hier.« Hannah deutete auf ein Set aus weißem Porzellan, das in der Mitte des Tischs stand.

»Danke, aber ich trinke ihn schwarz wie die Nacht.« Illy nahm einen Schluck und nickte anerkennend. »Fast so gut wie im Café.«

Hannah lachte. »Ich habe mir letztes Jahr endlich eine kleinere Maschine geleistet. Den Filterkaffee konnte ich einfach nicht mehr trinken.«

Eine Weile saßen sie schweigend da und nippten am Kaffee.

»Ich habe schon im Krankenhaus angerufen«, sagte Hannah. »Ich hoffe, du bist nicht böse deshalb. Ich wollte einfach wissen, was los ist.«

Illy schüttelte den Kopf und schaute sie erwartungsvoll an.

»Es geht ihm gut«, sagte Hannah. »Er liegt immer noch auf Intensiv, aber sie sagen, das sei normal. Er hat zwei Stents bekommen, ein drittes Gefäß konnte nicht mehr gerettet werden. Alles in allem hat er verdammt viel Glück gehabt. Die Aussage des Arztes, nicht meine«, erklärte sie.

»Wieso sagen sie dir alles? Ich dachte, in Deutschland ist alles so streng wegen des Datenschutzes.«

Hannah lachte. »Du weißt, wie penetrant ich sein kann. Nein, im Ernst. Ich habe mich als seine Frau ausgegeben. Sie haben ihn gefragt, ob sie mir etwas sagen dürfen und er hat offensichtlich zugestimmt.«

»Aber er hat doch gar keine Frau«, wunderte Illy sich.

»Doch. Er hat dich.«

Plötzlich wurde Illy alles zu viel. Sie kämpfte vergeblich gegen die Tränen.

»Heul dich ruhig aus, das erleichtert«, sagte Hannah und reichte ihr über den Tisch hinweg die Hand.

Illy nahm sie dankbar an und auch das Küchentuch, das sie ihr als Ersatz für ein Taschentuch reichte. Die Tränen versiegten so schnell, wie sie gekommen waren, am Ende überwog die Erleichterung.

»Danke«, sagte Illy erneut.

»Keine Ursache.« Hannah musterte sie mit einem feinen Lächeln. »Ich schätze, deine Pläne von gestern musst du erstmal begraben. Er wird vermutlich nahtlos auf Reha geschickt werden und muss sich dann langsam wieder an den Alltag gewöhnen.«

»Ist mir egal«, erwiderte Illy. »Die Hauptsache, er wird wieder ganz gesund.«

»Die Chance stehen gut, sagt der Arzt. Allerdings werdet ihr euch Gedanken wegen der Wohnung machen müssen. Auf Dauer wird der vierte Stock nicht gehen.«

»Wie sollen wir denn in München eine bezahlbare Wohnung finden?«, fragte Illy. »Noch dazu als zwei abgehalfterte Künstler ohne festes Einkommen. Den Vermieter möchte ich sehen.«

»Kommt Zeit, kommt Rat«, sagte Hannah. »Wichtiger ist erst einmal, dass er gesund wird und nach Hause kommt. Du sollst am frühen Nachmittag noch mal anrufen.« Hannah schob ihr einen Zettel hin, auf dem eine Telefonnummer und ein Name standen. »Sie gehen davon aus, dass er um die Mittagszeit auf Normalstation verlegt wird. Dann kannst du ihn auch besuchen und ihm Klamotten und Waschzeug mitbringen.«

»Was würde ich nur ohne dich anfangen?« Illy nahm den Zettel an sich.

»Nach dem ersten Schrecken hättest du das auch allein hinbekommen«, beruhigte Hannah sie. »Aber wenn man schon mal da ist, kann man auch helfen, nicht wahr?« Sie lächelte. »Und jetzt iss was. Ich war doch nicht umsonst in aller Herrgottsfrüh beim Supermarkt.«

Illy lachte. »Supermarkt? Kann man das überhaupt essen?« Sie beäugte Wurst und Käse mit gespielt-misstrauischem Blick.

»Ach, zur Not geht es, wenn man nichts anderes hat. Greif zu.«

Sie selbst hatte eine mit Wurst und Käse belegte Semmel auf ihrem Teller liegen, aber noch nicht abgebissen. Das holte sie jetzt nach. Sie legte den Kopf zurück, während sie kaute, und hielt die Augen geschlossen. Dann nickte sie. »Ja, doch, kann man essen.«

Illy belegte sich ebenfalls eine Semmel und biss hinein. Erst jetzt merkte sie, wie groß ihr Hunger war.

Nach dem Frühstück hatten sei einen kurzen Disput darüber, ob Illy zum Spülen kommen solle oder nicht.

»Natürlich nicht«, sagte Hannah bestimmt. »Du kümmerst

dich jetzt um unseren Haus- und Hofmaler. Das Spülen kann jemand anders übernehmen.«

Illy ließ sich schließlich überzeugen. Sie duschte, zog sich an und packte ihre Sachen zusammen. Hannah hatte ihr gesagt, sie solle einfach die Tür zuziehen, sie war bereits im *Litani*. Der Lieferdienst musste weiterlaufen.

Obwohl Illy ein schlechtes Gewissen den anderen gegenüber hatte, wusste sie, dass Hannah auch diesmal recht hatte. Spüldienst und Krankenhausbesuch würde sie nicht schaffen. Sie musste jetzt einfach egoistisch sein.

Im vierten Stock angekommen, packte sie ein paar Sachen für Hubert zusammen und rief gegen Mittag im Krankenhaus an. Dort sagte man ihr, dass er die Intensivstation bereits verlassen habe und sie ihn besuchen könne.

»Maximal eine Stunde, möglichst kein Kontakt, ausreichend Abstand halten und Maske nicht vergessen.«

Illy bestätigte alles, dankte und legte auf. Puh! In Zeiten wie diesen im Krankenhaus zu landen, war kein Zuckerschlecken.

Sie klappte ihren Laptop auf, um nachzuschauen, wie sie am besten zum Krankenhaus käme, und sah, dass es tatsächlich gegenüber dem Botanischen Garten lag. Ganz in der Nähe war auch das Nymphenburger Schloss. Illy wurde bewusst, dass sie sich so gar nicht auskannte in ihrer neuen Heimat.

Da sie von dem ausgiebigen Frühstück noch satt war, steckte sie nur einen Apfel ein, nahm die Tasche und machte sich auf dem Weg zur Straßenbahn, die sie nach Nymphenburg bringen sollte. Als sie über den Kanal fuhren, sah sie zur Linken das Schloss in der Sonne glänzen.

Illy erschrak, als sie das Krankenhaus sah: ein alter Bau aus dem letzten Jahrhundert.

Hoffentlich sind die Methoden moderner, dachte sie, als sie auf den Eingang zuging. Dass die Dame am Empfang ausgesprochen freundlich war, besänftigte sie etwas. Sie desinfizierte ihre Hände wie vorgeschrieben, rückte die Maske ordentlich zurecht und versprach, auch alle anderen Vorschriften einzuhalten.

Da sie nicht wusste, ob man einem Herzkranken Blumen mitbringen durfte, ging sie am Blumenladen vorbei, folgte der Wegbeschreibung und gelangte schließlich zum Aufzug, der sie zur Station brachte. Dort zeigte ein junger Pfleger ihr das richtige Zimmer und ermahnte sie, nicht allzu lange zu bleiben.

Sie nickte, klopfte an der Tür und trat ein. Von drei Betten war nur eines belegt. Hubert war immer noch blass, aber er sah besser aus als am Tag zuvor.

Neben seinem Bett stand ein schmaler Ständer, an dem ein kleiner Apparat befestigt war. Von dem Apparat gingen dünne Schläuche zu Huberts Oberkörper.

»Hallo«, sagte sie leise und schloss die Tür. »Ich habe dir was zum Anziehen gebracht.« Wie zum Beweis hielt sie die Tasche hoch und stellte sie ab. Sie zog einen Stuhl heran und setzte sich in ausreichend Abstand neben das Bett. »Gut siehst du aus«, sagte sie. »Besser als gestern.«

»Das hoffe ich doch«, knurrte Hubert.

Illy deutete auf die Kabel. »Was ist das?«

»EKG. Sie überwachen mich, damit ich nichts anstelle.«

»Gut so.«

Sie starrten sich ein paar Sekunden lang an, dann musste Illy lachen. Erleichtert sah sie, dass er ebenfalls lächelte.

»Komm mal her«, sagte er.

»Ich muss Abstand halten, mindestens einen Meter.«

»Papperlapapp. Daheim halten wir auch keinen Abstand.« Er beugte sich vor, nahm ihre Hand und zog. Illy musste aufstehen, wollte sie nicht, dass er sich zu sehr anstrengte. Als sie stand, war sie unschlüssig, was er eigentlich wollte, obwohl sie es ahnte. Und vielleicht sogar hoffte.

»Nun komm schon näher«, forderte er erneut und zog weiter.

Sie beugte sich über ihn, hielt aber immer noch Abstand.

»Du machst es einem nicht leicht«, brummte er, zog sie zu sich hinunter, hob gleichzeitig den Kopf und küsste sie auf den Mund.

»Hey«, protestierte sie schwach.

»Das war mein Danke für meine Rettung«, erklärte er und ließ sie los. »Außerdem bist du meine Frau. Und die darf ich ja wohl küssen, oder?«

Illy fiel auf den Stuhl zurück. Sie hatte das Gefühl, dämlich zu grinsen. Durfte man in so einer Situation so etwas wie Glück fühlen?

»Das mit der Ehefrau ist auf Hannahs Mist gewachsen«, sagte sie, um von dem eigenen Gefühlswirrwarr abzulenken.

»Die Frau hat manchmal auch gute Ideen«, erwiderte Hubert. Er musterte sie eindringlich. »Habe ich mich verhört oder hast du gestern so etwas wie ›ich brauche dich‹ erwähnt?«

Illy schluckte. Dann nickte sie. »Du hast dich nicht verhört. Das habe ich gesagt. Und es ist wahr.« Sie dachte kurz nach, fuhr dann fort: »Oder sagen wir es mal so: Ich würde ungern auf dich verzichten müssen.« Gespannt wartete sie darauf, dass er etwas sagte, aber er schaute sie nur an. »Ich weiß, es kommt etwas überraschend«, plapperte sie weiter, weil sie die Stille nicht ertrug. »Aber ich finde, wir passen gut zusammen.«

»Ich bin kein einfacher Mensch«, sagte Hubert unerwartet offen.

»Das bin ich auch nicht«, antwortete sie und lachte. »Wir sind eben Künstler, da darf man komplizierter sein als ›normale‹ Menschen. Und wir haben es in den letzten Monaten doch ganz gut miteinander ausgehalten. Den Rest kriegen wir auch noch hin.«

»Welchen Rest?«, hakte er nach. »Mit mir ist momentan kein Staat zu machen.«

Illy fühlte, wie sie rot wurde. Sie hatte nicht an Sex oder ähnliches gedacht, eher an eine noch engere Form des Zusammenlebens. Aber natürlich musste er ihren Satz zweideutig auslegen. Dann dachte sie: *Was soll's? Offensichtlich sind wir jetzt ein Paar, dann kann ich auch in die Vollen gehen.*

»Sie werden dich schon wieder hinkriegen«, sagte sie und lachte schelmisch.

»Hoffen wir's«, seufzte er und war schlagartig ernst.

»Machst du dir Sorgen?«, wollte sie wissen.

»Ja und nein.« Er sah erschöpft aus. »Sie sagen, ich muss abnehmen und mehr Sport treiben, dann kann ich wieder ein normales Leben führen. Soweit das in meinem Alter möglich ist.«

»So alt bist du nun auch wieder nicht«, widersprach sie.

Er zog als Antwort eine Grimasse.

»Wir sind beide nicht mehr die Taufrischesten«, fuhr sie fort. »Lass es uns langsam angehen, ja? Wir müssen nichts überstürzen. Hauptsache, wir sind zusammen.«

Er schaute sie mit einem Blick an, den sie bei ihm noch nie gesehen hatte. Erst mit etwas Verzögerung erkannte sie, dass er voller Liebe war. Spontan beugte sie sich vor und küsste ihn. Diesmal dauerte der Kuss länger als der erste.

»Das kannst du recht gut«, flüsterte sie, als sie sich voneinander trennten.

»Dabei bin ich völlig aus der Übung«, gab er zurück.

Illy war froh, dass sie wieder auf dem Stuhl saß, denn es klopfte und im selben Moment kam eine Schwester ins Zimmer.

»Alles in Ordnung, Herr Waldner?«, fragte sie misstrauisch.

»Ja, natürlich«, sagte er.

Die Schwester trat ans Bett, hob die Bettdecke und überprüfte die Kabel.

»Was ist los? Stimmt was nicht?« Hubert war die Unschuld in Person. Illy biss sich auf die Lippen, um nicht laut loszulachen. Sie entdeckte gerade eine völlig neue Seite an ihm.

»Ihr Gerät hat Alarm ausgelöst«, erklärte die Schwester. »Aber es scheint alles zu sitzen.« Sie wandte sich Illy zu. »Sie sind seine Frau?«

Illy nickte.

»Bevor Sie gehen, müssten Sie noch ein Formular ausfüllen. Dann sind Sie die Bezugsperson, die ihn besuchen darf. Es ist leider nur eine Person erlaubt.«

»Ich komme gleich, ich wollte sowieso gerade gehen«, sagte Illy.

Sie warteten, bis die Schwester das Zimmer verlassen hatte, nicht ohne vorher noch einen prüfenden Blick auf sie zu werfen.

»Ich räume deine Sachen in den Schrank.« Illy stand auf und machte sich an der Tasche zu schaffen. Die war schnell leer und sie wusste nicht, was sie noch tun oder sagen sollte.

»Ich komme morgen wieder. Brauchst du etwas?«, wollte sie wissen.

»Dich«, sagte Hubert.

Sie wollte den Stuhl wegräumen, aber er packte sie beim Handgelenk.

»Es tut dir offensichtlich nicht gut«, protestierte sie.

»Na wenn schon, dann steigen eben mein Blutdruck oder mein Puls ein bisschen. Wichtig ist doch, dass ich mich gut fühle. Seit Jahren das erste Mal. Ich habe viel zu lange gebraucht, um es zu kapieren. Und dann habe ich nie etwas gesagt, aus Angst, du ...« Er brach ab.

»Ich weiß. Mir ging es genauso«, gestand Illy. »Wir machen es ab sofort besser, ja?«

Er nickte.

»Ich sollte jetzt wirklich gehen«, sagte sie. »Ich komme morgen wieder, versprochen.« Sie beugte sich vor, drückte ihm einen schnellen Kuss auf die Lippen und zog sich zurück, bevor er sie festhalten konnte. Diesen Mann musste man vor sich selbst schützen!

Von der Tür aus winkte sie ihm noch einmal zu und ging zum Stützpunkt der Station, wo sie das Formular ausfüllte. Sie zögerte nur kurz, als sie bei der Frage »Beziehung zum Patienten« Ehefrau eintrug. Sie würden vermutlich keine Heiratsurkunde sehen wollen.

Als sie das Krankenhaus verließ, hätte sie am liebsten einen Luftsprung gemacht, fand das aber der Umgebung nicht angemessen.

Dass der Botanische Garten immer noch geschlossen war, enttäuschte sie ein wenig. Da gerade die Straßenbahn kam, fuhr sie bis zur Auffahrtsallee und lief am Kanal entlang. Es war wesentlich kühler als am Wochenende, aber sie zog die Jacke enger um sich und schritt kräftig aus. Das hatte sie auf Ibiza regelmäßig gemacht, seit ihrem Umzug aber ziemlich schleifen lassen.

Eine alte Frau fütterte Enten und Möwen. Illy sah eine Weile zu. Das Glücksgefühl, das sie seit Huberts erstem Kuss verspürte, machte ihr ein bisschen Angst. Dass sie auf ihre alten Tage noch einmal die Liebe entdecken würde, damit hatte sie nicht gerechnet. Aber es war sicher ein Vorteil, dass sie keine Teenager mehr waren.

Sie warf einen letzten Blick auf die Vögel, die sich um das trockene Brot der alten Frau stritten, und setzte ihren Weg fort. Wie würde Hannah sagen? Kommt Zeit, kommt Rat!

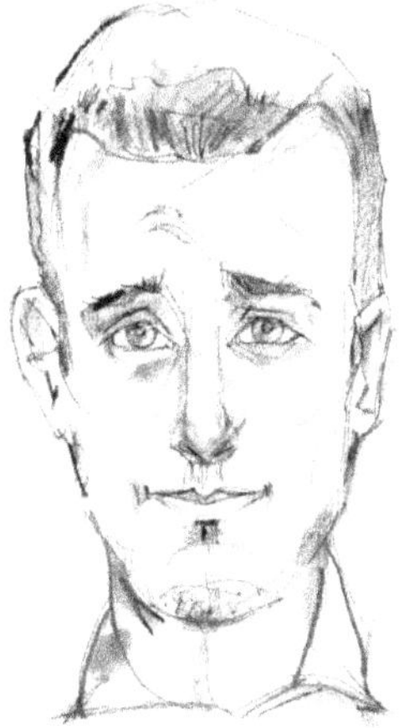

Jonathan »JJ« Jensen

Verlobt, verliebt

JJ griff nach seinem Handy und aktivierte den Monitor. Zwei Uhr vierunddreißig – seit seinem letzten Check waren gerade mal zwanzig Minuten vergangen!

Er drehte sich um und betrachtete seine Verlobte. Safaa hatte einen sehr tiefen Schlaf, wofür er dankbar war. Leise stand er auf, zog das Sweatshirt, das er am Tag zuvor getragen hatte, über T-Shirt und Boxershorts und stieg langsam die Treppe hinunter.

Obwohl sie seit Johanns Tod schon viele Wochenenden hier gewesen waren, war ihm das Haus seines Vaters immer noch fremd. Er war mehr als verblüfft gewesen, als sich im Oktober letzten Jahres der Notar bei ihm gemeldet und ihm mitgeteilt hatte, dass er Alleinerbe sei. Obwohl es naheliegend war, dass Eltern ihre Kinder als Erben einsetzten, hatte er nicht daran gedacht, dass Johann es ebenso machen würde. Zum Glück hatte seine Mutter ihn davon überzeugt, das Erbe anzunehmen!

Safaa schimpfte ihn, weil er es immer noch »Johanns Haus« nannte; es wollte einfach nicht in seinen Kopf hinein.

JJ ging in die Küche, holte ein Glas aus dem Schrank und schenkte sich Milch ein. In New York hatte er die Milch immer direkt aus dem Karton getrunken, aber das hatte Chris ihm schnell ausgetrieben.

»Wie eklig!«, hatte sie gerufen, als sie ihn dabei erwischte. »Nimm gefälligst ein Glas! Ich will deine ganzen Keime nicht.«

Braver Mitbewohner, der er gewesen war, hatte er von da an ein Glas benutzt.

JJ lächelte. Seit Safaa bei ihm wohnte, hatte Chris sich zu einer ausgesprochen liebenswürdigen Person entwickelt. Anders würden sie es zu dritt in der Wohnung auch nicht aushalten, weshalb er mehr als dankbar für den Wandel war. Und dafür, dass der von Chris ergaunerte One-Night-Stand nie mehr erwähnt wurde.

JJ füllte Milch nach und wanderte mit dem Glas in der Hand durch das Erdgeschoss. Das Krankenbett hatten sie als erstes entsorgt und die im Arbeitszimmer zwischengelagerten Möbel zurückgestellt, sodass sie jetzt wieder über ein richtiges Wohnzimmer verfügten. Die Einrichtung war zwar nicht nach ihrem Geschmack, aber Hannah hatte ihnen geraten, sich erst neu einzurichten, wenn klar war, dass sie das Haus behalten würden.

»Du wirst das Geld, das er dir hinterlassen hat, für die Renovierung brauchen. Ich bin keine Expertin, aber ich schätze, da wird es eine Menge Reparaturen geben.«

JJ nahm auf dem Sofa Platz und starrte hinaus auf die Straße. Konnte er sich vorstellen, hier zu leben? Der Ortsteil gehörte zwar offiziell zu Lübeck, wirkte aber wie eine eigene kleine Gemeinde. Vermutlich war es früher ein eigenständiger Ort gewesen, der irgendwann von der Stadt einverleibt worden war. JJ nahm sich vor, das bei nächster Gelegenheit zu recherchieren.

Im Ortszentrum, mit dem Fahrrad gerade mal fünf Minuten

entfernt, gab es alle Läden, die man für den Alltag benötigte: Bäcker, Metzger, Supermarkt, Schreibwaren, sogar ein Modegeschäft war vorhanden. Allerdings musste Safaa immer kichern, wenn sie an den Schaufenstern vorbeiliefen. Die Schaufensterpuppen präsentierten nichts, was eine Dreißigjährige tragen würde.

Safaa, die in Syrien in einer Kleinstadt aufgewachsen war, war sofort begeistert gewesen und daran hatte sich bis jetzt nichts geändert. Er hingegen hatte bisher nur in Großstädten gelebt; würde er sich an einem Ort wie diesem wohlfühlen können?

Lübecks Zentrum war nur zwanzig Minuten entfernt, vorausgesetzt, man hatte ein Auto. Das würden sie sich vermutlich zulegen müssen, wenn sie hierherzögen.

»Was machst du denn hier unten?«

JJ erschrak, als Safaa hinter ihm auftauchte und ihre Hände auf seine Schultern legte.

»Kannst du wieder nicht schlafen?«

Er schüttelte den Kopf und legte ihn gegen ihren Körper. Sie umarmte ihn, drückte ihm einen Kuss in die Haare, kam um das Sofa herum, setzte sich neben ihn und legte ihre Beine auf seine.

»Du musst nicht jetzt entscheiden«, sagte sie leise.

»Ich weiß. Aber irgendwann muss ich es tun. Und je länger ich es hinauszögere, desto schwieriger scheint es zu werden.«

»Komm zurück ins Bett«, sagte sie. »Es ist kalt hier unten.«

Erst jetzt spürte JJ, dass er fror. Seine nackten Beine waren eiskalt.

Er zog Safaa näher an sich.

»Du wärmst mich«, flüsterte er.

Sie küssten sich lange und ausgiebig und JJ dachte ernsthaft darüber nach, Safaa auf dem Sofa zu verführen. Sie schien zunächst denselben Gedanken zu haben, riss sich aber los und stand auf.

»Komm ins Bett«, wiederholte sie. »Da ist es viel gemütlicher.«

JJ lachte. Bei ihr klang es immer noch wie ›gemutlicher‹. Umlaute waren einfach nicht Safaas Ding. Dabei war ihr Deutsch inzwischen fast perfekt, was sicher auch daran lag, dass er von Anfang darauf bestanden hatte, nur Deutsch mit ihr zu sprechen.

Er ließ sich hochziehen und folgte ihr in den ersten Stock, wo sie sich als einzige Neuanschaffung ein neues Bett geleistet hatten. Eng aneinandergeschmiegt lagen sie da und küssten sich erneut. Mitten in einem Kuss erschlafften Safaas Lippen und sie schlief ein.

»Hm«, machte JJ leise und grinste in sich hinein. Safaa schwor ihm immer und immer wieder, dass das nicht an ihm lag.

»Ich muss so viel Schlaf nachholen«, hatte sie einmal erklärt und damit auf ihre Flucht aus Syrien angespielt. Obwohl sie immer noch ungern darüber sprach, hatte er inzwischen herausgefunden, dass sie selten mehr als ein paar Minuten am Stück geschlafen hatte, aus Angst, beklaut oder gar vergewaltigt zu werden.

JJ konzentrierte sich auf ihre regelmäßigen Atemzüge und musste irgendwann eingeschlafen sein, denn als er erwachte, war es heller Tag.

Draußen zwitscherten Vögel, irgendwo aus der Ferne waren Kirchenglocken zu hören. Vorsichtig, um Safaa nicht zu wecken, schälte er sich aus ihrer Umarmung und stand auf. Sein Handy zeigte sieben Uhr vierzehn.

Um zehn Uhr würde ein Gutachter kommen, der den Zustand des Hauses prüfen und eine Liste mit unbedingt notwendigen Reparaturen samt deren Kosten erstellen wollte. Aufgrund dieser Liste wollte JJ seine Entscheidung treffen: verkaufen oder behalten. Falls Letzteres, stand die nächste Frage im Raum: Sollten sie selbst einziehen oder vermieten?

Safaa hatte mehrmals bekräftigt, dass sie mit jeder Variante einverstanden wäre, aber er wusste, sie würde gerne hierherziehen. Er bezweifelte zwar, dass sie hier weniger Rassismus erfahren würde als in Berlin, aber sie schien sich dessen sicher zu sein. Zur Nachbarin hatte sie bereits ein sehr freundschaftliches Verhältnis aufgebaut; zu anderen Leuten hatten sie bisher jedoch kaum Kontakt gehabt. Vielleicht hatte es deshalb noch keine nennenswerten Vorfälle gegeben.

JJ beschloss, zum Bäcker zu fahren und Brötchen für das Frühstück zu besorgen. Er holte Johanns Fahrrad aus dem Schuppen und fuhr die kurze Strecke zum Zentrum. Als er zurückkam, duftete es im Haus himmlisch nach Kaffee.

Sie begrüßten sich mit einem Kuss.

»Hast du gut geschlafen?«, wollte Safaa wissen.

»Ja, dank deiner guten Betreuung«, erwiderte JJ.

Während sie frühstückten, las JJ Safaa aus der Zeitung vor. Sie konnte inzwischen zwar fast perfekt sprechen, mit dem Lesen haperte es jedoch noch etwas. Zuerst hatte er ihr Kinderbücher gekauft, in der irrigen Annahme, dass diese einfach genug wären. Sie hatten aber schnell festgestellt, dass die Bücher eine ganz eigene Sprache hatten, die für den Alltag nur wenig taugte. Auch Zeitungen waren nicht unbedingt geeignet, vor allem, weil Safaa immer wieder über Artikel über Syrien stolperte, was sie traurig machte.

Jetzt übte sie jeden Tag mindestens eine Stunde lang mit dem Lehrbuch, das sie in Berlin im Kurs benutzten, und machte allmählich Fortschritte. Manchmal hatte JJ das Gefühl, dass sie an einer Leseschwäche litt, es aber nicht zugeben wollte.

»Ich kann lesen«, hatte sie empört gesagt, als er sie darauf angesprochen hatten. »Ich kann nur die fremden Buchstaben nicht auseinanderhalten.« Zum Beweis hatte sie ihm einen arabischen Text vorgelesen. Aber wie hätte er überprüfen sollen, dass wirklich dastand, was sie erzählte?

Sie hatten nicht mehr darüber gesprochen, aber er wusste, dass es an ihr nagte.

Während JJ nach dem Frühstück die nötigen Unterlagen für den Gutachter vorbereitete, zog Safaa sich in Johanns ehemaliges Arbeitszimmer zurück, um an ihrer Graphic Novel weiterzuarbeiten.

Der Gutachter war pünktlich. Er war Ende fünfzig, leicht übergewichtig und stellte sich als Günther Meier vor. In seinem Gesicht prangte eine schwarze Maske, auf die ein grinsender Mund aufgedruckt war. JJ musste unwillkürlich lachen.

»Wenn man die Dinger schon tragen muss, sollen sie wenigstens Spaß machen«, sagte Herr Meier.

»Stimmt. Jonathan Jensen«, sagte JJ und hielt die Tür auf. »Kommen Sie herein.«

Herr Meier stellte seine Tasche vor die Garderobe, entnahm ihr eine Schreibunterlage mit einem Block und zückte einen Stift.

»Am besten beginnen wir oben und arbeiten uns nach unten durch«, schlug er vor.

»Sie sind der Experte«, stimmte JJ zu und deutete auf die Treppe. »Schauen Sie sich auch das Dach an?«

»Ich werfe einen kurzen Blick darauf. Regnet es durch?«

JJ verneinte. »Ich möchte nur nach Möglichkeit über alle notwendigen Reparaturen Bescheid wissen, um einen Überblick zu bekommen.«

»Verständlich«, sagte Herr Meier und klopfte im Schlafzimmer gegen die Wände. »Kennen Sie das Baujahr des Hauses?«

»Genau leider nicht. Es gibt einen Bericht aus den Sechzigern, da wurde das Baujahr um die Jahrhundertwende angenommen. Also um 1900 herum. Die Unterlagen liegen alle unten.«

Herr Meier nickte. »Das hätte ich auch gesagt.« Er klopfte gegen eine Wand. »Das klingt nach sehr solider Substanz. Kein windiger Nachkriegsbau, der beim ersten Windhauch wie ein Kartenhaus zusammenfällt.«

JJ erinnerte sich an einen heftigen Sturm ein paar Wochen vor Johanns Tod. Selten hatte er sich in einem Haus so gut beschützt gefühlt. Sollte er das als Hinweis sehen, das Haus zu behalten?

Nach gut einer Stunde war Herr Meier fertig und bat um einen Platz, an dem er seine Notizen sortieren könnte. JJ führte ihn in die Küche und bot ihm etwas zu trinken an. Der

Gutachter zeigte auf den Kaffeeautomaten und fragte: »Lohnt sich so ein Teil?«

JJ lachte. »Den habe ich von meiner Mutter bekommen. Sie hat ein Café in München und findet, jeder ordentliche Haushalt müsse auch eine ordentliche Kaffeemaschine haben. Wir leben normalerweise in Berlin und sind nur an den Wochenenden hier. Eigentlich ist die Maschine überflüssig. Andererseits ist es natürlich wunderbar, jeden Morgen einen guten Kaffee trinken zu können.«

»Wäre ein Espresso zu viel verlangt?«

»Aber nein, gar nicht. Das geht ruckzuck.« JJ schaltete den Automaten an, überprüfte den Füllstand von Bohnen und Wasser und drückte auf den Knopf mit der Espressotasse, als die Maschine bereit war. Sofort verbreitete sich das Aroma nach frisch gemahlenem Kaffee.

Günther Meier schnupperte und lächelte verträumt. »Das erinnert mich an das Haus meiner Großmutter. Sie hat den Kaffee mit einer Handmühle gemahlen und das roch einfach himmlisch. Natürlich durfte ich als Kind keinen Kaffee trinken, aber den Duft konnten sie mir nicht nehmen.« Er lachte. »Ich weiß noch, als ich mit sechzehn oder siebzehn meine erste Tasse Kaffee probierte. Ich war entsetzt, wie scheußlich er schmeckte. Wie kann etwas, das so wunderbar durftet, so grauenhaft schmecken?«

»Falls Sie mal nach München kommen, müssen Sie unbedingt das Café meiner Mutter aufsuchen«, sagte JJ. »Sie kann Ihnen ganze Romane zum Thema Kaffee erzählen. Sie hat einen sündhaft teuren Kaffeeautomaten, der Ihnen in Nullkommanichts jede Variante zaubert, die Sie sich vorstellen können. Aber fangen Sie keinesfalls mit ihr zu diskutieren an, Sie kommen unter zwei Stunden nicht raus.«

Herr Meier lachte. »Klingt sympathisch.«

JJ stellte ihm den Espresso hin. »Brauchen Sie Zucker?«

Der Gutachter schüttelte den Kopf. »Ich trinke ihn seit Jahren pur. Nur so kann ich das Aroma schmecken.« Er nippte an der Tasse, ließ den Kaffee ein paar Sekunden im Mundraum, schluckte und nickte anerkennend. »Sie haben gute Bohnen. Sehr gute sogar.«

»Meine Mutter versorgt mich damit. Ich würde sie vermutlich im Supermarkt kaufen.« Zumindest machte er es in Berlin so, denn dort gab es nur eine simple Maschine für Filterkaffee.

»Ein Sakrileg!«, rief Herr Meier. »Zum Glück gibt es in Lübeck inzwischen einige gute Kaffeeröstereien, sodass wir nicht mehr auf die Billigware aus dem Supermarkt angewiesen sind.« Er stand auf, um die Maschine näher zu begutachten. »Vielleicht sollte ich mir doch so ein Teil zulegen. Bei meinem Kaffeekonsum ...« Er wandte sich ab und ging zum Küchentisch zurück. »Aber wir sollten jetzt mal über das Haus reden.« Er blätterte in seinen Notizen, murmelte immer wieder etwas vor sich hin, unterstrich ein paar Zahlen, strich andere durch.

JJ wurde zunehmend nervös. Plötzlich wurde ihm bewusst, wie viel von dem Urteil des Mannes abhing.

»Gut«, sagte Herr Meier schließlich und schlug mit der flachen Hand auf seinen Schreibblock. »Wie ich schon sagte: Das Haus hat eine sehr gute Substanz. Das steht vermutlich noch ein paar hundert Jahre. Der Keller ist trocken und gut durchlüftet, da könnte man sogar jemanden wohnen lassen. Die Wände sind in einem ausgezeichneten Zustand; hier ist aus meiner Sicht keine Renovierung nötig. Das Dach muss vermutlich in einigen Jahren neu gedeckt werden, aber das hat noch Zeit. Einzig die Fassade bräuchte in meinen Augen eine Auffrischung.« Er schwieg einen Moment lang.

JJ hielt den Atem an.

»Ich würde sagen, mit zehn bis fünfzehntausend Euro sind Sie dabei. Dann haben Sie ein sehr solides Haus, in dem noch Ihre Enkelkinder leben werden.«

JJ stieß den Atem hörbar aus.

Als ob Günther Meier seine Bedenken kennen würde, fügte er hinzu: »Es ist ein guter Ort, um eine Familie zu gründen. Die Leute sind freundlich und aufgeschlossen und es gibt jede

Menge Einkaufsmöglichkeiten. Aber das haben Sie sicher bereits herausgefunden. Zum Zentrum ist es auch nicht weit, wenn man mal etwas Größeres braucht.« Er stand auf, nahm seine Notizen und verließ die Küche. »Ich schicke Ihnen das ausgearbeitete Gutachten in den nächsten Tagen zu.«

»Danke«, sagte JJ, der ihm gefolgt war. Er wartete, bis Meier alles in seiner Tasche verstaut hatte, ging dann zur Tür und öffnete sie.

»Vielen Dank für den wunderbaren Espresso«, sagte der Gutachter. »Vielleicht sollten Sie auch ein Café eröffnen«, schlug er vor.

JJ lachte. »Nein, das Metier überlasse ich ganz meiner Mutter. Vielen Dank nochmal. Auf Wiedersehen.«

Herr Meier tippte sich an die Stirn, ging zu seinem Wagen, stieg ein und fuhr weg.

JJ blieb eine ganze Weile stehen, schaute auf die Straße, ohne etwas zu sehen. Dann drehte er sich abrupt um, ging ins Arbeitszimmer, zog Safaa hoch, gab ihr einen Kuss und sagte: »Ich denke, ich werde das Haus behalten.«

»Du denkst?«

»Nein, ich weiß es. Ich, Quatsch, wir werden das Haus behalten. Und wir werden auch darin wohnen.«

Es schmerzte JJ, als er das Leuchten in Safas Augen sah. Seit fast einem Jahr war er nun mit ihr verlobt, aber es gelang ihm immer noch nicht, sie in seine Entscheidungen mit einzubeziehen. Es durfte nicht *mein Haus* heißen, sondern *unser Haus*. Ein Hochzeitstermin war zwar wegen der Unwägbarkeiten der Pandemie zunächst in die Ferne gerückt, aber prinzipiell waren sie sich einig, dass sie zusammenbleiben wollten.

»Es tut mir leid«, sagte er.

»Was tut dir leid?«, hakte sie nach und schaute ihn forschend an.

»Ich bin nicht gut in diesen Dingen«, versuchte er zu erklären. »Zukunftsplanung zu zweit und so«, sagte er.

Safaa lachte. »Und so. Was bedeutet das?«

JJ zuckte mit den Schultern. »Offen gestanden, keine Ahnung. Vielleicht sollten wir uns mal über das Thema Kinder unterhalten.«

Safaa zuckte zurück. »Kinder«, sagte sie in einem Ton, als kenne sie das Wort nicht.

»Es muss nicht gleich sein, aber irgendwann sollten wir es klären«, sagte JJ leise. »Auf jeden Fall vor der Hochzeit.«

Sie nickte. »Ja, du hast recht. Es ist nur ...« Sie stockte.

»Ja?«

Safaa wandte sich ihren Zeichnungen zu. Vor ihr lagen mehrere Blätter, auf denen ein Bootsrumpf skizziert war. Am hinteren, abgeschnittenen Ende kauerte ein Mädchen mit verängstigtem Gesichtsausdruck, die Arme um sich geschlagen. Vor ihm ragte ein Mann, das Gesicht zu einer bösen Fratze verzogen. In der Rechten hielt er eine Pistole, die nicht eindeutig auf das Kind zielte.

So rudimentär die Skizze war, so heftig war ihre Ausstrahlung. JJ konnte die Angst des Kindes und den Hass, die Wut des Mannes deutlich spüren.

»Wer ist das?«, fragte JJ und zeigte auf den Mann. Dass Safaa sich selbst in den Bildern als Kind darstellte, wusste er.

»Einer der Schleußer«, sagte Safaa. »Der Witz ist, dass er einer der wenigen Guten war und uns tatsächlich helfen wollte. Das wusste ich zu dem Zeitpunkt aber noch nicht. Er kam mir so mächtig und böse vor, ich hatte wirklich entsetzliche Angst vor ihm.«

»Das sieht man«, bestätigte JJ und deutete auf das Gesicht des Mädchens. »Es ist sehr ausdrucksstark.«

»Danke.« Safaa schwieg, aber JJ hatte das Gefühl, dass sie noch etwas hinzufügen wollte. Und tatsächlich: »Das mit den Kindern, also unseren Kindern«, begann sie stockend, »ich kann das jetzt noch nicht entscheiden. Nicht, bevor ich das hier«, sie tippte die Skizzen an, »beendet habe. Ich muss das erst verarbeiten.«

JJ nahm sie in den Arm. »Ich weiß das und ich verstehe es. Es hat keine Eile. Ich möchte, dass es dir gut geht.« Er küsste sie. »Ich lass dich mal weiterarbeiten.« Als er die Tür zum Arbeitszimmer schließen wollte, hörte er sie seinen Namen rufen. Er steckte den Kopf durch den Türspalt. »Ja?«

»Meinst du das ernst? Wir behalten das Haus und ziehen hierher?«

JJ nickte. »Ich meine es ernst. Es gibt ein bisschen was zu tun und natürlich müssen wir alle Räume innen neu streichen und einrichten. Aber das dauert nicht lang.« Er überlegte kurz, nickte erneut und ergänzte: »Ich denke, wir könnten im Sommer einziehen.«

»Danke«, sagte Safaa und es klang fast wie ein »Ich liebe dich«.

JJ warf ihr einen Luftkuss zu, schloss die Tür und ging in die Küche, um die Espressotasse wegzuräumen. Seit der Gutachter weg war, fühlte er eine Unruhe in sich. Kurz entschlossen schnappte er sich sein Handy, ging in den Garten hinaus und rief seine Mutter an.

»JJ! Welche Freude«, sagte sie zur Begrüßung.

»Hi Mom. Alles gut bei dir?«

»Ja. Dieses verflixte Virus macht uns das Leben zur Hölle. Der Lieferdienst läuft inzwischen zwar recht gut, aber wir zahlen immer noch drauf. Wir arbeiten alle entsetzlich viel, nehmen kaum Geld ein, bleiben aber auf den Kosten sitzen. Ich kann mir das noch ein Weilchen leisten, meine Rücklagen sind gut. Aber was ist mit den anderen?«

»Jeder muss selbst sehen, wo er bleibt«, sagte JJ.

»Du weißt, dass das hier in der Blumengasse nicht so läuft. Wir halten alle zusammen. Na, wir werden schon eine Lösung finden.«

JJ bewunderte seine Mutter wegen ihres unverbesserlichen Optimismus. »Ich werde das Haus behalten«, sagte er. »Und wir werden sogar hierherziehen, vielleicht im Sommer.«

Es folgte lautes Freudengeheul. JJ schmunzelte. Wahrscheinlich tanzte Hannah gerade wild durch die Gegend.

»Gute Entscheidung«, sagte sie schließlich. »Musst du viel richten lassen?«

JJ berichtete ihr von der Einschätzung des Gutachters.

»Dann bleibt euch immer noch Geld übrig, nachdem ihr das Haus neu eingerichtet habt«, meinte Hannah, wie immer praktisch veranlagt. »Aber ich spüre, du hast etwas auf dem Herzen. Was ist los?«

JJ war bisher in dem kleinen Garten, der das Haus umgab, herumgewandert. Jetzt setzte er sich auf einen großen Stein, der am Rande eines Blumenbeets lag.

»Ich habe Safaa gesagt, dass wir uns mal über das Thema Kinder unterhalten müssen«, begann er.

»Und?«

»Sie meinte, sie müsse erst mit ihrer eigenen Geschichte ins Reine kommen.«

»Klingt nachvollziehbar.«

»Ja«, sagte JJ gedehnt. Seine Mutter schwieg und wartete ab. Er fuhr sich mit der Hand über das Gesicht. »Als der Gutachter mir sein Ergebnis mitteilte, dachte ich im ersten Moment: Ich behalte das Haus. Ich dachte nicht: Wir behalten das Haus. Verstehst du?«

»Ja, natürlich«, erwiderte Hannah. »Ich werde dir jetzt nicht erklären, dass das Haus rein rechtlich tatsächlich nur dir gehört, denn das scheint mir nicht der Kern des Problems zu sein. Du siehst euch immer noch nicht als Paar.«

Wie immer legte seine Mutter den Finger zielgenau in die Wunde. JJ schloss die Augen. »Wir sind seit fast einem Jahr verlobt«, warf er ein.

»Aber es war ja keine freiwillige Verlobung«, sagte Hannah. »Oder lass es mich anders ausdrücken: Die Verlobung kam für euch beide sehr überraschend. Es ist fast ein bisschen wie eine arrangierte Ehe. Man trifft sich ein paar Mal, findet sich sympathisch, die Eltern beschließen, dass man heiratet. Da ist nie die Rede von Liebe. Ist es das, was du meinst?«

JJ nickte, erinnerte sich dann, dass seine Mutter das nicht

sehen konnte und sagte: »So in etwa. Ich mag sie, ich mag sie wirklich sehr. Aber ich habe noch nie ›ich liebe dich‹ zu ihr gesagt.«

Hannah seufzte. »Ich wünschte, ich könnte dir garantieren, das kommt noch. Aber das kann ich nicht und das will ich nicht. Es kann durchaus sein, dass ihr irgendwann feststellt, dass ihr euch nichts mehr zu sagen habt. Niemand kann so etwas vorhersagen.« Sie machte eine kurze Pause. »Ich sehe das gerade an meiner eigenen Beziehung.« Sie lachte leise. »Ich weiß nicht mal, ob es noch eine Beziehung ist. Wir sehen uns kaum, weil wir beide viel zu viel arbeiten. Zu Beginn war es Andy, der ›ich liebe dich‹ zu mir gesagt hat. Ich habe es schon ewig nicht mehr von ihm gehört. Ich würde es zu ihm sagen, wenn er mir die Chance dazu gäbe. Ich bin mir nicht sicher, ob das, was ich für ihn fühle, Liebe ist. Ich weiß aber, dass ich diese Beziehung mit ihm will. – Vermutlich ist es sowieso zu spät.«

JJ war zu verblüfft, um sofort zu reagieren. Seine Mutter hatte noch nie so offen mit ihm über ihre eigenen Probleme gesprochen.

»Das ..., das tut mir leid«, brachte er endlich stotternd heraus.

»Muss es nicht. Ich bin selbst schuld. Was ich damit sagen will: Eine Beziehung zu führen, ist alles andere als einfach. Obwohl – wenn ich mir Edi und Xaver anschaue, scheinen die beiden keinerlei Problem miteinander zu haben. Also liegt es vielleicht doch eher an uns.« Sie gluckste. »Nein, im Ernst, Honey: Zu einer Beziehung gehören immer zwei. Wenn einer nicht will oder kann, ist da nichts zu machen. Wenn aber beide wollen, kann man daran arbeiten. Wichtig: redet miteinander. Das musste ich auf meine alten Tage lernen.«

»Was ist mit Andy und dir?«, wollte JJ jetzt doch wissen.

»Offen gestanden, weiß ich das selbst nicht. Wir hatten eine sehr ernste Aussprache und wollten es noch einmal miteinander probieren. Da kam diese blöde Pandemie dazwischen. Andy arbeitet fast rund um die Uhr, Ben sagt, er hat ziemlich abgenommen und sieht aus wie ein Gespenst. Er …«

»Ben sagt?«, hakte JJ ein.

»Ja, ich muss mir meine Infos von Ben holen.« Ihre Stimme klang sarkastisch und traurig zugleich. »Ich habe Andy seit Wochen nicht mehr gesehen. Ehrlich gesagt kann ich mich nicht mal daran erinnern, wann ich ihn zuletzt gesprochen habe. Ich …« Sie brach ab.

JJ glaubte, einen leisen Schluchzer zu hören, war sich aber nicht sicher. »Es tut mir wirklich leid«, wiederholte er. »Ich mag Andy und ich finde, ihr passt super zusammen.«

»Danke, Honey, das ist lieb von dir. Vielleicht kannst du ihm das bei Gelegenheit mal sagen.«

»Das würde ich glatt machen«, antwortete er. »Aber eine weise Frau hat mir mal gesagt, dass man sich nicht in die Angelegenheiten anderer einmischt.«

»Wer kann das wohl gewesen sein?«

JJ wusste, dass sie ihren Namen erwartete, und sagte absichtlich: »Natürlich Marilyn.«

»Oh, du böser Junge«, rief sie und lachte. »Aber es klingt so typisch nach Marilyn. Hast du in letzter Zeit mit ihr gesprochen?«

»Ich habe letzte Woche angerufen, aber da war gerade mal wieder Chaos wegen Viv. Ich sollte sie anrufen.«

»Ich auch, ich auch«, sagte seine Mutter. »Dieses blöde – wie heißt diese Krankheit noch mal? – egal, sie raubt mir den letzten Nerv. Und du willst tatsächlich nach Lübeck ziehen?«

JJ schmunzelte. Hannah gab einfach niemals auf.

»Ja, ich bin mir ziemlich sicher, dass es eine gute Idee ist. Ich muss natürlich noch wegen eines Jobs schauen, aber dank Johann habe ich etwas Luft. Selbst nach der Sanierung der Fassade, der Renovierung der Innenräume und einer neuen Einrichtung bleibt genug Geld übrig.«

»Und Safaa?«

»Sie wollte von Anfang an hierher. Sie hat zunehmend

Probleme in Berlin, sagt sie. Das Virus scheint das Böse in uns Menschen hervorzubringen. Der Rassismus nimmt zu.«

»Ich frage mich nur, ob es in Lübeck besser ist«, sagte Hannah.

»Das frage ich mich auch«, bestätigte JJ. »Ich war bisher nie dabei, ich kann mich nur auf ihre Schilderungen verlassen. Du weißt, dass die Berliner manchmal sehr ruppig sein können. Aber ob das dann gleich rassistisch ist? Ich kann das nicht beurteilen.«

»Die Berliner und die Bayern würden in dieser Beziehung gut zusammenpassen. Beide sind Dauergrantler«, sagte Hannah lachend. »Wenn ich an die Anfänge mit meinem Freund Hubertus denke ... Aber ich gebe dir recht. Wir können nicht beurteilen, was Safaa als rassistisch empfindet. Und es ist doch gut, wenn sie sich auf den Ortswechsel freut. Wie geht es mit ihrem Roman voran?«

»Es ist eine Graphic Novel«, korrigierte JJ seine Mutter sanft.

»Und wenn schon. Novel heißt Roman, ob nun graphisch oder nicht.«

»Sie kommt voran, langsam zwar, aber das Projekt wächst. Sie hat nächste Woche ein Treffen mit einem Agenten. Drück die Daumen, dass es positiv verläuft. Sie könnte etwas Aufmunterung gebrauchen.«

»Mache ich. Honey, ich würde gerne noch länger mit dir reden, aber ich muss zu den anderen, damit mir keiner zusammenklappt.«

»Du gibst auf dich acht, Mom, ja?«, mahnte JJ.

»Ich versuch's. Hab dich lieb, Honey. Bye.«

»Bye, Mom, hab dich auch lieb.«

JJ blieb noch ein paar Minuten sitzen und dachte über das Gehörte nach. Seit ihrem Zusammenbruch vor drei Jahren schien seine Mutter nicht mehr ganz so belastbar zu sein wie früher. Als Kind hatte er sich immer sicher sein können, dass sie da war, wenn ihm etwas Schlechtes widerfahren war. Sie war sein

Fels in der Brandung gewesen, trotz ihres manchmal angespannten Verhältnisses. Er könnte Hannah einige Vorwürfe machen, jedoch ganz sicher nicht den, ihn jemals im Stich gelassen zu haben.

JJ stand auf. Es war höchste Zeit, dass er sich jetzt um sie kümmerte.

Als er ins Haus kam, war Safaa gerade fertig mit ihrer Zeichnung. Dass sie ihm mittlerweile zeigte, was sie geschaffen hatte, erfüllte ihn mit Stolz und Freude. Es bedeutete, dass sie ihm vertraute.

Obwohl sie weitere Menschen hinzugefügt hatte, lag der Fokus nach wie vor auf dem Kind und dem Mann, der sich drohend vor ihm aufbaute. JJ war immer wieder fasziniert von der Aussagekraft der Bilder.

»Unglaublich«, flüsterte er.

»Danke«, erwiderte Safaa und hauchte ihm einen Kuss auf die Wange.

»Ich habe zwei Entsch...«, begann JJ, stoppte, dachte kurz nach, begann erneut: »Ich habe zwei Ideen. Die erste: Ich fahre nach Lübeck, kaufe uns ein paar Leckereien und koche uns ein Festessen. Schließlich gibt es etwas zu feiern. Die zweite: Wir fahren wie geplant nach Berlin, du triffst den Agenten, danach fahren wir für ein paar Tage nach München und besuchen Hannah.«

»Ist alles in Ordnung mit ihr?«, fragte Safaa sofort.

Wieder einmal bewunderte JJ seine Verlobte für ihre unglaubliche Empathie. »Es setzt ihr zu, dass das Café nicht öffnen kann«, sagte er und fügte nach kurzem Zögern hinzu: »Außerdem hat sie Probleme mit Andy.«

»Lass uns sofort nach München fahren«, schlug Safaa vor. »Den Agenten kann ich auch später treffen.«

»Oh nein. Wir fahren wie geplant nach Berlin, wo du diesen Agenten treffen wirst.« Er packte sie leicht an den Oberarmen. »Safaa, du kannst nicht immer davonlaufen. Du musst dich dem stellen. Deine Arbeit ist gut, das weißt du. Und wenn er trotzdem Nein sagt, gehst du zur nächsten Agentur. Rückschläge gehören dazu. Wir haben doch schon so oft darüber gesprochen.«

Sie senkte den Kopf. »Ich weiß«, murmelte sie. »Ich habe Angst.«

Er zog sie an sich und nahm sie in die Arme. »Ich weiß«, flüsterte er in ihre Haare. »Du musst diese Angst überwinden, sonst wirst du nie ein Buch veröffentlichen. Und das ist es doch, was du willst? Oder?« Er schob sie von sich und hob mit der Rechten ihr Kinn. »Oder?«

Safaa zuckte mit den Schultern. »Ich weiß nicht mehr, was ich will. Es gibt so viele Menschen, die flüchten mussten. Warum sollte sich jemand ausgerechnet für mich interessieren?«

Diese Diskussion führten sie, seit Safaa beschlossen hatte, aus ihren Zeichnungen eine Graphic Novel machen zu wollen.

»Ja«, sagte JJ. »Es gab und gibt sehr viele Flüchtlinge. Aber keiner kann so gut zeichnen wie du. Die Menschen da draußen sollen wissen, was ihr erlebt habt. Es ist wichtig, nicht nur für dich. Auch für uns.«

»Ich weiß. Trotzdem habe ich Angst«, wiederholte sie.

»Ich denke, das ist normal. Du machst einen großen Teil deines Lebens öffentlich. Das Buch ist sehr persönlich, es ist vielleicht ein bisschen ...«, JJ suchte nach einem passenden Bild, »... als würdest du nackt durch die Straßen laufen.«

Safaas Stirn zog sich in Falten, aber er sah an ihren Mundwinkeln, dass sie versuchte, nicht zu lachen. Sie war keineswegs prüde, aber der Vergleich war selbst für sie gewagt. Immerhin war die Angst aus ihren Augen verschwunden.

Er küsste sie, ließ sie los und sagte: »Ich fahre jetzt in die Stadt. Kommst du mit?«

Sie schüttelte den Kopf. »Ich räume auf.« Sie zeigte auf den Schreibtisch, der übersät war mit Skizzen, Stiften, zerknüllten Tüchern und anderen Zeichenutensilien.

»Okay.«

JJ holte Johanns großen Wanderrucksack, den sie für

Einkäufe nutzten, schlüpfte in Schuhe und Jacke, warf Safaa einen Luftkuss zu und verließ das Haus. Auf dem Weg zum Schuppen, in dem das Fahrrad stand, drehte er um und kehrte ins Haus zurück.

»Hast du was vergessen?«

»Ja«, sagte er. »Mach dir doch schon mal Gedanken, welche Farben wir für die Wände brauchen und wie wir die Zimmer einrichten.«

Safaa schaute ihn ungläubig an. »Meinst du das ernst?«

»Natürlich meine ich das ernst«, gab er entrüstet zurück. »Du bist die Künstlerin, du hast das bessere Auge für so etwas.« Er grinste. »Vielleicht wählst du ja nicht allzu schrille Farben?«

Safaa lachte. »Aha, du vertraust mir also doch nicht ganz.«

»Doch, ich vertraue dir. Ich wollte nur dein Lachen sehen.«

Sie wurde schlagartig ernst und sah ihn mit einem merkwürdigen Blick an.

»Was?«

»Du bist ein wundervoller Mensch«, erwiderte sie. Wieder klang es wie ›Ich liebe dich‹.

»Quatsch«, murmelte JJ verlegen. »Ich bin nur praktisch veranlagt.«

»Jaja.« Safaa lächelte. »Nun geh schon, damit ich das Haus einrichten kann.«

Er gab ihr einen Kuss und ging.

Er erwischte gerade noch den Bus und setzte sich in die hinterste Bank. Gedankenverloren starrte er hinaus. Seine Entscheidung, Safaa die Zimmer gestalten zu lassen, fühlte sich gut an. Sie hatte sein Zimmer in Berlin mit ein paar Handgriffen in einen gemütlichen Raum verwandelt, in dem man sich gerne aufhielt. Sie würde auch das Haus zu ihrem Haus machen.

Ich schätze, es ist an der Zeit, sich über die Hochzeit Gedanken zu machen, fuhr es ihm durch den Kopf.

Aber heiraten in Zeiten einer Pandemie? Das war alles andere als romantisch. Allerdings waren sie beide nicht die Typen für eine rauschende Hochzeit. Allein, weil Safaas Familie nicht dabei sein konnte, würden sie sie sehr klein halten. Nur Hannah und Andy.

Und Marilyn.

Würde seine Ersatzmutter in Flushing wegen einer Hochzeit nach Deutschland kommen? Immerhin hatte sie bereits drei Hochzeiten ihrer Kinder mitgemacht. Nur eine der Ehen schien gut zu laufen. Viv und ihr Mann hatten sich endgültig getrennt, die Scheidung lief. Sarah war noch nicht so weit, aber er hoffte inständig, dass sie es bald schaffte, sich von ihrem Arschloch-Mann zu trennen.

Was, wenn sie in New York heirateten? Das könnte gleichzeitig ihre Hochzeitsreise sein.

Ja klar, Reisen in Pandemiezeiten ist ja auch so einfach.

Davon abgesehen, dass Safaa nicht ausreisen durfte. Ihre Verlobung bewahrte sie zwar vor einer Abschiebung, aber sie war noch immer nicht als Flüchtling anerkannt. Deutschlands Behördenmühlen mahlten langsam, in Zeiten wie diesen sowieso. Es gab derzeit Wichtigeres als eine Frau aus Syrien.

Also Hochzeit in Berlin, nein, in Lübeck. JJ beschloss, Marilyn auf jeden Fall einzuladen. Er würde ihr alles bezahlen, dank des Erbes konnte er sich das locker leisten.

Zufrieden schaute JJ nach draußen und sah, dass sie längst im Zentrum waren. Er mochte Lübeck, es war eine schöne Stadt. Gerade waren die Straßen erschreckend leer, die Geschäfte zu, es wirkte gespenstisch. Aber die Pandemie würde vorbeigehen, dann wäre alles wieder normal.

JJ stieg aus, nahm die Maske vom Gesicht und atmete durch. Seit er seinen sicheren Lehrerjob in New York aufgegeben hatte und nach Deutschland gekommen war, fühlte sich sein Leben ein bisschen nach Achterbahn an. Das war eigentlich Hannahs Ding, nicht seines. Mit Johanns Erbe könnte er wieder zur Ruhe kommen. Vielleicht hatte sein Vater das gespürt und ihm das Haus deshalb hinterlassen.

»Und?« JJ schaute Safaa erwartungsvoll an. Ihrer Mimik war nichts zu entnehmen. »Nun sag schon.«

Endlich lächelte sie, wenn auch nicht so euphorisch, wie er gehofft hatte.

»Sie wollen es versuchen«, sagte sie.

»Was heißt versuchen?«, hakte JJ nach.

»Sie wollen ein paar Verlage, die dafür in Frage kommen, kontaktieren.«

»Das heißt, sie nehmen dich unter Vertrag?«

Safaa nickte. Sie klopfte auf ihre Tasche. »Ich habe einen Entwurf dabei.«

»Du wirkst nicht sehr glücklich«, stellte JJ fest.

Sie zögerte. »Doch, ich freue mich.« Es klang nicht überzeugend.

»Was ist los?« Er zog sie zu sich.

»Sie wollen fünfundzwanzig Prozent«, klagte Safaa. »Ist das normal? Mir kommt das sehr viel vor.«

JJ zuckte mit den Schultern. »Ich kenne mich nicht damit aus. Aber wir finden sicher jemanden, der es tut, und den fragen wir. Du solltest dich trotzdem freuen, denn es ist ein erster Erfolg.«

»Ja.«

»Da ist noch etwas, oder?«

Safaa wiegte den Kopf hin und her, als sei sie nicht sicher, ob sie etwas sagen sollte.

»Safaa, rede mit mir.«

»In der U-Bahn«, begann sie, und JJ wusste, was kommen würde.

»Sie haben dich beleidigt?«

»Nein, nicht mich. Eine alte Frau. Sie trug Kopftuch und hatte zwei übervolle Aldi-Tüten dabei.« Safaa seufzte. »Sie entsprach so sehr dem Klischee. Zwei Typen haben sie wüst beschimpft und keiner hat etwas gesagt. Ich auch nicht.« Sie schaute ihn mit Tränen in den Augen an. »Ich schäme mich.«

»Es gibt keinen Grund dafür«, erwiderte JJ eindringlich. »Du weißt, was sie sagen. Du musst zuerst an dich denken. Eigenschutz ist wichtig.«

»Aber wenn jeder immer nur an sich denkt, wird sich nie etwas ändern.«

»Ich weiß«, sagte JJ leise. »Es tut mir leid. Ich bin nicht zum Helden geboren. Du bist viel mutiger als ich und ich habe Angst um dich.«

Die Traurigkeit wich Überraschung. »Du hast Angst um mich?«

»Natürlich habe ich Angst um dich. Du bist meine Verlobte.« Das klang selbst in JJs Ohren seltsam. »Was ..., was ich damit sagen will ...« Er stockte. Wie sollte er Gefühle ausdrücken, die er selbst nicht kannte? Er beschloss, ehrlich zu sein. »Ich weiß nicht, ob das, was ich für dich empfinde, Liebe ist. Ich weiß nur, dass ich dich sehr, sehr gern habe und dich nicht verlieren möchte. Ich möchte mit dir zusammen sein, dich in meinem Leben haben.« Wieder unterbrach er, dachte nach. Die Gefühle, die er für Safaa hegte, hatten nichts mit denen zu tun, die er für Charly, seine erste große Liebe gehegt hatte. Oder gar mit denen für Shelby. Das war eher Besessenheit gewesen. Oder für Chris. Er war sich nicht sicher, was er für die Mitbewohnerin jemals empfunden hatte. Liebe war es nicht gewesen.

Safaa stand vor ihm, immer noch mit der Tasche in der Hand, und wartete geduldig.

JJ ergriff ihre rechte Hand, zog sie in ihr Zimmer und drückte sie sanft auf das Sofa, das ihnen nachts als Bett diente.

»Ich bin in solchen Dingen nicht gut, vielleicht auch nur ungeübt.« Er musste grinsen. »Das spricht eigentlich für mich, oder?«

Safaa lächelte, blieb aber stumm.

JJ atmete tief durch. Seit ihrem Entschluss, nach Lübeck zu ziehen, hatte er sich viele Gedanken über ihre gemeinsame Zukunft gemacht. Bis zu diesem Augenblick war er sich nicht sicher gewesen, was genau er für Safaa empfand.

Er ging vor ihr in die Hocke, nahm erneut ihre Hand, räusperte sich.

»Ich wusste lange nicht, was ich für dich empfinde«, begann er. »Ich fand dich vom ersten Augenblick an sehr anziehend, aber du warst meine Schülerin, ich habe nie in Erwägung gezogen, dass zwischen uns etwas laufen könnte.« Als Safaa lächelte, sagte er: »Okay, ich habe daran gedacht. Aber ich hätte es nie umgesetzt. Dann hast du an diesem Tag im Café ganz offen mit mir geflirtet, dem konnte ich nicht widerstehen.« JJ schwieg, weil ihm einfiel, dass Chris ihm an diesem Tag ihre Geschichte erzählt hatte. Das zweite Treffen mit Safaa war auch eine Trotzreaktion gewesen, um es Chris zu zeigen. Die hatte sich allerdings wenig beeindruckt gezeigt.

»Du hast mit mir geflirtet, ich habe dich zum Essen eingeladen«, nahm JJ den Faden wieder auf. »Und plötzlich waren wir verlobt. Es war eine Zweck-Verlobung, aber die gegenseitige Sympathie war da. Du warst plötzlich ein Teil meines Lebens, von heute auf morgen. Ich wusste lange nicht, wie ich damit umgehen soll. Manchmal fühlte ich mich als Held, weil ich eine wunderschöne Frau vor der Abschiebung rette. Manchmal fühlte ich mich schäbig, weil ich befürchtete, deine Gefühle mir gegenüber auszunutzen.«

Safaa öffnete den Mund, als wolle sie etwas sagen, aber JJ hob die Hand. »Nein, sag jetzt bitte nichts. Wer weiß, ob ich jemals wieder den Mut finde, dir all das zu sagen.« Sie schloss den Mund und nickte. »Du kannst dich sicher erinnern, dass ich es langsam angehen lassen wollte.« Sie nickte erneut und lächelte. Er musste grinsen in Erinnerung an diesen Tag. »Das war ein ziemlich chaotischer Tag, was? Erst die spontane Verlobung und dann Svenja mit ihrer Geschichte vom Kuckuckskind. Egal. Als du hier eingezogen bist, hatte ich zunächst Angst, dass wir uns schnell auf die Nerven gehen würden. Aber es hat alles wunderbar funktioniert, es war fast, als würden wir uns schon ewig kennen. Und dennoch wusste ich fast gar nichts von dir.« Er machte eine kurze Pause, gab ihr damit die Gelegenheit, etwas zu sagen. Aber Safaa blieb stumm, lächelte nur weiterhin. »Ich weiß nicht, wie in eurer Kultur über die Liebe gedacht wird. Soviel ich weiß, werden viele Ehen von den Eltern vermittelt, aber es wird Wert darauf gelegt, dass das künftige Paar sich mag.« Safaa nickte und JJ fuhr fort: »Du weißt, dass ich in Amerika aufgewachsen bin. Dort wird die Liebe bis zum Kitsch romantisiert. Es muss die ganz große Liebe sein, sonst wird das nichts. Es werden so unglaublich hohe Erwartungen an sie gestellt, dass man zwangsläufig enttäuscht werden muss.« Er lachte. »Zum Glück wurde ich von zwei sehr pragmatischen Frauen erzogen worden, die diesen ganzen Quatsch nicht glaubten. Was nicht ganz korrekt ist«, fügte er schnell hinzu. »Hannah hatte in Josh ihre große Liebe gefunden und auch Marilyn hatte das Glück, sie erleben zu dürfen. Beide Männer sind gestorben, was in mir vermutlich Angst ausgelöst hat. So nach dem Motto: Du magst die große Liebe finden, aber sie wird dich wieder verlassen.«

Safaas Magen knurrte, was sie beide zum Lachen brachte. JJ hob entschuldigend die Hände. »Okay, okay, ich weiß, ich rede zu viel. Um es kurz zu machen: Ich schätze, nein, ich bin mir sicher, dass ich dich liebe. Und ich möchte, dass du meine Frau wirst. Bald.« Erwartungsvoll schaute er sie an.

Safaa beugte sich vor und küsste ihn sanft auf den Mund. »Ich mache es kurz,« sagte sie, nachdem sie sich voneinander gelöst hatten. »Ich liebe dich vom ersten Augenblick an, es war, als hätte mich ein Blitz getroffen. Es war mir egal, dass du mein Lehrer warst, ich wusste nur nicht, wie ich es anfangen sollte. Die Geschichte mit der drohenden Abschiebung ist wahr, nicht, dass du denkst, ich wollte dich in etwas hineindrängen. Die Situation gab mir den Mut, endlich auf dich zuzugehen. Ich hatte nicht zu hoffen gewagt, dass du mich eines Tages ebenfalls lieben könntest.« Sie schüttelte kurz den Kopf, korrigierte sich: »Doch, natürlich habe ich es gehofft. Aber ich war bereit, ein Leben neben dir zu führen, hätte dich sogar mit einer anderen Frau geteilt. Dass es so gekommen ist, ist wie ein Wunder für mich.« Sie schaute ihn ernst an und sagte: »Ich liebe dich. Und ich werde gerne deine Frau.«

Sie küssten sich lange und ausgiebig, doch Safaas Magen meldete sich so hartnäckig, dass an mehr nicht zu denken war.

»Pizza?«, fragte JJ. Sie nickte. »Wir holen alles nach, wenn wieder normale Zeiten herrschen. Immerhin sind die ersten Läden wieder geöffnet. Bald ist der ganze Alptraum vorbei.«

Am Abend, Safaa schlief bereits, klappte JJ im früheren Gästezimmer, das sie jetzt zusätzlich nutzten, seinen Laptop auf, öffnete Skype und klickte auf Toms Account. Sekunden später erschien das Gesicht seines besten Freundes auf dem Monitor.

»Hey, Tom, good to see you«, rief JJ. »It's been ages!«

»Hey buddy. Yes, way too long«, erwiderte Tom. »How are you?«

JJ berichtete von den aktuellen Entwicklungen. »Es gibt noch keinen konkreten Termin, aber ich würde mich sehr freuen, wenn du mein best man sein würdest. Und vielleicht kann Laney maid of honor für Safaa machen? Du weißt, sie hat keine Familie hier in Deutschland.«

»Ich mache gerne deinen Trauzeugen«, sagte Tom. »Mit Laney dürfte es allerdings schwierig werden.«

»Warum, was ist los?«, fragte JJ alarmiert.

»Wir haben uns getrennt, schon vor einigen Monaten.« Tom verzog das Gesicht. »Sorry, Mate, ich wollte es dir sagen, aber du hattest so viel um die Ohren.«

JJ war sprachlos. Tom und Laney waren für ihn immer der Inbegriff des Traumpaares gewesen. Gut, sie hatten entgegen aller amerikanischen Liebesgesetze nicht geheiratet, sondern nur miteinander gelebt, aber er hatte es darauf zurückgeführt, dass sie eben modern eingestellt waren und nicht taten, was alle Welt von ihnen erwartete.

»Ich ..., ich weiß nicht, was ich sagen soll«, stammelte er.

»Du musst nichts sagen«, antwortete Tom. »Es ist gut so. Es hat sich schon länger abgezeichnet, dass wir besser getrennte Wege gehen. Wir haben nur sehr lange gebraucht, um es in die

Tat umzusetzen. Der Mensch ist ein Gewohnheitstier«, fügte er lakonisch hinzu.

»Aber warum?«

Tom hob die Hände. »Es gibt nicht den einen Grund. Es waren viele Kleinigkeiten, die sich zuletzt angehäuft hatten. Am Ende haben wir nicht einmal mehr miteinander gestritten, weil wir uns einfach nichts mehr zu sagen hatten.«

JJ war immer noch geschockt. »Warum hast du nie etwas erwähnt? Ich wäre sofort gekommen.«

»Ich weiß das, Mate, ich weiß das. Aber was hätte es gebracht? Nichts.«

JJ wusste, dass Tom recht hatte. Seine Mutter hatte ihm immer wieder gepredigt, dass man sich nicht in anderer Leute Angelegenheiten mischen durfte. Sie tat es zwar andauernd, aber irgendwie war es bei ihr etwas anderes.

»Es tut mir sehr leid«, sagte er.

»Danke. Erzähl mir vom Haus«, bat sein Freund.

JJ tat ihm den Gefallen und berichtete von den Farben, die Safaa sich für die einzelnen Zimmer ausgedacht hatte.

»Ich hätte das Schlafzimmer ja rot angemalt«, rief er lachend. »Aber sie denkt, dass lindgrün besser passt.«

»Poor guy, no sex in a lime green room", feixte Tom.

»Zum Glück gibt es noch andere Zimmer«, erwiderte JJ. »Das Schwierigste wird vermutlich sein, einen neuen Job zu finden. Mit all dem Stillstand ...«

»Ich dachte, bei euch öffnen die Läden wieder?«

»Ja, langsam tut sich was. Wie ist es bei euch? Die Zahlen klingen besorgniserregend.«

Tom nickte. »Ja, es hört sich nicht gut an. Ich kenne bisher niemanden, der sich infiziert hat, aber was heißt das schon? Ich hoffe nur, dass Trump sich ausnahmsweise mal an die Tatsachen hält.«

»Ha, das glaubst du ja selbst nicht!«, rief JJ.

Tom grinste. »Stimmt. Ehrlich gesagt, will ich nicht darüber nachdenken. Zum Glück kann ich von allen Orten der Welt aus arbeiten und es gibt Lieferdienste – was will der Mensch mehr?«

»Frische Luft, Bewegung, Kontakt zu anderen Menschen?«, schlug JJ vor.

»Ach was, das wird alles überbewertet.« Tom lachte, um deutlich zu machen, dass er es nicht ernst meinte. »Sorry, Mate, ich habe gleich noch einen Call. Im Gegensatz zu dir muss ich mir mein Geld selbst verdienen.«

»Glaub nur nicht, dass ich jetzt Millionär bin«, antwortete JJ. »Aber falls dir in New York die Decke auf den Kopf fällt, kannst du jederzeit zu uns kommen. Also nach Lübeck. Ist, verglichen mit New York, ein Dorf, aber es ist nett. Und es gibt das originale Marzipan.«

»Danke, Mate, das ist nett. Vielleicht komme ich darauf zurück, wenn es hier zu schlimm wird. Ich muss Schluss machen. Gib deiner Zukünftigen einen Kuss von mir und sag ihr, sie soll auf meinen besten Freund aufpassen. Bye.« Tom winkte in die Kamera.

»Bye, Tom, see ya.« JJ winkte zurück, trennte die Verbindung und blieb nachdenklich sitzen. Der Schock saß ihm noch immer in den Gliedern. Tom und Laney getrennt – er hätte all sein Geld darauf verwettet, dass sie bis an ihr Lebensende ein Paar blieben.

Entschlossen klappte er den Laptop zu, verstaute ihn im Regal und ging leise ins Schlafzimmer. Lange stand er neben dem Bett und betrachtete Safaa. Sie war attraktiv, eigentlich sogar schön. Sein Herz klopfte. War es ein Fehler, sie zu heiraten? Und wenn schon. Fehler konnte man korrigieren. Gerade fühlte es sich verdammt richtig an. Noch nie im Leben war er so entspannt gewesen und hatte sich so aufgehoben gefühlt.

»JJ?« Safaas Stimme klang verschlafen, ihre Augen waren winzige Schlitze. »Ist was passiert?«

»Nein, schlaf weiter.« Seine Stimme klang rau.

»Komm ins Bett«, flüsterte sie, die Augen geschlossen.

»Gleich«, sagte er und wollte sich abwenden, aber sie griff nach seiner Hand und zog ihn nach unten.

»Nein, jetzt«, sagte sie leise und schmiegte sich an ihn.

JJ spürte die Reaktion seines Körpers und blendete alle Gedanken aus.

Svenja Wahls

Zweifel

POSITIV

Obwohl das Wort genauso groß wie der übrige Text geschrieben war, schien es sie direkt anzuspringen.

Svenja hatte lange gezögert, den Brief vom Labor zu öffnen. Alle hatten sie bekniet, allen voran Ben, es nicht alleine zu tun. Egal, wie die Diagnose ausfiel, es würde einschneidende Entscheidungen nach sich ziehen.

Nik hatte den Brief am späten Vormittag persönlich vorbeigebracht.

»Darauf hatten Sie gewartet, nicht wahr?«, hatte er gesagt.

Svenja war beeindruckt von der Professionalität des Security-Personals. Sie hatte nur einmal erwähnt, dass sie auf wichtige Post von einem Labor warte. Das war vor mehr als einer Woche gewesen.

Svenja schluckte. Fast wünschte sie sich, sie halte eine Corona-Diagnose in Händen. Dann fielen ihr die Bilder aus Bergamo ein und sie schalt sich eine Närrin.

Die gute Nachricht war, dass beim Ultraschall keine Zysten gefunden worden waren. Damit stieg die Chance, dass die Krankheit bei ihr nicht ausbrechen würde, auch wenn sie die Veranlagung dazu hatte.

Svenja verspürte den Wunsch, ihren Vater anzurufen. Ihren biologischen Vater. Es schockierte sie, dass sie nicht zuerst mit Ben darüber reden wollte. Sie hatte ihm versprochen, sich sofort zu melden, sobald die Diagnose vorlag. Aber sie hatte nicht versprochen, dass er der Erste sein würde, der davon erfuhr.

Sie zog eine Grimasse. Das war Haarspalterei, die nicht weiterhalf.

Minutenlang starrte sie auf den Brief, ohne etwas wahrzunehmen. Es war kein Todesurteil, würde womöglich in späteren Jahren regelmäßige Dialyse bedeuten, im schlimmeren Fall eine Nierentransplantation. Millionen Menschen machten das Tag für Tag, Woche für Woche, Monat für Monat mit und lebten gut damit. Natürlich beeinträchtigte es die Lebensqualität, aber es gab definitiv bedrohlichere Situationen. An den schlimmsten Fall – ein Aneurysma im Kopf, das platzen konnte – wollte sie nicht denken.

Die Medizin entwickelte sich stetig weiter, fand neue Therapien, neue Medikamente. Was heute als unbehandelbar galt, war morgen bereits ein Klacks. Und ständig tauchten neue Gefahren auf. Zum Beispiel Corona. Das schien weit gefährlicher zu sein als ADPKD.

»Das klingt wie eine politische Partei!«, hatte Ben gesagt.

Svenja musste lachen. Sie hatte lange gebraucht, bis sie die Abkürzung korrekt über die Lippen brachte. Was sicher mit ihrer Weigerung zu tun hatte, die Möglichkeit einer Erkrankung zu akzeptieren. Und sie war ja nicht krank, sie hatte nur die Veranlagung dazu in ihrem Körper.

Wir können keine Kinder haben!

Der Gedanke überraschte Svenja. Wir – das waren Ben und sie. Natürlich hatten sie darüber gesprochen, wie es mit ihnen weitergehen würde. Sie hatten beschlossen zusammenzubleiben, aber Heirat oder Kinder waren bisher kein Thema gewesen.

Sie griff zum Handy und wählte spontan die Nummer ihrer Tante. Hannah war immer gut für Fälle wie diese.

»Svenja, Liebes, wie schön, dass du anrufst«, meldete sie sich.

»Hallo Hannah, hast du einen Moment?«

»Für dich immer. Warte, ich muss nur schnell etwas abstellen.«

Svenja hörte ein Schleifen und Kratzen, dann fiel eine Tür ins Schloss.

»Jetzt bin ich ganz für dich da«, sagte ihre Tante.

»Wie läuft es?«

»Inzwischen ganz gut. Ich habe gerade wieder eine Palette mit wiederverwendbarem Geschirr für den Lieferservice bekommen.« Hannah lachte. »Ich frage mich nur, was ich damit mache, sollte dieser Alptraum jemals ein Ende haben. Edi und Alex kümmern sich um das Café, ich springe ein, wo ich gebraucht werde.«

»Sprich: Du arbeitest zu viel«, rügte Svenja sie.

»Ach was, du weißt doch, ohne Arbeit geht es bei mir nicht.« Hannah schien sich zu erinnern, dass Svenja um einen Moment ihrer Zeit gebeten hatte. »Ich rede und rede«, rügte sie sich selbst. »Du hast das Ergebnis erhalten?«

Einmal mehr bewunderte Svenja das Einfühlungsvermögen ihrer Tante. Sie hatte so viel um die Ohren, dennoch verlor sie nie die Probleme ihrer Mitmenschen aus den Augen.

»Ja«, erwiderte sie. »Ich bin positiv.«

»Oh.« Hannah schwieg nach ihrem ersten Ausruf eine Weile, sagte dann: »Wie geht es dir?«

»Ehrlich gesagt, weiß ich das nicht«, gestand Svenja. »Ich habe Angst. Was bescheuert ist, weil ich deswegen ja nicht krank bin. Mir fehlt nichts. Der Ultraschall zeigte keine Zysten.«

»Das ist sehr gut«, bestätigte Hannah. »Und dass du Angst hast, ist vollkommen normal. Das würde jeder so empfinden.«

»Ich …«, begann Svenja, stockte.

»Ja?«

»Ich wollte unbedingt sofort mit jemandem reden«, fuhr sie fort. »Aber es war Federico, nicht Ben.«

»Ich glaube, auch das ist normal«, erwiderte Hannah nach einer kurzen Denkpause. »Immerhin verbindet diese Krankheit deinen Vater und dich. Er weiß, was du durchmachst. So sehr Ben dich liebt – er kann es doch nur erahnen.«

»Danke«, sagte Svenja. Erleichtert fühlte sie sich dennoch nicht.

»Du musst natürlich trotzdem mit ihm reden«, fuhr Hannah fort. »Sag ihm, wie du dich fühlst, sprich mit ihm über deine Ängste, auch wenn sie dir selbst irrational vorkommen. Sie sind da, also sind sie real. Er wird es verstehen.«

»Ich weiß«, antwortete Svenja.

»Das klingt jetzt eher genervt«, stellte ihre Tante trocken fest.

Svenja rang mit sich. Aber sie wusste, dass sie Hannah hundertprozentig vertrauen konnte. Sie würde niemals jemand anderem von diesem Gespräch erzählen.

»Er ist immer so verdammt verständnisvoll«, sagte sie. »Egal, was ich sagte oder tue, es ist immer alles gut. Na ja, natürlich nicht alles. Er sagt schon, wenn er was nicht will. Aber prinzipiell bestimme ich die Richtung.« Svenja suchte nach einem passenden Bild. »Es fühlt sich wie ein stetiger Eiertanz an.«

Zu ihrer Verblüffung lachte Hannah.

»Das ist nicht lustig«, sagte sie empört.

»Nein, ist es nicht«, bestätigte Hannah. »Ich musste nur lachen, weil sich unsere beiden Beziehungen so sehr ähneln. Ich habe Andy schon häufiger vorgeworfen, so verdammt verständnisvoll zu sein. Natürlich will ich nicht ständig mit ihm streiten, aber etwas Reibung ab und zu wäre nicht schlecht. Mir fehlt die Augenhöhe.«

Svenja war, als fiele eine zentnerschwere Last von ihren Schultern. Es lag also nicht an ihr, dass sie sich trotz ihrer Gefühle für ihn im Zusammensein mit Ben nicht wirklich wohl fühlte. Nicht nur an ihr!

»Was kann ich tun?«, fragte sie, obwohl sie die Antwort kannte.

»Sag ihm all das, was du mir gesagt hast. Er wird es aushalten.«

»Hat Andy es verkraftet?«

»Hat er. Wie du schon sagtest: Es ist ein ständiger Eiertanz. – Das heißt, momentan ist es gar kein Tanz. Wir arbeiten beide zu viel. Ich schätze, dieses verdammte Corona ist der ultimative Test für Paare.«

Svenja zögerte, sagte dann: »Ich habe ihn vorgestern kurz gesehen, aber wirklich nur zum Hallo sagen.«

Hannah schwieg eine ganze Weile, bevor sie leise fragte: »Wie sieht er aus?«

»Müde, überarbeitet«, erwiderte Svenja. »Traurig«, fügte sie hinzu. »Ruf ihn an und rede mit ihm.«

»Na hallo, war das nicht mein Ratschlag?«, rief ihre Tante und lachte, aber es klang eher gequält.

»Ist es«, bestätigte Svenja nun trocken. »Und es ist ein verdammt guter Ratschlag, also halte dich gefälligst auch daran.«

»Huiuiui, jetzt kommt's aber knüppeldick.«

Svenja war erleichtert, als sie Hannahs Lachen hörte. Jetzt klang es wieder so fröhlich wie immer.

»Tut mir leid, wenn das jetzt etwas aggressiv rüberkam, aber es geht nicht, anderen Ratschläge zu erteilen, sie selbst jedoch nicht zu befolgen.«

»Schätzchen, du hast ja so recht! Andere zu belehren ist eben einfacher als das eigene Leben in den Griff zu bekommen.«

»Wem sagst du das«, stöhnte Svenja.

»Jetzt mal ernsthaft: Rede mit Ben, offen und ehrlich. Ich

weiß, es ist verdammt schwer, denn man hat immer Angst, den anderen zu verletzen und womöglich sogar zu verlieren. Auf der anderen Seite hilft es nichts, Rücksicht zu nehmen, denn früher oder später bricht es aus einem heraus und dann ist es meist nicht mehr möglich, vernünftig zu reden. Glaub mir, ich weiß das aus Erfahrung.«

Svenja dachte an Frank. Sie hatten lange so getan, als sei alles in Ordnung, dabei hatten sie sich beide sehr lange nicht wohlgefühlt. Hätten sie von vornherein offen miteinander geredet, wäre ihnen vieles erspart geblieben.

»Okay, ich rede mit ihm, sobald er aus Berlin zurück ist. Er muss eine Firma abwickeln, oder wie immer man das nennt. Ich fürchte, die Krise kostet ihn einiges.«

»Na, es wird genug übrigbleiben«, erwiderte Hannah. »Verhungern werdet ihr nicht.«

»Natürlich nicht. Mir geht es auch nicht um mich oder Ben, sondern um die Menschen, die gerade ihren Job verlieren.«

»Das war gedankenlos von mir«, entschuldigte sich Hannah. »Ich sollte manchmal einfach meine Klappe halten.«

»Dann wärst du aber nicht du«, sagte Svenja lachend. »Ich muss Schluss machen. Rede mit Andy.«

»Mache ich, versprochen.«

»Ich frage ihn«, drohte Svenja scherzend.

»Na, da werden ja schwere Geschütze aufgefahren.« Hannah seufzte. »Ich rufe ihn an, versprochen.«

»Okay. Danke für deine Hilfe«, sagte Svenja.

»Ich danke dir«, gab Hannah zurück. »Sollte ich mal als Ratgebertante ausfallen, kannst du das übernehmen.«

Sie verabschiedeten sich lachend voneinander.

Svenja blieb eine Weile nachdenklich sitzen. Sie hatte nicht gelogen, als sie von Andy erzählt hatte. Er hatte tiefe Augenringe, seine Haut sah grau und faltig aus, er hatte sicher auch ein paar Kilo abgenommen. Gut, er hatte immer noch genug auf den Rippen, aber alles in allem wirkte er wie ein Mann, dem es schlecht ging. Sie hatten ihn immer wieder gefragt. Die Standardantwort war stets »Gut« gewesen. Sie wusste, dass Ben sich große Sorgen um ihn machte; Andy war im Laufe der letzten Jahre zu einem sehr guten Freund geworden.

Sie selbst hatte bisher wenig mit ihm zu tun gehabt. Sie sahen sich ab und an in der Küche, die Andy immer noch mitbenutzte, zumindest theoretisch.

Ich sollte für uns alle etwas kochen, dachte sie. *Oder ich bestelle was von Edi. Dann schmeckt es wenigstens.*

Svenja grinste. Seit Ausbruch von Corona hatte sie, wie so viele andere, das Kochen entdeckt. Ihre Mutter hatte versucht, ihr die Grundlagen beizubringen, aber sie hatte sich nie wirklich dafür interessiert.

Ob sie die beiden Männer ins Café einladen sollte? Svenja schüttelte den Kopf. Das war eine dumme Idee, denn dort würde Andy auf Hannah treffen. Sie sollte zuerst allein mit ihm reden.

A propos reden. Sie zog den Laptop heran, checkte kurz ihre geschäftliche Mailbox, stellte zufrieden fest, dass es keine wichtigen Neueingänge gab und öffnete das Chatprogramm. Vielleicht hatte Federico ein paar Minuten Zeit. Sie klickte seinen Namen an und drückte auf Videochat. Sein Gesicht erschien in einem schmalen Fenster auf dem Bildschirm.

»Ciao, Federico«, sagte Svenja. »Hast du kurz Zeit?"

»Leider nur ein paar Minuten«, sagte er. »Ich bin unterwegs zu einem Meeting. Keine Angst, ich sitze zwar im Auto, aber ich werde gefahren.«

»Gut«, erwiderte Svenja. »Ich wollte dir nur das Ergebnis mitteilen. Ich bin positiv.« Erstaunt stellte sie fest, dass das Wort keine Bedrohung mehr darstellte.

»Das tut mir leid«, sagte ihr Vater. »Was hat der Ultraschall ergeben?«

»Nichts. Keine Zysten zu sehen.«

»Sehr gut, das ist wunderbar. Es tut mir leid, Svenja, ich bin da und muss Schluss machen. Lass uns heute Abend reden, ja?

»Natürlich. Melde dich, wenn es bei dir passt.« Svenja drückte auf den roten Knopf und unterbrach die Verbindung.

Dieses verflixte Virus! Normalerweise säße sie jetzt im Auto auf dem Weg nach Mailand, um persönlich mit ihrem Vater über die Krankheit zu reden, die ihrer beider Leben möglicherweise irgendwann stark beeinflussen würde. Angesichts der alarmierend hohen Inzidenzzahlen in Italien war an einen solchen Trip nicht zu denken. Alles musste über das Internet gehen.

Sie erinnerte sich an ihr Versprechen, das sie Ben gegeben hatte, und wählte seine Nummer. Wie erwartet, meldete sich nur die Mailbox.

»Hi, ich bin's. Das Ergebnis ist da. Ich bin positiv, habe aber keine Zysten. Mach dir keine Sorgen, es geht mir gut. Ruf an, wenn du Zeit hast.«

Tatsächlich rief er zehn Minuten später an. »Tut mir leid, früher ging es nicht.«

»Das macht doch nichts. Mir geht es wirklich gut. Ich habe schon mit Hannah und kurz auch mit Federico gesprochen.«

»Gut, sehr gut. Ich bin übrigens am Flughafen, in zirka zwei Stunden bin ich zu Hause.«

»Oh, das ist schön. Ich dachte, wir könnten mal wieder etwas festlicher essen. Heute Abend wäre doch eine gute Gelegenheit, oder? Ich lasse etwas von Bassam und Edi liefern«, schob Svenja nach.

»Uff, und ich dachte schon.« Ben lachte. »Du weißt, ich würde auch von dir Gekochtes essen.«

»Und hinterher zu McDonald's gehen, ja ja«, feixte Svenja. »Irgendwann kann ich besser kochen. Kann ja nicht so schwer sein.«

»Es gibt Wichtigeres im Leben«, erwiderte Ben. »Essen kann man kaufen. Und im Moment müssen wir die Restaurants sowieso unterstützen.«

»Um Ausreden bist du nie verlegen, was?«

»Nö. Vor allem, wenn du kochen willst ...« Ben ließ den Satz unvollendet.

»Na warte, bis du nach Hause kommst«, drohte Svenja mit einem breiten Grinsen im Gesicht. Das trug sie auch später noch, als das Telefonat längst beendet war und sie über das Internet bei Bassam ein Vier-Gänge-Menü zusammenstellte. Obwohl Bens Weinvorrat immer noch reichlich bestückt war, bestellte sie auch eine Flasche Wein dazu. Ihre Bestellung war zwar nur ein Tropfen auf dem heißen Stein, dennoch wollte sie ihren Beitrag leisten und die Blumengasse unterstützen.

Da es bereits später Nachmittag war, beschloss sie, sich aus ihrem Geschäftsaccount auszuloggen. Sie hatte seit Stunden nicht gearbeitet, aber kein schlechtes Gewissen deswegen. Sie saß oft zehn, zwölf Stunden vor dem Laptop, wenn Ben nicht da war, was in letzter Zeit häufiger der Fall war. Da konnte sie auch mal einen halben Tag schwänzen.

Sie rief bei der Security an. Als Nadja sich meldete, sagte sie: »Hallo Nadja, wie geht es Ihnen?«

»Danke, Frau Wahls, gut. Und Ihnen?«

»Auch gut, danke der Nachfrage. Ich wollte Sie informieren, dass Herr Häusgen gegen achtzehn Uhr zurückkommen wird. Um neunzehn Uhr wird Essen geliefert. Es kommt entweder Christine oder Petér.«

Sie wusste, dass Nadja ein Auge auf den Friseur geworfen hatte. Ben und sie hatten bereits Pläne entworfen, wie sie die beiden verkuppeln könnten.

»Danke für die Information, Frau Wahls, dann weiß ich Bescheid.« Nadjas Stimme klang vollkommen neutral. »Kann ich noch etwas für Sie tun?«

»Danke, Nadja, das war's.« Svenja hatte eine Idee und fügte schnell hinzu: »Oder doch. Könnten Sie mich bitte informieren, wenn Herr Nowak kommt? Ich muss dringend mit ihm reden.«

»Selbstverständlich, ich habe es notiert.«

»Vielen Dank. Ich wünsche Ihnen einen schönen Abend.«

»Danke, Ihnen auch, Frau Wahls.«

Svenja legte auf und begann, die Wohnung aufzuräumen und für das Abendessen vorzubereiten. Es war zu kalt, um auf der Terrasse zu essen, aber wenn sie den Tisch neben die Fensterfront stellte, konnten sie wenigstens die Aussicht genießen. Der Himmel war typisch bayerisch weiß-blau bewölkt, es könnte demnach einen wunderschönen Sonnenuntergang geben.

Svenja seufzte dramatisch. Würde sie mit Ben reden, wenn es zu romantisch würde? Sie beschloss, die Entscheidung spontan zu treffen, und holte das Geschirr aus der Küche. Schon vor der Pandemie hatten sie regelmäßig Blumen liefern lassen. Diesmal war es zufällig ein Gesteck, das auch rote Rosen enthielt.

Als sie mit den Vorbereitungen fertig war, schlüpfte Svenja in ihre Jacke, schenkte sich einen Portwein ein und trat auf die Terrasse. Der Sommer hatte eine Pause eingelegt, es war kühl. Svenja fröstelte und schlang die Jacke eng um sich. Aber sie hatte sowieso kaum Zeit, die Aussicht auf den Englischen Garten zu genießen, denn kaum hatte sie den ersten Schluck genommen, klingelte das Haustelefon.

Sie stellte das Glas auf den Tisch und nahm den Hörer ab.

»Ja?«

»Herr Nowak ist soeben gekommen.«

»Danke, Nadja.«

Svenja legte auf, lief zur Bar, schenkte ein Glas Whiskey ein und stellte sich damit demonstrativ vor die Eingangstür. Sie hörte das leise Zischen der Aufzugtür, kurz darauf das Klicken, das entstand, wenn man einen Schlüssel ins Schloss steckte.

Andy trat ein und prallte zurück, als er Svenja sah. Sein Blick fiel auf das Glas in ihrer Hand.

»Ein Willkommenstrunk oder Bestechung?«, fragte er vorsichtig.

Svenja lächelte. »Ein bisschen was von beidem.« Sie hielt ihm das Glas hin. »Ben wird den Schluck verschmerzen können.«

Andy nahm das Glas und schnupperte an seinem Inhalt. Seine Miene erhellte sich. »Du kennt dich aus«, stellte er genießerisch fest.

Svenja lachte. »Nicht wirklich. Ich weiß nur, welche Flasche ich nehmen muss, wenn ich von euch etwas möchte.«

Sofort wurde seine Miene wieder misstrauisch.

Sie klopfte ihm leicht auf die Hand ohne Glas und sagte vorwurfsvoll: »Nun denk nicht gleich das Schlimmste.«

Andy schüttelte den Kopf, als müsse er etwas loswerden. »Entschuldige bitte. Ich erhalte derzeit so viele negative Nachrichten, dass ich selbst schon ganz negativ eingestellt bin.«

»Das kann ich mir vorstellen. Leicht habt ihr es momentan nicht. Ich würde trotzdem gerne kurz mit dir reden.«

Svenja ging vor, holte ihr Portwein-Glas und nahm auf dem breiten Sofa Platz. Andy war ihr gefolgt und schaute unschlüssig zwischen Sofa, Sessel und dem gedeckten Tisch hin und her. Schließlich setzte er sich in einen der Sessel.

Er sah müde aus, aber immerhin waren seine Augenringe nicht mehr ganz so dunkel wie das letzte Mal, als sie ihn gesehen hatte. Seine Haare waren wieder länger, aber noch zu kurz für den Pferdeschwanz, den er früher getragen hatte. Sie standen teilweise vom Kopf ab und gaben ihm – vor allem in Kombination mit den Ohrsteckern – ein verwegenes Aussehen. Svenja fand, dass er grauer geworden war in den letzten Monaten.

Andy fuhr sich durch die Haare, als spüre er ihre Gedanken.

»Was gibt es?« Er hielt sein Glas hoch, um ein Prost anzudeuten, und nippte an der braunen Flüssigkeit. Seine Hand zitterte leicht.

Svenja prostete ihm ebenfalls zu und trank einen Schluck.

»Zum einen wollte ich dir sagen, dass ich mein Ergebnis erhalten habe«, begann sie. Als Mitbewohner und enger Freund von Ben hatte sie Andy als einer der wenigen Menschen außerhalb der Familie über ihre mögliche Krankheit informiert. »Es ist positiv.«

»Oh«, machte Andy. Er stellte das Glas ab, setzte sich aufrechter hin und schaute sie an. »Wie geht es dir damit?«, fragte er besorgt. Plötzlich schienen alle eigenen Sorgen vergessen, seine volle Konzentration fokussierte sich auf sie. Svenja sah endlich wieder den Mann in ihm, der um Hannahs Liebe gekämpft hatte.

»Es geht mir erstaunlich gut damit«, erwiderte sie. »Kann sein, dass es noch nicht hier angekommen ist.« Sie tippte sich an die Stirn. »Andererseits wusste ich ja, dass es nur zwei Möglichkeiten gibt, die Überraschung ist also nicht allzu groß.«

»Trotzdem – man hofft doch immer, dass der Krug an einem vorübergeht. Oder wie das heißt.« Er verdrehte die Augen und grinste.

Svenja lachte. »Es ist der Kelch«, sagte sie. »Und es stimmt. Natürlich hatte ich gehofft, das Ergebnis sei negativ. Aber positiv ist zum Glück nicht gleichbedeutend mit krank. Es heißt nur, ich kann die Krankheit bekommen.«

Ihr war klar, dass Andy das wusste, aber sie hatte Angst davor, auf das eigentliche Thema zu sprechen zu kommen.

»Es ist gut, wenn du darüber sprichst«, sagte Andy. »Weiß Ben es schon?«

Svenja nickte. »Wir haben miteinander telefoniert.« Sie zeigte zum Tisch. »Er kommt gegen sieben, dann feiern wir.«

Andy zog eine Augenbraue hoch. »Du feierst, dass du positiv bist? Sehr ungewöhnlich.«

»Nein, eher, dass ich den Mut hatte, mich testen zu lassen«, erklärte Svenja.

»Das macht Sinn. Außerdem muss man jede Gelegenheit zum Feiern nutzen.« Er trank sein Glas aus, stellte es auf den Couchtisch und erhob sich. »Ich sollte mich zurückziehen. Du hast sicher noch eine Menge vorzubereiten.«

Svenja lachte. »Nein, es wird alles geliefert. Und ich wollte noch über etwas anderes mit dir reden. Nur kurz«, fügte sie schnell hinzu, als sich seine Stirn runzelte.

Er seufzte. »Ich nehme an, es geht um Hannah.«

Svenja nickte nur.

Andy zögerte, schaute kurz in die Richtung, in der sein abgetrenntes Apartment lag, nahm wieder auf dem Sessel Platz, blieb aber auf der Vorderkante sitzen.

»Ich will mich nicht einmischen«, begann Svenja, aber er hob die Hand, um sie zum Schweigen zu bringen.

»Ich weiß, Hannah ist nicht nur deine Tante, sondern auch deine Vertraute und Freundin«, sagte er. »Ich weiß auch, dass sie leidet. Du musst mir glauben, wenn ich sage, dass ich das nicht gut finde. Es könnte der Eindruck entstehen, ich ließe sie büßen für die letzten Jahre.« Svenja wollte protestieren, aber er hob wieder die Hand. »Nein, lass mich bitte weiterreden.« Doch er schwieg. Svenja konnte sehen, wie es in ihm arbeitete. Schließlich atmete er tief durch und fuhr fort, wobei er sich mehrmals räuspern musste: »Ich liebe Hannah immer noch. Und ich glaube ihr, wenn sie sagt, dass sie mich auch liebt. Aber ich bin mir nicht sicher, ob das mit uns beiden funktioniert.« Räuspern. »Ich, ich muss mir über einiges klar werden, aber das ist momentan so verdammt schwierig. Alles bricht über uns herein, uns bleibt kaum Zeit zum Verschnaufen, geschweige denn, zum Nachdenken. Ich weiß, ich müsste dringend mit ihr reden, aber es geht nicht.« Er wischte sich über die Augen. »Es geht einfach nicht.«

Svenja sprang auf, ging um den Tisch herum zu ihm und umarmte ihn. »Es tut mir leid«, murmelte sie. Sie hatte bisher nicht das enge Verhältnis zu ihm gehabt wie Ben, der seit Jahren mit Andy zusammenwohnte, auch wenn beide ihren eigenen Bereich hatten. Und gerade, weil sie sah, wie sehr ihre Tante litt, hatte sie bewusst mehr Abstand gehalten. Aber Andy litt ebenfalls unter dieser Situation, das war mehr als deutlich. Er verdiente ihr Mitgefühl ebenso wie Hannah.

Sie schreckte hoch, als hinter ihnen eine Stimme sagte: »Gruppenkuscheln? Da komme ich gerade richtig.«

Ben stand ein paar Schritte hinter ihnen und grinste.

Svenja sprang einen Schritt zurück. »Ich ..., wir ...«, stammelte sie, unsicher, wie Ben die Situation auffassen würde.

Der lachte. »Keine Bange, ich ziehe keine falschen Schlüsse. Andy weiß, was ihm blüht, wenn er sich mit mir anlegt.« Es klang witzig, aber Svenja sah an seinen Augen, dass er besorgt war.

Andy war inzwischen aufgestanden. »Ich habe dich schon viel zu lange aufgehalten«, sagte er zu Svenja, als habe er um das Gespräch gebeten. Er gab Ben im Vorbeigehen einen leichten Stoß in die Seite. »Ich wünsche euch einen schönen Abend.«

Schweigend warteten sie, bis er in seinem Apartment verschwunden war.

»Ich bin ein Idiot«, sagte Svenja leise.

»Erstens stimmt das nicht und zweitens bin ich überzeugt, dass du nur im besten Sinne gehandelt hast.« Ben nahm sie in den Arm und küsste sie. »Ich bin froh, hier zu sein.«

»Ich auch«, antwortete Svenja. Dann nahm sie allen Mut zusammen und sagte: »Auch wenn der erste Versuch kläglich gescheitert ist, würde ich es gerne noch einmal versuchen. Zu reden«, fügte sie hinzu, für den Fall, dass Ben nicht verstand.

»Wenn ich auch so etwas bekomme«, erwiderte er und deutete auf Andys Glas.

»Na klar«, sagte Svenja, holte ihm einen Whiskey und füllte ihr Portweinglas auf. Ernst standen sie sich sekundenlang gegenüber, bis Ben sagte: »Auf wen oder was trinken wir?«

»Auf die Liebe«, schlug Svenja vor. Er nickte, sie stießen an und tranken, ohne sich aus den Augen zu lassen. Anschließend beugte Ben sich vor, um sie zu küssen. Sie konnte deutlich den scharfen Whiskey schmecken, aber es machte ihr nichts aus.

Sie kamen dann erst einmal nicht zum Reden, weil Christine das bestellte Essen brachte. Svenja dachte mit einem kurzen Bedauern an Nadja, die sicher enttäuscht war. Aber sie hatte gerade erneut gelernt, dass es nichts brachte, sich in die Angelegenheiten anderer Menschen zu mischen. Wenn Nadja auf Petér stand, musste sie selbst schauen, wie sie an ihn rankam.

Endlich war der Wein geöffnet, probiert, dekantiert und eingeschenkt, das warme Essen im Backofen und die Vorspeise hübsch drapiert auf den Tellern. Sie saßen sich gegenüber und genossen für einen Moment den grandiosen Ausblick.

»Ich vermute, du willst über uns reden«, begann Ben. Er wirkte äußerlich ruhig und entspannt, nur ein Zucken am linken Auge verriet, wie nervös er war.

»Ja, das wollte ich«, bestätigte Svenja. »Aber ich bin mir nicht mehr sicher, ob es eine gute Idee ist. Wir haben in den letzten Wochen und Monaten so viel geredet, dennoch habe ich das Gefühl, dass wir keinen Schritt weiter sind. Nein.« Sie schüttelte den Kopf. »Das ist nicht richtig. Dass *ich* keinen Schritt weiter bin.«

Ben sog die Luft scharf ein, sagte aber nichts.

Svenja schaute ihn unsicher an. Sie wollte ihn nicht verletzen, aber sie musste ihm sagen, was in ihr vorging. Sein Blick war erwartungsvoll, aber auch voller Angst.

Sie nahm einen Schluck Rotwein, schluckte, atmete, seufzte.

»Es hilft nichts«, sprach sie sich selbst Mut zu. Sie nahm Bens Hand, drückte sie und sagte: »Zunächst möchte ich, dass du weißt, dass ich dich nicht verletzen will. Ich bin nicht sehr geübt, was solche Gespräche angeht. Wie du weißt, wurde in meiner Familie alles totgeschwiegen. Wenn also manches böse klingt, musst du wissen, dass ich es nicht so meine.«

Ben nickte.

»Okay.« Svenja ließ seine Hand los, um sich besser auf sich selbst konzentrieren zu können. »Zunächst einmal gibt es die sehr verwirrende Tatsache, dass ich immer, wenn ich von dir getrennt bin, mir sehnlichst wünsche, du wärst bei mir. Sind wir dann zusammen, denke ich ständig: Wie schön war doch ein Leben ohne Mann. Versteh mich richtig: Es geht nicht um dich als Person, sondern als Mann.« Sie grinste schief. »Das haben wir nun von der Emanzipation.«

Da Ben nicht reagierte, sondern sie nur weiter anschaute, fuhr sie fort: »Ich weiß, dass ich mit dir zusammen sein will. Ich weiß aber auch, dass es mir auf die Nerven geht, wenn wir ständig zusammen sind. Ich ... ich fürchte, mir geht es ein bisschen wie Hannah.« Sie ergriff erneut Bens Hand. »Ich fühle mich manchmal von deiner Liebe erdrückt.«

Puh! Nun war es raus. Vorsichtig schaute sie zu Ben, dessen Miene keine Regung verriet. Nicht einmal seine Augen sagten ihr etwas über seinen Gemütszustand. Was hatte das zu bedeuten? Svenja durchfuhr ein eisiger Schrecken. Das konnte nur heißen, dass er es genauso sah. Also nicht das mit der Liebe, denn sie hatte ihm bisher nicht gesagt, dass sie ihn liebte. Aber das mit dem sich-auf-die-Nerven-gehen. Hieß das, dass sie sich trennen müssten?

»Sag doch was, bitte«, flüsterte sie.

Ben musste sich räuspern, was sie an das verpatzte Gespräch mit Andy erinnerte.

Heute bist du eine Männermörderin, fuhr es ihr durch den Kopf. In einer anderen Situation hätte Svenja darüber gelacht, jetzt fand sie es furchtbar.

»Willst du dich trennen?« Ben hatte so leise gesprochen, dass sie beinahe überhört hätte.

»Was? Nein!« Sie schrie es fast. »Nein!«, bekräftigte sie mit normaler Stimme und drückte seine Hand. »Ich will mich nicht trennen.« Sie betonte jedes einzelne Wort.

Erleichterung überflutete Bens Gesicht.

Svenja schossen Tränen in die Augen. Und sie war doch ein Idiot! Sie stand auf, ging um den Tisch herum, ohne Bens Hand loszulassen, setzte sich auf den Stuhl neben ihn und schmiegte sich an ihn.

»Es tut mir leid. Ich bin nicht nur ungeübt, sondern auch nicht sehr diplomatisch in solchen Dingen.«

»Ich liebe dich so, wie du bist«, sagte Ben. Er klang erschöpft. »Was kann ich tun, damit ich dich nicht erdrücke?«

Svenja schüttelte den Kopf. »Ich weiß es nicht, offen gestanden. Ich denke, es liegt an mir, nicht an dir.« Sie dachte kurz nach, beschloss, den eingeschlagenen Kurs beizubehalten. »Die Beziehungen mit Magnus und Frank waren alles andere als gut, da erzähle ich dir nichts Neues. Vermutlich habe ich insgeheim Angst, dass diese Beziehung ebenso enden wird. Was natürlich Blödsinn ist.«

»Warum?«, unterbrach Ben sie.

»Warum was?«

»Warum denkst du, dass das Blödsinn ist? Es gibt doch keine Garantie.«

Svenja rückte von ihm ab und starrte ihn an. »Was willst du damit sagen?«

»Nichts Konkretes. Nur, dass es für niemanden eine Garantie gibt, dass eine Beziehung ewig hält. Ich denke, wir sind uns einig, dass wir es nicht wie unsere Eltern und Großeltern machen und beisammenbleiben würden, bis dass der Tod uns scheidet, wenn es nicht mehr liefe. Oder?«

Zögernd schüttelte Svenja den Kopf. »Nein, vermutlich nicht«, stimmte sie leise zu.

»Warum also sollten wir uns selbst den Druck machen? Lass es doch einfach laufen und genieße es. Wenn es gut läuft, ist es wunderbar; wenn wir merken, es geht nicht, trennen wir uns.«

Svenja war sprachlos. Sie hätte nie gedacht, dass Ben ihr Verhältnis so kühl und – ja, beinahe abgebrüht – sehen würde. Und wieder fiel ihr die Parallel zu ihrer Tante und Andy auf. Hannah war sich Andys Liebe zu sicher gewesen. Und auch sie war der Meinung gewesen, dass Bens Liebe für sie beide reichen würde. Bis jetzt.

Der Schock der Erkenntnis traf sie tief. Sie war verwirrt, nicht nur, was ihre eigenen Gefühle anging, sondern auch ihre Einstellung zu der ganzen Beziehung. Hatte sie sich selbst permanent etwas vorgemacht?

Sie zog sich zurück und wäre beinahe gestolpert. Ben griff nach ihr und hielt sie. Auch das war typisch: Sie fiel, Ben fing sie auf. Das konnte nicht der Sinn und Zweck einer Beziehung sein.

»Es ..., es tut mir leid, aber ich muss raus. Ich muss nachdenken.« Ihr Blick fiel auf das unangetastete Essen. »Sorry, ich hatte das alles ganz anders geplant.« Sie fühlte die Tränen kommen und schwieg.

Ben ließ sie los und stand auf. »Egal, was du tust, versprich mir, dass du mit jemandem darüber redest. Okay?«

Sie nickte.

Er holte ihren Mantel und ihre Tasche. Sie war einerseits wütend, weil er es so leichtnahm und nicht um sie kämpfte, andererseits war sie genau deshalb auch dankbar. Es schien, als akzeptiere er ihre Entscheidung.

Bevor sie sich weitere Gedanken darüber machen konnte, ob Ben nun gleichgültig oder sehr tolerant war, schlüpfte sie in den Mantel, den er ihr hinhielt, nahm ihre Tasche, suchte ihr Handy, das sie achtlos in die Manteltasche steckte, und nahm ihren Schlüssel vom Haken. Einen Moment lang erwartete sie, dass Ben sie bitten würde, den Schlüssel hierzulassen, aber nichts dergleichen geschah.

»Ich bin in meiner Wohnung«, sagte sie. »Ich melde mich.«

»Ja, mach das.« Ben hatte sie nicht zur Tür begleitet, sondern war mitten in dem riesigen Raum stehen geblieben. Sie war versucht, sich noch einmal umzudrehen, aber sie zwang sich dazu, das Loft ohne einen Blick zurück zu verlassen. Zum Glück fuhr der Aufzug direkt in die Tiefgarage, wo sie ihr Fahrrad neben Bens neuem E-Auto abgestellt hatte.

Da sie wusste, dass der Lift kameraüberwacht war, versuchte sie, die Tränen so lange wie möglich zurückzuhalten. Doch in der Garage war es um sie geschehen. Sie kauerte sich hinter eine Säule und heulte minutenlang. Irgendwann spürte sie die Kälte durch den Mantel hindurch und rappelte sich auf. Eine Blasenentzündung war genau das, was sie jetzt noch zusätzlich brauchte.

Da sie keine Lust hatte, mit dem Fahrrad zu fahren, lief sie die Rampe hinauf, verließ das Grundstück und rief mit dem Handy in der Taxizentrale an, um einen Wagen zu ordern. Der kam innerhalb weniger Minuten. Erschöpft ließ sie sich auf die Rückbank fallen. Sie nannte der Fahrerin die Adresse und bat sie, die Musik lauter zu drehen, damit klar war, dass sie nicht reden wollte.

In ihrer Wohnung fühlte sie sich fremd. Als sie sich von Frank getrennt hatte, war sie ihr Zufluchtsort gewesen, die

Höhle, in die sich hatte zurückziehen und ihre Wunden lecken können. Jetzt fühlte sie sich wie ein Gefängnis an.

»Das ist doch Blödsinn«, sagte Svenja laut und riss alle Fenster auf, um frische Luft hereinzulassen. Die Putzfrau kam zwar zwei Mal pro Woche, um nach dem Rechten zu sehen, dennoch roch es abgestanden und staubig.

Achtlos warf Svenja Mantel und Tasche über einen Stuhl, holte sich ein Glas Wasser aus der Küche, setzte sich an den Esstisch in ihrem kleinen Wohnzimmer und versuchte, die Gedankenflut in ihrem Kopf zu ordnen.

Am liebsten wäre sie nach Mailand gefahren, um mit Federico über das ganze Malheur zu sprechen. Er war die neutralste Person, auch ihr gegenüber. Hannah schied aus, ein Gespräch über ihre Beziehung würde sie nur wieder auf die eigenen Probleme aufmerksam machen.

Hatte sie denn niemanden zum Reden?

Seit sie in München lebte, hatte sie keine Gelegenheit gehabt, neue Freundschaften zu schließen. Zumindest keine, die ein vertrauliches Gespräch über Beziehungsprobleme beinhalteten. Aber auch in Hamburg fiel ihr niemand ein, dem sie ihr Herz hätte ausschütten können. Angie, ihre angeblich beste Freundin, die keine Skrupel gehabt hatte, sich Magnus zu angeln, war ganz sicher nicht die richtige. Wenn sie ehrlich war, waren sie schon lange keine Freundinnen gewesen, sondern nur zwei Frauen, die sich regelmäßig zu gesellschaftlichen Anlässen trafen.

Eine Idee manifestierte sich durch alle wirren Gedanken hindurch in ihrem Kopf. Svenja überprüfte sie, befand sie für gut, holte ihr Handy aus der Tasche und buchte einen Flug nach Hamburg. One way.

Svenja weilte seit zehn Tagen in Hamburg. Sie hatte sich von Dr. Lübbers, dem Hausarzt ihrer Eltern, wegen Burn-out krankschreiben lassen und dachte inzwischen ernsthaft darüber nach, ihren Job zu kündigen.

Ihre Mutter beschwor sie, damit zu warten, bis sie eine endgültige Entscheidung getroffen hatte. »Wirf nicht Jahre deines Lebens einfach so weg«, mahnte sie.

Svenja war glücklich, dass sich das Verhältnis zu ihrer Mutter so gut entwickelte. In den ersten Tagen, als sie immer wieder um ein Gespräch bat, hatte sie sich nach wenigen Minuten in sich zurückgezogen, doch allmählich war es Svenja gelungen, zu ihr durchzudringen.

Mit ihrem Vater tat sie sich wesentlich schwerer. Immer wieder schob er wichtige Geschäftstermine vor, bis Svenja ihm eine Anfrage via Outlook schickte.

»Was willst du denn besprechen?«, knurrte er, als sie sich trafen. Svenja hatte einen Italiener vorgeschlagen, ihr Vater schätzte eine gute Pizza sehr.

»Ich möchte einfach mal unter vier Augen mit dir reden«, erwiderte sie. »Vor allem möchte ich wissen, wie es dir geht.«

Er schaute mit gerunzelter Stirn hinter der Speisekarte hervor. »Deshalb hast du mich hierhergebeten? Das hättest du einfacher haben können.«

»Nein! Zuhause gehst du mir permanent aus dem Weg. Und wenn ich dich beim Frühstück frage, wie es dir geht, brummst du nur ›Gut, wie immer.‹«

»Es geht mir ja auch gut«, sagte er. »Es ist viel zu tun, aber das ist nichts Neues. Zum Glück ziehen die Geschäfte wieder an.« Erneut verschanzte er sich hinter der Karte. Als der Ober kam, bestellte er wie gewohnt eine Pizza Quattro Stagioni und ein alkoholfreies Bier.

Svenja unterdrückte ein Lachen. Ihr Vater war so vorhersehbar. Sie bestellte einen Salat mit Pilzen und Putenstreifen und ein Mineralwasser.

Sie wartete, bis die Getränke kamen, und sagte: »Ich würde gerne wissen, wie du zu Mamas Affäre stehst.«

»Das sind doch olle Kamellen«, gab er unwirsch zurück. »Das ist alles längst geklärt.«

»Für dich, für euch vielleicht, nicht aber für mich. Vergiss nicht, ich weiß erst seit kurzem davon, dass ich ein Kuckuckskind bin.«

»Blödsinn! Du warst und bist und wirst immer meine Tochter sein.« Er trank das halbe Glas auf einen Zug leer und wischte sich den Schaum vom Mund.

»Wie hast du damals reagiert, als du von der Affäre erfahren hast?« Svenja hätte gerne seine Hand genommen, aber sie wagte es nicht. Berührungen waren in der Familie genauso ungewöhnlich wie solche Gespräche. Eine Herausforderung reichte für den Anfang.

Ihr Vater schaute sie zum ersten Mal richtig an. »Wie soll ich schon reagiert haben? Natürlich war ich schockiert«, sagte er.

»Entschuldige, wenn ich noch etwas frage«, erwiderte Svenja vorsichtig. »Es geht mich eigentlich nichts an, aber ich wüsste es dennoch sehr gern. Hast du Mama geliebt, als ihr geheiratet habt?«

»Was ist denn das für eine Frage?« Er klang aufrichtig entrüstet. »Natürlich habe ich sie geliebt. Ich hätte sie sonst wohl kaum geheiratet.«

Svenja wiegte den Kopf hin und her. »In bestimmten Kreisen werden Ehen auch mal arrangiert«, warf sie leise ein.

»Was heißt denn ›in bestimmten Kreisen‹? Wir sind doch keine Hottentotten.«

Svenja biss sich auf die Lippe, um nicht laut loszulachen. Zum Glück kam in diesem Augenblick das Essen.

»Guten Appetit«, wünschte sie ihrem Vater.

»Hm«, machte er zunächst und beäugte die Pizza. Dann besann er sich auf seine guten Manieren und erwiderte den Wunsch.

Eine Zeitlang aßen sie schweigend.

»Ja, ich habe sie geliebt«, begann Rasmus leise. »Ich liebe sie immer noch.« Er schwieg einen Moment, fuhr dann noch leiser fort: »Auch wenn man das nicht unbedingt merkt.«

Svenja nahm all ihren Mut zusammen und legte kurz eine Hand auf die ihres Vaters. »Sag es ihr einfach mal«, schlug sie vor.

»Als wenn das so einfach wäre.«

Sie lächelte. »Da komme ich dann wohl doch nach dir. Ich habe Ben bisher auch nicht gesagt, dass ich ihn liebe.«

Rasmus legte das Besteck hin und schaute sie aufmerksam an. »Und – liebst du ihn?«

»Ich denke ja.«

»Du denkst?«

Svenja zögerte, aber schließlich verlangte sie von ihrem Vater, dass er über seine Gefühle sprach, also musste sie ihm gegenüber genauso offen sein. In knappen Worten schilderte sie ihm ihre Zerrissenheit, wenn sie mit Ben zusammen war und wenn nicht.

Er nahm das Besteck wieder auf und dachte offensichtlich über das Gehörte nach.

»Du brauchst eine eigene Nische«, sagte er schließlich.

»Was?« Vor ihren Augen entstand ein Bild, in dem sie wie eine Statue in einem Museum in einer Wandnische stand.

»Du brauchst etwas, was nur dir gehört«, erklärte Rasmus. »Und ich meine nicht den Job. Such dir etwas, was nur du allein machst, also ohne Ben. Es ist nicht gut, zu sehr aufeinander zu hocken. Jeder braucht seinen Bereich.«

Erstaunt schaute Svenja ihren Vater an. Seit wann war er so klug? Und noch dazu in Beziehungsdingen?

»Schau mich nicht so an, ich bin nicht von gestern«, knurrte er, musste aber lächeln. »Auch wenn es manchmal so wirkt.«

»Ich bin wirklich überrascht«, gestand Svenja. »Aber auf jeden Fall positiv.« Sie zögerte. »Wieso haben wir nicht schon früher miteinander geredet?«

Die Antwort kam wie aus der Pistole geschossen. »Weil es in unserer Familie nicht üblich war.«

»Wir sollten das dringend ändern«, antwortete Svenja.

Sie taten es an Ort und Stelle. Rasmus verschob dafür zwei Termine, sie aßen einen Nachtisch, tranken Kaffee und orderten schließlich Wein. Ihr Vater öffnete sich mehr und mehr, es schien, als habe er all die Jahre nur darauf gewartet, dass jemand ihn nach seinen Gefühlen fragte.

»Als Kerstin mir ein paar Wochen nach der Geburt gestand, dass ich nicht dein biologischer Vater bin, war ich wie vor den Kopf geschlagen. Okay, ich war damals viel auf Reisen, aber ich hatte nie das Gefühl gehabt, dass es Kerstin an etwas mangelte.« Er stockte, dachte nach, schüttelte den Kopf. »Was natürlich Blödsinn ist. Mir war klar, dass sie unter der Situation litt. Du weißt, wie das ist ...« Er schaute sie an, lachte plötzlich. »Nein, zum Glück weißt du nicht, wie das ist, du warst immer ein bisschen außen vor in der Familie.« Er wischte sich über das Gesicht. »Knud ließ mir nie eine Wahl, es stand von vornherein fest, dass ich sein Nachfolger werden würde. Nach meinen Wünschen wurde nicht gefragt.«

»Was hättest du gerne gemacht, wenn du die Wahl gehabt hättest?« Svenja war ehrlich interessiert.

Er lachte. »In jungen Jahren habe ich davon geträumt, zur See zu fahren. Ist in Hamburg nichts Besonderes. Ich wollte reisen, mich in der Welt umsehen, fremde Länder kennenlernen. Das alles hatte ich später auch, aber anders als geplant. Die Reisen waren durchgetaktet, es blieb kaum Zeit zum Durchschnaufen, geschweige denn, zum sich Umsehen. Und irgendwann bist du in dem Trott drin, vergisst, was du eigentlich wolltest und denkst, es ist gut, wie es ist.«

Svenja schaute ihn fasziniert an. Ihr Vater als Seemann? Ja, das konnte sie sich gut vorstellen. Inzwischen wäre er sicher Kapitän, hätte eine schicke Uniform an und einen langen, grauen Bart. Er wäre die gleiche Respektsperson wie jetzt, aber er wäre vielleicht glücklicher.

»Bist du glücklich?«, fragte sie.

Rasmus zuckte mit den Schultern. »Was heißt schon ›glücklich‹? Ich bin nicht unglücklich, das ist auch schon was, oder? In ein paar Jahren, wenn Hendrik übernimmt, kann ich alles nachholen, was ich versäumt habe. Zusammen mit deiner Mutter übrigens«, schob er nach.

»Hatte Hendrik eine Wahl?«

Er lachte. »Oh ja, hatte er. Aber er kommt absolut nach Knud. Von klein auf wollte er nur eines: die Firma übernehmen.«

Svenja konnte sich das bei ihrem Bruder gut vorstellen. Er wirkte manchmal tatsächlich ein bisschen wie ihr Großvater.

»Stimmt es, dass Großvater Mama die Jungs weggenommen hätte, wenn sie dich verlassen hätte?«

Ihr Vater seufzte. »Offen gestanden, ich weiß es nicht. Ich habe das zum Glück erst viel später erfahren. Ich kann dir nicht sagen, wie ich darauf reagiert hätte. Vermutlich hätte ich es gutgeheißen. Kerstin, deine Mutter, teilte mir eines Tages mit, dass sie Federico nicht mehr sehen würde. Das war's. Ich habe nie erfahren, warum sie sich so und nicht anders entschieden hat. Das musst du sie selbst fragen.«

»Das habe ich. Es war Großvaters Drohung, ihr Hendrik und Christian wegzunehmen.«

Rasmus schwieg lange. Er war seit jeher ein äußerst beherrschter Mann gewesen, der auch in schwierigsten Verhandlungen sein Pokerface behalten konnte. Doch etwas in ihm schien zerbrochen zu sein. Svenja konnte deutlich sehen, wie es in ihm arbeitete. Als er ihre Hand ergriff, wäre sie beinahe zurückgezuckt, so ungewohnt war die Berührung.

»Es tut mir sehr leid«, begann er. »In unserer Familie ist einiges schiefgelaufen.«

»Es ist nie zu spät, neu anzufangen«, erwiderte Svenja und fragte sich, ob das nun an ihren Vater oder an sie selbst gerichtet war. Wahrscheinlich an sie beide.

Rasmus schaute auf die Uhr. »Es tut mir wirklich leid, aber den nächsten Termin muss ich wahrnehmen, sonst steigt Knud aus dem Grab und bringt mich um.«

Sie lachten bei der Vorstellung. Als er seine Brieftasche

zücken wollte, hielt Svenja ihn davon ab. »Nein, das ist meine Einladung. Ich zahle.«

»Danke«, sagte ihr Vater und sie war sich sicher, er meinte nicht nur die Einladung. »Wir sollten das häufiger machen. Vielleicht auch zusammen mit deiner Mutter.«

»Jederzeit«, antwortete Svenja und schob den Gedanken an München weit von sich.

Sie telefonierte regelmäßig mit Ben, aber es fühlte sich immer noch wie ein Eiertanz an. Bestimmte Themen wurden ausgespart, er fragte auch nie, wann sie zurückkommen würde. Ob sie zurückkommen würde. Wie schon die ganze Zeit war sie darüber erleichtert und wütend zugleich. Warum, verdammt noch mal, kämpfte er nicht um sie? Aber hatte sie das als emanzipierte Frau überhaupt nötig? Brauchte sie wirklich das Gefühl, erobert zu werden?

Am Wochenende überredete ihre Mutter sie dazu, sie auf den Golfplatz zu begleiten.

»Seit wann spielst du Golf?«, fragte Svenja verwundert.

Ihre Mutter lachte. »Seit einigen Jahren. Du warst mehr für Segeln und Tennis«, erinnerte sie sie an die früheren Zeiten in Hamburg. Svenja kam es vor, als sei es in einem anderen Leben gewesen.

Sie fuhren eine Weile Richtung Norden und bogen eine gute halbe Stunde später auf dem Parkplatz des Golfclubs ein. Kerstin hatte sich mit ihrer Freundin Silvia zu einer Partie verabredet, mehr war durch die Pandemie nicht möglich.

»Wenigstens sind wir an der frischen Luft«, sagte Silvia und begrüßte sie mit einem Winken.

Svenja lief hinter den beiden Frauen her und wunderte sich, dass sie plapperten und lachten wie zwei Teenager, die sich wochenlang nicht gesehen hatten.

Am vierten Loch begann sie sich zu langweilen und schaute

zu den anderen Gruppen, die auf dem Platz spielten. An einem Gesicht blieb sie hängen, war sich sicher, sich getäuscht zu haben, schaute weiter, kehrte zurück zu dem Mann und der Frau am dritten Loch. War das Magnus? Er sah so anders aus, dennoch schien er es zu sein.

Da weder ihre Mutter noch Silvia sie beachteten, lief sie den Weg zurück. Noch hatte er sie nicht bemerkt, da er sich auf seinen Schlag konzentrierte.

»Hallo Magnus«, sagte sie, nachdem er den Ball abgeschlagen hatte.

Überrascht sah er hoch. Ein Lächeln erschien auf seinem Gesicht, als er sie erkannte.

»Wow, Svenja, ich habe dich gar nicht gesehen.« Er ließ den Schläger fallen und kam auf sie zu. Kurz vor einer Umarmung stoppte er. »Blödes Virus«, murmelte er und hob die Hand zum Gruß.

Er sah gut aus. Er musste mindestens zehn Kilo abgenommen haben, seine blonden Haare waren noch kürzer als sonst, aber es stand ihm.

»Ja, ist eine Ewigkeit her«, sagte Svenja und schaute neugierig zu der jungen Frau, die sich nicht um sie kümmerte, stattdessen damit beschäftigt war, einen Schläger auszuwählen. Sie hatte dunkle, kurze Haare, trug die übliche Golfkleidung, die auf Außenseiter immer etwas seltsam anmutete, und auf dem Kopf eine Baseballkappe.

»Mara, Schatz«, sagte Magnus. »Schau mal, ich möchte dir jemanden vorstellen.«

Als Mara hochsah, bemerkte Svenja, dass sie ungeschminkt war. Sehr ungewöhnlich für eine Begleiterin von Magnus. Sie ließ die Tasche mit den Schlägern stehen und kam zu ihnen.

»Hallo«, sagte sie und lächelte. Es war, als ginge die Sonne auf.

»Mara, das ist Svenja«, sagte Magnus zu ihr. »Svenja, das ist meine Verlobte Mara.«

»Freut mich sehr«, murmelten beide zeitgleich, Mara fügte

jedoch noch hinzu: »Wie schön, dass ich Sie endlich kennenlerne.«

Svenja war zu überrascht, um etwas zu sagen. Seine Verlobte? Sie war überhaupt nicht sein Typ!

Magnus schien ihre Gedanken zu spüren. »Ich weiß, das kommt etwas überraschend.« Er grinste und legte den Arm um Mara. »Das war es auch für mich, ehrlich gesagt.« Er drücke Mara an sich. Da sie einen Kopf kleiner war als er, musste sie zu ihm hochschauen. Dennoch hatte es nichts Unterwürfiges an sich.

Magnus ließ Mara los und trat einen Schritt auf Svenja zu. »Ich muss mich bei dir entschuldigen.« Er schüttelte den Kopf. »Nein, falsch. Ich *möchte* mich bei dir entschuldigen. Ich habe mich wie der letzte Idiot benommen und dich schlecht behandelt. Ich habe dich sehr verletzt. Es tut mir leid.«

Im Gegensatz zu seinem letzten Entschuldigungsversuch spürte Svenja, dass er diesmal ernst meinte.

»Entschuldigung angenommen«, sagte sie. »Lass uns nicht mehr darüber reden. Du siehst gut aus.«

»Mir geht es auch gut.« Mara war wieder an seine Seite getreten. Er schaute sie liebevoll an. »Ich habe eine Therapie gemacht.« Er lachte, als er Svenjas Erstaunen sah. »Ja, hätte ich auch nicht gedacht, dass ich sowas mal machen würde. Aber ich habe irgendwann eingesehen, dass es so nicht weitergeht. Ich war regelrecht sexsüchtig.« Er ergriff Maras Hand, führte sie zu seinem Mund und drückte einen Kuss darauf. Es wirkte vollkommen natürlich.

Svenja sah zum ersten Mal seit vielen Jahren den Magnus, in den sie sich einmal verliebt hatte.

»Aber das Beste, das mir passiert ist«, fuhr er gut gelaunt fort, »ist diese wunderbare Frau.« Erneut legte er den Arm um Mara und strahlte dabei eine Ruhe und Gelassenheit aus, dass Svenja fast ein wenig neidisch auf die Frau wurde.

»Ich freue mich für dich, für euch«, sagte sie.

»Wie geht es dir?«, wollte Magnus nun wissen.

»Auch ganz gut«, sagte Svenja schnell. »Ich bin gerade auf Familienbesuch hier.« Sie zeigte zu ihrer Mutter und deren Freundin, die sich irgendwo zwischen viertem und fünftem Loch aufhielten.

»Wie geht es Ben?«, fragte Magnus. »Bist du noch mit ihm zusammen? Na ja«, schob er nach, als Svenja ihn verblüfft ansah. »Die Gerüchteküche. Hier kann man nichts verheimlichen.«

Svenja stieß ein Lachen aus, das ihr wie ein Schluchzer vorkam. Natürlich wusste in gewissen Kreisen jeder über jeden Bescheid. Es war ihr sehr recht, dass in diesem Augenblick ihre Mutter winkte.

»Ich muss los. Es war wirklich schön, dich wiederzusehen«, sagte sie zu Magnus. Und zu Mara gewandt: »Und dich kennengelernt zu haben. Vielleicht klappt es mal mit einem ordentlichen Treffen, wenn wir wieder normale Zeiten haben.«

»Das wäre schön«, sagte Magnus und Mara wie aus einem Mund und winkten ihr nach.

Svenja ließ sich extra viel Zeit, sie musste diese Begegnung erst einmal verdauen. Noch nie hatte sie Magnus so glücklich gesehen. Sie gönnte es ihm von Herzen, daran gab es keinen Zweifel. Die Bedenken galten eher ihr. Warum schaffte sie es nicht, in einer Beziehung glücklich zu sein? Magnus, Frank und nun auch noch Ben – mit keinem der Männer hielt sie es aus. Dabei war sie sich so sicher wie noch bei keinem, dass sie Ben liebte. Nur – was half das?

Ben Häusgen

Kämpf um sie!

»Ich fürchte, wir müssen auch diese beiden Firmen abwickeln«, sagte Fiona.

Ben rieb sich über die Augen. Ihm war immer klar gewesen, dass es nicht nur aufwärts gehen konnte, aber dass es ausgerechnet jetzt sein musste, wo schon das Virus die Menschen belastete. Nun würden sie auch noch ihren Arbeitsplatz verlieren.

»Von wie vielen reden wir?«, fragte er.

»Zirka dreihundert.« Fiona blätterte in Papieren auf ihrem Tisch. »Wenn wir die zwei nicht opfern, reißen sie die anderen drei womöglich mit sich. Dann werden es schnell weit über tausend«, sagte sie leise.

»Ich weiß.«

In Augenblicken wie diesen verfluchte Ben sein Glück, das er in den letzten Jahren gehabt hatte. Wäre er ein normaler Angestellter in einer Firma, müsste er sich nicht um den Job und damit das Leben anderer Menschen sorgen. Dank der Millionen, die er durch den Verkauf der App erzielt hatte, war er zum Investor geworden. Ihm war immer wichtig gewesen, den Firmen, vor allem aber den Menschen gegenüber Verantwortung zu zeigen. Was an diesem Tag bedeutete, dreihundert Jobs zu opfern, um tausend zu retten.

»Ich ...«, begann Fiona.

Ben hob die Hand, um sie zu stoppen. Er wusste, was sie sagen würde. Sie würde ihm anbieten, den unangenehmen Teil zu übernehmen: Gespräche mit den Geschäftsführern, das Eingeständnis vor versammelter Mannschaft, versagt zu haben, schließlich Verhandlungen mit den Betriebsräten über einen Sozialplan.

»Vereinbarst du bitte die Termine?«, bat er sie. »Du kennst meinen Kalender besser als ich«, schob er nach und zog eine Grimasse.

»Kein Wunder«, erwiderte Fiona lachend. »Ohne mich wärst du aufgeschmissen.«

»Stimmt«, gab er zu.

Es war ein altes Spiel zwischen ihnen. Aber tatsächlich war er noch nie so dankbar für Fionas Unterstützung gewesen wie in den letzten Wochen. Seit Svenja in Hamburg war, konnte er sich nicht so auf die Arbeit konzentrieren, wie es nötig gewesen wäre. Zum Glück hatte seine Geschäftsführerin alles fest im Blick und im Griff.

»Wie geht es deiner Familie?«, fragte er.

»Sie streiten, wie üblich«, antwortete Fiona und verzog das Gesicht. »Obwohl - Paps und Onkel Sam reden eigentlich nicht mehr miteinander. Dieser vermaledeite Brexit.«

Die gebürtige Britin lebte schon seit vielen Jahren in Hamburg und hatte von dort aus mit wachsendem Entsetzen die

Entwicklung in ihrer Heimat verfolgt. Der Streit um den EU-Austritt ging dabei mitten durch ihre Familie: Ihr Vater war für remain, sein Bruder Sam für leave. Zu Beginn der Debatte hatten sie immerhin noch miteinander diskutiert, aber irgendwann war der Punkt erreicht, wo sie sich nur noch anschwiegen.

»Johnson macht alles nur noch schlimmer mit seinen ›Unwahrheiten‹. Als Bürgermeister von London fand ich ihn noch ganz witzig, aber jetzt? – Gibt es bei dir Neues?«, lenkte sie vom ungeliebten Thema ab.

Ben schüttelte den Kopf. »Alles beim Alten.«

»Du musst etwas unternehmen, sonst verlierst du sie.«

Es war nicht das erste Mal, dass Fiona ihn ermahnte. Sie selbst hatte ihre damalige Freundin – inzwischen ihre Frau – mit einer filmreifen Szene erobert: Über gemeinsame Freunde hatte sie erfahren, dass Marianna mit ihrer damaligen Geliebten einen Kurzurlaub in Sankt Peter-Ording plante. Trotz massiver Höhenangst hatte Fiona einen Tandemsprung gebucht, war ein paar Meter entfernt vor Mariannas Füßen im Sand gelandet und hatte ihr einen Heiratsantrag gemacht, mit allem Drum und Dran.

Ben hatte bisher nichts unternommen, obwohl er sehr viel mehr Angst davor hatte, Svenja zu verlieren als ein paar Millionen Euro. Es würde immer noch ausreichend Geld übrigbleiben, um ein angenehmes Leben zu führen. Aber was wäre es ohne die geliebte Frau?

»Ich weiß«, murmelte er. »Wenn es sonst nichts zu besprechen gibt …«

Fiona lachte. »Du bist ein Feigling«, rief sie. »Zumindest, was Liebesdinge angeht.«

»Melde dich, wenn du die Termine hast«, beendete Ben das Gespräch und verließ das Online-Meeting.

Er zog einen leeren Block zu sich und versuchte, die wichtigsten Punkte bezüglich der Firmenauflösungen zu notieren. Aber seine Gedanken schweiften immer wieder zu Svenja ab.

Sie hatten erst am Abend zuvor miteinander telefoniert.

Svenja hatte ihm von ihrer Begegnung mit Magnus vorgeschwärmt. Zwar hatte sie vor allem von dieser Mara gesprochen, aber Ben war sich nicht sicher, ob Svenja nicht doch noch Gefühle ihrem früheren Verlobten gegenüber hegte.

Hätte er sich damals, als er sie – angeblich zufällig – aufgabelte und mit ihr spontan nach München fuhr, ihr gegenüber öffnen und ihr seine Liebe gestehen sollen? Ben hatte sich diese Frage immer wieder gestellt und war immer zu demselben Ergebnis gekommen: Nein, es war richtig gewesen, nichts zu sagen. Svenja hätte ihn in ihrem Kummer nur von sich gestoßen.

»Schluss jetzt«, sagte er laut. Es brachte nichts, immer und immer wieder dieselben Gedanken zu wälzen. Entschieden strich er mit der Hand über die leere Seite vor sich und begann, Punkt für Punkt aufzulisten, was er mit den Beteiligten der beiden Firmen zu besprechen hatte.

Eine Woche später ließ Ben sich erschöpft auf das Bett seines Stuttgarter Hotelzimmers fallen. Hinter ihm lagen drei lange und schwierige Gespräche. Obwohl seit Monaten abzusehen gewesen war, dass sich die Firma nicht würde halten können, wollte der Besitzer es bis zum Ende nicht wahrhaben.

Er war noch ein Unternehmer des alten Schlags, dem es nicht nur um Rendite, sondern auch um seine Mitarbeiter ging. Genau deshalb hatte Ben in seine Firma investiert. Sie hatten sich von Anfang an gut verstanden, trotz der unterschiedlichen Mentalität und des großen Altersunterschieds, denn ihr Ziel war dasselbe gewesen: die Firma retten und damit Arbeitsplätze erhalten.

Dass das nun nicht gelungen war, wollte der alte Herr nicht verstehen und nicht einsehen. In tiefstem Schwäbisch unterbreitete er Vorschlag um Vorschlag, die Ben alle für untauglich erklären musste.

Und wenn er mit seinem Privatvermögen ...?

Ben hatte ihm erklärt, dass es keinen Unterschied machen würde. Sähe er einen Sinn darin, die Firma am Leben zu erhalten, hätte er es längst mit einer erneuten Finanzspritze getan.

Das zweite Gespräch, das mehr ein Vortrag vor versammelter Mannschaft gewesen war, hatte deutlich gemacht, dass die Belegschaft realistischer war bezüglich des Zustands ihrer Firma als der Chef. Natürlich hatte es Proteste gegeben, aber sie hatten sich in Grenzen gehalten.

Der Betriebsrat hatte ihm kräftig Kontra gegeben, aber Ben hatte ihm mit dem Sozialplan, den Fiona in den letzten Tagen ausgearbeitet hatte, allen Wind aus den Segeln genommen.

Immerhin hatte Fiona nicht mehr versucht, mit ihm zu diskutieren, weil er dadurch sehr viel Geld verlieren würde. Inzwischen hatte sie akzeptiert, dass ihm die Menschen wichtiger waren.

Ben sehnte sich nach der Ruhe und der Gemütlichkeit seiner Wohnung, auch wenn das Loft seit Svenjas Weggang oft genug leer und verlassen wirkte. Er überlegte, ob er nicht doch noch nach Hause fahren sollte, entschied sich dagegen. So übermüdet und überreizt, wie er war, war das keine gute Voraussetzung für eine lange Fahrt.

Nachdem die hoteleigene Küche geschlossen blieb, bestellte Ben bei einem Lieferservice Pizza und Salat und holte sich ein Bier aus der Minibar. Er zappte sich durch die 93 Fernsehkanäle, blieb kurz bei CNN hängen, um sich auf den aktuellen Stand zu bringen, schaltete schließlich ab und wartete auf die Pizza-Lieferung.

Nach einer unruhigen Nacht, die ihm die pappige Pizza beschert hatte, checkte er aus, stieg in seinen Wagen und fuhr nach München zurück. Er hatte sich vor einigen Monaten einen Tesla zugelegt und genoss das leise Summen des Wagens. Die Power war unbeschreiblich, die Blicke, die er auf sich zog, ebenfalls. Dennoch vermisste er manchmal seinen Sportwagen, von dem er sich noch nicht hatte trennen können. Gerade an sonnigen Tagen wie diesen war das Fahren ohne Verdeck ein großer Genuss gewesen. Aber Genuss hin oder her – irgendjemand musste damit beginnen, die Umwelt zu schonen. Und er konnte es sich nun mal eher leisten als eine Familie mit Kindern. Zumindest noch.

Als er am Autobahnende auf die Verdistraße gelangte, atmete er durch. Bald war er zuhause. Als er vor fünf Jahren spontan das Loft gekauft und nach München gezogen war, hatte er sich in der Stadt fremd gefühlt, trotz der schnell entstehenden Freundschaft zu Hannah. Dann war Andy aufgetaucht und hatte ihrer beider Leben umgekrempelt.

Ben grinste. Das klang beinahe, als führten Andy und er eine Beziehung. Was gar nicht so abwegig war, immerhin bildeten sie eine WG. Seit der Ire bei ihm wohnte, fühlte er sich nicht mehr so allein in den großen Räumen. Doch erst, seit Svenja immer häufiger bei ihm übernachtete, sah es sogar als sein Zuhause an.

Er konnte sich noch gut an den Tag erinnern, als er mit dem Makler das Loft besichtigt hatte. Er hatte sofort gewusst, dass er es nehmen würde. Damals hatte er sich ausgemalt, wie er mit Svenja vor dem offenen Kamin sitzen würde. Fünf Jahre später war er dem Ziel nur einen winzigen Schritt nähergekommen.

Zwanzig Minuten später bog Ben in die Zufahrt zum Haus ein. Da er keine Lust auf small talk hatte, fuhr er aus der Tiefgarage mit dem Aufzug direkt nach oben. Das Loft wirkte kalt und abweisend, dabei war er nur zwei Tage weg gewesen.

»Andy? You're at home?«, rief er. Dass er keine Antwort erhielt, war nicht überraschend. Seit Wochen bekam er den Freund tagsüber so gut wie nie mehr zu Gesicht, und auch abends war Andy sehr selten anwesend. Und wenn, verzog er sich meist sofort in seine abgetrennten Räume.

Ben verspürte den Wunsch, ein freundliches Gesicht zu sehen, und beschloss spontan, zu Hannah zu laufen und dort zu Mittag zu essen. Außerdem würde ihm die Bewegung guttun.

Eine halbe Stunde später hatte er das Café erreicht. Die

Außenplätze waren belegt, deshalb ging er hinein. An der Tür hing ein großes Plakat, das auf die Maskenpflicht, die AHA-Regeln und die geänderten Öffnungszeiten hinwies. Darunter hing ein kleinerer Zettel, der auf den Lieferservice aufmerksam machte.

Ben trat ein und stellte schockiert fest, dass das Café leer war. Wo sonst emsige Betriebsamkeit herrschte und zahlreiche Stimmen einen summenden Grundton erzeugten, hörte er – nichts. Was nicht ganz stimmte, denn das Brummen des Kaffeeautomaten dröhnte deutlich zu ihm herüber.

Durch die geöffnete Küchentür sah er Hannahs Mitarbeiterin hantieren.

»Hallo Edi«, rief er.

Sie kam aus der Küche und schob, als sie ihn sah, rasch die Maske hoch.

»Entschuldigung«, murmelte sie. »Wenn keiner da ist, dachte ich …«

Ben lachte. »Keine Bange, ich verrate Sie nicht. Wir sind alle genervt von diesen Dingern. Ich hoffe, es geht Ihnen trotzdem gut.«

Sie nickte. Dass sie lächelte, sah er an ihren Augen, unter denen sich dunkle Schatten abzeichneten. Die Pandemie ging an niemandem spurlos vorüber.

Er deutete auf das leere Café. »Was ist hier los? Traut sich keiner rein?«, wollte er wissen.

»Doch, ein paar Mutige schon, aber die sind schon wieder weg.« Sie seufzte laut und vernehmlich. »Ich gebe zu, es ist mühsam. Wenn wenigstens der Lieferdienst laufen würde.«

»Klappt es nicht?«

»Doch, schon«, sagte Edi zögernd. »Aber es müssten sehr viel mehr Menschen bestellen, damit es sich rentiert. Immerhin hängen inzwischen fast zehn Leute drin. Hannah ist bei Bassam, falls Sie sie suchen.«

»Eigentlich wollte ich etwas essen«, sagte Ben. »Haben Sie denn etwas für mich?«

»Für Sie immer.« Sie lachte kokett. »Wollen Sie sich überraschen lassen?«

Ben nickte.

»Suchen Sie sich ein Plätzchen, Sie haben die freie Wahl«, sagte Edi. Es klang eher resigniert als sarkastisch.

Ben deutete eine Verbeugung an und setzte sich an seinen Lieblingstisch, der rechts hinten auf einer leichten Erhöhung stand. Von hier aus hatte man einen perfekten Blick über das gesamte Café, was heute nicht der ausschlaggebende Grund war. Hier standen auch die gemütlichsten Sessel.

Kurze Zeit später tischte Edi auf. Neben einem Bulgursalat mit viel Gemüse servierte sie kleine warme Törtchen, die mit verschiedenen Zutaten gefüllt waren. Zum Trinken brachte sie ihm eine Saftschorle.

»Halim hat sich mal wieder ausgetobt«, sagte sie lachend. Sie war sichtlich stolz auf den jungen Syrer.

Ben nahm von allem einen kleinen Happen und nickte anerkennend. »Er soll ruhig weitermachen«, erwiderte er und klopfte auf den Sessel neben ihm. »Setzen Sie sich doch. Ist ja keiner da, der es sieht.«

Dankbar nahm Edi die Einladung an. »Meine Füße sagen mir derzeit überdeutlich, wie alt ich bin«, sagte sie. »Eigentlich könnte ich Ende des Jahres in Rente gehen.«

»Und – werden Sie es tun?« Ben schaute sie neugierig an. Er konnte sich nicht vorstellen, dass Edi wieder in ihr beschauliches Leben zurückwollte. Andererseits könnte sie die gemeinsame Zeit mit Xaver besser genießen.

»Ich weiß es noch nicht«, gestand sie. »Wir haben schon mehrmals darüber geredet, also Xaver und ich. Ich habe auch Hannah gefragt, aber natürlich weiß ich, dass sie von dieser Idee alles andere als begeistert ist.« Erschrocken hielt sie sich die Hand vor den Mund. »Das soll nicht heißen, dass das Café ohne mich nicht auskäme«, rief sie.

Ben lachte. »Das habe ich auch nicht so verstanden.

Außerdem stimmt es ja: Was täte Hannah ohne Sie? Selbst wenn sie so gut kochen könnte wie Sie, wann sollte sie es tun?«

Edi schaute ihn dankbar an. Ben fragte sich, warum man manche Menschen so einfach glücklich machen konnte und andere nicht. Aber natürlich lagen zwischen Edi und Svenja Welten. Bei der einen ging es ums Kochen, bei der anderen um Liebe.

Das Telefon klingelte und unterbrach ihr Gespräch. Ben genoss den Rest des Essens und die Ruhe im Café. Ob Edi etwas über Svenja wusste? Wohl kaum, sie hielt sich – im Gegensatz zu ihrer Chefin – aus privaten Angelegenheiten raus. Als sie zum Abräumen kam und wissen wollte, ob er noch einen Wunsch habe, fragte Ben, ob er Hannah wohl kurz besuchen könne.

»Ich will sie nicht stören«, fügte er hinzu.

»Das ist sicher kein Problem. Am besten klopfen Sie von außen ans Fenster, wenn es nicht sowieso offensteht. Sie ist sicher auch dankbar über eine kleine Unterbrechung.« Sie zeigte auf das Tablett, auf dem das abgeräumte Geschirr stand. »Das geht übrigens aufs Haus.«

»Das kommt überhaupt nicht in Frage«, sagte Ben. Sie diskutierten eine Weile hin und her, aber schließlich ließ Edi sich davon überzeugen, dass sie den Schein, den er ihr reichte, in die Trinkgeldkasse stecken würde.

Ben bedankte sich für das wunderbare Essen, verließ das Café und wandte sich nach rechts Richtung *Litani*. Zufrieden entdeckte er die Schlange vor dem Fenster, durch das das Essen gereicht wurde. Gerade beschloss er, dass er besser an einem anderen Tag wiederkommen würde, da entdeckte ihn Hannah.

»Hallo Ben, lange nicht gesehen. Kannst du ein paar Minuten warten?«

Er nickte und wechselte auf die andere Straßenseite, um nicht im Weg zu stehen. Er musste nicht lange warten, Hannah gesellte sich kurze Zeit später zu ihm. Ihr Make up überdeckte nur notdürftig die Augenringe. Ungeduldig zog sie die Maske vom Gesicht und streifte sie über das Handgelenk.

»Werden wir diese Dinger jemals wieder loswerden?«

»Ich denke schon«, erwiderte Ben. »Wir müssen Geduld haben.«

Hannah gab ein knurrendes Geräusch von sich. »Wenn ich wenigstens rauchen würde. Dann hätte ich viel häufiger Gelegenheit dazu, das Ding abzusetzen.«

»Ich hoffe, du fängst deshalb nicht damit an.«

»Nein, natürlich nicht«, sagte Hannah. »Aber verlockend ist es schon. Wo doch angeblich Raucher besser vor Corona geschützt sind.«

»Es kursiert so viel Mist im Internet«, antwortete Ben.

»Allerdings.« Hannah schaute ihn prüfend an. »Wir sollten von etwas anderem reden.«

»Falls du Svenja meinst – da gibt es nichts Neues.«

Hannah seufzte laut. »Und wie lange willst du noch warten?«

Ben zog eine Grimasse. »Kommt es jetzt wirklich auf ein paar Tage mehr oder weniger an?«

Hannah verdrehte die Augen. »Ich bin vermutlich die letzte, die euch einen Ratschlag geben sollte.« Sie zögerte, atmete tief ein und aus, fragte dann mit leiser Stimme: »Du hast nichts von ihm gehört, oder?«

Ben schüttelte den Kopf. »Ich habe ihn seit Tagen nicht gesehen, tut mir leid.«

»Mach nicht den gleichen Fehler wie ich«, mahnte sie. »Warte nicht zu lang.«

»Ich kann sie nicht zu einer Entscheidung zwingen«, warf Ben ein.

»Kannst du oder willst du nicht?«, fragte Hannah provozierend.

»Vermutlich beides.« Jetzt war es an Ben zu seufzen. »Ich weiß nicht mehr, was ich denken soll. Geschweige denn, was ich tun soll.«

»Erobere sie«, sagte Hannah und erinnerte ihn daran, dass auch Fiona ihm genau das empfohlen hatte.

»Ich dachte, ihr Frauen seid heutzutage emanzipiert und

wollt das nicht mehr«, erwiderte er und versuchte, es spöttisch klingen zu lassen.

»Im Prinzip ja«, gab Hannah zu. »Und dennoch kann es nicht schaden, dem anderen zu zeigen, was man für ihn empfindet. Wie wichtig er einem ist.«

»Reden wir jetzt von mir oder von dir?«

Hannah schlug ihm auf den Arm. »Sei nicht so frech, junger Mann.« Sie lachte, wurde aber schlagartig ernst. »Ich schätze, wir reden von uns beiden. Wir müssen Svenja und Andy zeigen, notfalls beweisen, wie sehr wir sie lieben. Und brauchen.«

Sie gab Bassam, der von gegenüber winkte, ein Handzeichen.

»Jetzt braucht mich erst einmal der Lieferservice.« Sie wandte sich Ben zu und schaute ihn ernst an. »Du weißt, dass Svenja mir sehr wichtig ist. Ich könnte es nicht ertragen, wenn sie unglücklich wäre. Sie hatte in letzter Zeit viel Pech mit den Männern. Lass nicht zu, dass du auch auf diese Liste kommst.«

Sie stupste ihn zur Verabschiedung mit dem Ellbogen an, zog die Maske vom Handgelenk und setzte sie während des Überquerens der Straße auf.

Ben starrte ihr eine Weile nach, während seine Gedanken um Hannahs Aussage kreisten. Wollten Frauen heutzutage tatsächlich erobert werden? Wenn ja – wie sollte er das anstellen? Vor Svenja auf die Knie fallen und sie mit dramatischer Stimme bitten, seine Frau zu werden? Waren sie überhaupt schon so weit? Ging es nicht erst einmal darum zu klären, ob sie überhaupt ein Paar waren? Ein Paar im klassischen Sinne, das offen zueinanderstand. Ein Paar, das ›ich liebe dich‹ zueinander sagen konnte. Von Svenja hatte er die drei Worte noch nie gehört, er selbst hatte sie bisher nur einmal gesagt, im letzten Juni, während der Fahrt nach Mailand.

Er fuhr sich durch die Haare, riss sich vom Anblick der Warteschlange vor dem *Litani* los und lief Richtung Innenstadt.

Zu Hause angekommen, rief er Fiona über Videochat an, um sie ausführlicher über die Verhandlungen der beiden letzten

Tage zu informieren. Sie hatten bereits während seiner Fahrt zurück nach München kurz miteinander gesprochen, aber Ben vermied das Telefonieren im Auto, weil er sich lieber auf den Verkehr konzentrieren wollte.

»Mit dem Sozialplan hast du ganze Arbeit geleistet«, sagte Ben. »Ich musste kaum etwas ändern.«

»Danke«, erwiderte Fiona in ihrer unnachahmlich nüchternen Art, aber er wusste, dass sie sich freute. »Gibt es für den Termin am Dienstag noch etwas vorzubereiten?«

Ben schüttelte den Kopf. »Nicht, dass ich wüsste. Ich werde wie geplant am Montagabend nach Bremen fahren.«

Fiona wollte etwas sagen, zögerte.

»Schieß los«, forderte Ben sie auf.

»Warum kommst du nicht schon am Wochenende nach Hamburg?«, sagte sie. »Nach Bremen ist es nur ein Katzensprung. Auf alle Fälle näher als von München aus. Den Montag können wir sicher nutzen. Und – ich weiß, es geht mich nichts an,« sie hob abwehrend die Hände, »aber du hast auch deine Familie sehr lange nicht besucht.«

Jedem anderen wäre Ben böse gewesen, wenn er sich in sein Privatleben eingemischt hätte, aber er wusste, dass Fiona vor allem praktisch dachte. Der Termin war um zehn Uhr angesetzt, er hätte jede Menge Zeit, von Hamburg aus nach Bremen zu fahren. Sie würden zumindest die Hotelkosten sparen. Und dass er seine Familie lange nicht gesehen hatte, konnte er nicht leugnen.

Er seufzte. »Du hast wie immer recht«, erwiderte er und ignorierte geflissentlich Fionas triumphierendes Grinsen. »Wehe, du planst irgendetwas mit Svenja.«

»Das würde ich niemals tun!«, rief Fiona entrüstet. »Ich will dich nur ein bisschen anstupsen.«

Ben dachte kurz nach. Er hatte selbst schon daran gedacht, den Termin in Bremen von Hamburg aus durchzuführen. Und ein Besuch bei seinen Eltern war mehr als überfällig.

»Okay«, sagte er schließlich. »Storniere das Hotel. Ich fahre morgen nach Hamburg.«

»Wird erledigt«, gab Fiona geschäftsmäßig zurück, aber sie konnte sich ein leichtes Grinsen nicht verkneifen.

»Freu dich nicht zu früh«, warnte Ben sie. »Immerhin sehen wir uns am Montag.«

Sie hob nur leicht die Augenbrauen, winkte in die Kamera und trennte die Verbindung.

Ben musste wider Willen lächeln.

Sanft drückte er den Kofferraumdeckel zu, nachdem er seine Reisetasche entnommen hatte. Für Hamburg war es ungewöhnlich warm, das Thermometer war über die Dreißig-Grad-Grenze geklettert.

Ben schulterte die Tasche und lief langsam auf das Haus seiner Eltern zu. Der Vorgarten war wie immer picobello, darauf legte seine Mutter großen Wert.

»Immerhin ist er so etwas wie unsere Visitenkarte«, pflegte sie zu sagen. Auch das Haus selbst machte einen gepflegten Eindruck, auch wenn nicht zu übersehen war, dass es seine besten Jahre hinter sich hatte.

Im ersten Freudenrausch über das viele Geld, das er durch den Verkauf der App verdient hatte, hatte Ben seinen Eltern etwas Gutes tun und ihnen ein neues Haus kaufen wollen. Er hatte sogar schon ein paar in Frage kommende Objekte ausgewählt, aber sein Vater war strikt dagegen gewesen. Es war beinahe zum Zerwürfnis gekommen, weil keine Seite einlenken wollte. Erst als Bens Mutter sich einmischte, hatten sie sich nach zähen Verhandlungen darauf geeinigt, dass Ben notwendige Reparaturen für das alte Haus übernehmen würde.

Inzwischen war er dankbar, dass sie sein Angebot damals nicht angenommen hatten. Immerhin war es das Haus, in dem er aufgewachsen war, es hingen jede Menge Erinnerungen daran, gute wie schlechte.

Ben seufzte und ging die letzten Schritte zum Haus. Bevor er klingeln konnte, öffnete sich die Tür. Seine Mutter stand mit ausgebreiteten Armen da. »Benjamin«, sagte sie und wollte ihn an sich ziehen.

Sie war die Einzige, die ihn mit vollem Namen ansprach und das auch durfte; bei jedem anderen verbat er sich das.

»Vorsicht«, warnte er. »Corona.«

»Ach was.« Sie zog umso energischer, und Ben ließ sich drücken und herzen.

Im Hintergrund stand sein Vater und grinste. Sie waren beide nicht die überschwänglichen Typen, wenn auch aus unterschiedlichen Gründen. Während sein Vater in seinem Beruf als Lotse immer einen kühlen Kopf bewahren musste, hatte Ben vor allem Angst, anderen Menschen zu nahe zu treten und sie zu verletzen.

»Komm rein«, sagte seine Mutter und versuchte, die Tasche zu nehmen.

»Ich bring sie selbst hoch«, widersprach Ben. Er hielt seinem Vater die geschlossen Faust hin. »Es sind blöde Zeiten.« Sein Vater nickte und stieß mit seiner eigenen Faust gegen Bens.

»Nun komm doch endlich rein«, klagte seine Mutter. »Ich habe auch dein Lieblingsessen gekocht.«

Da es nun sowieso schon egal war, umarmte er sie. »Danke, das ist sehr lieb.«

Er schnupperte. Neben dem Duft nach geschmolzenem Käse hing auch der vertraute Geruch seiner Kindheit in der Luft. Ben fühlte einen Kloß im Hals. Er hielt die Reisetasche hoch und sagte: »Ich bring die schnell nach oben.«

Im Haus hatte sich nichts geändert. Im Treppenlauf hingen dieselben Fotos wie schon seit vielen Jahren, hauptsächlich von ihm: Ben als Baby, als Zwerg in einem Theaterstück im Kindergarten, am ersten Schultag mit einer riesigen Schultüte, beim Sport, als Teenie mit langen Haaren – Ben schüttelte sich – und als frisch gebackener Abiturient. Danach wurden die Aufnahmen, auf denen er zu sehen war, weniger, wurden durch Fotos von Reisen seiner Eltern ersetzt.

2007, zu ihrer Silberhochzeit, hatte er ihnen eine Reise ans Nordkap spendiert, weil es der große Traum seines Vaters gewesen war. Die Bilder davon begleiteten ihn auf den letzten Stufen.

Sein Zimmer lag am Ende des Flurs, was ihm in seinen wilden Teenagerzeiten viele Nerven gekostet hatte. Auch wenn er nie zu sehr über die Stränge geschlagen hatte, hatte es doch den einen oder anderen Hausarrest gegeben, weil er sich erst weit nach Mitternacht ins Haus geschlichen hatte.

Seine Mutter hatte ihm frische Handtücher aufs Bett gelegt, das natürlich ebenfalls frisch bezogen war. Gemütlich ans Kissen gelehnt, saß sein alter Bär Kunibert. Ihm fehlte ein Glasauge, was ihm ein verwegenes Aussehen gab. In seiner Piratenzeit hatte er dem Bären eine Augenbinde verpasst, aber Kunibert hatte es immer geschafft, sich des lästigen Teils zu entledigen.

Ben gab ihm einen Pieks in den Plüschbauch.

»Na, altes Haus? Alles unter Kontrolle?«

Kunibert starrte ihn mit seinem einen Auge an, als wolle er sagen: Bekomm du erst mal dein Leben in den Griff.

Ben grinste. »Hast ja recht. Ich arbeite dran, okay?«

Er stellte die Tasche neben das Bett, ging ins Badezimmer, das zwischen dem Schlafzimmer seiner Eltern und seinem lag, und wusch sich die Hände. Der Duft nach dem Parfüm seiner Mutter hing deutlich in der Luft, wurde jedoch mehr und mehr von dem des Makkaroniauflaufs überdeckt. Ben warf einen prüfenden Blick in den Spiegel und war dankbar, dass er keine Augenringe entdecken konnte oder sonstiges, was seiner Mutter Sorgen bereiten würde.

»Benjamin? Das Essen ist gleich fertig«, rief sie in diesem Moment von unten.

»Ich bin schon unterwegs«, gab er zurück.

Während des Essens erzählte er von seinem Leben in München. Seine Eltern hatten ihn einmal besucht, sich aber in dem Loft nicht wohlgefühlt. Er hatte ihnen angeboten, ein Hotel für sie zu buchen, aber dafür waren sie zu sparsam, auch wenn es nicht ihr eigenes Geld war. Sie waren die vereinbarte Woche geblieben, hatten den Besuch jedoch nicht wiederholt.

Auch seine Fahrten nach Hamburg waren in den letzten fünf Jahren seltener geworden. Das war zum einen seiner Firma und den vielen Terminen geschuldet, zum anderen aber auch dem Gefühl, er und seine Eltern verbinde nicht mehr viel. Was vermutlich normal war. Aber Svenjas Geschichte hatte ihm gezeigt, dass es vielleicht doch gut war, wenn man sich mehr um die Familie bemühte.

»Wie lange bleibst du?«, wollte seine Mutter beim Nachtisch wissen.

»Mittwoch oder Donnerstag«, erwiderte Ben. »Es hängt davon ab, wie die Gespräche in Bremen laufen.«

»Eine neue Investition?«, schaltete sich sein Vater ein.

»Nein, leider nicht, leider das Gegenteil. Ich muss eine Firma auflösen.«

»Oh«, sagte seine Mutter.

Ben hob die Schultern. »Ja, ich weiß. Ausgerechnet in Zeiten wie diesen, aber es gibt leider keinen Ausweg. Wir haben schon alles probiert. Wenn ich diese Firma nicht schließe, reißt sie womöglich zwei andere mit sich. Das wären dann weit über tausend Arbeitsplätze, die verlorengingen. So sind es knapp einhundertfünfzig.« Er ließ die Schultern fallen, hob dafür die Hände, als wolle er sich entschuldigen. »Das sind die Schattenseiten des Reichtums.«

Seine Eltern schwiegen. Was hätten sie auch sagen sollen? Sein Vater hatte ihm, als er als Kind wissen wollte, was er eigentlich so machte, erklärt, dass er dabei half, große Schiffe – »Pötte« – sicher in den Hafen zu bringen.

»Die haben Waren von unvorstellbar hohem Wert geladen.

Das geht in die Millionen. Das ist eine Zahl mit vielen Nullen hintendran.«

Tatsächlich hatte Ben sich damals nichts darunter vorstellen können. Heute jonglierte er mit Millionenbeträgen wie andere mit Cent. Das würde vermutlich die Vorstellkraft seines Vaters übersteigen.

Er half seiner Mutter beim Abräumen, anschließend saßen sie noch ein wenig im Wohnzimmer zusammen. Ben wollte gerade sagen, dass er müde sei von der langen Fahrt und ins Bett gehen wolle, als seine Mutter fragte: »Was macht die Liebe?«

Ben, der sich schon halb erhoben hatte, ließ sich zurück in den Sessel fallen.

»Schlechtes Thema«, sagte er schließlich. Er hatte seinen Eltern gegenüber nur erwähnt, dass es eine Frau in seinem Leben gab, dass es aber kompliziert sei.

»Warum bringst du sie am Wochenende nicht einfach mal zum Essen mit?« Der Tonfall seiner Mutter war leicht, ihr Blick sagte deutlich: Verarsch mich nicht!

»Woher ...?«, begann Ben, lachte dann. »Klar, Hamburg ist ein Dorf.« Auch wenn Welten zwischen Svenjas und seiner Familie lagen, hieß das nicht, dass man nicht doch das eine oder andere aus der anderen Welt aufschnappte. Vor allem nicht seine Mutter, deren Friseursalon ein Hort für Klatsch und Tratsch war. Irgendjemand kannte jemanden, der wiederum gehört hatte, dass ...

»Ich kann sie gerne fragen«, sagte er also. »Sonntagmittag?«

Seine Mutter nickte. »Abgemacht.«

»Ich weiß nicht, ob sie Zeit hat.«

»Es wird schon klappen.«

»Okay. Ich bin müde und gehe nach oben.« Er erhob sich, gab seiner Mutter einen Kuss auf die Wange und seinem Vater einen Klaps auf die Schulter. »Wir sehen uns morgen zum Frühstück.«

Im Flur blieb er stehen, um zu lauschen, doch seine Eltern

schwiegen. Sie würden sicher warten, bis sie seine Schritte von oben hörten. Da hatte sich nichts geändert.

Ben lachte leise und lief nach oben. Die paar Klamotten, die er mitgebracht hatte, legte er in den Kleiderschrank, dabei eine Tüte geflissentlich ignorierend. Nach einer ausgiebigen Dusche klappte er den Laptop auf und checkte seine Mails. Er hatte geplant, sich am Wochenende ganz der Familie zu widmen, und wollte deshalb ausnahmsweise nicht arbeiten.

Nach einer guten Stunde klappte er den Computer wieder zu und verstaute ihn ebenfalls im Schrank. Als er im Bett lag, hörte er die leisen Stimmen seiner Eltern und fühlte sich in seine Kindheit zurückversetzt. Sie hatten nie gestritten, sondern Meinungsverschiedenheiten immer auf Augenhöhe ausgetragen. Vielleicht war er deshalb so konfliktscheu. Er respektierte die Meinung anderer, auch wenn sie manchmal zu seinen Lasten ging.

Und wen versuchst du gerade zu überzeugen?, fragte er sich. Es waren schließlich zwei sehr unterschiedliche Paar Stiefel, ob jemand anderer Meinung war oder ob man jemanden liebte, der einen aber offensichtlich nicht wiederliebte.

Ben wälzte sich im Bett umher. Ihm war nicht wohl dabei, Svenja zum Mittagessen einzuladen. Er gestand sich schließlich ein, dass er sich auch ein bisschen schämte für das alte Haus seiner Eltern.

»Das ist doch Blödsinn!«, sagte er laut und erschrak über seine eigene Stimme. »Svenja ist kein Snob.« Er wusste, sie und seine Mutter würden sich auf Anhieb verstehen. Und Väter waren in dieser Beziehung sowieso meist außen vor.

Er musste sie sowieso anrufen und ihr beichten, dass er in Hamburg war. Womöglich konnte er sie mit der Einladung wieder etwas besänftigen. Mit diesem Gedanken schlief er endlich ein.

Wider Erwarten war Svenja nicht sauer, dass er ihr vorher nichts gesagt hatte, und sie freute sich sehr über die Einladung.

»Holst du mich ab?«, bat sie.

Er stimmte freudig zu.

Nach dem Mittagessen half er seinem Vater, in dessen Werkstatt im Schuppen hinterm Haus einen kleinen Tisch zu reparieren. Erstaunt stellte er fest, dass es ihm gefiel, mit den Händen zu arbeiten.

»So etwas habe ich schon lange nicht mehr gemacht«, sagte er und hielt den Schraubenzieher in seiner Rechten hoch.

»Dann wurde es aber höchste Zeit«, antwortete sein Vater.

Ben nahm sich vor, künftig wieder mehr selbst zu reparieren, anstatt dafür zu bezahlen oder gleich Neues zu kaufen.

Sie waren gerade am Aufräumen, als seine Mutter erschien und mit seltsamer Stimme sagte: »Besuch für dich, Benjamin.«

Er schaute sie fragend an, aber sie zeigte nur Richtung Haus. Ben klopfte sich den Staub von der Jeans, nahm einen alten Lumpen, mit dem er seine Hände einigermaßen sauberrieb, und lief nach vorne.

Ein Mann in kurzer Hose und T-Shirt stand mit dem Rücken zu ihm, als wolle er gleich wieder gehen. Irgendetwas an ihm kam Ben bekannt vor, auch wenn er es im ersten Moment nicht greifen konnte. Als er sich näherte, wandte der Mann den Kopf zu Seite. Ben sog scharf die Luft ein. Das war nicht möglich!

»Tommi?«

Sein ehemals bester Freund drehte sich um, schaute Ben lange an, sagte schließlich einfach. »Ja.«

Er war dicker geworden, nicht viel, aber doch merklich. Die Haare, die unter der Baseballkappe hervorlugten, waren grau, dabei war Tommi gerade mal ein Jahr älter als er.

»Ich muss gestehen, mit dir habe ich absolut nicht gerechnet«, sagte Ben.

»Kann ich mir vorstellen«, antwortete Tommi. Wie ein verlegener Teenager spielte er mit dem Zipfel seines T-Shirts. »Ich ...

ich denke, ich schulde dir eine Entschuldigung«, brachte er stotternd hervor.

»Komm erst mal rein«, sagte Ben und winkte ihn Richtung Haus, wo seine Mutter in der Tür stand.

»Hallo Tommi, lange nicht gesehen. Gut siehst du aus«, begrüßte sie ihn, als sei er gerade mal ein paar Wochen und nicht fünfzehn Jahre weggewesen.

»Danke, Frau Koessmann.«

Sie ging vor, die beiden folgten.

»Ich denke, die Zeiten, wo ihr euch in Benjamins Zimmer zurückgezogen habt, sind vorbei«, sagte sie mit einem Lachen. »Geht doch auf die Terrasse, da seid ihr ungestört. Ich bringe euch gleich noch Kaffee und Kuchen.«

»Das ist nicht nötig, Frau Koessmann. Ich bleibe nicht so lange.«

»Papperlapapp.« Sie wandte sich um und verschwand in der Küche.

Als Tommi ihn fragend anschaute, hob Ben nur grinsend die Schulter. »Du weißt, wie sie sein kann.«

Seine Mutter musste in aller Eile schon den Tisch gedeckt haben, denn es fehlten tatsächlich nur noch Kaffee und Kuchen.

»Setz dich«, sagte Ben und zog einen der Gartenstühle zu sich. »Es ist verdammt lang her.«

»Ich weiß«, erwiderte Tommi. »Es tut mir leid. Ich war ein Idiot.«

Ben ging nicht darauf ein. Was brachte es, das zu bestätigen? »Ich dachte, du bist in den USA«, sagte er stattdessen.

»Das war ich bis vor drei Jahren«, erklärte der Freund. »Seither bin ich wieder hier, in Hamburg.«

»Warum jetzt?«, wollte Ben wissen. »Warum nicht schon vor drei Jahren? Oder vor fünfzehn?«

»Wie ich schon sagte, ich bin ein Idiot.« Tommi grinste schief. »Ich ...« Er wurde von Bens Mutter unterbrochen, die Apfelstreusel, eine Kanne Kaffee und eine Karaffe mit Wasser brachte. »Es ist nur Filterkaffee«, sagte sie entschuldigend. »Ihr jungen Leute seid da was Anderes gewohnt.«

»Alles gut, Mutti«, sagte Ben und legte ihr kurz die Hand auf den Arm. »Stell alles hin, ich mache das.«

Er schenkte ihnen ein, legte ein Stück Kuchen auf jeden Teller und schob Tommi Milch und Zucker hin. »Oder trinkst du ihn immer noch schwarz wie die Nacht?«

»Eigentlich trinke ich gar keinen Kaffee mehr«, antwortete der und klopfte auf seine Brust. »Das Herz.«

»Was ist los?« Ben war ehrlich interessiert. Auch wenn er Tommi seit Jahren nicht mehr gesehen hatte, verbanden sie zu viele Erinnerungen, als dass er ihm vollkommen egal wäre.

»Lange Geschichte«, begann Tommi. »Die Kurzfassung: Umzug nach USA, steile Karriere im Investmentbereich, megaviel Kohle, eine Mitarbeiterin, die dich anmacht, dich dann auf sexuelle Nötigung verklagt und dich ruiniert.«

»Autsch«, machte Ben.

Tommi hob abwehrend die Hände. »Ich bin selbst schuld. Nach dem Desaster mit ..., na ja, du weißt schon, wem, hatte ich erstmal die Schnauze voll von Frauen. Oder vielmehr von festen Beziehungen. Kennst du den Film *The Wolf of Wall Street* mit DiCaprio?”

Ben nickte. «Ich habe ihn nicht gesehen, aber ich weiß, wovon er handelt.«

»Das habe ich alles mitgemacht. Die ganze Palette rauf und runter. Inklusive Alkohol und Drogen. Und Frauen. Bis mein Herz schlappmachte. Das hat mich zur Besinnung gebracht. Ich habe geheiratet, drei Kinder in die Welt gesetzt, sogar einen Baum gepflanzt«, er lachte bitter, »und eine neue Stelle angefangen. Ein paar Nummern kleiner, aber immer noch groß genug, um meiner Frau einen angenehmen Lebensstil zu ermöglichen.«

»Das klingt nicht wie die große Liebe«, bemerkte Ben leise.

»Nein, ganz sicher nicht. Es war eher eine Vernunftheirat.« Tommi schüttelte den Kopf. »Nein, es war eine Unvernunftheirat. Sie ist die Tochter eines Milliardärs, wir hatten schon monatelang eine Affäre, verstanden uns gut. Zumindest dachte ich das. Es war aber nur im Bett, außerhalb hatten wir kaum gemeinsame Interessen. Ich war nur dazu da, genügend Geld ranzuschaffen, damit sie im Luxus leben kann.« Er wischte sich über die Augen. »Aber deswegen bin ich nicht hier.« Er senkte die Hand und schaute Ben an. »Ich bin hier, weil ich mich entschuldigen will. Spät, aber hoffentlich nicht zu spät. Ich ...«

Ben hob die Hand. »Entschuldigung angenommen«, sagte er. »Lass die alten Zeiten ruhen, ich will nicht mehr darüber reden.«

»Ich habe gehört, was sie getan hat«, erwiderte Tommi leise.

Jetzt war es an Ben, sich über die Augen zu wischen. Würde er dieses Kapitel in seinem Leben jemals vergessen können?

»Es war ein Albtraum, den ich so schnell wie möglich hinter mir lassen will«, sagte er. »Lass uns deshalb bitte von etwas anderem reden.«

Tatsächlich schafften sie es nach einigen Anläufen, Erinnerungen an ihre Studienzeit hervorzukramen, und ließen kurze Zeit später lautes Lachen erschallen. Als Tommi sich zwei Stunden später verabschiedete, hatten sie Nummern getauscht und sich versprochen, sich wieder regelmäßig zu treffen.

Ben holte ein Tablett aus der Küche und räumte das Geschirr weg.

»Es ist gut gelaufen«, bemerkte seine Mutter, als er zu ihr in den Vorgarten ging, wo sie Unkraut jätete.

»Ja, erstaunlich gut, nach so langer Zeit«, gab Ben zu.

»Und jetzt?« Sie richtete sich auf und schaute ihn ernst an.

Ben wollte sie fragen, was sie meinte, aber er wusste genau, dass es nur noch eine ungeklärte Sache in seinem Leben gab.

»Schieb es nicht weiter vor dir her«, sagte seine Mutter leise.

»Du hast recht«, erwiderte er und gab ihr einen Kuss auf die Wange. Beschwingt lief er in sein Zimmer, zog die Tüte aus der Reisetasche, rannte die Treppe hinunter und rief seiner Mutter zu: »Ich bin vermutlich nicht zum Abendessen da.«

»Viel Glück!«, hörte er sie rufen, als er den Wagen wendete. Während er Richtung Eppendorf fuhr, grinste er wie ein Honigkuchenpferd vor sich hin. Er hatte keine Ahnung, woher er die Gewissheit nahm, aber er war sich zu hundert Prozent sicher, dass das mit ihm und Svenja gut ausgehen würde. Vielleicht nicht bis ans Ende ihres Lebens, aber zumindest für ein paar Jahre. Ein paar gute Jahre.

Als er an einem Blumenladen vorbeifuhr, hielt er an und kaufte einen großen Strauß rote Rosen. Doch als er vor dem Wahls'schen Haus stand, fand er ihn vollkommen übertrieben und zog nur eine einzelne Blume hervor.

Er klingelte und wartete ungeduldig, bis ihm jemand öffnete. Die Hausangestellte war ganz in Schwarz gekleidet und sah ihn so arrogant an, als gehöre ihr das Haus. Als ihr Blick auf die rote Rose fiel, wurden ihre Gesichtszüge etwas weicher.

»Ich bin Ben Häusgen, ich möchte bitte Svenja Wahls sprechen«, sagte er artig.

»Kommen Sie bitte herein, ich werden sehen, ob Frau Wahls Sie empfangen kann.«

Mit einem »Danke« betrat Ben das große Haus. Er war erst zwei Mal hier gewesen, beide Male nur kurz. Christian hatte ihn immer im Foyer warten lassen, während er sich »schnell was Schickes« hatte anziehen wollen.

Die Angestellte verschwand hinter einer Tür mit bunten Glasscheiben. Ben fröstelte. Er hatte in der Eile nicht daran gedacht, einen Pullover mitzunehmen. Immerhin hatte er das verstaubte T-Shirt gegen ein sauberes getauscht.

Während er wartete, schaute er sich die Bildergalerie an. Sie zeigte vor allem einen äußerst distinguierten Herrn, wahlweise in schwarzem Anzug oder Smoking, einmal im Cut, mit blütenweißem Hemd und meist dunkler Krawatte, ein paar Mal mit Fliege und sogar Zylinder. Auf einer sehr alten Aufnahme stand er als junger Mann neben zwei Männern in gestreiften Kaftanen, er selbst trug einen Fez, wie man ihn früher in der Türkei getragen hatte, bevor Atatürk es verbat.

Vermutlich handelte es sich bei dem Mann um Svenjas Großvater Knud, der die Firma seines Vaters übernommen hatte. Ben suchte gezielt nach Aufnahmen, in denen er die Entwicklung des Mannes verfolgen konnte. Zu Beginn trug er noch ein Lächeln im Gesicht, wenn es auch eher stolz als freundlich war. Mit den Jahren wich es einem verkniffenen Zug um den Mund herum, als alter Mann konnte man den Gesichtsausdruck nur noch mürrisch nennen.

Die Last der Verantwortung.

»Ben!«

Svenja hatte nicht sehr laut gerufen, dennoch ging es ihm durch Mark und Bein.

Er setzte zu einem Gruß an, musste sich räuspern. »Hallo Svenja«, sagte er.

Sie kam langsam die lange Treppe herunter, ihr Pferdeschwanz wippte bei jedem Schritt. Ihre Augen blitzten.

»Wollten wir uns nicht erst morgen treffen?«, fragte sie provozierend.

Sag was!, forderte Ben sich auf, aber ihr Anblick machte ihn stumm. Sein Herz klopfte wie wahnsinnig. Wie sehr er diese Frau liebte!

»Ich ...«, begann er.

»Fall jetzt bitte nicht auf die Knie«, flehte Svenja. Sie klang so verzweifelt, dass er lachen musste.

»Hatte ich nicht vor«, sagte er. Er hielt ihr die Rose hin. »Die wollte ich dir bringen. Draußen im Auto liegt noch ein ganzer Strauß, aber irgendwie kam mir das übertrieben vor. Ich ...«

Jetzt stand sie vor ihm. Er roch ihr Parfüm und hätte sie am liebsten gepackt und geküsst. Aber wer wusste schon, wer in diesem Haus alles zusah.

Sie blieb auf der ersten Stufe stehen und überragte ihn daher um mehr als eine Kopflänge.

»Okay«, begann Ben erneut und atmete tief durch. »Es ist nicht der richtige Ort und vermutlich nicht der richtige Zeitpunkt, aber ich habe lange genug gezögert und gezaudert, damit ist jetzt Schluss.« Er schaute nach oben, aber Svenja stand da wie eine Königin, die nichts aus der Fassung brachte. Obwohl – war da nicht ein winziges, verräterisches Glitzern in ihrem rechten Auge? Es könnte auch der Widerschein einer der Kronleuchter im Foyer sein.

»Du weißt, dass ich dich liebe. Ich liebe dich seit dem Tag, als ich dich das erste Mal sah, und das ist verdammt lang her. Seit ich dich besser kenne, liebe ich dich noch mehr. Und ich will nicht mehr allein sein, sondern mein Leben mit dir verbringen. Wir müssen nichts überstürzen, also keine Verlobung, keine Heirat, wenn du nicht willst, aber es wäre schön, wenn du damit einverstanden wärst, dass wir zusammengehören, ein Paar sind.« Puh! Er atmete ein paar tief ein und aus. Das war anstrengender als jede Geschäftsverhandlung.

»Sag doch auch mal was«, bat er, weil Svenja immer noch beinahe reglos vor ihm stand.

»Was ist da drin?« Sie zeigte auf seine linke Hand.

Verblüfft schaute Ben auf die Tüte in seiner Linken.

»Das ist alles, was du zu sagen hast?«, fragte er. Er bemühte sich um den lockeren Ton, der so oft zwischen ihnen geherrscht hatte.

Sie grinste. »Sagen wir mal so: Für einen Ring ist sie zu groß.«

»Ich hatte nicht vor, dir einen Ring zu geben«, versicherte Ben ihr, jetzt wieder ernst. Er reichte ihr die Tüte. »Es wäre schön, wenn du es morgen Mittag anziehen würdest.«

Svenja schaute ihn fragend an, nahm die Tüte, öffnete sie und schaute hinein. Überrascht, aber auch ungläubig blickte sie hoch.

»Wo hast du das her?«, fragte sie. Ihre Stimme klang rau.

»Aus einer Boutique in einem Einkaufszentrum, irgendwo in der Nähe von Hannover«, sagte Ben.

»Du hast es gekauft?«

Er nickte.

»Ich ... ich weiß nicht, was ich sagen soll.«

»Du musst nichts sagen, es reicht, wenn du es morgen trägst.«

Svenja trat die letzte Stufe herunter und stand nun dicht neben ihm. Er spürte ihre Körperwärme.

»Ich werde es tragen, nicht nur morgen, sondern wann immer du willst«, murmelte sie. »Können wir uns jetzt endlich küssen?«

Ben lachte leise. »Können wir«, sagte er und schritt zur Tat.

Susanne Gantner

Ich kann das!

Der Minutenzeiger rückte unerbittlich auf die Zwei zu. Susanne presste die Lippen zusammen. Warum musste es immer dann gut laufen, wenn sie keine Zeit hatte?

Für ein paar Sekunden war sie versucht, Rainer anzurufen, doch da schob sich das enttäuschte Gesicht ihrer Tochter vor ihr geistiges Auge. Nein! Sie würde ihre Kinder nicht hängen lassen. Sie war nicht Rainer.

Ein schneller Blick zur Uhr sagte ihr, dass sie noch fünf Minuten hätte. Sekundenlang schwebte der Pinsel über dem Bild, aber der Flow war unterbrochen. Egal. Sie würde am Abend weiterarbeiten, wenn die Kinder im Bett waren.

Susanne steckte die benutzten Pinsel in das Wasserglas, damit sie nicht eintrockneten, wischte sich die Hände an einem Lappen ab, der eigentlich nur noch für den Müll taugte, und warf einen letzten Blick auf das Bild. Ja, es war gut. Oder vielmehr würde es gut werden.

Zufrieden verließ Susanne das Atelier und stieg die Wendeltreppe hinunter. Welch ein Glück, dass Robert diese Maisonette-Wohnung gefunden hatte, deren oberes Geschoss durch große Fenster ausreichend Licht spendete für ihre Malerei. Vom Blick Richtung Süden ganz zu schweigen. Aber meist hatte sie keinen Sinn für den wunderbaren Ausblick. Nur wenn starker Föhn herrschte und die Alpen zum Greifen nah schienen, unterbrach sie immer mal wieder die Arbeit, um nach draußen zu schauen.

Sie ging ins Bad und reinigte gründlich ihre Hände, zog sich anschließend um. Sie war ziemlich verschwitzt und hätte gerne geduscht. Aber vermutlich hielte die Abkühlung nur für zehn Minuten. Seit Tagen hing diese Hitzeglocke über München und heizte die Wohnungen auf.

Im Gegensatz zum Atelier, wo sie dank der vielen Fenster für Durchzug sorgen konnte, war es in den Räumen darunter heiß und stickig. Vielleicht sollte sie für die Kinder ein Matratzenlager im Atelier herrichten. Und vielleicht sogar selbst oben schlafen ...

Der Gedanke beschwingte Susanne. Seit sie und Rainer getrennt lebten, hatten Mandy und Leon mehr Respekt vor ihr. Obwohl ihnen im Gegensatz zu Zuhause viel weniger Platz zum Spielen zur Verfügung stand, lagen weit weniger Sachen herum. Ins Atelier wagten sie sich nur in ihrer Begleitung. Dass ihre Mutter jemand war, der Bilder malte und sie verkaufte, machte sie beinahe ehrfürchtig vor Bewunderung.

Susanne lachte. Natürlich hatte sie ihren Kindern nicht erzählt, dass bisher so gut wie alles von ihrem Onkel Robert finanziert worden war. Ihr Bruder hatte sie davor gewarnt, den Kindern reinen Wein einzuschenken.

»Endlich respektieren sie dich«, hatte er gesagt. »Mach das nicht kaputt. Sie würden es sowieso nicht verstehen.«

In den ersten Monaten hatte sie ein schlechtes Gewissen

gehabt, aber mit der Zeit hatte es nachgelassen, vor allem, als sie sah, wie sehr sie in der Achtung ihrer Kinder gestiegen war. Der Fall wäre sehr tief gewesen.

Susanne warf einen letzten prüfenden Blick in die beiden Zimmer. Es war alles aufgeräumt, das Schlafsofa für die Kinder ausgezogen und bereit. Sie schnappte sich ihre Tasche und die Schlüssel, verließ die Wohnung, lief die Treppe hinunter und schloss die Tür ihres alten, aber immer noch fahrtüchtigen VW Golf auf. Den hatte ebenfalls ihr Bruder aufgetan.

»Der passt zu dir«, hatte Robert gesagt.

Im Gegensatz zu allen anderen Dingen, bei denen er ihr unter die Arme gegriffen hatte, hatte er ihr den Wagen geschenkt.

Im Auto stand die Luft, die Sitze und das Lenkrad waren zu heiß, um sofort loszufahren. Susanne öffnete alle Türen und Fenster und hoffte, es würde schnell genug abkühlen. Noch hatte sie ausreichend Zeit, aber sie wollte nicht mehr als ein paar Minuten zu spät kommen, um Rainer nicht die Genugtuung zu geben, auf sie könne man sich nicht verlassen.

Nach ein paar Minuten prüfte Susanne die Temperatur des Sitzes. Er war immer noch sehr warm, aber das musste sie aushalten. Sie stieg ein, startete das Auto und beschloss, die Strecke quer durch die Stadt zu nehmen.

Während sie Richtung Riem fuhr, wo Rainer immer noch mit den Kindern wohnte, dachte sie an das vergangene Jahr. Es war viel passiert nach der Ausstellung. In Hubertus von Waldhausen hatte sie einen Gönner und in Heiner Grau einen Galeristen gefunden, die sie antrieben. An Grau wollte sie jetzt allerdings nicht denken. Der Mann rief immer noch Ekel in ihr hervor, auch wenn sie zugeben musste, dass er sein Geschäft verstand. Ohne ihn hätte sie vermutlich kein einziges Bild verkauft.

Ihr Bruder fungierte inzwischen als eine Art Mäzen. Über seinem Sofa im Wohnzimmer hing jetzt ein echter Sue Gardener, ordentlich bezahlt.

Dass sie sich von einer Abhängigkeit in die nächste hatte begeben müssen, um ihren Traum zu leben, behagte Susanne noch immer nicht. Der Unterschied zwischen Robert und Rainer war, dass ihr Bruder sie nicht nur als Malerin förderte, sondern auch als solche forderte. Rainer hatte die Künstlerin in ihr nur so lange akzeptiert, bis Mandy zur Welt kam. Danach hatte er mehr und mehr gefordert, dass sie sich um die Kinder und den Haushalt kümmerte, obwohl klar war, dass sie dazu nicht geboren war.

Als Robert ihr klarzumachen versuchte, dass er sie auch finanziell unterstützen würde, hatte sie zunächst abgelehnt. Aber ihr wurde schnell klar, dass ihr dann nur ein Weg übrigblieb: der zurück zu Rainer. Das wiederum würde bedeuten, dass sie ihre Künstlerinnen-Karriere endgültig an den Nagel hängen konnte.

Aber sie hatte Blut geleckt. Mit jedem verkauften Bild, war es auch noch so klein und entsprechend niedrigpreisig, wollte sie mehr von diesem Gefühl des Erfolgs spüren. Selbst Rainer konnte nicht mehr übersehen, dass sie gut war und ihre Gemälde ankamen. Als sie ihm eröffnete, dass sie die Trennung wollte, wenn auch vorerst vorübergehend, bis sie sich im Klaren war, was genau sie wollte, bot er ihr an, auf die eigene Karriere zu verzichten.

»Das hatten wir schon mal«, sagte sie. »Erinnerst du dich? Du hast mir vor und auch noch nach der Heirat versprochen, dass ich weiter malen kann. Du kümmerst dich um den Rest. Du hast es sogar noch einmal kurz nach Mandys Geburt bekräftigt.«

»Es tut mir leid«, sagte er und sie kaufte es ihm sogar ab. Aber sie hatte sich in der Zwischenzeit sehr viele Gedanken gemacht und war zu einigen Schlussfolgerungen gekommen. Eine davon war, dass sie Rainer nicht liebte. Deshalb fiel es ihr leicht, sich von ihm zu trennen. Mit Robert hatte sie geübt, wegen der Kinder zu verhandeln. Susanne war klar, dass sie bei Rainer besser aufgehoben waren; ihr Lebensstil war viel zu chaotisch. Als sie Rainer dies eröffnete, war er mit jedem weiteren Vorschlag, den sie unterbreitete, einverstanden.

Dennoch hatte es zu Beginn immer wieder Probleme gegeben. Einmal hatte sie angeblich die Termine verwechselt, ein anderes Mal waren die Kinder nicht fertig. Robert hatte sie gewarnt, dass es Spielchen geben würde, aber sie hatte davon nichts hören wollen.

»Er wird die Kinder nicht benutzen«, hatte sie gesagt. Doch schon bald erkannte sie, dass Rainer die Kinder sehr wohl benutzte. Zum Glück war Mandy mit ihren zwölf Jahren reif genug zu erkennen, dass sie manipuliert wurden. Seit Susanne ihn darauf angesprochen hatte, gab es keine Schwierigkeiten mehr.

Dennoch – für die Kinder war die Trennung nicht leicht. Susanne hatte selbst erfahren müssen, wie es war, ohne Eltern aufzuwachsen. Sie war sechs gewesen, Robert knapp dreizehn, als ihre Eltern bei einem Verkehrsunfall ums Leben kamen. So rührend die Großeltern sich um sie gekümmert hatten, Vater und Mutter hatten sie nicht ersetzen können.

Gut, Mandy und Leon hatten beide Eltern noch, sie lebten nur getrennt. Dennoch war es ein Einschnitt in ihr junges Leben. Manchmal, wenn Susanne mit sich haderte und sich eine Egoistin nannte, erinnerte Robert sie daran, wie es wäre, wenn sie immer noch bei der Familie wohnte.

»Du glaubst nicht im Ernst, dass die Kinder nicht leiden, wenn die Mutter depressiv ist, oder?«

»Ich war nicht depressiv!«

»Noch nicht.«

Sie hatten dieses Gespräch schon häufig geführt, aber ein Rest schlechtes Gewissen blieb immer übrig. Allerdings hütete Susanne sich davor, dieses schlechte Gewissen in Geschenke für Mandy und Leon umzuwandeln.

Sie bog in die Straße ein, in der die Wohnung lag, und bekam Herzklopfen. Das verschwand in dem Augenblick, als Leon aus dem Haus gestürmt kam und sich in ihre Arme warf. Offensichtlich hatte er auf sie gewartet. Susanne drückte ihn fest an sich und kniff die Augen zu, um die Tränen am Fließen zu hindern.

»Und, alles in Ordnung?«, fragte sie ihn, als sie sich ihrer Stimme wieder sicher sein konnte.

Er nickte und zog sie an der Hand hinter sich her. Das Haus roch wie immer nach einer Mischung aus gekochtem Kohl und kaltem Rauch, die Wohnung dagegen nach Rainers Aftershave. Hatte er sich für sie rasiert?

Mandy stand in der Tür zum Kinderzimmer, sie war zu alt, um ihre Freude überschwänglich zu zeigen. Aber auch ihre Augen leuchteten.

Susanne war gerührt.

Von Rainer keine Spur.

»Wo ist euer Vater?«, fragte sie.

Mandy zuckte mit den Schultern. »Er sagte, er müsse nur kurz weg«, sagte sie. »Das war vor über einer Stunde«, schob sie leise hinterher.

Susanne runzelte die Stirn, verkniff sich jedoch eine Bemerkung.

»Habt ihr gepackt?«

Mandy nickte.

»Gut. Mein Wagen steht draußen.« Sie reichte ihrer Tochter den Autoschlüssel. »Tragt schon mal alles raus, ich komme gleich nach.«

Während Mandy sich wie üblich mit einem kleinen Koffer begnügte, schleppte Leon außerdem seinen Lieblingsbären und sein großes Kopfkissen mit, ohne das er nicht schlafen konnte.

Susanne sah sich rasch in der Wohnung um, konnte aber nichts Auffälliges entdecken. Alles war sauber und ordentlich, wie es in den letzten Monaten immer gewesen war. Sie war bereits in der Wohnungstür, als ihr ein Verdacht kam. Schnell lief sie zurück in die Küche und öffnete mit dem Fuß den Abfalleimer. Wider Erwarten steckten keine leeren Flaschen im Müll. Erneut runzelte sie die Stirn. Sie war sich sicher, dass etwas nicht stimmte. Langsam ließ sie den Blick über die Küchenmöbel und die Elektrogeräte streifen, konnte aber nichts entdecken, was anders gewesen wäre als sonst.

»Kommst du?«, hörte sie Mandy vom Hausflur.

»Ja, bin schon da«, rief Susanne zurück und ging Richtung Haustür. Sie war gerade dabei, mit Mandys Schlüssel abzusperren, als Rainer im Treppenhaus auftauchte.

»Hi Papa, Mama ist da«, sagte Mandy überflüssigerweise, was Susannes Misstrauen erneut schürte.

»Wir sind quasi schon weg«, sagte sie und lachte. »Ich bringe die Kinder wie vereinbart am Sonntagnachmittag wieder.«

»Ja, ja«, erwiderte Rainer und blieb auf der Treppe stehen.

»Alles in Ordnung?«, fragte Susanne, mehr aus Höflichkeit als aus echtem Interesse.

»Ja, alles in Ordnung«, sagte er, schaute sie dabei aber nicht an.

Susanne gab dem Drang nachzuhaken nicht nach, sondern sagte nur: »Gut. Dann sind wir jetzt weg. Ich hoffe, du kommst voran mit deinem Projekt.«

Rainer schaute einen Moment verständnislos, dann nickte er langsam. »Das Projekt, ja, natürlich. Danke, dass du die Kinder nimmst. So habe ich doch etwas mehr Ruhe.«

»Kein Problem. Bei mir ist es momentan etwas entspannter.«

»Schön, schön«, erwiderte er mechanisch, als habe er gar nicht richtig zugehört.

»Okay, Kinder, auf geht's. Lassen wir euren Vater arbeiten.« Sie scheuchte Mandy und den inzwischen auch aufgetauchten Leon nach unten.

»Tschüss, Papa«, rief Leon und polterte die Treppe hinunter.

»Tschüss, Papa«, sagte auch Mandy, fügte aber noch hinzu: »Wir sehen uns am Sonntag.«

»Ja, mein Kind, ich weiß.« Er strich ihr kurz übers Haar, als sie an ihm vorbeiging.

Susanne war sich nicht sicher, ob sie sich nur einbildete, dass Mandy versuchte, der Hand auszuweichen. Sie war sich jedoch sehr sicher, dass irgendetwas nicht stimmte. Während sie an

Rainer vorbeiging und ihm fröhlich zuwinkte, nahm sie sich vor, Mandy während der nächsten Tage darauf anzusprechen.

Während der Fahrt zurück nach Laim erzählte Leon von dem Ferienprogramm, an dem er teilnahm. Es ging um den Weltraum, Sterne und Raketenbau. Susanne verlor schnell den Überblick, während Mandy auf dem Beifahrersitz nur die Augen verdrehte. Sie hatte es oft genug gehört.

Susanne war froh, als sie ankamen und Leons Redefluss fürs Erste gestoppt war.

»Puh, heiß«, sagte er, als sie die Wohnung betraten.

»Ich weiß«, erwiderte Susanne. »Ich dachte mir, wir könnten oben eine Art Matratzenlager aufbauen und dort schlafen. Es ist auf jeden Fall kühler. Und die Sterne sehen wir auch«, schob sie rasch nach.

»Au ja!«, rief Leon begeistert, während Mandy nur gelangweilt mit den Schultern zuckte.

»Erstmal gibt es Limonade«, verkündete Susanne und ging in die kleine Küche. »Keine Bange, ich habe sie gekauft«, ergänzte sie lachend.

»So schlecht hast du auch wieder nicht gekocht«, bemerkte Mandy beinahe tadelnd.

Susanne schaute ihre Tochter dankbar an. Sie schenkte die Limonade ein und reichte jedem ein Glas. Leon kippte seine in einem Zug hinunter und verlangte Nachschub, Mandy nippte nur daran.

»Was wollen wir in den nächsten Tagen unternehmen?«, fragte Susanne, um die Unsicherheiten der ersten Stunden zu reduzieren.

»Ich will in den Tierpark«, rief Leon.

»Hat der denn überhaupt schon offen?«

»Ja, hat er«, antwortete Mandy. »Aber wir müssen uns online anmelden.«

Susanne begann zu schwitzen. Sie besaß einen von Robert ausrangierten Laptop, mit dem sie Mails verschicken und ihre Bankgeschäfte erledigen konnte. Robert hatte ihr die dazu notwenigen Schritte in mehreren Sitzungen beigebracht. Alles andere jedoch überforderte sie hoffnungslos.

»Ich kann das für uns machen«, bot Mandy an.

»Ja, mach das mal.« Susanne lächelte ihre Tochter an. »Heute ist es sowieso zu spät, aber wir könnten es morgen versuchen. Was haltet ihr von einem Bad in der Isar?«

Es war deutlich zu sehen, dass die Kinder nichts davon hielten, aber nicht zu widersprechen wagten.

Susanne wollte nachgeben, erinnerte sich aber an Roberts Warnung, den Kindern alles durchgehen zu lassen.

»Sie tanzen dir sonst nur noch auf der Nase herum.«

»Woher weißt du so viel über Kindererziehung?«

Er hatte gelacht. »Als Außenstehender ist es immer einfach, kluge Ratschläge zu erteilen.«

»Ja, ich finde, das sollten wir machen.« Susanne sprach sich selbst Mut zu. »Ihr werdet sehen, das macht Spaß. Ihr habt doch eure Badesachen dabei, oder?«

Beide nickten.

»Sehr schön. Wir fahren mit der Straßenbahn, denn an der Isar sieht es mit Parkplätzen nicht gut aus.« Sie klatschte in die Hände. »Okay, lasst uns unser Zeug zusammensuchen, dann geht es los.«

Leon konnte sich offensichtlich mehr für die Idee begeistern als Mandy, aber nach zwanzig Minuten waren alle startklar.

»Habt ihr eure Masken?«, fragte Susanne, bevor sie das Haus verließen.

Die Kinder hoben den rechten Arm und zeigten die Maske, die jeweils am Handgelenk baumelte.

»Sehr schön«, murmelte Susanne und tastet vorsichtshalber nach der eigenen Maske. Zu Beginn der Pandemie war sie mehrmals am Supermarkt abgewiesen worden, weil sie den Mund-Nasen-Schutz vergessen hatte. Inzwischen gehörte er zur Checkliste wie Schlüssel, Geldbeutel und Handy.

Die Fahrt zur Isar verlief weitestgehend schweigend. Leon las in einem zerfledderten Comic, während Mandy auf ihrem

Handy daddelte. Obwohl Susanne dagegen gewesen war, hatte Rainer ihr eines zum elften Geburtstag gekauft.

An der Isar angekommen, suchten sie einen schattigen Platz, wo sie ihre Badetücher ausbreiteten. Susanne verkniff sich eine Bemerkung über Mandys allzu knappen Bikini, der mehr verriet als verdeckte. Ihre Tochter war inzwischen in der Pubertät angekommen und hatten neben dem Handy vor allem Jungs im Kopf. Dumm nur, dass die sich so gar nicht für sie interessierten. Zumindest nicht die, auf die sie ein Auge geworfen hatte.

Susanne bestand darauf, dass sie sich zuerst mit Sonnenmilch eincremten, dann durften sie ins Wasser.

»Ich komme später nach«, sagte sie und machte es sich auf ihrem Handtuch so gut es ging gemütlich. Viel lieber wäre sie vor ihrer Staffelei gestanden und hätte gemalt, aber die Kinder wollte sie keinesfalls verlieren. Diesen Preis zahlte sie gern.

Der Nachmittag wurde dann doch noch recht entspannt. Ein Gruppe Jugendlicher ließ Mandy beim Volleyball mitspielen, während Leon einen Jungen aus seiner Parallelklasse traf, der im selben Ferienprogramm war wie er.

Susanne las ein paar Seiten in einem Roman, döste ein, erwachte vom Geschrei der Jugendlichen, kühlte sich kurz in der Isar ab und begann den Ablauf von Neuem.

Um halb sieben klagte Leon über Hunger. Susanne sagte ihm, dass sie für den Abend Pizza eingeplant habe, was sein erhitztes Gesicht zum Leuchten brachte. Sie rief nach Mandy, die mit zwei Jungs zusammenstand und offensichtlich Handynummern austauschte. Susanne entschied, sich keine allzu großen Sorgen zu machen. Es gehörte nun einmal dazu.

Sie suchten ihre Sachen zusammen und fuhren mit der Straßenbahn zurück, müde, aber zufrieden. Als sie an der Pizzeria vorbeikamen, wurde vor dem Lokal gerade ein Tisch frei, und Susanne beschloss, gleich hier zu essen.

Leon bekam seine heißgeliebte Pizza Hawaii, Mandy nahm einen Salat, Susanne wagte sich an die Lasagne. Sie hatte in den letzten Monaten fleißig Kochen geübt und war nun imstande, mehr als das Nudelgericht auf den Tisch zu bringen.

Leon bekam zum Nachtisch ein Eis, Mandy verzichtete ebenso wie Susanne. Als sie eine halbe Stunde später die Treppen zur Wohnung hochstiegen, klagte Leon über Bauchweh und verschwand sofort in Susannes Schlafzimmer, das während der nächsten Tage zum Kinderzimmer umfunktioniert wurde.

Susanne bat Mandy, die Tickets für den Tiergarten zu buchen, und war erstaunt, wie souverän ihre Tochter das hinbekam.

»Vielleicht kannst du mir das bei Gelegenheit mal zeigen«, sagte sie leise.

Mandy schaute sie erstaunt an. »Was meinst du?«

Susanne zeigte auf den Laptop. »Das da. Ich könnte das nicht.«

»Das ist ...«, begann Mandy, biss sich auf die Lippe, sagte dann: »Klar, kann ich gerne machen. Es ist eigentlich recht einfach, wenn man den Trick erstmal raushat.«

»Danke«, erwiderte Susanne, und beide wussten, dass sie nicht nur das Angebot meinte. Mandy lächelte verlegen. Susanne überlegte, ob sie die Gunst der Stunde nutzen sollte, um nach möglichen Problemen zu Hause zu fragen, fand es aber zu früh. Wenn es jetzt zum Streit mit Mandy käme, wären die nächsten Tage gelaufen.

Stattdessen fragte sie: »Sollen wir oben schlafen?«

»Ja, das wäre schön. Hier unten ist es wahnsinnig heiß.«

»Gut, ich räume schnell die Malsachen weg.« Susanne stand auf und ging hinauf in das Atelier, wo sie die Staffelei und die Malutensilien vorsichtig zur Seite räumte. Sehr viel Platz war nicht vorhanden, aber für ein paar Decken und Kissen reichte es. Gemeinsam mit Mandy richtete sie das Lager her.

»Was machen wir mit Leon?«, fragte sie.

»Lass ihn schlafen. Wenn er wach wird, kommt er schon«, schlug Mandy vor.

Sie machten sich bettfertig. Mandy trug statt eines Schlafanzugs ein altes, ausgeleiertes T-Shirt, Susanne eine Art Negligé, das sie sich nach dem Verkauf der ersten Bilder geleistet hatte.

»Chic siehst du aus«, sagte Mandy. In ihrer Stimme lag echte Bewunderung.

»Vielen Dank.« Susanne freute sich sehr über das Kompliment.

Sie stiegen die Wendeltreppe hinauf und legten sich auf die Decken.

»Ich fürchte, es ist zu hell in der Stadt. Sterne werden wir eher nicht sehen.«

»Das ist schon in Ordnung«, sagte Mandy. »Es ist trotzdem schön, hier zu liegen.«

Sie schwiegen eine ganze Weile, und Susanne war sich fast sicher, dass ihre Tochter eingeschlafen war, als diese leise sagte: »Er trinkt.«

Sie musste nicht fragen, wen Mandy meinte.

»Wie lange schon?«, fragte sie stattdessen.

»Seit ein paar Wochen«, antwortete Mandy. »Vermutlich schon länger.« Sie schwieg, fuhr Minuten später fort: »Er hat versucht, es vor uns zu verbergen. Ich glaube – ich hoffe! –, Leon hat es noch nicht mitbekommen. Neulich ...« Sie stockte, atmete ein paar Mal tief ein und aus. »Neulich hat er sich in der Tür geirrt. Er wollte schlafen gehen, kam aber zu mir ins Zimmer.«

»WAS?« Susanne fuhr hoch.

»Psst, sei doch leise!«, mahnte Mandy, als sei sie die Mutter und Susanne das Kind. »Er wollte nichts von mir, falls du das denkst. Wirklich nicht. Er war einfach betrunken und hat die falsche Tür erwischt. Er hat es gemerkt und ist wieder gegangen. Ich habe so getan, als würde ich schlafen.«

Susanne starrte ihre Tochter an. »Bist du sicher, dass ...?«

»Ja!« Sie klang genervt. »Ich bin mir sicher. Es war das einzige Mal, dass es passiert ist. Ich bin kein kleines Kind mehr, ich kann auf mich aufpassen.«

»Ich weiß«, sagte Susanne. »Es tut mir leid, aber das ist

vermutlich der Mutterinstinkt, der irgendwo in mir schlummert.«

»Tief versteckt«, erwiderte Mandy.

An ihrer Stimme konnte Susanne hören, dass sie es nicht ernst meinte, dennoch war sie getroffen. Mandy schien das zu spüren, denn sie entschuldigte sich.

Susanne lachte bitter. »Du hast ja recht. Ich bin keine gute Mutter, da müssen wir uns nichts vormachen.« Sie drehte sich auf die Seite, damit Mandy ihr Gesicht nicht sah.

»Das ist nicht richtig«, ließ Mandy sich nach einer Weile vernehmen. »Du bist keine schlechte Mutter, du bist halt anders als man es erwartet.«

Langsam drehte Susanne sich um. »Was soll das heißen?«

»Na ja, du machst eben nicht das, was andere Mütter normalerweise tun: kochen, waschen, putzen und all den Kram. Alle Mütter, die ich kenne, also die von meinen Freundinnen, sind zuhause und kümmern sich um alles. Zwei arbeiten am Vormittag ein paar Stunden im Supermarkt, aber sie sind immer rechtzeitig zu Hause, damit das Mittagessen pünktlich auf dem Tisch steht. Sagen meine Freundinnen. Eine ist Sprechstundenhilfe, aber auch nur halbtags. Mikas Mutter – du kennst Mika, nicht wahr? – Mikas Mutter ist Ärztin, die hat ihre eigene Praxis, da ist sie den ganzen Tag. Aber die haben eine Haushaltshilfe, die den ganzen Kram macht und auch für Mika kocht.«

»Wir konnten uns keine Hilfe leisten«, warf Susanne leise ein.

»Ich weiß.« Es klang lakonisch. »Ich hätte auch keine gewollt. Es war doch gut so.« Sie wandte sich Susanne zu. »Nein, eigentlich war es nicht gut. Du warst immer müde und oft auch traurig. Und du hattest nie Zeit zum Malen.«

Susanne konnte die Tränen nicht mehr zurückhalten. Seit wann hatte sie so eine kluge Tochter?

»Nicht weinen, Mama«, sagte Mandy leise. »Es wird alles gut.«

Susanne war sich da nicht so sicher. Sie konnte die Kinder nicht bei Rainer lassen, wenn der trank. Mag sein, dass er sich tatsächlich nur in der Tür geirrt hatte, aber was, wenn nicht? Was, wenn er eines Tages so betrunken war, dass er Mandy nicht mehr als seine Tochter erkannte? Oder wusste, dass es seine Tochter war, aber …?

Sie wollte den Gedanken nicht weiterdenken. Die kurze Szene vom Nachmittag im Treppenhaus fiel ihr wieder ein. Warum war Mandy der Hand ihres Vaters ausgewichen, wenn auch nur so minimal, dass es kaum auffiel? Hatte sie Angst vor ihm?

Hätte man sie am Tag zuvor gefragt, ob sie Rainer so etwas zutrauen würde, hätte sie im Brustton der Überzeugung Nein gesagt. Jetzt würde sie zögern und letztendlich zugeben müssen, dass sie es nicht wisse. Rainer war mehr auf Reisen als Zuhause gewesen; wie hätte sie erkennen können, dass er sich verändert hatte? Hatte sie es überhaupt versucht? Sie hatten in den letzten Jahren nicht mehr zusammen, sondern eher nebeneinanderher gelebt.

«Wir sollten schlafen«, sagte Susanne. »Lass uns morgen darüber reden.«

»Leon weiß nichts davon«, wiederholte Mandy. »Und das soll auch so bleiben.«

»Ja«, sagte Susanne, obwohl sie bezweifelte, dass ihr Sohn tatsächlich nichts mitbekommen haben sollte. Kinder hatten für so etwas ein besonderes Gespür.

»Gute Nacht, Mama.«

»Gute Nacht, Mandy, schlaf gut.«

Ihre Tochter drehte sich um und war wenige Minuten später eingeschlafen, während Susanne sich hin- und herwälzte. Doch irgendwann überkam auch sie der Schlaf. Mitten in der Nacht wachte sie kurz auf, weil Leon sich zwischen sie drängte, schlief aber sofort wieder ein, glücklich, die Kinder sicher zu wissen.

Als sie am Morgen in einem Knäuel aus Beinen und Armen erwachte, war die Erinnerung an das nächtliche Gespräch sofort präsent. Hatte sie es geträumt oder war es wahr?

Vorsichtig schälte sie sich heraus und schlich hinunter, um

das Frühstück vorzubereiten. Zum Glück hatte sie schon alles eingekauft. Sie heizte den Backofen an und schob die aufbackbaren Semmeln hinein. Bald waberte ein herrlicher Duft nach frisch gebackenem Brotteig durch die Küche. Während die Kaffeemaschine lief und das Wasser für den Tee kochte, deckte sie den Tisch. Es war alles beengt, die Wohnung war nicht für eine dreiköpfige Familie ausgerichtet, aber für ein paar Tage ging es. Es unterstrich den Charakter des Besonderen.

Sie hörte die Kinder oben flüstern und rief hinauf, dass das Frühstück fertig sei. Leon kam heruntergepoltert, Mandy folgte langsamer. Aber beide staunten, als sie den gedeckten Tisch sahen.

»Wow«, rief Leon. »Bärchenwurst!«

Susanne freute sich, die Kinder glücklich oder zumindest zufrieden zu sehen. Vielleicht war sie wirklich keine so schlechte Mutter.

Die vier Tage vergingen wie im Flug. Beide Kinder bemühten sich sehr, nicht zu anstrengend zu sein; es war beinahe, als habe das nächtliche Gespräch zwischen Mutter und Tochter etwas ausgelöst. Das Thema wurde nicht mehr erwähnt, aber Susanne dachte die ganze Zeit an nichts anderes.

Als sie Mandy und Leon am frühen Sonntagnachmittag wie vereinbart bei Rainer ablieferte, nahm sie ihre Tochter noch einmal kurz zur Seite und bat sie, ihr sofort Bescheid zu sagen, sollte sich so ein Vorfall noch einmal wiederholen. Oder irgendetwas anderes geschehen.

Dass Mandy nur Ja sagte und nicht, wie erwartet, genervt die Augen verdrehte, machte die Sache nicht besser. Die Situation war ernst.

Susanne stieg in ihren Golf ein und wartete, bis alle im Haus verschwunden waren. Obwohl ihr diesmal nichts an Rainer aufgefallen war, machte sie sich große Sorgen. Wen konnte sie um Rat fragen? Robert natürlich, wen sonst?

Sie zog ihr Handy aus der Handtasche, suchte die Nummer ihres Bruders und drückte auf den Wählknopf. Als er sich meldete, fragte sie, ob sie sich treffen könnten. »Wo bist du?«, wollte sie wissen, da sie im Hintergrund Stimmen hörte.

»Ich bin bei Hannah zum Brunchen«, erwiderte er. »Warum kommst du nicht auch her?«

»Ich, ich weiß nicht, ich ...«

»Na, komm schon«, lockte Robert. »Nach vier Tagen mit den Kindern hast du dir das verdient.«

»Na gut«, lenkte Susanne ein. Sie legte auf und fuhr los. Am späten Sonntagmorgen herrschte kaum Verkehr, weshalb sie schnell in Neuhausen ankam. Dann brauchte sie allerdings fast noch einmal so lange, um einen Parkplatz zu finden.

Vor dem Café waren alle Tische besetzt. Sie schaute durch eines der Schaufenster und entdeckte ihren Bruder in seiner Lieblingsecke. Als sie eintrat, winkte Robert ihr zu. Er stand auf, um sie mit Küsschen links und rechts zu begrüßen, dann hielt er sie auf Abstand und musterte sie.

»Die Tage mit den Kindern tun dir gut«, bemerkte er. »Du hast einen leichten Sonnenbrand.« Er lachte und tippte ihr auf die Stirn. »Komm, setz dich. Was willst du trinken?«

Am liebsten wäre Susanne wieder gegangen. Kam es ihr nur so vor, oder war Robert wie aufgezogen? Bevor sie fragen konnte, kam die ältere Bedienung und fragte nach ihren Wünschen.

Susanne setzte sich in einen Sessel und bestellte zunächst einen Milchkaffee. »Ich habe momentan keinen Hunger, danke«, sagte sie.

Robert schien zu spüren, dass etwas in der Luft lag.

»Was ist los?«, wollte er wissen. »Gab es Probleme?«

Susanne schüttelte den Kopf. Sie wollte hier nicht über Rainer reden. Wer weiß, wer alles mithörte. Stattdessen schaute sie sich um. Sie war froh, an den Wänden neue Bilder von Waldhausen zu entdecken. Er nutzte also sein eigenes Atelier wieder, das er ihr selbstlos für so eine lange Zeit überlassen hatte. Auf einigen Schildern klebte ein roter Punkt.

»Die Geschäfte scheinen gut für ihn zu laufen«, sagte sie und zeigte auf die Bilder.

»Ja, und deine tun es auch.«

»Nicht, wenn ich die Kinder zu mir nehmen muss«, sagte Susanne.

Ihr Bruder schaute sie neugierig an. »Wie meinst du das?«

»Rainer trinkt«, erklärte sie und berichtete nun doch von dem nächtlichen Gespräch mit Mandy.

»Das klingt nicht gut«, fand auch Robert. »Du solltest dringend mit ihm reden.«

Susanne lachte. »Ich bin die letzte, mit der er reden würde.« Sie zögerte, fügte hinzu: »Ich habe mir schon Gedanken gemacht. Ich werde das Sorgerecht beantragen und die Kinder zu mir holen.«

»Wovon willst du sie versorgen?«, wollte Robert wissen. »Ich muss dir nicht sagen, dass Kinder teuer sind.«

»Ich suche mir einen Job. Das mit der Malerei muss eben aufhören.«

»Du redest davon, als sei es ein x-beliebiges Hobby, das man mal eben beginnt und dann wieder zur Seite legt. Du hast das studiert, wirf das nicht einfach weg.«

»Die Kinder sind wichtiger«, sagte Susanne nur.

»Ja, du hast ja recht.« Robert wirkte so besorgt, wie sie sich fühlte.

Die Bedienung brachte den Milchkaffee. Sie schien zu spüren, dass sie störte, und ließ sie wortlos allein. Susanne nippte am Kaffee und war trotz aller Sorgen in der Lage, dessen Qualität zu erkennen. Kein Wunder, dass Robert regelmäßig hierherkam.

»Was soll ich jetzt tun?«, fragte sie schließlich.

»Du solltest wirklich mit Rainer reden und ihm sagen, dass du es weißt. Stell ihm eine Frist. Bis dahin muss er sein Leben in den Griff bekommen; falls nicht, holst du die Kinder zu dir. Bis dahin bleibt uns Zeit, uns eine Lösung zu überlegen.«

So sehr Susanne das ›uns‹ freute, so sehr zweifelte sie daran, Robert auch noch in diese Angelegenheit hineinzuziehen. Da es müßig war, das jetzt mit ihm auszudiskutieren, nickte sie nur.

Für ihn schien die Sache damit erledigt zu sein. Sie lehnte sich zurück und versuchte, sich zu entspannen. Im Café waren nur wenige Tische besetzt, das machte es einfacher. Erst jetzt bemerkte sie, dass auf dem Tisch vor ihnen drei Kaffeetassen standen. Eine davon war ihr halbleerer Milchkaffee, die anderen beiden waren leer.

»Seit wann bist du ein Junkie?«, fragte sie lachend, zeigte auf die Tassen und war erstaunt, als Robert sie ernst anblickte. »Was ist? Habe ich was Falsches gesagt?«

Er schüttelte den Kopf. »Nein, aber ich muss dir etwas sagen.«

Es klang so ernst, dass sie nur ein langgezogenes »Okaaay« von sich gab.

Robert räusperte sich. »Ich habe jemanden kennengelernt«, sagte er.

»Aber das ist doch fantastisch!«, rief Susanne. »Ich freue mich für dich.«

»Es ist, ähm, na ja, sagen wir mal, kompliziert.«

Mit Verwunderung sah sie, dass ihr Bruder tatsächlich rot wurde. Mit Mühe verkniff sie sich ein Lachen.

»Okay, raus damit. Wer ist sie? Ist sie verheiratet? Das ist heutzutage doch kein Grund mehr«, witzelte sie, aber Robert konnte nicht darüber lachen. »Nun sag schon, spann mich nicht so auf die Folter.«

»Es ist ein Er«, sagte Robert so leise, dass sie glaubte, sich verhört zu haben.

»Was?«

»Es ist ein Er und es ist mir egal, wenn du was dagegen hast.« Er schob das Kinn vor und schaute sie herausfordernd an.

»Warum sollte ich etwas dagegen haben?«, fragte Susanne.

»Es kommt nur etwas überraschend. Ich wusste nicht, dass du schwul bist, aber das ist doch kein Problem.« Ein Verdacht keimte in ihr auf. »Ist es ein Problem für dich?«

»Nein«, sagte er schnell, zu schnell, wie er selbst zu merken schien. »Ich, ich wusste es auch nicht. Bis ich Gerôme kennenlernte.«

»Vermutlich bist du bi, immerhin hattest du ja auch schon was mit Frauen. Oder?«

Robert schaute sie neugierig an. »Stört dich das überhaupt nicht?«

Susanne runzelte die Stirn. »Nein, natürlich nicht. Warum sollte es? Einige meiner früheren Künstlerfreunde waren schwul oder bi oder was auch immer. Jeder soll nach seiner Façon glücklich werden.« Sie beugte sich vor und ergriff Roberts Hand. »Bist du glücklich?«

»Derzeit ja«, sagte er. »Aber wer weiß, wie lange das anhält. Es ist alles auch sehr verwirrend.«

»Genieße es einfach.«

Robert schaute sie leise lächelnd an.

»Was ist?«, fragte sie.

»Meine kleine Schwester. Ich hätte nicht gedacht, dass du so offen sein würdest.«

»Da siehst du mal, wie wenig wir uns kennen«, sagte sie. Ihr fiel die Kommode in seiner Wohnung ein. »Kann ich dich etwas fragen?«

»Klar, jederzeit«, sagte Robert verwundert.

»In deiner Wohnung, in dem Zimmer, in dem ich gewohnt habe, steht eine Kommode«, begann Susanne. »Ich fand, ich dachte, sie sieht aus wie eine ...«

»Wickelkommode?«, ergänzte er.

»Ja. Habe ich mich getäuscht?«

Robert schüttelte den Kopf. »Hast du nicht. Es gibt, es gab diese Frau, wir hatten eine etwas seltsame Beziehung. Wir waren beide sehr unabhängig und wollten es auch bleiben. Wir nannten es eine lockere Beziehung.« Er wischte sich mit der Hand über das Gesicht. »Ich glaube, wie nahmen es beide nicht besonders ernst. Ein paar Jahre lang lief es gut. Wir hatten unsere eigenen Wohnungen und ›besuchten‹ uns gegenseitig.« Er markierte Anführungszeichen in der Luft, um den seltsamen Charakter der Beziehung deutlicher zu machen. »Dann wurde sie schwanger. Nach dem ersten Schock fand ich es gar nicht mal so schlimm.« Er grinste sie an. »Ich wusste, nicht jede Ehe verläuft so wie deine.«

Susanne gab ihm einen Stoß in den Arm, bemühte sich um ein Lachen.

»Und dann?«

»Wir redeten über die Möglichkeiten. Ich sagte ihr, dass ich auch über Heirat und Zusammenziehen nachdenken würde, aber das kam für sie nicht in Frage.« Er schüttelte nachdenklich den Kopf. »Ich weiß bis heute nicht, warum sie so panische Angst vor der Ehe hatte. Sie beschloss jedenfalls, das Kind abzutreiben. Das heißt, sie hat es nicht nur ohne mich beschlossen, sondern gleich durchgeführt und damit vollendete Tatsachen geschaffen.«

»Daran ist eure Beziehung gescheitert«, stellte Susanne fest.

»Vermutlich. Vielleicht aber auch an vielen anderen Dingen. Ich weiß es nicht.«

»Hast du noch Kontakt zu ihr?«

»Nein. Sie ist kurz nach unserer Trennung ins Ausland gegangen, zuerst nach Dubai, später irgendwo nach Asien.«

Susanne griff nach Roberts Hand und drückte sie. »Es tut mir leid. Ich habe nie etwas davon mitbekommen. Ich hätte für dich da sein müssen.«

Er lächelte. »Du hattest deine eigenen Probleme. Außerdem war unser Verhältnis zu der Zeit auch nicht gerade das beste.«

Susanne seufzte. »Wir sind wahre Beziehungshelden. Erzähl mir mehr von Gerôme.«

Roberts Gesicht überzog wieder eine leichte Röte. »Wir haben uns über die Stiftungsarbeit kennengelernt. Er ist Vorsitzender eines Vereins, den ich mir wegen Förderung angeschaut habe. Wir verstanden uns auf Anhieb, aber ich dachte, er ist halt ein netter Mensch, der möglicherweise ein Freund werden könnte. Irgendwann merkte ich, dass ich mich auf unsere Treffen freute, dass ich nervös wurde, wenn er in der Nähe war. Und dass ich ständig an ihn denken musste. Ich fand das albern, aber die Gefühle waren so stark, dass ich sie nicht mehr ignorieren konnte.« Er machte eine Pause, hing seinen Gedanken nach, lächelte in sich hinein. Susanne wartete geduldig ab. »Ich brach dann den Kontakt ab, denn ich wollte nicht in einen Mann verliebt sein. Aber er ließ nicht locker, rief immer mal wieder an, unter irgendeinem fadenscheinigen Vorwand. Und sagte mir eines Tages, dass er in mich verliebt sei. Ich war schockiert und glücklich zugleich. Er war offen schwul, es war für ihn also kein großes Ding. Aber ich war bis dahin nur mit Frauen zusammen gewesen, für mich war das eine völlig neue Welt.« Er schaute Susanne direkt in die Augen. »Seit zwei Monaten sind wir offiziell ein Paar.«

»Ich freue mich für dich, wirklich«, sagte sie. »Du musst ihn mir unbedingt bald vorstellen.« Sie sah sich um und winkte der Bedienung. »Und jetzt habe ich Hunger.«

Am nächsten Morgen rief sie Rainer an.

»Wir müssen reden«, sagte sie ohne Umschweife. »Ich weiß, dass du trinkst.«

Immerhin hatte er den Anstand, es nicht zu leugnen. Sie vereinbarten ein Treffen zwei Tage später. Mandy wollte mit Freundinnen ins Kino gehen, Leon würde bei einem Freund übernachten.

Als Susanne vor der Wohnung stand, war sie nervös. Zu viele Erinnerungen hingen daran, und nicht nur gute. Eigentlich überwiegend negative. Aber sie hatten vereinbart, nicht in ein Restaurant zu gehen, zum einen, damit Rainer nicht in Versuchung geriet, zum anderen, um keine ungebetenen Lauscher zu haben.

Susanne strich sich über den ungewohnt freien Hals. Sie war am Tag zuvor beim Friseur gewesen und hatte sich von ihrer blonden Mähne getrennt. Es war ein radikaler Schritt. Seit sie denken konnte, hatte sie lange Haare gehabt, aber ihr war nach einer Veränderung zumute gewesen, einer sichtbaren.

Energisch drückte sie auf den Klingelknopf. Rainer musste im Flur gewartet haben, denn er öffnete die Tür nur Sekunden später.

»Hallo«, sagte er und stutzte, als er ihre Frisur sah. »Ungewohnt«, bemerkte er. »Aber nicht schlecht.«

Susanne lachte. »Ich bin vorhin auch erschrocken, als ich mich im Spiegel sah. Aber es ist ziemlich praktisch.« Wie zum Beweis fuhr sie sich durch die Haare.

»Komm rein.« Er zog die Tür ganz auf und ließ sie vorbeigehen.

Susanne vermied es zu schnuppern. Immerhin roch er nicht allzu intensiv nach Rasierwasser. Ein gutes Zeichen.

Aus alter Gewohnheit ging sie ins Wohnzimmer, stockte in der Tür. »Hier oder Küche?«, fragte sie.

»Wo du willst.«

Sie entschied sich für das Wohnzimmer. Es war sauber und aufgeräumt, auf dem Couchtisch standen eine Karaffe mit Wasser und zwei Gläser.

»Das waren die Kinder«, sagte Rainer.

»Sie wissen, dass wir reden?«

Er nickte. »Nimm bitte Platz.« Er zeigte auf ihren Lieblingssessel.

Susanne setzte sich. Es war seltsam, als Gast in der Wohnung zu sein.

»Sie hoffen, dass wir uns vertragen und wieder zusammenkommen«, sagte er leise.

»Wir werden sehen«, erwiderte Susanne schärfer als beabsichtigt. »Tut mir leid, ich bin nervös.«

»Ich auch.«

Sie redeten bis weit nach Mitternacht. Es kam alles auf den Tisch, alle Verletzungen, alle vermeintlichen Verfehlungen, alle Gemeinheiten der letzten Jahre. Sie hatten vorab vereinbart, den anderen stets ausreden zu lassen, und hielten sich weitestgehend daran. Sie hatten auch vereinbart, nicht laut zu werden, was mit jeder fortgeschrittenen Stunde schwieriger wurde. Dennoch bemühten sie sich um ein zivilisiertes Gespräch.

»Ich vermisse dich«, sagte Rainer, als ihnen die Argumente ausgegangen waren.

Susanne hatte lange mit sich gehadert, ob sie ihm reinen Wein einschenken sollte bezüglich ihrer Gefühle. Aber sie hatten nun einmal beschlossen, radikal ehrlich zu sein.

»Es tut mir leid«, begann sie. »Aber ich liebe dich nicht mehr.« Seinen verletzten Gesichtsausdruck zu sehen, tat ihr weh, aber jetzt war es raus und sie konnte und wollte es nicht mehr zurücknehmen. »Ich werde nicht mehr zurückkommen«, fügte sie hinzu. »Es hat sich zu viel verändert.«

»Was ist mit den Kindern?«

»Sie werden es verstehen. Ich bin sicher, es ist besser, sie sehen zwei getrennte, aber glückliche Eltern, als ein Paar, das zwar zusammenlebt, aber unglücklich ist.«

»Ich bin nicht unglücklich«, protestierte Rainer.

»Warum trinkst du dann?«

»Ich ...«, begann er, stockte.

»Du kannst es nennen, wie du willst. Langeweile, Frust, Überarbeitung. Am Ende kommt es immer auf dasselbe raus.«

Er schaute sie verwundert an. »So selbstbewusst habe ich dich noch nie erlebt«, sagte er.

»Was einiges über unsere Ehe aussagt«, bemerkte sie trocken. Sie erhob sich. »Ich sollte gehen. Es ist alles gesagt.«

Wider Erwarten versuchte er nicht, sie aufzuhalten. Die neue Susanne schien ihm Respekt einzuflößen. Sie nahm es mit Genugtuung wahr.

Als sie im Wagen saß und nach Hause fuhr, fühlte sie sich

seltsam befreit, als sei die Last mehrerer Jahre von ihr abgefallen. Nicht alles an ihrer Ehe war schlecht gewesen, zumindest nicht in den ersten Jahren. Erst in den letzten Jahren hatten sich die negativen Erfahrungen angehäuft.

Susanne wollte nicht behaupten, dass sofort alles besser werden würde. Das Gespräch war hart, aber gut und vor allem nötig gewesen. Sie hatten Regeln aufgestellt, an die sich beide Seiten halten mussten. Rainer musste sein Alkoholproblem in den Griff bekommen, sie musste lernen, finanziell auf eigenen Füßen zu stehen. Sie würde das Malen nicht aufgeben, aber sie musste sich einen Job suchen. Sie würde das schaffen, andere taten das auch. Möglicherweise müsste sie sich eine neue, größere Wohnung suchen, da die Kinder häufiger bei ihr übernachten würden.

Das Sorgerecht würden sie sich vorerst teilen. Sollte Rainer weiter trinken, würde sie es für sich allein beantragen. Aber Susanne war sicher, dass er das hinkriegen würde. Er war schon immer der Stärkere von ihnen beiden gewesen.

»Gewesen«, sagte sie laut, während sie in ihre Straße einbog. Von jetzt an war sie ihm ebenbürtig.

Alexandra »Alex« Steiner

Theo

Nachdem die Gäste gegangen waren, räumte sie die beiden Tische draußen ab. Sie stapelte Teller, Tassen, Gläser und Besteck so auf das Tablett, dass sie nur einmal laufen musste, und stellte es zunächst auf den Tisch links der Tür, um den rechten Tisch zu desinfizieren. Danach wanderte das Geschirr auf einen Stuhl, damit sie auch den linken Tisch entsprechend reinigen konnte.

Der Aufwand war gewaltig, aber da es die Voraussetzung war, dass das Café öffnen und sie wieder arbeiten durfte, machte es Alex nichts aus. Sie faltete die Decken zusammen, die die Gäste genutzt hatten, und legte sie über die Stuhllehnen. Nach einigen kalten Tagen, selbst für Oktober ungewöhnlich, kratzte das Thermometer an diesem Freitag immerhin an der Zwanzig-Grad-Marke.

Neue Gäste kamen und betraten das Café. Alex begrüßte sie und sagte ihnen, dass sie gleich bei ihnen wäre. Sie bückte sich, um das vollbeladene Tablett aufzunehmen, als sie den Zettel unter dem Tisch entdeckte. Er war schlampig gefaltet, als habe jemand etwas schreiben wollen, den Entwurf aber für nicht gut genug befunden und das Papier entsorgt. Sie öffnete es kurz, sah Gekritzel, vermutete eine Kinderzeichnung, warf den Zettel auf das Tablett und brachte es in die Küche, wo Edi gerade eine Quiche aus dem Ofen holte.

»Duftet herrlich«, sagte Alex und räumte das Geschirr in die Spülmaschine.

»Danke«, erwiderte Edi. »Ist viel los?«

»Es geht.« Alex wischte sich eine Strähne aus dem Gesicht. »Besser als nichts.« Sie nahm den Zettel und legte ihn auf die Arbeitsplatte, um ihn zu entsorgen.

Doch dann fielen ihr die neuen Gäste ein und sie lief hinaus in den Laden, um sie nach ihren Wünschen zu fragen.

In der folgenden Woche – es war definitiv zu kalt, um draußen zu sitzen; nur ein hartgesottener Raucher hatte an einem der Tische Platz genommen, eine Decke um die Schultern geschlungen, einen dampfenden Kaffee vor sich und den Glimmstängel in der Hand – kam Hannah hereingerauscht und drückte ihr im Vorbeigehen etwas in die Hand.

»Wir sind doch keine Müllhalde«, schimpfte sie. »Die Menschen haben keinen Anstand mehr.«

Alex wollte das Knäuel, das Hannah ihr gegeben hatte, wegwerfen, als ihr auffiel, dass die Faltung des Papiers dem ähnelte, das sie vor ein paar Tagen gefunden hatte. Neugierig öffnete sie den Zettel und fand erneut Kritzeleien darauf. Sie schaute sie sich genauer an und erkannte zwei Galgen, an denen Strichmännchen hingen. Es hätte eine Kinderzeichnung sein können, hätte nicht ein Pfeil auf eines der Männchen gezeigt und es mit dem Wort *Merkel* verbunden. Unter den Galgen stand *Wir sind das Volk!* und *Hängt sie auf!*

Alex schluckte. Die Presse war voll mit Berichten von

Leuten, die die Corona-Maßnahmen nicht einhalten wollten und sich mehr und mehr radikalisierten.

»Hannah?«, rief sie, da sie nicht wusste, wo ihre Chefin verschwunden war.

»Sie ist hinten raus«, sagte Edi und zeigte auf die Seitentür.

»Soll ich ihr das zeigen?«, fragte Alex sie und hielt den Zettel hoch.

»Oha«, machte Edi. »Das sollte die Polizei sehen.«

»Finde ich auch. Letzte Woche habe ich schon so was gefunden, ich dachte aber, es ist von einem Kind. Ich glaube, ich habe ihn in der Küche liegen lassen.«

Edi schüttelte den Kopf. »Ich kann mich nicht erinnern. Vermutlich habe ich ihn einfach weggeworfen. Wann war das?«

Alex dachte nach, war sich aber nicht sicher, ob es Donnerstag oder Freitag gewesen war. »Ich schaue für alle Fälle mal nach«, sagte sie und ging in die Abstellkammer, wo die Müllbehälter standen. Auf ihren Vorschlag hin hatten sie seit einigen Wochen ein Mülltrennsystem. Sie kippte kurzentschlossen den Inhalt der Papiertonne auf den Boden und begann zu suchen. Ohne Erfolg. Sie schaufelte alles zurück und ging ins Café. Da Edi gerade bediente, signalisierte sie ihr das Ergebnis mit Kopfschütteln und zeigte mit dem Finger an die Decke. Edi nickte.

Alex verließ den Laden ebenfalls durch die Seitentür, die sie ins Treppenhaus brachte, und stieg in den ersten Stock, in dem Hannah wohnte. Sie klingelte und wartete ungeduldig, bis ihre Chefin öffnete.

»Ich muss dir was zeigen«, sagte sie. »Aber nicht im Treppenhaus.«

Erstaunt ließ Hannah sie in die Wohnung.

»Was gibt's?«

Alex hielt ihr den Zettel hin. »Ich habe letzte Woche schon so einen gefunden, allerdings nicht genau angeschaut. Ich dachte, ein Kind hat was gemalt.«

»Könnte man auf den ersten Blick tatsächlich meinen«, bestätigte Hannah. »Hast du den noch?«

»Nein. Ich habe im Müll gesucht, aber ihn nicht gefunden.«

»Wo war er?«

»Draußen, unterm Tisch.« Alex dachte kurz nach. »Unter dem linken.«

»Der«, Hannah hielt das Stück Papier in ihrer Hand hoch, »lag neben dem rechten Tisch.«

»Es könnte ihn also irgendjemand im Vorbeigehen einfach hingeworfen haben«, stellte Alex fest.

»Ja. Ich rufe die Polizei. Ich kümmere mich darum.«

Alex wandte sich mit einem »Okay« ab und verließ die Wohnung.

»Alex?«, rief Hannah ihr nach.

»Ja?«

»Haltet die Augen offen. Und auch die Ohren. Ich glaube zwar nicht, dass es einer unserer Gäste ist, aber man weiß ja nie.«

»Machen wir.« Alex stieg die Treppe hinunter und verließ das Haus, um ins Café zurückzukommen, da sie keinen Schlüssel für die Seitentür hatte. In einer etwas ruhigeren Minute berichtete sie Edi von dem Gespräch mit Hannah.

Irgendwann stand auf der gegenüberliegenden Seite ein Streifenwagen, aber Alex war zu beschäftigt, um zu beobachten, was vor sich ging. Hannah erklärte ihnen später, dass die Polizei informiert sei und sie weitere Zettel, sofern welche auftauchen, sofort melden sollten.

Edi und sie versprachen es, aber Alex hatte es an diesem Tag eilig. Ihr bester Freund Theo hatte sich angesagt. Sie hatte bis Montag freigenommen, damit sie ausgiebig Zeit zum Reden hatten. Es würde viel zu besprechen geben.

Sie hatte ihre Flucht aus Kiel vor mehr als einem Jahr sogar vor ihrem besten Freund geheim gehalten. Als sie sich endlich bei ihm meldete, wollte Theo sofort kommen, aber er war gerade dabei, eine Ausstellung vorzubereiten, die ihm eine einmalige Chance bot. Sie hatten telefoniert und auch geskyped, wie das alle Welt jetzt machte, aber es war einfach nicht dasselbe.

Ungeduldig saß sie in der Straßenbahn nach Harlaching und hoffte inständig, dass es keine Verzögerung geben würde. Eingekauft hatte sie bereits am Tag zuvor, kochen würden sie gemeinsam, wie in alten Tagen.

Der Verkehr lief ausnahmsweise ohne Probleme, sie kam pünktlich am Theodolindenplatz an. Von dort waren es nur ein paar Minuten zu ihrem Zuhause.

Ihre Ex Raffaela hatte sie nach dem Stalking-Vorfall ein Jahr zuvor tatsächlich in Ruhe gelassen; sie hatte daher überlegt, sich eine neue Bleibe weiter im Zentrum zu suchen. Aber sie hatte sich inzwischen so sehr an das Gartenhäuschen, den Garten und sogar an ihre Vermieterin, Frau Gödl, gewöhnt, dass sie es immer wieder vor sich herschob. Die Mietpreise taten ein Übriges. Sie zahlte schon für das Häuschen nicht wenig. Wer, bitte schön, konnte sich ein Einzimmerapartment für zwölfhundert Euro leisten? Obwohl sie meistens Hannahs Angebot, im Café zu essen, annahm, blieb am Ende kaum etwas übrig. Schließlich wollte sie auch mal wegfahren, sich was Neues zum Anziehen kaufen oder einfach ins Kino gehen.

Okay, das alles war wegen der Pandemie gerade nicht oder nur sehr eingeschränkt möglich, aber allein der Gedanke, man könnte, wenn man wollte, war tröstend. Also war sie in Harlaching geblieben.

Frau Gödl hatte ein paar Änderungen zugestimmt, sodass Alex sich inzwischen wirklich zu Hause fühlte. Die nächsten Tage würden allerdings spannend werden. Auch wenn Theo nicht anspruchsvoll war und neben seinem Schlafsack auch eine Luftmatratze mitbrachte, würde es ziemlich eng werden.

Als Alex den Garten betrat, erschien ihre Vermieterin mit einer Mülltüte in der Hand. Manchmal hatte sie den Verdacht, die alte Dame wartete extra auf sie und nahm den Müll nur als Vorwand.

»Hallo Alex«, sagte sie. »Sie sind heute aber früh zurück.«

»Hallo Frau Gödl. Ja, ich bekomme Besuch. Das wollte ich Ihnen sowieso noch sagen. Ein Freund aus Kiel kommt und bleibt ein paar Nächte. Er ist tatsächlich nur ein Freund«, schob sie schnell nach, als sie die Miene ihrer Vermieterin sah. »Er bringt Schlafsack und Luftmatratze mit.«

»Aha«, machte Frau Gödl.

Alex beschloss, ihr Theo vorzustellen, dann würde es keine Bedenken mehr geben. Theo hatte diese gewissen Ausstrahlung, die alle Bedenken verpuffen ließ. Sie deutete hinter sich. »Ich muss dann auch mal, muss noch einiges vorbereiten.«

»Ja, ja«, sagte Frau Gödl und hob die Mülltüte hoch. »Ich muss auch wieder.«

Alex ging durch den Garten zu ihrem Häuschen und trat ein. Obwohl sie wusste, dass sie alles besorgt hatte, überprüfte sie noch einmal den Inhalt ihres Kühlschranks. Als sie sich dabei ertappte, dass sie einen prüfenden Blick durch ihr kleines Reich schweifen ließ, ob auch wirklich alles aufgeräumt war, musste sie lachen.

»Er ist dein ältester und bester Freund, nicht deine Mutter«, schalt sie sich.

Theo musste jeden Moment eintrudeln. Sie holte sich eine Flasche Bier aus dem Kühlschrank, öffnete sie, nahm einen großen Schluck, schlüpfte in ihrem Mantel, setzte sich auf die Bank vor ihrem Häuschen und wartete.

Theo kam pünktlich. Die Taxifahrerin saß mit offenem Mund am Steuer und konnte sich gar nicht von seinem Anblick losreißen. Erst als jemand ungeduldig hupte, fuhr sie los.

Alex sprang auf, stieß dabei die Flasche um, lief auf ihn zu. Als Theo sie sah, ließ er sein Gepäck fallen und lief ihr ebenfalls entgegen. Sie fielen sich in die Arme.

»Schön, dass du da bist«, sagte sie, »Schön, dass ich da bin«, er.

Sie hielten sich minutenlang umschlungen, wollten nicht voneinander lassen. Endlich zog Alex sich zurück.

»Ich krieg keine Luft mehr«, japste sie.

Theo ließ sie los und lachte. »München hat dich verweichlicht.« Gemeinsam holten sie seine Sachen und gingen ins Haus. Vor der Tür blieb er stehen. »Das ist also jetzt dein Reich?«

Alex nickte. »Klein, aber fein und mein. Na ja, es gehört mir natürlich nicht, aber außer mir nutzt es keiner, also irgendwie doch mein.«

»Schön.« Sie hielt ihm die Tür auf. »Und größer, als von außen erwartet.«

»Nur ziemlich effektiv eingerichtet.« Alex deutete auf eine Ecke, die durch einen Vorhang abgetrennt war. »Das ist neu, konnte ich meiner Vermieterin abschwatzen.« Sie ging zum Vorhang und zog ihn auf. »Tataa! Vier Quadratmeter zusätzlich.«

»Ein Bett«, sagte Theo mit gespielter Enttäuschung. »Und ich dachte schon ...«

Alex lachte. »Egal, was du dachtest, es ist ein Bett. Ich habe dadurch zwei Quadratmeter Wohnraum gewonnen. Vorher stand hier«, sie deutete den Platz an, »ein Klappsofa, das alt und unbequem war. Endlich habe ich ein richtiges Bett. A propos Vermieterin. Lass uns bitte gleich mal rübergehen. Sie soll dich kennenlernen, damit sie nicht auf falsche Gedanken kommt.«

Sie grinsten sich an. Theo folgte ihr durch den Garten und bewunderte die gepflegten Beete.

»Sie verbringt viel Zeit damit«, erklärte Alex. »Sie hat sonst nichts zu tun.« Sie ging zur Hintertür, öffnete sie einen Spalt und rief laut: »Frau Gödl? Ich würde Ihnen gerne meinen Freund Theo vorstellen.«

»Ich komme«, ertönte es aus den Tiefen des Hauses. Kurz darauf erschien die alte Dame.

»Das ist Theo«, sagte Alex und zeigte auf ihn. »Frau Gödl, meine Vermieterin.«

Es hatte den gewünschten Effekt. Die alte Dame starrte mit offenem Mund auf Theo. Mit seinem durchtrainierten Körper, den blonden Locken und den blauen Augen, dem stets ausgeglichenen Gemüt und einem strahlenden Lächeln auf den Lippen wirkte er auf die meisten Menschen wie ein vom Himmel gefallener Engel. Alex sah in ihm vor allem den Freund, auf den sie sich immer hatte verlassen können. Und sie kannte auch seine dunklen Seiten, die es wie bei allen Menschen gab.

»Freut mich, Sie kennenzulernen«, sagte Theo artig und hielt seine Faust hin.

Frau Gödl war unsicher, wie sie reagieren sollte, stieß schließlich mit der offenen Handfläche dagegen. »Ja, freut mich auch«, stotterte sie.

Alex platzte fast vor unterdrücktem Lachen und kürzte das Prozedere ab. Sie stieß Theo an und sagte: »Wir sollten los, sonst schaffen wir es nicht rechtzeitig.«

»Du hast recht«, erwiderte er und wandte sich an Frau Gödl: »Tut mir leid, aber wir müssen.«

»Ja, ja, natürlich«, war alles, was sie sagen konnte.

»Es gibt sicher noch eine Gelegenheit«, fügte er hinzu und stieß noch einmal mit seiner Faust gegen ihre Hand. »Ich wünsche Ihnen einen schönen Tag.«

»Das wünsche ich Ihnen auch.« Verwirrt blickte die Vermieterin ihnen nach.

»Puh, das wäre geschafft«, sagte Alex, als sie zurück im Gartenhaus waren.

»Sie scheint nett zu sein.«

»Ja, meistens ist sie nett«, bestätigte Alex. »Nur, wenn ich etwas von ihr will, kann sie sehr zickig werden. Aber dann geht es meistens auch um Geld.«

»Das ist der Grund, warum reiche Leute reich sind: Sie schauen auf ihr Geld.«

Alex seufzte dramatisch. »Deshalb werde ich nie reich werden.«

Sie lachten.

»Du scheinst dich hier aber wohlzufühlen«, bemerkte Theo.

Sie nickte. »Seit der Sache im letzten Jahr – ja. Ich kann hier perfekt entspannen, es ist nicht weit zur Isar und ein schöner Biergarten ist auch in der Nähe.«

»Hat sie sich nochmal gemeldet?«, fragte Theo, jetzt ernst.

»Ja, hat sie tatsächlich.« Alex spürte wieder die innere Unruhe, die sie immer noch überkam, wenn sie an Raffaela dachte. »Sie hat nochmal angerufen, um mir zu erzählen, dass sie eine Therapie gemacht hat. Vermutlich wollte sie es noch einmal versuchen, aber ich habe mich auf nichts eingelassen. Ich habe ihr einfach erzählt, es gebe jemand Neuen.«

»Und – gibt es?«

Alex verneinte. »Kurzfristig gab es jemanden, Anfang des Jahres. Aber es wurde nichts draus.« Sie schaute Theo an. »Ich bin einfach noch nicht so weit.«

»Nimm dir Zeit.«

Alex musste lachen. »Du redest wie meine Chefin«, rief sie.

»Die will ich unbedingt kennenlernen«, meinte er. »Die legendäre Hannah.«

»Hä?«

»Na hör mal. Immer, wenn wir telefonieren oder chatten, ist jeder zweite Satz: Hannah sagt dies, Hannah sagt das. Hannah rät dazu, Hannah meint und so weiter und so fort.«

»Quatsch«, brummte Alex.

»Kein Quatsch«, widersprach Theo. »Hannah taucht wirklich sehr häufig auf. Es ist doch nichts Schlimmes dabei, sie scheint dir ja gut zu tun.«

Während sie nichtssagende Neuigkeiten austauschten, wanderte in Alex' Hinterkopf immerzu Theos Aussage herum. Hatte Hannah wirklich einen so großen Einfluss auf sie? Wenn ja – warum störte sie das?

Da Theo eine Zigarette rauchen wollte, setzten sie sich auf die Bank vor dem Häuschen – »Übrigens auch eine Neuanschaffung meiner Vermieterin« –, aber auf Dauer war es zu kalt. Alex nahm auf einem ihrer beiden neuen Sessel Platz, die sie sich anstelle des Klappsofas angeschafft hatte. Theo bevorzugte seinen zusammengerollten Schlafsack – »obwohl ich zugeben muss, dass es mit zunehmendem Alter unbequemer wird.«

Da sie keine Lust zum Kochen hatten, bestellte Alex Pizza

und berichtete, während sie warteten, wie sie Frau Gödl von dem Anbau für die Schlafnische überzeugt hatte.

»Es war ein harter, aber zum Glück kurzer Kampf. Am Ende hat sie eingesehen, dass sich das Häuschen künftig besser vermieten lässt, wenn es einen abgetrennten Schlafbereich gibt.«

»Wie gesagt: Die Reichen packst du am besten mit Geld«, sagte Theo.

»Eigentlich ist sie in Ordnung«, verteidigte Alex Frau Gödl. »Sie kennt es nicht anders. Neulich hat sie mich am Abend zum Fernsehen eingeladen. Ich glaube, sie ist einsam.«

»Hat sie keine Kinder?«

»Zumindest keine, die in der Umgebung leben. Sie hat mal was von einer Nichte erwähnt, die habe ich aber noch nie gesehen. Ein- bis zweimal die Woche kommt eine Haushaltshilfe.« Alex zuckte mit den Schultern. »Ich bin natürlich nicht immer da. Und ich beobachte sie auch nicht.«

Die Pizza wurde geliefert, wie üblich teilten sie sich eine, den Nachtisch hatte Alex vorbereitet. Während Theo draußen rauchte, räumte Alex auf.

»Warum hast du dich erst so spät gemeldet?«, wollte Theo später wissen, als sie jeder mit einer Flasche Bier beisammensaßen, Alex im Sessel, Theo auf dem Schlafsack.

Alex seufzte. Es war klar, dass er das nicht auf sich beruhen lassen würde. Immerhin war er ihr bester Freund. Er hatte ein Recht darauf, es zu erfahren.

»Offen gestanden, habe ich niemandem getraut, nicht einmal dir. Ich war wirklich paranoid«, sagte sie leise.

»Das verstehe ich«, erwiderte er. Aber sie wusste, sie hatte ihn damit sehr verletzt.

»Es tut mir wirklich leid«, erklärte sie. »Ich habe damals keinen anderen Ausweg gesehen. Und ich wusste, dass sie es auch bei dir versuchen würde. Ich wollte einfach keinerlei Risiko eingehen.«

»Du denkst, ich hätte ihr etwas verraten?«

»Nein, natürlich nicht. Zumindest denke ich das heute nicht.

Aber zu dem Zeitpunkt konnte ich nicht mehr klar denken. Jeder war ein Feind, einfach jeder.« Sie zögerte, ergänzte dann leise: »Auch du.«

»Habe ich irgendetwas getan, dass du so gedacht hast?« Theo klang jetzt weniger verletzt als besorgt.

Alex dachte nach. Es war über drei Jahre her, sie konnte nicht mehr nachvollziehen, was sie damals gefühlt und gedacht hatte. Sie wollte es nicht mehr nachvollziehen.

»Ehrlich gesagt, ich weiß es nicht mehr«, sagte sie. »Ich weiß noch, du warst mit dieser Ausstellung beschäftigt, und vermutlich hast du irgendetwas am Telefon gesagt, was ich damals in den falschen Hals bekommen habe.« Alex nahm einen Schluck aus der Flasche, aber das Bier schmeckte schal. »Können wir es gut sein lassen?«, bat sie.

Theo nickte. »Klar. Es hat mich nur einfach interessiert.«

»Es ist alles wieder gut«, sagte Alex. »Du bist und bleibst mein bester Freund.«

»Gut«, erwiderte er und hielt ihr die Flasche zum Anstoßen hin.

Als sie sich weit nach Mitternacht schlafen legten, war Alex müde und wach zugleich. Erneut dachte sie über Theos Aussage nach. War es wirklich verwunderlich, dass sie Hannah so oft in ihren Gesprächen erwähnte? Immerhin war sie ihre Chefin, sie verbrachte im Café mehr Zeit als anderswo.

Aber vielleicht war genau das das Problem? Seit sie in München lebte, war sie so gut wie nie ausgegangen. Zunächst aus Angst, Raffaela über den Weg zu laufen. Später aus Gewohnheit oder auch Faulheit, jetzt wegen der Pandemie.

Anfang des Jahres, als sie in Uli verliebt war, waren sie häufiger an der Isar gewesen. Uli besaß wenig Geld und hatte nicht gewollt, dass Alex ständig für sie mitzahlte. Also waren sie hauptsächlich hier gewesen, denn Uli wohnte in einer WG, da hätten sie keine Ruhe gehabt. Es hatte auf Dauer nicht gepasst, weshalb Alex Schluss machte, bevor es zu ernst wurde.

Während Theo leise vor sich hinschnarchte, wälzte sie sich

in ihrem neuen Bett, fiel erst in den frühen Morgenstunden in einen unruhigen Schlaf. Irgendwann hörte sie Theo im Bad, einmal schlug eine Tür zu und jemand fluchte. Vermutlich war Theo draußen und rauchte.

Als sie erwachte, war es weit nach zehn Uhr.

»Na, du Schlafmütze?« Theo saß angezogen in einem der Sessel und hielt eine Zeitung in der Hand.

Alex gähnte herzhaft. »Ich bin einen anderen Rhythmus gewohnt«, sagte sie. »Gibt's Kaffee?«

»Ich habe am Kiosk einen getrunken«, sagte Theo. »Ich wollte dich nicht wecken. Ich setze einen auf.« Er erhob sich und ging zur Küchenzeile. »Großartig kochen kannst du hier aber nicht«, meinte er.

»Tu ich auch nicht. Meistens esse ich im Café. Da bleibt immer etwas übrig.« Der Kaffeeduft weckte Alex' Geister und trieb sie aus dem Bett. Zwanzig Minuten später saß sie mit Theo zusammen und genoss das Frühstück, das er organisiert und liebevoll hergerichtet hatte.

Die Tage mit dem Freund vergingen wie im Flug. Sie redeten viel, gingen an der Isar entlang spazieren, wagten sogar einen Ausflug in den Biergarten, der aber wegen der kalten Witterung extrem kurz ausfiel.

Theo hatte mehrmals den Wunsch geäußert, Hannah kennenzulernen, doch Alex schob einen Besuch im Café immer wieder hinaus. Sie wollte Theo für sich behalten.

Am Samstagmorgen ließ er jedoch nicht mehr mit sich reden.

»Warum nicht?«, wollte er wissen.

Alex fand keinen triftigen Grund, gab schließlich nach und bereute es in dem Moment, in dem sie das Café betraten. Hannah entdeckte sie sofort und kam mit ausgebreiteten Armen angelaufen.

»Endlich!«, rief sie so laut, dass sich alle Gäste umwandten, um zu sehen, welche Berühmtheit gekommen war. Sie packte Theo an den Armen und betrachtete ihn ungeniert von oben bis unten. Alex wäre am liebsten im Erdboden versunken, aber Theo schien es zu amüsieren.

»Wow! Sie sind also der berühmte Theo«, schlussfolgerte Hannah. »Ich muss alles über Sie wissen.«

Theo lachte. »Jederzeit.«

Hannah dirigierte sie an einen freien Tisch und sagte: »Egal, was ihr bestellt, es geht aufs Haus.« Sie reichte Theo die Karte. »Ich komme gleich wieder.« In Alex' Ohren klang es wie eine Drohung.

Tatsächlich musste die Aushilfe ihre Bestellung aufnehmen, da Hannah von einem Pulk Stammgästen in Beschlag genommen wurde. Aber Alex wusste, dass es nur ein Aufschub war.

Sie waren fast fertig mit Frühstücken, und Alex hoffte ein wenig, sie kämen ohne Hannahs Inquisition aus, aber natürlich ließ ihre Chefin sich diese Gelegenheit nicht entgehen.

Sie gab der Studentin, deren Namen Alex vergessen hatte, letzte Anweisungen, zog einen Stuhl heran und nahm an ihrem Tisch Platz.

»Ich will alles wissen«, wiederholte sie und lachte. »Wie kommt es, dass Alex einen Mann wie Sie so lange vor mir verstecken konnte?«

Theo lachte und zuckte mit den Schultern. »Jetzt bin ich ja da«, antwortete er.

Hannah tätschelte seine Hand und Alex musste sich sehr zusammenreißen, Hannahs Hand nicht wegzuschlagen. Sie wusste selbst nicht, warum sie plötzlich so aggressiv Hannah gegenüber reagierte.

Hannah begann mit ihrer Befragung: »Alter?«

»Sechsunddreißig.«

»Beruf?«

»In einem früheren Leben Seelsorger, jetzt darbender Künstler.«

Hannah musterte ihn mit neuem Interesse. »So darbend sehen Sie gar nicht aus«, bemerkte sie.

»Ich hatte in letzter Zeit Glück«, gab Theo zu.

»Welche Kunst?«

»Lebenskunst.«

»Oh«, machte Hannah. »Das kann ich mir bei Ihnen gut vorstellen.«

Alex kam sich vor wie das fünfte Rad am Wagen. »Ich geh mal aufs Klo«, sagte sie streitsüchtiger als geplant, aber die beiden nahmen sie kaum wahr.

Sie hatte ihren Schlüssel mitgenommen und nutzte die Personaltoilette. Wohltuende Ruhe umgab sie. Sie stellte sich vor das kleine Waschbecken, starrte in den Spiegel und versuchte herauszufinden, warum Hannahs Verhalten sie so wütend machte.

Sie kannte ihr einnehmendes Wesen, immerhin war das einer der Gründe, warum das Café so gut lief. Warum also reagierte sie so darauf, wenn es um Theo ging?

Sie glaubte nicht, dass Hannah ein sexuelles Interesse an ihm hatte; selbst für ihre Verhältnisse war Theo zu jung. Außerdem war Alex sich sicher, dass ihre Chefin ihr Herz endgültig an Andy verloren hatte, auch wenn die Beziehung alles andere als rosig zu sein schien.

Vielleicht lag es einfach daran, dass sie so ein Geheimnis um den Freund gemacht hatte. Wenn sie ehrlich war, nicht nur um ihn, sondern um ihr ganzes Leben. Raffaela hatte sie durch ihr Stalking gezwungen, sich Hannah und Edi gegenüber ein Stück weit zu öffnen, aber den Rest hätte sie liebend gern für sich behalten. Und dazu gehörte eben auch Theo.

Alex seufzte, wusch sich die Hände und verließ die Toilette. Sie hörte Theos Bassstimme und Hannahs Lachen und ballte die Fäuste. Dann atmete sie tief durch, setzte ein Lächeln auf und kehrte an den Tisch zurück.

»Ich lass euch mal wieder allein«, sagte Hannah und stand auf. Sie drückte kurz Alex' Schulter und wandte sich einem anderen Tisch zu.

»Was ist los?« Theo schaute sie besorgt an.

Alex hätte klar sein müssen, dass es ihm nicht entgehen würde. Er wirkte nicht nur äußerlich wie ein Himmelswesen, er schien auch über magische Kräfte zu verfügen. Zumindest, was sie betraf. Es war eines der Geheimnisse ihrer Freundschaft.

»Ich weiß es nicht«, gestand sie, weil sie wusste, dass sie ihm sowieso nichts vormachen konnte. »Sie macht mich heute aggressiv.«

Theo ergriff ihre Hand und drückte sie. »Sie ist ein ausgesprochen warmherziger Mensch und sie hält sehr große Stücke auf dich.«

»Ich weiß.« Alex schüttelte den Kopf. »Offen gestanden, weiß ich nicht, was los ist mit mir. Ich mag sie. Ich mag sie wirklich sehr. Sie hat mir im letzten Jahr so sehr geholfen, und ich würde sie auch als eine Freundin bezeichnen. Aber heute könnte ich sie glatt umbringen.« Sie zwang sich zu einem Lächeln, um den Worten die Wucht zu nehmen.

»Na, na«, erwiderte Theo sanft. »Du weißt, dass du bei mir immer an erster Stelle stehst? Es gibt keinen Grund für Eifersucht.«

Eifersucht? Alex schaute den Freund verwundert an. Wieso, bitte schön, sollte sie eifersüchtig sein? Sie stand nicht auf Männer, das war ihr seit Teenagerjahren klar. Und Theo war einer der ersten Menschen gewesen, mit dem sie darüber gesprochen hatte. Tatsächlich war er derjenige gewesen, der sie überhaupt auf den Gedanken gebracht hatte. Er hatte ihr auch durch die schwerste Phase geholfen, hatte sie ihrer Mutter gegenüber verteidigt, hatte immer zu ihr gestanden. Nicht einmal Raffaela hatte es geschafft, sie auseinanderzubringen.

»Was hältst du davon, wenn ich nach München ziehe?«

»Was?« Alex wurde aus ihren Gedanken gerissen und sah Theo amüsiert lachen.

»Was ist los?«, fragte sie.

»Ich habe gefragt, was du davon hältst, wenn ich nach München komme. Also hierher umziehe. Ich glaube, es könnte mir hier gefallen.«

»Okaaaay«, erwiderte Alex.

»Wow, dieser Enthusiasmus«, spottete er, aber Alex spürte, dass er getroffen war. Sie legte eine Hand auf seinen Arm.

»Tut mir leid, ich war mit meinen Gedanken ganz woanders. Ich fände es toll, wenn du hierherkämst. – Wirklich«, schob sie nach, als sie Theos zweifelnden Ausdruck sah.

»Es ist nur ein erster Gedanke«, sagte er.

»Ein schöner Gedanke, je mehr ich darüber nachdenke«, bekräftigte Alex. »Trotzdem solltest du es dir gut überlegen. München ist verdammt teuer und nicht gerade die Stadt, die es Künstlern leicht macht. Berlin wäre vielleicht besser ...«

Theo schaute sie mit einem seltsamen Ausdruck an, den sie so noch nicht von ihm kannte. Es machte ihr Angst.

»Können wir gehen?«, bat sie.

Er nickte und erhob sich.

»Ich sag nur schnell Hannah Bescheid.« Alex stand ebenfalls auf und lief zur Theke, wo Hannah gerade eine neue Torte anschnitt.

»Wir sind weg«, sagte Alex.

»Alles klar. Du kommst am Montag wieder?«, fragte Hannah, während sie sich auf die Torte konzentrierte.

»Ja, Montag bin ich wieder im Dienst.«

»Gut.« Die Torte war geschnitten und wurde in die Kühltheke gestellt. Hannah schaute sie an. »Er ist ein wundervoller Mensch. Lass ihn nie gehen.«

Alex runzelte die Stirn. »Habe ich nicht vor«, erwiderte sie und spürte schon wieder Wut in sich. Sie wandte sich um und sah, dass Theo das Café bereits verlassen hatte. »Ich muss los. Bis Montag. Grüß Edi von mir.«

Hannah lächelte. »Bis Montag.«

Alex folgte Theo und fand ihn rauchend abseits der Außentische.

Während sie an der Haustür vorbeiging, wäre sie beinahe mit einem ganz in schwarz gekleideten Mann zusammengestoßen, der herausgestürzt kam.

»He!«, rief Alex, eher wegen des Schreckens als wegen der kleinen Rempelei.

»Blöde Fotze«, schnarrte der Typ, zog sich die Kapuze seines Sweatshirts über den Kopf und lief weiter.

Alex ging die paar Schritte zu Theo, der Probleme mit seiner Selbstgedrehten zu haben schien.

»So ein Idiot«, fauchte Alex.

»Was ist los?«, wollte der Freund wissen.

»Ach, dieser Typ da aus Hannahs Haus ...« Sie wandte sich um und sah, wie der Mann etwas Weißes unter einen der leerstehenden Tische warf. »Und ein Umweltverschmutzer ist er auch noch!«, empörte sie sich. »Das ist doch die Höhe! Warte kurz.« Sie lief zurück, bückte sich und wollte nach dem Zettel greifen, als sie stockte. Moment mal! War das einer dieser Zettel?

Alex streckte sich und schaute in die Richtung, in die der Typ gegangen war. Er war nirgends zu sehen. Sie lief ins Café, schnappte sich eine Serviette, lief wieder hinaus und fischte nach dem Zettel, darum bemüht, ihn nicht zu berühren.

»Was machst du da?« Theo stand neben ihr.

»Erklär ich dir gleich«, erwiderte Alex und lief zurück ins Café, wo sie ungeduldig darauf wartete, dass Hannah mit dem Bedienen fertig wurde.

»In flagranti«, sagte Alex und hielt den Zettel hoch. »Er kam aus dem Haus. Er warf es unter den rechten Tisch.«

Hannah zog zwei Latexhandschuhe unter der Theke hervor, die dort bereitstanden, und zog sie an. Vorsichtig faltete sie den Zettel auf. Schon nach der Hälfte war das Wort *Volk* zu sehen.

»Ich schätze, das reicht«, sagte sie, legte den Zettel zurück auf die Serviette und schlüpfte aus den Handschuhen. Sie zog eine Papiertüte heraus und hielt sie auf. Alex ließ den Zettel hineinfallen.

»Wie sah er aus?«, wollte sie wissen.

Alex zuckte mit den Schultern. »Ich habe nicht viel von ihm gesehen. Ich könnte nicht mal sagen, ob er alt oder jung ist. Er war ganz in schwarz. Jeans und Hoodie.«

Hannah schaute sie ratlos an. »Ich kenne nicht alle Nachbarn«, gestand sie. »Könnte einer vom dritten Stock sein, die kenne ich gar nicht. Hubertus sagt jedenfalls, dass man so gut wie nie was aus den Wohnungen hört. Es muss aber jemand drin wohnen.« Sie zog das Handy aus der hinteren Hosentasche. »Ich rufe die Polizei an.« Als Alex zögerte, sagte sie: »Ich kümmere mich darum. Genieß die beiden Tage mit deinem Freund.«

Alex zögerte immer noch, nickte schließlich und verließ das Café erneut. Theo wartete geduldig. Während sie zur U-Bahn liefen, erzählte sie von den Zetteln.

»Es gibt so viele Spinner auf der Welt«, bemerkte er. »Manchmal hat man das Gefühl, die Pandemie hat sie erst hervorgebracht.«

»Mir macht das, ehrlich gesagt, ein bisschen Angst«, gestand Alex. »Ich weiß, die meisten sind harmlos, aber allmählich habe ich das Gefühl, sie sind überall.«

»Das hängt sicher auch mit deiner Geschichte zusammen«, antwortete Theo. »Ich wäre auch paranoid, wenn ich sowas wie du mit Raffaela erlebt hätte.«

Alex verzog das Gesicht. »Danke für das Kompliment«, sagte sie.

Theo stupste sie an. »Du weißt genau, wie ich das meine.«

»Klar.« Sie lachte.

Das Wetter hatte auch an Theos letztem Tag kein Einsehen; es blieb kalt und ungemütlich.

Als Alex am Sonntagmorgen erwachte, wusste sie nicht, warum sie am Tag zuvor so seltsam auf Hannah reagiert hatte. Vielleicht hatte sie einfach einen schlechten Tag gehabt. Sie schob es von sich, denn es blieben nur noch ein paar Stunden mit Theo. Er würde am frühen Nachmittag den Zug nach Hamburg nehmen.

Theo hatte frische Semmeln besorgt, jetzt saßen sie gemütlich beisammen und genossen das Essen, heißen Kaffee und die Gesellschaft des anderen.

»Wegen gestern«, begann Alex. »Ich habe total blöd reagiert. Es tut mir leid. Ich fände es toll, wenn du nach München kämst.«

Theo schaute sie ernst an, aber sie sah, dass er nur mit Mühe ein Grinsen vermied. »So, so.«

»Ja, so, so.« Alex streckte ihm die Zunge raus. »Wir haben uns im letzten Jahr viel zu selten gesehen.«

»Das stimmt.« Er lächelte. »Aber du hattest auch nicht ganz unrecht gestern. München ist keine gute Stadt für Künstler. Das liest man immer wieder.«

Alex dachte an Illy, die seit ihrem Umzug nach München ums Überleben kämpfte. Hubertus von Waldhausen hingegen schien es nicht allzu schlecht zu gehen. Und der Schwester von Robert Gantner auch nicht.

»Ich schätze, es kommt darauf an, was man erwartet«, sagte sie. »Momentan dürfte es überall schwierig sein.«

Theo lachte. »Ich werde auch ganz sicher nicht heute oder morgen umziehen. Das bedarf einer längeren Vorbereitung.« Er beugte sich vor und angelte sich ein Croissant. »Wirst du dauerhaft hierbleiben? Zieht dich nichts mehr in den Norden zurück?«

»Das ist eine gute Frage, auf die ich keine Antwort weiß«, antwortete Alex. »Gerade gefällt es mir sehr gut hier. Ich habe neue Freunde gefunden, der Job macht Spaß, auch wenn ich weniger verdiene, an die Stadt habe ich mich auch gewöhnt.« Sie seufzte. »Manchmal vermisse ich das Meer, aber dann fahre ich an einen der Seen. Ammersee, Starnberger See, Chiemsee. Klar, sie sind kein Ersatz für das Meer, aber immerhin ist es Wasser. Und die Isar ist auch nicht schlecht.«

Theo schüttelte den Kopf. »Das ist ein Problem, das ich noch nicht lösen konnte. Während meiner Reisen habe ich immer das Meer vermisst, wenn ich im Landesinneren war oder gar in einer Wüste.«

»Man gewöhnt sich an alles«, sagte Alex. »Und auf Dauer gibt es Wichtigeres im Leben als Meer.«

Theo schmunzelte. »Seit wann bist du für Philosophie zuständig?«

Alex grinste. »Seit ich viel Zeit zum Nachdenken habe.«

Da Theo Abschiede hasste, umarmten sie sich am Gartentor. Alex winkte dem Taxi lange hinterher und kämpfte mit den Tränen. Am liebsten wäre sie hinterhergelaufen und hätte »Nimm mich mit« gerufen.

Du bist doch kein kleines Kind mehr, schalt sie sich und ging zurück ins Häuschen. Es fühlte sich kalt und leer an.

Um sich zu beschäftigen, räumte sie das Geschirr weg und spülte ab. Als das passiert war, rief sie Hannah an, um wegen des Zettels nachzufragen.

»Die Polizei war da und hat ihn abgeholt. Sie waren sehr zufrieden, dass wir ihn nicht direkt angefasst haben. Offenbar hoffen sie, Fingerabdrücke zu finden.«

»Da müsste einer aber schön blöd sein«, sagte Alex. »So was mache ich doch mit Handschuhen.«

Hannah lachte. »In dir steckt jede Menge kriminelle Energie«, meinte sie. »Da muss ich mich wohl in Acht nehmen.«

Alex stimmte in das Lachen mit ein. »Ja, sieh dich nur vor.« Im Hintergrund hörte sie Edi fragen, was denn so lustig sei. Hannah erklärte es ihr. Dann war sie wieder am Telefon. »Ist dein Freund weg?«

Sofort meldete sich wieder dieses seltsame Gefühl in Alex' Inneren.

»Ja, er ist vor einer Stunde gefahren«, sagte sie.

»Er scheint ein sehr netter Mensch zu sein«, bemerkte Hannah. »Gut, wenn man solche Freunde hat. Na, ich will dich nicht länger aufhalten. Wir sehen uns morgen. Genieß den Nachmittag, auch wenn das Wetter zu wünschen übriglässt.«

Alex verabschiedete sich und legte auf. Nachdenklich saß sie in ihrem Sessel. Der Raum fühlte sich ohne Theo leer und verlassen an. Vielleicht galt das mit der Einsamkeit nicht nur für

Frau Gödl, sondern auch für sie. Sie musste schleunigst beginnen, mehr unter Leute zu gehen. Was angesichts einer Pandemie besser gesagt als getan war. Aber so lange konnte dieser Zirkus ja nicht mehr dauern.

Entschlossen stand Alex auf und schlüpfte in ihrem Mantel. Sie würde noch einen Spaziergang an der Isar entlang machen, herumgesessen war sie in den letzten Tagen mehr als genug.

Am Montagmorgen startete sie mit frischem Elan in die Woche und ihren Job. Alle Animositäten Hannah gegenüber waren vergessen. Alex schob es auf den Wirrwarr ihrer Gefühle, weil sie Theo so lange nicht gesehen hatte.

Das Café öffnete seit einigen Wochen erst um zehn Uhr, zwischen zwei und drei war geschlossen und um achtzehn Uhr war Feierabend. Es gab nur eine eingeschränkte Speisekarte, da Edi auch immer noch für den Lieferservice kochte, aber die Stammgäste waren Hannah treu geblieben und holten Kaffee to go, Kuchen oder kleine Lunchpakete. Viele nutzten den Lieferservice. Edis Freundinnen trafen sich nach wie vor einmal im Monat zum Kaffeekränzchen, obwohl Edi das gar nicht recht war. Allerdings war sie auch stolz, wenn ihr Kuchen über den grünen Klee gelobt wurde.

Alles in allem waren es ruhige Wochen, die sie dazu nutzten, das Café nach und nach auf Vordermann zu bringen. Natürlich wurde es regelmäßig gereinigt, aber es gab eben auch Stellen, die eher vernachlässigt wurden.

Alex hatte es sich in dieser Mittagspause zur Aufgabe gemacht, die monströse Kaffeemaschine auseinanderzubauen, und war gerade mithilfe der Bedienungsanleitung dabei, die letzten Teile einzusetzen, als ein Polizeiwagen vor dem Café hielt.

Obwohl sie sich keiner Schuld bewusst war, hatte sie ein schlechtes Gewissen. Eine junge Frau und ein etwas älterer

Kollege stiegen aus dem Auto, setzten ihre Mützen auf und schauten sich um. Dabei sahen sie auch auffällig nach oben. Dann sagten sie etwas zueinander, die Frau nickte und kam auf das Café zu.

»Hallo«, sagte sie, als sie eintrat und die Mütze wieder vom Kopf nahm. Sie hatte blonde Haare, die sie zu einem raffinierten Zopf geflochten hatte.

»Hallo«, erwiderte Alex. »Ich bin gleich bei Ihnen.«

»Ich bin dienstlich hier.« Bedauern sprach aus dem Blick der Beamtin. Sie ließ den Blick durch den Raum schweifen. »Gemütlich«, stellte sie fest.

»Dann sollten Sie mal privat herkommen«, sagte Alex und wischte sich die Hände trocken. Sie schätzte die Polizistin auf Anfang, Mitte dreißig.

»Es geht um die Zettel, die Sie gefunden haben«, sagte die Frau. »Ich habe ein paar Fragen dazu.«

»Okay. Ich kann aber wenig dazu sagen.« Alex kam hinter der Theke vor und zeigte auf einen Tisch. »Setzen Sie sich doch. Nicht doch ein Glas Wasser oder Saft? Kaffee geht gerade nicht, ich bin noch nicht ganz fertig mit dem Reinigen.« Sie deutete auf die Maschine.

»Nein danke, aber es ist nett, dass Sie fragen.« Die Frau setzte sich. »Mein Name ist Tanja Müller. Ich bin, wie gesagt, wegen der Zettel hier.«

»Alexandra Steiner«, stellte Alex sich vor und setzte sich ihr gegenüber. Über der Maske sah sie feine Fältchen um die hellblauen Augen. Sie schluckte.

»Dann haben Sie sie gefunden, richtig?«, schloss Frau Müller aus ihrem Namen.

»Ja, zwei. Den dritten hat meine Chefin gefunden, Hannah Jensen. Sie ist vermutlich noch im *Litani*. Das ist das Restaurant am Ende der Blumengasse.«

»Wir haben schon mit Frau Jensen gesprochen. Es fehlt nur noch Ihre Aussage. Frau Jensen sagte, dass Sie mit dem mutmaßlichen ›Täter‹ zusammengestoßen sind.«

Alex nickte. »Er hat mich fast umgerannt, aber ich konnte kaum etwas erkennen.«

»Alter, Größe, Haarfarbe? Stimme? Egal, woran Sie sich erinnern, alles kann hilfreich sein.«

Alex schloss die Augen und versuchte, sich an den Zusammenstoß zu erinnern. Sie war zu Theo gelaufen, der auf sie wartete, und dabei mit dem Typen zusammengestoßen.

»Er war ganz in Schwarz gekleidet«, sagte sie langsam. »Als ich ›Heh‹ sagte, rief er: ›Blöde Fotze‹. Er hat mich kaum erwischt, ich war einfach nur erschrocken. Ich habe ihm dann nachgeschaut und gesehen, wie er etwas unter den rechten Tisch draußen warf. Ich bin hin, habe den Zettel gesehen und den Kerl gesucht, aber da war er weg. Wie vom Erdboden verschwunden.«

»Wissen Sie, wo er herkam?«, fragte Frau Müller und schaute sie erwartungsvoll an.

In diesen Augen könnte ich ertrinken, dachte Alex. Laut sagte sie: »Ich glaube, er kam aus dem Haus. Ich habe es nicht gesehen, aber von der Richtung her müsste es stimmen.«

»Sehr schön«, lobte die Polizistin sie. »Woran können Sie sich noch erinnern?«

Alex ging noch einmal in sich. »Nachdem wir zusammengestoßen waren, zog er die Kapuze über den Kopf. Es ging alles so schnell, ich habe einfach nicht darauf geachtet.«

»Kein Problem. Denken Sie, Sie könnten seine Stimme wiedererkennen?«

Alex rief sich die Beschimpfung noch einmal vor Augen beziehungsweise Ohren. Sie hob die Schultern. »Es waren nur zwei Worte«, sagte sie. »Da lässt sich schlecht was erkennen.«

»Was ist mit der Größe?« Tanja Müller ließ nicht locker. »Können Sie mir dazu etwas sagen?«

Wieder dachte Alex zurück. »Er war ein bisschen größer als ich«, sagte sie und nickte. »Ja, er war definitiv größer, wenn auch nicht viel. Ich würde sagen, maximal einen halben Kopf.«

»Sehr schön.« Tanja Müller strahlte, als habe Alex einen schweren Fall gelöst. Sie zog eine Visitenkarte aus der

Jackentasche und schob sie über den Tisch. »Das war es schon. Falls Ihnen noch etwas einfällt, rufen Sie uns bitte unter dieser Nummer an.« Sie klopfte auf die Karte, erhob sich und ging zur Tür. Dann wandte sie sich plötzlich um, kam zurück, zog eine weitere Karte und einen Stift heraus, notierte etwas auf der Rückseite und schob sie Alex wortlos hin.

»Ich werde ganz sicher privat hierherkommen. Es ist wirklich schön hier.« Sie schaute Alex tief in die Augen und lächelte. »Vielen Dank und einen schönen Tag noch.« Sie verließ das Café.

»Ihnen auch«, sagte Alex mechanisch, obwohl die Frau sie nicht mehr hören konnte. Täuschte sie sich, oder waren da gerade Schwingungen zwischen ihr und der Polizistin gewesen?

Sie nahm die beiden Karten und schaute darauf, beide waren dienstliche Visitenkarten, aber auf der zweiten war eine Handynummer notiert.

Eine Polizistin? Alex kicherte nervös. *Nicht dein Ernst, oder?*

Sie steckte beide Karten ein und wandte sich wieder der Kaffeemaschine zu. Ein Café ohne Kaffee war keine gute Idee und Hannah wäre sicher nicht begeistert.

Pünktlich um fünfzehn Uhr setzte Alex das letzte Teil ein und ließ ein paar Probetassen aus der Maschine laufen. Es schien alles zu passen.

Der Nachmittag verlief ruhig, was Alex dazu nutzte, die Trennscheiben zwischen den Tischen zu säubern. Kurz vor Feierabend tauchte Hannah auf.

»Hast du es schon mitbekommen?«, fragte sie. »Sie haben den Schmieranten.«

Als Alex sie fragend anschaute, erklärte sie: »Der Typ mit den Zetteln. Es ist tatsächlich einer meiner Nachbarn aus dem dritten Stock. Hubertus hat seit jeher gesagt, dass da komische Typen wohnen.«

»Sie haben ihn verhaftet?«

Hannah zuckte mit den Schultern. »Keine Ahnung, wie so

etwas läuft. Sie haben ihn auf jeden Fall mitgenommen. Hast du das gar nicht mitbekommen?«, fragte sie erstaunt.

Alex lachte. »Na hör mal, ich habe gearbeitet.«

»Braves Mädchen.« Hannah tätschelte ihr gönnerhaft den Arm und grinste. »Wie gut, dass ich dich habe. War die Polizei bei dir?«

Alex nickte. »Eine Polizistin. Ich konnte aber nicht viel dazu sagen.« Instinktiv griff sie an ihre Hosentasche, in der die beiden Visitenkarten steckten.

»Ich glaube, sie haben Fingerabdrücke, damit können sie ihn überführen«, meinte Hannah. »Wir machen Schluss für heute, es kommt ja doch keiner mehr. Vorne lief es heute recht gut.«

»Das ist schön.« Alex freute sich ehrlich darüber, dass der Lieferservice so gut angenommen wurde. Sie sagte Hannah, dass sie die Kaffeemaschine gereinigt hatte. »Am besten schaust du noch mal drüber, wegen der Einstellungen. Da kennst du dich besser aus.«

»Mache ich«, bestätigte Hannah. »Jetzt geh nach Hause und mach dir einen schönen Abend.«

»Ja, das mache ich.« Alex zögerte. »Übrigens, ich wollte mich noch bei dir entschuldigen. Ich war nicht sehr nett am Samstag, als ich mit Theo da war.«

»Was?« Hannah schaute sie verblüfft an. »Was meinst du? Du warst doch wie immer.«

»Ja, nach außen hin.« Alex musste wider Willen lachen. »Innerlich habe ich gekocht. Theo hat's gemerkt, aber der kennt mich auch seit Ewigkeiten. Ich weiß, ehrlich gesagt, nicht, was los war, aber es ist jetzt vorüber.« *Was an einer blonden Frau mit hellblauen Augen liegen könnte.*

»Na, da bin ich ja beruhigt«, erwiderte Hannah spöttisch. »Und jetzt raus mit dir, ich mache den Rest.« Sie schob Alex an den Schultern Richtung Tür. »Morgen ist auch noch ein Tag.«

»Ich geh ja schon!« Alex holte ihren Rucksack, der ihr als Tasche diente, winkte Hannah zu und verließ das Café. Es war ein kalter, grauer Tag, aber für Alex schien auf einmal die Sonne.

Andy Nowak

Zwei starke Frauen

Andy stellte im zweiten Stock den Einkaufskorb auf den Boden, fischte den Schlüssel aus seiner Manteltasche, steckte ihn ins Schloss und öffnete die Tür.

Er hörte sofort, dass etwas nicht stimmte: Helena schrie wie am Spieß.

»Lisa?«, rief er und rannte ins Wohnzimmer.

Lisa saß zusammengekrümmt im Rollstuhl und schluchzte. Das Baby lag mit hochrotem Kopf zu ihren Füßen am Boden und brüllte.

Mit einem Satz war Andy bei den beiden, hob Helena auf, drückte sie an sich und machte beruhigende Laute. Vorsichtig tastete er den kleinen Körper ab. Es schien nichts gebrochen, aber bei einem vier Monate alten Kind konnte man das schlecht sagen. Er würde auf jeden Fall zum Röntgen ins Krankenhaus fahren.

»Was ist passiert?«, wandte er sich an die Mutter, während er sich vorsichtig des Mantels entledigte.

Lisa schluchzte und schluchzte und konnte sich nicht beruhigen, im Gegensatz zu ihrer Tochter, deren Schreie inzwischen in ein leises Wimmern übergegangen waren.

Mit dem Baby auf dem Arm ging Andy in die Knie. »Was ist passiert?«, fragte er eindringlich.

Er legte eine Hand auf Lisas Arm. »Es geht ihr gut, sie ist nicht verletzt«, sagte er leise.

Vorsichtig schaute Lisa auf. Ihre Augen waren rot und aufgequollen.

»Sie ... sie ...«, begann sie und wurde erneut von heftigen Schluchzern unterbrochen.

»Schschsch«, machte Andy. Helena war jetzt ruhig und er wagte es, sie in ihre Wiege zu legen. Er zog an der Schnur der Spieluhr, die in der Mitte aufgehängt war. Die bunten Stofffiguren begannen sich zu drehen, ein Kinderlied erklang. Mit großen Augen schaute das Baby den Figuren nach.

Während Andy mit der Rechten sanft die Wiege schaukelte, legte er die Linke wieder auf Lisas Arm.

»Rede mit mir, Lisa! Was ist los?«

Auch die Mutter hatte sich jetzt so weit im Griff, dass sie sprechen konnte.

»Sie ist mir einfach runtergerutscht. Ich wollte sie stillen, aber sie hat gezappelt und um sich geschlagen. Ich konnte sie nicht mehr halten.«

Erst jetzt entdeckte Andy den dunklen Fleck auf Lisas Bluse. »Es ist alles gut«, sagte Andy ruhig und strich über ihren Arm. »Babys halten so etwas aus, die sind robuster als man denkt.«

»Ich bin eine schlechte Mutter«, klagte Lisa und begann erneut zu weinen.

Andy atmete tief durch. Dieses Thema hatten sie häufiger in den letzten Wochen. Mit zunehmendem Alter wurde Helena zappeliger, was es für die Mutter schwerer machte, sie zu bändigen. Aber Lisa hatte das Kind unbedingt gewollt, sie musste lernen, mit der Situation umzugehen.

»Ich bin da und helfe dir«, erwiderte er.

Lisa lehnte sich an ihn. »Danke«, hauchte sie.

Er legte den Arm um ihre Schulter, roch das dezente Parfüm, das sie benutzte, fühlte ihren fragilen Körper gegen seinen. Dabei war Lisa alles andere als zerbrechlich, auch wenn sie auf den ersten Blick so wirkte. In Wirklichkeit war sie eine taffe junge Frau, die wusste, was sie wollte, und das auch durchsetzte.

»Geht's wieder?«, fragte Andy und zog seinen Arm zurück, bevor die Situation außer Kontrolle geriet. Etwas hatte sich in den letzten Wochen geändert.

Er spürte mehr als dass er sah, dass sie nickte.

Andy erhob sich. Lisa schaute ihn mit tränenfeuchten Augen an. Er schluckte.

In diesem Moment streifte ihn ein kalter Lufthauch. Erstaunt sah er sich um und erinnerte sich, dass die Einkäufe immer noch vor der Tür standen. Er holte sie in die Wohnung und trug sie in die Küche.

Normalerweise gehörte Einkaufen nicht zu seinen Aufgaben, aber die Haushaltshilfe war positiv getestet worden, Ersatz war so schnell nicht aufzutreiben gewesen.

Während er die Lebensmittel einräumte, hatte Andy Zeit, die Situation zu überdenken. Er war sich ziemlich sicher, dass Helena nicht verletzt war. Wenn stimmte, was Lisa gesagt hatte, war sie vermutlich an den Beinen der Mutter entlang Richtung Boden gerutscht. Selbst wenn sie gefallen wäre, waren es maximal fünfzig Zentimeter. Babys hielten ganz andere Stürze aus. Aber er war kein Experte, was Kleinkinder anging.

Als alles aufgeräumt war, ging er ins Wohnzimmer zurück. Lisas Rollstuhl stand neben der Wiege. Sie war darüber gebeugt und streckte einen Arm in die Wiege; vermutlich streichelte sie den Kopf des Kindes. Die Spieluhr war still, stattdessen sang Lisa ein Lied, das er nicht kannte. Sie hatte eine schöne Stimme.

Andy wusste nicht, ob sie ihn hatte kommen hören. Er blieb eine Weile stehen und betrachtete die Szene. Sie war so friedlich! Konnte er sich vorstellen, dass …?

STOPP! Es gab Grenzen, die er nicht überschreiten durfte. Er verhielt sich nicht mehr professionell.

Andy räusperte sich. »Ich fahre mit Helena in die Klinik, nur zur Sicherheit«, sagte er.

Lisa wandte sich um und schaute ihn an. »Sag mir, dass alles in Ordnung ist mit ihr«, bat sie.

»Das ist es«, antwortete er. »Es ist wirklich nur zur Sicherheit.« Er ging zur Wiege, nahm Helena heraus und legte sie Lisa auf den Schoß. »Versuch noch mal, sie zu stillen, bevor wir fahren.«

Lisa legte sich Helena zurecht und öffnete ihre Bluse. Andy zwang sich wegzuschauen.

»Ich hole euch was zum Anziehen«, sagte er und verließ das Zimmer. Während er in Lisas Schlafzimmer nach einer neuen Bluse suchte, lauschte er mit einem Ohr auf Geräusche, die auf ein erneutes Drama hindeuten könnten. Aber es blieb alles ruhig.

Er nahm noch einen warmen Strampelanzug für Helena mit und kehrte zurück ins Wohnzimmer. Das Baby lag eng an die Mutter gekuschelt da und trank. Wenn es einen schmatzenden Laut von sich gab, lächelte Lisa, was sie jung und verletzlich wirken ließ.

Andy war sich bewusst, dass er dabei war, eine Grenze zu übertreten. Ja, Lisa brauchte Unterstützung, aber sie brauchte ganz sicher keinen Beschützer. Dennoch schaffte er es nicht, den nötigen emotionalen Abstand zu halten.

»Hier, zieh ihr das an«, sagte er, als das Baby den Kopf immer wieder zur Seite drehte, und reichte Lisa den dicken Strampelanzug. Sie nahm ihn, legte sich das Kind auf die Beine und begann, es anzuziehen. Ihre Brust war deutlich sichtbar. Andy musste sich beherrschen, um nicht ständig darauf zu starren. Was war nur los mit ihm?

Als Helena fertig war, legte er sie vorsichtig in die Babyschale. Entgegen besseren Wissens drückte er Lisa zum Abschied einen Kuss auf den Kopf. »Ich geb dir Bescheid«, sagte er.

Er trug das Kind in den Flur, schlüpfte in den Mantel, nahm die Schlüssel und verließ die Wohnung.

Seit er und seine Partner mit dem Sozialdienst auch die Betreuung gehandicapter Menschen übernommen hatten, war es zwar stressiger geworden, aber wenigstens lief es finanziell wieder besser. Inzwischen waren sie aus den roten Zahlen raus. Im neuen Jahr mussten sie dringend über weiteres Personal nachdenken, zu dritt war das Pensum nicht mehr zu schaffen, schon gar nicht mit einer Pandemie. Bisher hatten sie alle drei Glück gehabt, aber die permanente Testerei ging auf die Nerven.

Sie hatten sich einen zweiten Dienstwagen geleistet, der über diverse Einrichtungen verfügte. Andy befestigte die Babyschale auf dem Rücksitz, überprüfte zur Vorsicht noch einmal alle Gurte und Riemen und fuhr dann nach Schwabing in die Kinderklinik. Unterwegs rief er an und meldete sich an.

Beim Krankenhaus angekommen, parkte Andy den Wagen so, dass er niemanden behinderte, setzte die Maske auf, holte Helena heraus und betrat die Notaufnahme. Erleichtert sah er, dass Schwester Veronika Dienst hatte. Mit ihr konnte er am besten.

»Na, wen haben wir denn hier?«, röhrte sie mit ihrer tiefen Stimme durch den Raum. »Sturz?«, fragte sie, während sie das Baby kitzelte. Helena lachte und kreischte vor Freude.

»Ja«, sagte Andy. »Wobei es vermutlich kein echter Sturz war.« Er schilderte die Situation.

»Hm«, machte die Schwester und untersuchte Helena routiniert. »Ich denke, du hast recht. Aber sicher ist sicher, nicht wahr?« Sie hob das Kind aus der Schale. »Es kann etwas dauern«, sagte sie zu Andy gewandt. »Heute ist mal wieder so ein Tag.« Sie verdrehte kurz die Augen.

»Die wollen eben alle nur zu dir«, erwiderte Andy.

Sie lachte und trug Helena weg. Andy ging in den Wartebereich und nahm Platz. Wie versprochen, rief er Lisa an und sagte ihr, dass sie sich keine Sorgen machen solle. An ihrer Stimme hörte er, dass sie schon fast wieder ihr normales Selbst war.

»Es tut mir leid«, sagte sie.

»Es gibt absolut keinen Grund, sich zu entschuldigen«, antwortete er. »Du hattest Angst um dein Kind.«

»Ich bin normalerwiese nicht so. Ich weiß nicht, was mit mir los ist«, klagte sie.

Ich weiß es schon. Deine Hormone sind in Aufruhr, dachte er. Laut sagte er: »Sie ist jetzt beim Röntgen. Ich melde mich wieder, wenn ich was erfahre.«

»Andy?«

»Ja?«

»Danke.«

»Keine Ursache.« Das »Es ist mein Job« verschluckte er. »Ich muss auflegen, da kommt ein Anruf von Maik rein. Bis später.« Er drückte den roten Knopf, bevor sie beide etwas sagten, was nicht gesagt werden sollte.

Schwester Veronika hatte recht gehabt: Es dauerte. Andy wanderte auf und ab, sprach tatsächlich mit seinem Kollegen Maik, versuchte, nicht an Lisa zu denken.

Zum ersten Mal seit seinem Umzug bereute er, aus Dublin weggegangen zu sein. Sein Leben war inzwischen zu schwierig geworden. Er sehnte sich zurück nach den Tagen, als er morgens mit dem Fahrrad zur Rehaklink fuhr, seinen Dienst schob, mit den Alten schäkerte und scherzte und am Abend wieder zurückradelte in die Wohnung, die er mit Belinda geteilt hatte. Dann trat Hannah in sein Leben und alles wurde kompliziert.

Er seufzte. Seit Tagen schob er den Anruf bei Hannah vor sich her. Teils war es Unlust, weil sie vermutlich nur wieder streiten würden, teils Angst, sie könne ihn durchschauen, selbst am Telefon. Vor allem aber war es Unsicherheit, weil er nicht mehr wusste, ob er sie noch liebte.

Hannah war eine selbstbewusste starke Frau, die mit beiden Beinen im Leben stand. Die immer gewusst hatte, was sie wollte. Die auch jetzt wusste, was sie wollte, nämlich ihn. Aber lange hatte sie ihn zappeln lassen, hatte sich nicht entscheiden können, hatte ihn an der langen Leine verhungern lassen. Zu lange?

Auch Lisa war eine selbstbewusste starke Frau. Die beiden waren sich sehr ähnlich.

Als er Lisa kennenlernte, bewunderte er sie für ihre Durchsetzungskraft, ihre Intelligenz, ihren Humor. Dass sie wegen eines Unfalls seit Kindesbeinen im Rollstuhl saß – geschenkt. Gegen den Willen der Eltern hatte sie das Abitur gemacht und studiert. Und dann ausgerechnet Physik! Sie war doch ein Mädchen!

Andy hatte Tränen gelacht, als Lisa ihm von der Reaktion ihrer Mutter berichtete.

Gegen den Willen der Eltern war sie auch in eine eigene Wohnung gezogen, hatte sich vor Gericht ein persönliches Budget erstritten, mit dem sie sich ihre Betreuer selbst aussuchen konnte. Sie hatte mal eben eine Doktorarbeit an das Studium angehängt – »Ich hatte ja sonst nichts zu tun« – und eine gutbezahlte Stelle in einem Forschungslabor ergattert – allerdings auch erst nach einem Gerichtsstreit.

Dann kam plötzlich – »Wie aus dem Nichts« – der Wunsch nach einem Kind. Sie hatte ein paar Freunde gehabt, aber keiner kam als Vater infrage. Sie schwieg beharrlich, wenn es darum ging, wie sie schwanger geworden war. Andy wollte es auch nicht wissen. Es gab heutzutage so viele Möglichkeiten.

Mit dem Kind kamen die Probleme. Obwohl Helena ein unkompliziertes Baby war, fühlte Lisa sich von Anfang an überfordert. Ein Betreuer nach dem anderen sprang ab, schließlich wandte sie sich an den Sozialdienst.

Sie hatten seit einigen Monaten einen Service speziell für gehandicapte Menschen im Angebot, gingen mit ihnen zu Behördenterminen, zum Arzt oder wo auch immer sie als Begleitung gewünscht waren, um sicherzustellen, dass ihre Klienten anständig und auf Augenhöhe behandelt wurden.

Wie üblich hatten sie sich abgewechselt, wenn Lisa anrief, aber dann wurde Aneta krank und Maik hatte mit einer seiner Seniorinnen zu kämpfen, die sie weiterhin betreuten. Also übernahm Andy immer mehr Termine bei Lisa.

Zu Beginn hatte er einen Heidenrespekt vor ihr. Eine junge Frau im Rollstuhl, mit Doktortitel in Physik? Wow! Da musste er den Hut ziehen. Nach und nach erkannte er, dass er den üblichen Vorurteilen aufgesessen war. Warum sollte nur ein Stephen Hawking brillant sein, nicht aber eine Lisa Warner?

Ihre unerschütterliche Lebensfreude und ihr etwas schräger Humor taten ein Übriges: Er begann, sich auf die Zeit mit ihr zu freuen, verkündete schließlich den Kollegen gegenüber, Lisa sei nun seine persönliche Klientin. Aneta und Maik tauschten nur einen befremdlichen Blick aus, sagten aber nichts.

Inzwischen wäre es Andy lieber gewesen, sie hätten ihn gewarnt. Vermutlich hätte er nicht darauf gehört, aber er hätte vielleicht mit einem der beiden geredet. Sie waren in den drei Jahren zusammengewachsen, hatten Höhen, vor allem aber Tiefen erlebt, Freunde waren sie deshalb aber nicht geworden. Zumindest keine Freunde, denen man sein Herz ausschüttete, weil man sich in eine Klientin verliebt hatte.

Schwester Veronika unterbrach ihn in seinen Gedanken. »Hier ist das Schätzchen wieder. Wie du schon vermutet hast, ist ihr nichts passiert. Am Bein hat sie eine kleine Schürfwunde, nichts Dramatisches.« Sie hielt ihm das Kind hin, das in ihren Armen schlief. »Sie ist ein Engel.«

Andy nickte. Ja, grundsätzlich war Helena ein braves Kind, nur manchmal brach eine dunkle Seite in ihr durch, dann machte sie ihrer Mutter das Leben zur Hölle.

Lisa hatte ihn ein paar Tage zuvor gefragt, was sie tun solle, wenn Helena älter wurde, zu laufen begann. Wenn sie nicht mehr hinterherkam. »Ich kann sie doch nicht abrichten wie einen Hund, der auf Pfiff oder Zuruf gehorcht?«

Er hatte ihr zugesichert, ihr zu helfen, gemeinsam mit ihr einen Plan zu erstellen. Lisa liebte Pläne. Noch war Helena nicht im Krabbelalter, aber das würde sich schnell genug ändern. Klar war: Die Wohnung musste kindersicher gemacht werden.

Dass die beiden in seinen Gedanken an die Zukunft eine immer größere Rolle spielten, machte ihm Angst.

Er brachte das Kind zurück in die Wohnung in Milbertshofen und war dankbar, dass Lisa bereits im Bett lag. Offensichtlich hatte doch noch kurzfristig eine Betreuerin einspringen können. Er würde nicht hier schlafen müssen. Dürfen?

Andy bat die Betreuerin, dafür zu sorgen, dass das Kind noch einmal gestillt wurde, drückte Lisa einen onkelhaften Kuss auf die Haare, sah noch einmal nach Helena und verließ die Wohnung. Auf dem Weg in sein Apartment in Bens Loft dachte er kurz daran, zu Hannah zu fahren. Es war noch nicht einmal zehn Uhr, sie würde sicher noch wach sein. Aber er hatte keine Kraft mehr für eine Auseinandersetzung. Er wollte einfach nur ins Bett und schlafen.

»Ich bin's«, sagte er, obwohl Hannah anhand der Nummer wissen musste, wer anrief.

»Hallo«, sagte sie. »Schön, dass du dich meldest.«

Obwohl es nicht vorwurfsvoll klang, hatte er sofort ein schlechtes Gewissen.

»Tut mir leid. Es war einfach viel zu viel zu tun.«

»Du musst dich nicht rechtfertigen. Es sind schwere Zeiten. Für alle.«

Andy zog eine Grimasse. Natürlich musste Hannah eine Spitze anhängen. Er wusste, er war unfair, aber er war seit Monaten so unsagbar wütend auf sie. Was ja hieß, dass sie ihm immer noch etwas bedeutete. Oder?

»Wie läuft das Café?«, fragte er.

»Mies«, erwiderte Hannah. »Immerhin hat sich der Lieferservice etabliert. Wir machen zwar immer noch keinen Gewinn, aber auch kaum noch Verluste. Ich würde sagen, es ist eine rote Null.«

»Das ist gut.« Ihm fiel nichts ein, was er sonst hätte sagen können.

Das Schweigen dauerte mehrere Sekunden, und er überlegte, ob er nicht einen eingehenden Notruf vorschieben sollte, als Hannah sagte: »Wann können wir uns mal wieder sehen?«

Andy wusste, dass er nicht noch länger ausweichen durfte. Ihre Beziehung – wenn es denn überhaupt noch eine war – musste endlich geklärt werden.

»Mach einen Vorschlag.«

»Heute Abend? Im Café? Wir schließen derzeit schon um sechs, wenn du um sieben kommst, haben wir unsere Ruhe.«

Sie hatte also nicht vor, ihn zu verführen. Zumindest nicht sofort. Das Café war zwar nicht hundertprozentig neutral, aber allemal besser als ihre Wohnung.

»Ich bin da«, antwortete er.

»Dann bis heute Abend.« Sie legte auf.

Kein »Ich freue mich« als Nachsatz. Nachdenklich legte Andy das Handy weg. Hatte sie aufgegeben?

Er versuchte herauszufinden, ob es ihn stören würde, aber er war zu verwirrt, um eine Entscheidung zu treffen. Wenn er nur mit jemandem darüber reden könnte!

Ihm war klar, dass die perfekte Person gerade mal ein paar Meter entfernt am Schreibtisch saß und Geschäfte machte.

Ben war inzwischen zu einem sehr guten Freund geworden. Zu seinem besten. Dem einzigen.

Jahrelang hatten sie sich gegenseitig geholfen, nicht den Mut zu verlieren, auch wenn sich die Angebetete mal wieder von ihnen abgewandt hatte. Dass er endlich den Mut gefunden hatte, um Svenja zu kämpfen, sollte ihm Ansporn sein.

Andy seufzte. Wie sollte er Ben klarmachen, was in ihm

vorging, wenn er es selbst nicht wusste? Aber war ein Gespräch nicht auch dazu da, es herauszufinden?

Er verließ seine Räume, um sich in der Küche einen Espresso zu machen. Wie erwartet, hörte er Bens Stimme aus dessen Arbeitszimmer. Vermutlich wieder eine dieser immens wichtigen Online-Konferenzen.

Er kippte den heißen Espresso hinunter und schaute im Kühlschrank, ob es etwas gab, auf das er Appetit hatte. Seit Svenja die meiste Zeit im Loft wohnte, wurde er immerhin regelmäßig gefüllt. Vorher hatten sie einen mehr oder weniger typischen Junggesellenhaushalt geführt.

Andy schloss den Kühlschrank, ohne etwas entnommen zu haben, griff stattdessen nach einem Apfel. Kauend wanderte er durch das Loft, lauschte auf Bens Stimme, ohne wirklich zuzuhören. Als er Ben »Bye, thanks for joining« sagen hörte, ging er zum Arbeitszimmer, klopfte am Türrahmen an und streckte den Kopf ins Zimmer.

»Hast du kurz Zeit?«, fragte er.

Ben schaute kurz hoch, dann in den Monitor vor ihm. »Ja, habe ich«, erwiderte er. »Lass mich noch schnell ein Telefonat führen. Dauert keine Minute.«

Obwohl Andy wusste, dass Ben Fiona anrufen würde, um ihr den nächsten Call aufzudrücken, nickte er nur und ging in den Wohnraum zurück. Seltsamerweise war er nervös. Was vermutlich kein Wunder war, immerhin ging es um seine Gefühle.

Nur wenige Minuten später kam Ben.

»Wenn es Probleme macht …«, begann Andy, aber Ben winkte ab.

»Keine Probleme. Du bist wichtiger.« Er zeigte auf Sofa und Sessel. »Setz dich doch.«

»Ich würde lieber erstmal stehen bleiben.«

»Auch okay«, sagte Ben, nahm auf dem Sofa Platz und schaute ihn erwartungsvoll an.

Andy wusste nicht, wo er beginnen sollte.

»Ich habe mich verliebt«, sagte er schließlich.

»Das ist erstmal was Schönes«, antwortete Ben, obwohl er wissen musste, dass genau das das Hauptproblem war. »In wen?«

Andy erzählte ihm von Lisa. »Es war nicht dieser Blitzeinschlag, wie bei Hannah, die ich damals noch nicht einmal persönlich getroffen hatte. Es hat sich allmählich entwickelt.« Er stockte, fuhr dann fort: »Vor allem in den letzten zwei Wochen.«

»Was ist da passiert?«, wollte Ben wissen.

Andy zuckte mit den Schultern. »Ich weiß es nicht.« Aber er wusste es sehr wohl.

Vor ungefähr zwei Wochen hatte er Lisa beim Stillen überrascht. Wobei überrascht der falsche Ausdruck war, denn Lisa hatte Helena häufig während seiner Anwesenheit gestillt. Doch normalerweise hielt sie ihre Brust bedeckt. Diesmal jedoch nicht. Er dachte zunächst, dass sie das Tuch vergessen hatte, aber dann warf sie ihm einen Blick zu, den man nur kokett nennen konnte. Er dauerte nur Bruchteile von Sekunden und hinterher war er sich nicht sicher, ob es den Blick tatsächlich oder nur in seiner Einbildung gegeben hatte. Aber er hatte etwas in ihm ausgelöst. Er und die entblößte Brust.

Als Physiotherapeut hatte er schon viele nackte Körper gesehen, männliche und weibliche. Seine professionelle Einstellung ließ es nicht zu, sich davon provozieren zu lassen, war der Körper auch noch so jung und schön. Lisas nackter Busen hatte in ihm Gefühle geweckt, die er nicht mehr leugnen konnte. Vorfreude auf jedes Wiedersehen – inzwischen fast täglich – und ein steigender Puls waren so eindeutig, dass er sich gegenüber eingestanden hatte, sich in Lisa verliebt zu haben. So weit, so gut. Oder schlecht. Denn was war die Konsequenz?

Er war im Zimmer auf- und abgetigert, während Ben geduldig dasaß und wartete. Plötzlich erinnerte Andy sich an ein ähnliches Gespräch, einige Jahre zuvor. Ben hatte ihm, Hannah und Svenja eröffnet, dass er gestalkt wurde und ihre Hilfe brauchte. Es hatte ihn viel Mut gekostet, aber es hatte ihm geholfen. Andy erkannte, dass er denselben Mut aufbringen musste, sollte Ben ihm helfen können.

Er seufzte und nahm dem Freund gegenüber Platz.

»Es ist schwer«, begann er und schilderte dann, was sich vor zwei Wochen zugetragen hatte. »Ich bin nicht mal sicher, ob es diesen Blick gab, aber es hat mich verwirrt. Sicher ist, dass Lisa das Tuch mit Absicht vergessen hat, denn es lag griffbereit neben ihr.«

»Was will sie damit bezwecken?«, fragte Ben.

»Offen gestanden, ich weiß es nicht. Scither ist außer in meiner Fantasie nichts passiert. Keine absichtlich entblößten Brüste, keine Annäherungsversuche, nichts dergleichen.«

»Bist du enttäuscht?«

Andy schüttelte den Kopf. »Eher erleichtert. Es ist nie gut, mit einer Klientin etwas anzufangen.«

»Dennoch willst du mehr«, stellte Ben trocken fest.

Andy schaute ihn verblüfft an. »Ich ...«, sagte er, stockte. Wollte er mehr? Wenn er ehrlich zu sich war, ja. Warum sonst sollte er sich permanent Gedanken darüber machen? »Offensichtlich will ich mehr«, gestand er leise.

Ben schwieg und dachte nach. »Wie würde ein Leben mit ihr aussehen?«, fragte er schließlich.

»Ich weiß es nicht. Sie ist eine sehr selbstständige Person, die weiß, was sie will. Andererseits kann man natürlich nicht leugnen, dass sie in bestimmten Situationen extrem hilflos ist.« Er erinnerte sich an Lisas Frage, was sie tun solle, wenn Helena älter wurde und zu laufen begann.

»Denkst du, sie sucht jemanden, der ihr das Leben leichter macht?«

Andy wollte protestieren, gestand sich aber ein, dass er diesen Gedanken selbst schon gehabt hatte.

»Ich schätze sie nicht so ein, aber vielleicht ist das nur mein Wunsch, der mich so denken lässt.«

»Willst du mit ihr schlafen?«

Diese Antwort war leicht. »Ja.« Die Reaktion seines Körpers auf Lisas Nähe war eindeutig gewesen. Er hatte keine Ahnung, wie es vonstattengehen würde, aber er würde es wollen. Was nicht hieß, dass er es tun würde.

»Was ist mit Hannah?«

Andy hatte die Frage erwartet und gefürchtet zugleich.

»Ich weiß es nicht«, sagte er mit hängenden Schultern. »Ich sehe sie heute Abend, im Café.«

»Sag ihr, was du fühlst. Auch wenn du sie damit sehr verletzen wirst, wird sie dich verstehen.« Ben zögerte. »Liebst du sie noch?«

Andy ließ sich Zeit mit der Antwort, obwohl sie klar war: Er wusste es nicht. Zu viele Gefühle schwirrten in ihm herum, er hatte längst den Überblick verloren.

»Ich beneide dich nicht«, meinte Ben, als er ihm das sagte. »Für mich stand immer fest, dass Svenja meine große Liebe ist, auch wenn ich mit einer anderen Frau zusammen war.«

»Ist sie es noch?« Andy fragte nicht aus Höflichkeit, sondern weil es ihn wirklich interessierte. Die beiden hatten ähnlich viel durchgemacht wie er und Hannah. Dennoch waren sie jetzt ein Paar.

»Mehr denn je.« Ben lächelte. »Es klingt wahnsinnig kitschig, aber ich liebe sie mit jeder Faser meines Herzens. Mir ist klar, dass es nicht immer so wunderbar bleiben wird wie gerade jetzt, aber ich weiß, dass wir alle Hürden meistern werden.«

»Ich freue mich für dich, für euch«, sagte Andy und meinte es so.

»Du wirst auch dahin kommen«, versicherte Ben ihm. »Es mag weh tun, aber es ist wichtig, dass man ehrlich zueinander ist.«

Andy dachte an das Gespräch Anfang des Jahres, das er und Hannah beim Italiener geführt hatten. Es war damals so einfach für ihn gewesen, Bedingungen zu stellen. Eigentlich war er sogar entschlossen gewesen, die Beziehung zu beenden. Aber dann war es erneut um ihn geschehen. Hannah hatte einfach dieses gewisse Etwas, das ihn um den Verstand brachte. Seither hatte sie sich um ihn bemüht, anders konnte man es nicht sagen. Aber er hatte sie immer wieder abblitzen lassen, so, wie sie das in den letzten Jahren mit ihm gemacht hatte. Nur ein Teil war tatsächlich der vermaledeiten Pandemie geschuldet, auch wenn er sie immer wieder vorgeschoben hatte. Zum Großteil war es verletzte Eitelkeit und ein gewisses Maß an Rache. *Tit for tat.*

Ben schien zu ahnen, was in ihm vorging. Er beugte sich vor. »Rede mit ihr. Offen und ehrlich. Du musst ja nicht jedes pikante Detail erwähnen«, er grinste, wurde aber sofort wieder ernst, »aber sag ihr, was du mir gesagt hast. Gib ihr eine Chance.«

Wie viele denn noch?, wollte Andy rufen, aber er schwieg. Er hatte von Anfang an gewusst, dass Hannah kein einfacher Mensch war, dass er Geduld haben müsste. Er hatte sie mit seiner Beharrlichkeit, seiner Treue erobert. Jetzt, wo er sie endlich hatte, wollte er sie aufgeben?

»Ich sage es ihr, versprochen«, sagte er und stand auf. »Danke für deine Zeit. Ich hoffe, es hat dich nicht Millionen gekostet.« Er lachte.

Ben sprang ebenfalls hoch und kam um den Tisch herum, um ihn zu umarmen. »Und wenn schon«, sagte er leichthin. »Dein Gefühlsleben ist wichtiger als ein paar läppische Millionen.«

Andy klopfte dem Freund auf den Rücken und ging zurück in sein Apartment. Heute war ein Lisa-freier Tag und das war vermutlich auch gut so. So hatte er den Kopf zumindest ein wenig frei für das Gespräch mit Hannah.

»Was?« Verblüfft, auch ein wenig entsetzt, starrte er auf die beiden Ringe, die vor ihm auf dem Tisch lagen.

Er hatte mit allem gerechnet, sogar mit einer Szene, obwohl das nicht typisch für Hannah wäre, aber nicht mit einem Heiratsantrag. Oder etwas Ähnlichem.

»Es ist deine Entscheidung«, wiederholte Hannah. Sie war

erstaunlich ruhig. »Ich will diese Beziehung und ich will sie ein Stück weit besiegeln. Nicht mit Heirat. Du weißt, dass ich nicht mehr heiraten will. Aber ich will ein Zeichen dafür, dass wir ein Paar sind. Wenn wir eines sind«, fügte sie hinzu.

Andy wusste nicht, was er sagen wollte. Das Treffen verlief komplett anders, als er es sich vorgestellt hatte. Kein romantisches Essen mit Kerzenschein, sondern ein ungedeckter Tisch mitten im Café. Es hatte nicht einmal einen Begrüßungskuss gegeben.

Im Gegensatz zu ihm war Hannah die Ruhe selbst. Sie hatte sich gut vorbereitet. Er dachte, er hätte es auch. Jetzt saß er da und war noch verwirrter als zuvor.

»Du musst dich nicht sofort entscheiden«, sagte Hannah. »Auch wenn wir keine zwanzig mehr sind, müssen wir nichts überstürzen. Denk in Ruhe über mein Angebot nach. Ich will dich nicht unter Druck setzen. Aber ich will endlich Nägel mit Köpfen machen.«

Andy war versucht, sich die Ringe näher anzuschauen, und fand es pervers, dass er in so einer Situation vor allem am Design eines Schmuckstücks interessiert war. Ihm wurde klar, dass er nur Zeit schinden wollte.

»Es gibt eine andere«, sagte er und musste sich räuspern.

Hannahs Gesichtszüge entgleisten nur für einen kurzen Moment, dann hatte sie sich wieder unter Kontrolle.

»Oh«, machte sie. Dann noch einmal: »Oh.« Sekunden später: »Damit habe ich nicht gerechnet. Obwohl ich das wohl hätte tun müssen.« Sie schüttelte den Kopf. »Ich bin so ein Idiot.« Sie stand auf, ging hinter die Theke, blieb dort eine Weile schweigend stehen. Dann verschwand sie in der Küche, kam einen Moment später wieder heraus. Im Vorbeigehen entnahm sie dem Regal hinter der Theke zwei Gläser und kehrte zum Tisch zurück. Sie hielt ihm die Flasche hin. »Du auch?«

Es war irischer Whiskey. Andy schüttelte erst den Kopf, nickte dann.

»Ich brauch das jetzt«, sagte Hannah und goss großzügig ein.

Sie nahm eines der Gläser, hob es prostend hoch und kippte den Inhalt in einem Zug hinunter. »Puh«, machte sie und schüttelte sich.

Andy nahm nur einen kleinen Schluck, er wollte einen klaren Kopf behalten.

»Okay«, sagte sie dann. »Lass uns reinen Tisch machen. Wir haben uns gegenseitig verletzt, ich dich vermutlich weit mehr als du mich. Ich finde, es bringt nichts, das gegeneinander aufzurechnen. Ich finde außerdem, dass wir einen guten Start hatten, Anfang des Jahres. Dieses blöde Virus hat so viel zerstört. Ich ...« Sie stockte, kämpfte sichtlich mit den Tränen, schluckte, räusperte sich. »Gibt es überhaupt noch eine Chance?«, fragte sie leise.

»Ich weiß es nicht«, erwiderte Andy leise. »Ich weiß es wirklich nicht. Ich bin viel zu verwirrt, um alles richtig einzuordnen.«

Sie schaute ihn lange an, schien zu überlegen, wie sie reagieren sollte. »Kenne ich sie?«, fragte sie leise.

»Ich hab dir von ihr erzählt. Es ist Lisa«, erwiderte Andy.

»Die junge Frau im Rollstuhl?« Hannahs Stimme klang entsetzt.

Er nickte.

Sie nahm die Flasche, goss ihr Glas erneut voll und kippte es wieder in einem Zug hinunter.

»Dann habe ich eigentlich keine Chance mehr«, sagte sie bitter. »Zwanzig Jahre jünger und im Rollstuhl – wie soll ich dagegen ankommen?«

Andy schwieg. Als sie ihn anschaute, sah er die Trauer und Verletzung in ihren Augen. Er schämte sich. Plötzlich fürchtete er, sie könne Schluss machen. Und wusste, dass er das nicht wollte. Dennoch fühlte er sich nicht imstande, es ihr zu sagen. Er musste erst mit sich selbst ins Reine kommen, einen sauberen Schlussstrich ziehen.

»Ich ..., ich muss das klären«, sagte er. Er nahm noch einen Schluck Whiskey, schob das Glas von sich, stand auf. »Ich kann dir heute keine Antwort geben.«

»Das ist wohl das Beste«, erwiderte Hannah. Sie zeigte auf die Ringe. »Denk darüber nach. Ich selbst habe lang dafür gebraucht, vermutlich zu lang. Aber jetzt weiß ich, was ich will: Ich will ein Leben mit dir. Mit allem Drum und Dran. Aber auch mit allen Konsequenzen.«

So entschlossen sie sprach, so verloren wirkte sie. Andy hätte sie gerne in die Arme genommen und ihr gesagt, dass alles gut werden würde. Aber wie hätte er das tun können, da er der Grund des Übels war?

»Ich melde mich«, sagte er und verließ das Café.

Es war noch nicht einmal acht Uhr. Da er mit einem romantischen Dinner gerechnet hatte – und insgeheim sogar mit einer Übernachtung bei Hannah – war er mit der U-Bahn gekommen. Es war kalt, um die Nullgradgrenze. Er schlug den Mantelkragen hoch und lief Richtung Nymphenburger Straße. Dort würde er sicher ein Taxi finden. Doch dann dachte er, ein Spaziergang könne nicht schaden. Vielleicht half die klare Luft ihm, seine Gedanken zu ordnen.

Gedacht, getan. Er war gerade am Stiglmaierplatz angekommen, als sein Handy klingelte. In der Hoffnung, Hannah würde ihn bitten zurückzukommen, zog er es aus der Manteltasche und sah Lisas Namen auf dem Display.

Kurz war er versucht, nicht ranzugehen; immerhin hatte er frei und er hatte sich vor seinem Aufbruch zu Hannah vergewissert, dass eine Betreuerin bei Lisa war.

Dann überwog die Sorge, es könne etwas mit Helena sein, und er nahm den Anruf entgegen.

»Lisa, was gibt's?«

Sie war so hysterisch, dass sie kaum zu verstehen war. Er hörte Helenas Namen und die Worte »Sturz« und »Kopf«.

»Beruhige dich, ich bin unterwegs«, sagte er. Er legte auf, joggte zum Taxistand am Stiglmaierplatz und nannte dem Fahrer die Adresse. In Milbertshofen angekommen, rannte er die Treppe hoch und klingelte Sturm. Die Betreuerin öffnete die

Tür. Ihre Augen waren rot, auf den Wangen zeigten sich hektische Flecken.

»Was ist los?«, fragte er, während er die Wohnung betrat.

»Offen gestanden weiß ich es nicht«, sagte sie. »Ich war in der Küche und habe das Abendessen vorbereitet. Plötzlich klang es, als ob etwas zerspringen würde. Ich war sofort bei ihr, ich schwöre es.«

»Schon gut«, versuchte er, sie und auch sich zu beruhigen. »Man kann sie nicht in Watte packen. Beide nicht.«

Er ging ins Wohnzimmer. Lisa saß vor ihrem Rollstuhl, neben ihr lag Helena. Andy dachte spontan an eine Inszenierung; aber Lisa würde doch nicht absichtlich ihre Tochter fallen lassen, oder?

»Was ist los?«

Lisa schien zu spüren, dass er nicht nur besorgt war.

»Ich ..., sie ...« sagte sie. »Ich konnte sie nicht mehr halten.«

»Was?« Andy schaute sie verblüfft an. »Wieso konntest du sie nicht mehr halten?« Er wusste, dass Lisa regelmäßig Krafttraining machte; es konnte nur eine Ausrede sein. Er bückte sich und hob das Kind hoch. Als es sein Gesicht sah, beruhigte es sich sofort.

»So ist's brav«, flüsterte er ihm ins Ohr und legte es in die Wiege. Dann wandte er sich zu Lisa um, die immer noch vor dem Rollstuhl saß.

»Was ist wirklich passiert?«

Sie hielt seinem Blick nicht stand und senkte den Kopf. »Ich weiß es nicht, es ging alles so schnell. Ich wollte mich besser hinsetzen, dabei muss sie hinuntergerutscht sein.«

Andy wollte etwas sagen, ließ es auf sich beruhen. Er machte einen Schritt auf sie zu, griff ihr unter die Achseln und hob sie zurück in den Rollstuhl. Wie, um sich festzuhalten, schlang sie für einen Moment die Arme um seinen Hals. Wieder roch er ihr Parfüm. Er schloss die Augen, dann ließ er sie los.

»Sitzt du gut?«, fragte er, ganz der besorgte Pfleger.

Lisa nickte.

Die Betreuerin hatte die ganze Zeit draußen gewartet, jetzt kam sie herein und sagte: »Das Abendessen ist fertig.«

»Ich habe keinen Hunger«, antwortete Lisa und klang ungewohnt bockig.

»Ich kümmere mich darum«, sagte Andy zu der Betreuerin. Er schob sie sanft hinaus und zurück in die Küche.

»Ich sorge dafür, dass beide etwas essen«, bekräftigte er. »Mein Treffen ist geplatzt, genauso gut kann ich mich jetzt hier um alles kümmern. Gehen Sie nach Hause und machen sich einen schönen Abend.«

»Sind Sie sicher?«, wollte die Frau wissen.

Nein, bin ich nicht, dachte Andy, nickte. »Sie wird sich beruhigen«, schob er nach. Er wartete, bis sie den Mantel angezogen hatte, reichte ihr ihre Tasche und wünschte ihr einen schönen Abend.

»Sie rechnen den Abend ganz normal ab«, rief er ihr noch nach, dann schloss er die Tür und lehnte sich dagegen.

»Andy?« Lisas Stimme klang unsicher.

»Ich bin da. Ich komme gleich«, sagte er laut genug, damit sie es hörte. Dennoch schien sie ihm nicht zu trauen, denn die Wohnzimmertür öffnete sich einen Spalt und Lisa schaute heraus.

»Was sollte das?«, fragte er unverblümt.

Immerhin hatte sie die Einsicht, schuldig zu schauen. Doch dann hob sie das Kinn und schaute ihn herausfordernd an. »Ich mag diese Frau nicht, sie taugt nichts.«

»Du hast sie selbst ausgesucht«, erinnerte Andy sie.

»Ja. Ich habe mich geirrt.«

»Das klang vor ein paar Tagen noch ganz anders.«

»Menschen ändern sich.«

Allerdings!

»Und jetzt?« Er schaute sie an.

»Du musst mir helfen.« Er glaubte, ein feines Lächeln zu sehen, aber das Licht war zu dunkel, um es deutlich erkennen zu können. Er wusste, was das bedeutete: Sie würde Helena stillen;

dann musste das Baby gebadet und zu Bett gebracht werden. Danach war Lisa dran mit der Abendprozedur, die ebenfalls Baden beinhaltete. Und damit Ausziehen.

»Kein Problem«, erwiderte er und hoffte, dass sie das Zittern seiner Stimme nicht hörte.

»Gut.« Sie lächelte und rollte zurück ins Wohnzimmer.

Andy holte das vorbereitete Abendbrot aus der Küche und bestand darauf, dass sie etwas aß. Während sie lustlos an einer Scheibe Brot herumknabberte, warf sie ihm immer wieder heimliche Blicke zu, aber Andy tat so, als bemerke er es nicht. Stattdessen widmete er sich Helena, deren Wiege er neben sich gerollt hatte. Er hatte die Spieluhr angestellt, um ein peinliches Schweigen zu vermeiden. Dem Kind fielen langsam die Augen zu.

»Willst du sie noch stillen?«, wollte er wissen.

Zu seiner Überraschung entschied Lisa sich für das Stillen. Als sie bereit war, reichte er ihr das Kind. Er brachte das Geschirr in die Küche und räumte es in die Geschirrspülmaschine, als er Lisa schimpfen hörte.

»Verdammt noch mal, du sollst mich nicht ständig beißen.«

Böses ahnend, lief er zurück, aber Mutter und Kind saßen einträchtig aneinandergekuschelt im Rollstuhl. Helena trank, Lisa betrachtete sie liebevoll. Hatte er sich verhört?

Er ging zurück in die Küche, räumte die Essenssachen in den Kühlschrank und kehrte nach getaner Arbeit zurück ins Wohnzimmer. Beinahe hätte er bei dem Anblick, der sich ihm bot, gelacht. Helena hing mit offenem Mund über der Rollstuhllehne, Lisas Kopf war nach vorne gefallen. Beide schliefen.

Vorsichtig nahm er Lisa das Kind aus dem Arm und legte es zurück in die Wiege. Helena öffnete kurz die Augen, zog eine Grimasse und schlief wieder ein. Irgendein Geräusch musste Lisa geweckt haben, denn als er sich ihr zuwandte, schaute sie ihn nachdenklich an.

»Du wärst ein toller Vater«, sagte sie.

»Möglich«, wich er aus. »Willst du baden oder gleich ins Bett?«

Ihm ging die Zweideutigkeit des Satzes erst auf, als sie ihn mit schräg gehaltenem Kopf kokett anblickte.

»Du weißt genau, was ich meine«, brauste er auf.

»Weiß ich das?«

»Bad oder Bett?«, fragte er erneut.

Sie entschied sich für das Bad.

Andy wusste, dass es ein Fehler gewesen war, die Betreuerin nach Hause zu schicken. Es wäre ihr Job gewesen, Lisa beim Baden zu helfen. Nun musste er ran, er hatte es versprochen. Er war sich nicht sicher, warum er es getan hatte. Wollte er etwas provozieren? Wenn er Lisas Reaktionen richtig deutete, hätte sie nichts dagegen. Ja, sie schien es sogar darauf anzulegen.

Sie waren zwei Erwachsene, die wussten, was sie taten. Das hieß aber noch lange nicht, dass es richtig war.

Andy wusste aus früheren Berichten, dass Lisa durchaus in der Lage war, selbstständig auf die Toilette zu gehen und sich auf den Badewannenlift zu setzen. Nach der Geburt hatten die Betreuer das übernommen, um sie zu schonen. Aber inzwischen waren vier Monate vergangen, es war höchste Zeit, dass Lisa wieder selbst aktiv wurde. War es nicht immer ihr Credo, ein eigenständiges Leben führen zu wollen?

War der heutige Abend der richtige Zeitpunkt, um damit zu beginnen? Einen Versuch war es wert.

»Du schaffst das ja allein«, sagte Andy.

Sie schaute ihn fragend an. »Was meinst du?«

»Deine abendliche Routine im Bad.«

»Du willst mir nicht helfen?« Ungläubigkeit schwang in ihrer Stimme mit.

»Ich muss dir nicht helfen, da du das alleine schaffst«, erwiderte er. »Aber natürlich bin ich da, wenn du mich brauchst.«

»Gut!« Mit einem undefinierbaren Lächeln löste sie die Bremsen des Rollstuhls und rollte hinaus.

Während er sie im Bad hantieren hörte, suchte er im Schlafzimmer nach einem Kissen und einer Decke. Er würde es sich auf dem Sofa bequem machen.

»Andy?« Es klang einmal mehr ängstlich und zaghaft.

»Ja?«

»Kannst du bitte mal kommen? Da klemmt was.«

Andy seufzte und ging ins Bad. Es war dampfig und roch intensiv nach einem parfümierten Badezusatz. Lisa saß nackt auf dem Badewannenlift und zeigte mit klagender Miene auf den Schalter, der sie ins Bad hinablassen sollte. »Er geht nicht.«

Andy zwang sich, nur eine Klientin zu sehen, der er helfen musste. Er nahm den Schalter in die Hand und drückte auf den Pfeil nach unten. Der Lift setzte sich, ohne zu zögern, langsam in Bewegung.

»Hm«, machte Lisa. »Gerade ging er nicht.«

»Die Dinger klemmen manchmal«, sagte Andy geduldig. Er wartete, bis Lisa ganz im Wasser lag, steckte den Schalter zurück in die Halterung und wandte sich zum Gehen ab.

»Hilfst du mir beim Waschen?«

Andy wollte gerade »Nein« sagen, als Helena zu weinen begann. Erleichtert deutete er nach draußen. »Ich kümmere mich.«

Er hob das weinende Baby aus der Wiege, drückte es an seine Brust und lief auf und ab, während er ein polnisches Kinderlied summte. Helena schlief fast sofort wieder ein, aber er wollte sie nicht zurücklegen. Sie war sein Bollwerk Lisa gegenüber.

Ab und zu lauschte er auf Geräusche aus dem Bad. Leises Plätschern sagte ihm, dass Lisa immer noch in der Wanne saß. Ob sie sich eine neue Strategie ausdachte?

Er haderte mit sich selbst. Wider besseres Wissen war er in diese Situation geraten, er verhielt sich sowas von unprofessionell. Wenn das herauskam, schadete das nicht nur seinem Ruf, sondern dem ganzen Betrieb. Maik und Aneta würden sich schön bedanken, wenn er seine Gefühle nicht in den Griff bekam und sie mit in den Abgrund riss.

»Andy?«

»Was ist nur mit deiner Mutter los?«, murmelte er in die Decke des Kindes. »Was ist?«, rief er lauter.

»Ich habe kein Handtuch.«

Natürlich, sie hatte kein Handtuch.

»Ich komme gleich. Ich muss erst Helena zurück in die Wiege legen.«

Er ließ sich Zeit. Plötzlich wusste er nicht mehr, was genau ihn an Lisa angezogen hatte. Er fühlte sich manipuliert. Sollte sie doch sehen, wo sie blieb mit ihren Spielchen.

Als er schließlich ins Bad ging, schwebte Lisa dicht unter der Decke auf dem Lift und fror sichtlich.

»Was zur Hölle ...?« Andy schnappte sich den Schalter, ließ sie auf die richtige Höhe herunter und griff nach einem Badetuch. Doch Lisa war schneller und ließ sich gegen ihn fallen, sodass er sie notgedrungen auffangen musste.

»Bring mich ins Bett«, murmelte sie.

Er trug sie ins Schlafzimmer, legte sie auf dem Bett ab und zog den Schlafanzug unter der Bettdecke hervor.

»Hilfst du mir?« Wieder schaute sie ihn mit einem Blick an, der vermutlich lasziv sein sollte. Aber Andy fand ihn nur noch manipulativ. Zugegeben, sie war trotz der verkrüppelten Beine eine attraktive Frau. Sein Körper reagierte entsprechend auf den Anblick, aber er war nicht gewillt, dem Verlangen seines Körpers nachzugeben. Das hier musste ein Ende haben, hier und jetzt.

Er zog ein Badetuch aus dem Schrank und reichte es ihr. Dann nahm er das Schlafanzugoberteil und hielt es so hin, dass Lisa nicht anders konnte, als hineinzuschlüpfen. Als er sich ihr ein wenig entgegenbeugen musste, um es nach unten zu ziehen, da sie selbst keine Anstalten dazu machte, schlang sie die Arme um seinen Nacken und zog ihn zu sich aufs Bett.

»Ich brauche dich«, flüsterte sie und suchte seinen Mund. Andy war zunächst zu verblüfft, um sich zu wehren, außerdem schmeckte der Kuss süß und verführerisch. Dass er entsprechend reagierte, blieb auch Lisa nicht verborgen.

»Wen haben wir denn da?«, flüsterte sie und griff kichernd zwischen seine Beine.

Wie von der Tarantel gestochen schoss Andy hoch.

»Nein!«, rief er. »Nein, das geht zu weit.«

Erschrocken schaute Lisa ihn an. Mit Entsetzen sah er, dass sich ihre Augen mit Tränen füllten. Zog sie jetzt auch noch diese Masche ab?

»Aber du willst es doch auch. Habe ich mich so geirrt?«, fragte sie leise, während eine einzelne Träne über ihre linke Wange lief.

»Nein, ja, ich weiß es nicht.« Andy fuhr sich durch die Haare und drückte sich gegen die Wand, außerhalb ihrer Reichweite. »Ja, ich fühle mich zu dir hingezogen«, sagte er schließlich. »Und es war sogar ein bisschen mehr. Aber es ist nicht richtig«, schob er nach, bevor Lisa etwas sagen konnte.

»Aber warum? Wir sind beide erwachsen«, warf Lisa ein.

»Es ist dennoch nicht richtig«, wiederholte er. »Außerdem bin ich nicht frei.« Er wusste, er hatte in diesem Moment eine Entscheidung getroffen. Und sie fühlte sich gut an.

»Aber ...« Lisa starrte ihn sprachlos an. »Du hast nie etwas von einer anderen Frau gesagt.«

Andy lachte leise. »Das ist auch nichts, was man mit Klienten bespricht.«

»Klienten.« Lisa sprach das Wort aus, als handele es sich um etwas abartig Schlechtes.

»Es tut mir aufrichtig leid«, sagte Andy. »Mein Verhalten war absolut unprofessionell. Mein Problem ist, dass ich allen Menschen helfen möchte. Manchmal schieße ich dabei übers Ziel hinaus. Bei dir bin ich sehr weit darüber hinausgeschossen.« Er stand auf, nahm die Pyjamahose und zog sie Lisa an, was sie wortlos geschehen ließ. Dann trat er wieder einen Schritt zurück, als habe er Angst, dass sie ihn erneut aufs Bett ziehen würde.

»Ich mag euch wirklich wahnsinnig gern, dich und Helena. Du bist eine tolle Frau, Lisa. Du hast so vieles geschafft in deinem Leben. Jetzt musst du vor allem an Helena denken, nicht an dich. Sie braucht dich. Ich kann dir dabei allerdings nicht helfen. Nicht mehr. Ich werde meinen Kollegen sagen, dass sie meine Termine übernehmen sollen. Du kannst natürlich auch den Vertrag kündigen. Ich würde es ihnen erklären. Aber ich fände es schade, denn Maik und Aneta sind wunderbare Menschen, die dir gerne zur Seite stehen werden.« Er deutete hinter sich, »Ich schlafe heute Nacht drüben, falls etwas sein sollte.« Er schaute sie ernst an. Sie nickte. »Gut. Schlaf gut. Ich gehe morgen Früh, wenn die Frühschicht kommt. Wir werden uns dann aller Voraussicht nach nicht mehr sehen.«

Andy trat ans Bett, beugte sich hinunter und gab Lisa einen Kuss in die Haare. Sie waren noch feucht und rochen nach dem Badezusatz. Er atmete tief ein und haderte den Bruchteil einer Sekunde mit sich. Aber er wusste, es war die richtige Entscheidung.

»Mach's gut, Lisa«, flüsterte er und streichelte über ihren Arm.

Er hörte sie die halbe Nacht weinen, zweimal rief sie nach ihm, aber so sehr er zu ihr gehen wollte, blieb er doch hart. Er wusste nicht, wer mehr litt – sie oder er.

Hannah würde viel Geduld mit ihm haben müssen ...

Freu dich auf weitere Romane aus dem Café Hannah

1 – Alles auf Anfang

Ann E. Hacker
eBook, 26|books, ISBN 978-3-945932-50-6
Klappenbroschur, 320 Seiten, edition tingeltangel
ISBN 978-3-944936-55-0

Kurz vor ihrem fünfzigsten Geburtstag erfüllt sich Hannah Jensen einen Lebenstraum: Im Münchner Stadtteil Neuhausen eröffnet sie ihr eigenes Café. Und hier kommen so einige Geschichten zusammen, denn auch andere Menschen stehen vor einem Neubeginn.

Edeltraut, nach mehr als dreißig Jahren Ehe vom Mann verlassen, braucht nach einer Mieterhöhung dringend einen Job, April muss endlich den Tod ihres Mannes verarbeiten, Hannahs Nichte Svenja löst in Hamburg Knall auf Fall ihre Verlobung und fährt spontan mit dem charmanten, aber geheimnisvollen Ben nach München, während sich der knurrige Künstler Hubertus von Waldhausen und der in Dublin lebende Pole Andrzej in die quirlige Hannah verlieben ...

2 – Überraschungen
Ann E. Hacker
eBook, 26|books, ISBN 978-3-945932-51-3
Klappenbroschur, 330 Seiten, edition tingeltangel
ISBN 978-3-944936-56-7

Hannah wird 50! Und da lassen es sich Nachbarn, Freunde und Bekannte natürlich nicht nehmen, die gute Seele der Gemeinschaft hochleben zu lassen. Bei dem gemütlichen Abend tauchen jedoch alte Flammen einerseits und ganz neue Perspektiven andererseits auf. Und nicht nur Hannah hat einen Platz in der Gefühlsachterbahn ergattert.

Bei Restaurantbesitzer Bassam hängt der Haussegen schief, Freundin Marlene hat mit der lieben Familie ihre Müh und Not und Hannahs Nichte Svenja ist unglücklich verliebt, sie weiß es nur noch nicht. Und so erlebt die Gemeinschaft um das Café Hannah ein reichlich turbulentes Jahr an dessen Ende nichts mehr so ist wie zuvor, nicht einmal der Haarschnitt ...

3 – Rettet das Café!
Ann E. Hacker
eBook, 26|books, ISBN 978-3-945932-41-4
Taschenbuch, 318 Seiten, 26|books, ISBN 978-3-945932-62-9

In Hannahs Leben könnte es nicht besser laufen: Ihr Café floriert, ihre Beziehung zu Klaus steht auf festen Füßen. Doch dann kündigt der neue Hausbesitzer den Pachtvertrag. Die Blumengasse ist in Aufruhr, denn das Café ist längst das Herzstück der Straße geworden. Und damit nicht genug: Klaus beendet die Beziehung.

Während ihre Freunde Edi, Svenja, Ben, Hubertus, Brigid und Andy trotz eigener Probleme versuchen, das Café zu retten, verliert Hannah jeglichen Lebensmut. Hoffnung keimt auf, als der Verwalter des neuen Hausbesitzers Interesse an dem Café zeigt. Wird es gelingen, ihn von der Rettung zu überzeugen?

4 – Vertraut anders

Ann E. Hacker
eBook, 26|books, ISBN 978-3-945932-53-7
Taschenbuch, 306 Seiten, 26|books, ISBN 978-3-945932-66-7

Seit einem Jahr sind Hannah und Andy nun ein Paar, harmonisch ist ihr Verhältnis jedoch immer noch nicht. Als sie erfährt, dass ihr Exmann Johann an Krebs erkrankt ist, verbringt Hannah sehr viel Zeit an dessen Seite. Ihr Ex ist ihr auch nach dreißig Jahren Trennung seltsam vertraut, dennoch ist alles anders.

Auch die anderen in Hannahs Umfeld haben Probleme: JJ ist unglücklich verliebt, Illy kämpft um ihr berufliches Überleben, Hubertus hat Angst vor dem Alleinsein. Svenja erhält eine schockierende Nachricht, die ihr Leben komplett umkrempelt. Ist das eine Chance für Ben, endlich ihr Herz zu erobern? Andy hat zum ersten Mal Zweifel an seiner Liebe zu Hannah. Einzig für Edi läuft endlich alles rund. Bahnt sich da ein Happy End an?

Ursprünglich komme ich aus Nürnberg, aber nach über vierzig Jahren fühle ich mich in München heimisch.

Als Autorin bin ich unter mehreren Pseudonymen in vielen Genres aktiv und habe einen Stapel an Büchern veröffentlicht, dessen Höhe mich manchmal selbst verblüfft.

Besonders wichtig ist mir bis heute der Episodenroman *Lost and Found in Camden*, den ich gemeinsam mit zehn anderen Autorinnen der International Women Writing Group zugunsten der Deutschen Krebshilfe verfasst habe.

Als Leserin liebe ich die Leichtigkeit der angelsächsischen Literatur, die ich nun in *Café Hannah* mit warmherziger Lebensnähe zu verbinden versuche.

Ich würde mich sehr freuen, wenn Hannah und ihr Café Freunde finden würden.

Herzlichst

Ann E. Hacker

DANKSAGUNG

Mein Dank geht diesmal an all die Café Hannah-Fans, die mir trotz der langen Pause die Treue gehalten haben. Und wie immer an Manfred für Deine immerwährende Unterstützung!

CPSIA information can be obtained
at www.ICGtesting.com
Printed in the USA
LVHW111956210422
716646LV00023B/56